无影灯

〔日〕渡边淳一 著

桑凤平 张宓 知非 译

北京联合出版公司
Beijing United Publishing Co.,Ltd.

图书在版编目（CIP）数据

无影灯 /（日）渡边淳一著；桑凤平，张宓，知非译. —北京：北京联合出版公司，2016.6

ISBN 978-7-5502-7380-1

Ⅰ. ①无… Ⅱ. ①渡… ②桑… ③张… ④知… Ⅲ. ①长篇小说—日本—现代 Ⅳ. ①I313.45

中国版本图书馆CIP数据核字（2016）第058966号

无影灯

作　　者：渡边淳一
选题策划：北京磨铁图书有限公司
责任编辑：徐秀琴
封面设计：所以设计馆

北京联合出版公司出版
（北京市西城区德外大街83号楼9层 100088）
北京鹏润伟业印刷有限公司印刷 新华书店经销
字数356千字 880毫米×1230毫米 1/32 15.25印张
2016年6月第1版 2016年6月第1次印刷
ISBN 978-7-5502-7380-1
定价：49.80元

目录

目录

第一章

“今晚值班的不是小桥医师吗？”

做完晚上七点的测体温、查房后，宇野薰返回护士值班室，看着贴在墙上的医师值班表问道。

“那上面写着的倒是小桥医师，可是，听说今晚换人了。”

志村伦子正在装订办公桌上的住院患者病历，头也没抬地回应了阿薰的问话。

“换人了，换的是谁？”

“好像是直江医师。”

“直江医师！”

阿薰顿时欢叫起来。

“你怎么啦？”

“没什么……”

被伦子反问，阿薰慌忙住了口。

伦子是位二十四岁的正式护士，而阿薰则是位十八岁的见习护士，今年春天才进入准护士培训班学习。

“412号的石仓老人又喊疼了。”

石仓由藏是位六十八岁的老人，曾在中目黑地区开过寿司餐厅，几年前退下来，把生意交给了儿子和儿媳妇。

一个月前的九月末，他住进了离涩谷最近的这家“东方医院”。

由于胃部不适，他又去T大学附属医院住了近二十天的院，三天前又从那里转回到了这儿。

“他又趴着呻吟了。”

“有家人陪伴吗？”

“他儿媳妇在。”

伦子的视线离开病历卡，望着白墙陷入沉思。

“直江医师在值班室吗？”阿薰在器械架前一边数体温计一边问。

“大概不在吧。”

“他不是值班吗？”

“刚刚外出了。”

“外出？”

阿薰一反问，伦子便怏然不悦地转过脸去。

“明明当班啊，能跑到哪里去？”

“好像在这里。”

伦子指着桌前墙上贴着的小纸条说。纸条上毛毛草草地写着“直江，423—2850”。

“这是什么地方呢？”

“好像是酒吧。”

“酒吧？这么说他喝酒去啦？”

“可能吧。”

伦子事不关己似的说着，又开始装订起病历来。阿薰停下手中擦拭体温计的活计，向伦子反问：

“值班时能外出喝酒吗？”

“当然不能。”

“那他……”

“他经常这样。”

见习护士阿薰从上个月才正式参加值夜班，这回是首次同直江医师一起值班。

“那家酒吧在医院附近吗？”

“详细情况我不太知道，不过他说就在道玄坂这边。”

从医院到道玄坂步行也不过十分钟。

“可是你怎么知道那里是酒吧呢？”

“他从那里回来时，总带着一股酒气。”

“真的？”

“你要不信，就挂个电话问问。”

伦子装订完病历卡，又从办公桌的抽屉里拿出住院名牌和白墨来。

“反正石仓老人正在喊疼，挂就挂。”

阿薰像为自己辩解似的瞧了瞧纸条上的号码。

“如果专为石仓老人的事而询问他，你就算了吧。”

“可是，他正在喊疼呀。”

“先给他用点药，劝他稍微忍耐一下。”

“不问医师也可以吗？”

“常规药没有问题。”阿薰正在犹豫时，伦子对她说。

“问不问都一样，反正是用鸦片酶。”

“鸦片酶不是麻药吗？”

“是麻药中最强的一种，相应地，它的镇痛效果最佳。”

“不是不能用这种药吗？”

“没什么不允许的。”

伦子往毛笔上蘸了些白墨，又在报纸上拯了几下。

“那老爷子是胃癌吧？”

“是啊。”

“听说癌病不疼，可是，也有像他这样发疼的人。”

“他的癌不仅仅长在胃部，而且扩散到了后背，压迫着腰部神经。”

“这么说即使给他做手术也无济于事了？”

“正因为无法医治，才被大学医院退了出来，转到咱们这里的。”

“太可怜啦！”

虽然阿薰已当了半年护士，但其中的大部分事情都是她初次经历，所以这一切都使她感到新奇有趣。

“他还能活多久呢？”

“直江医师说顶多能活两三个月。”

“老爷子不知道这些吗？”

“当然不知道。不过，他家里的人是知道的。”

“这么说，他只有等死喽！”

“结果也只能是这样。”

伦子拿起笔，在黑色木牌上用白墨写上今天刚刚住院的患者名：室矢常男。她的字很漂亮。

“刚才说的不要告诉老爷子哟。”

阿薰可没胆量把这样恐怖的消息告诉患者本人。当她正以严肃的表情允诺时，病房的叫人铃响了，号码是412。

“是石仓老人那里。”

“带去两片普鲁巴林药片，就说可以止疼。”

“是。”

阿薰从急救箱里拿出红包里的普鲁巴林，朝走廊方向跑去。

东方医院从名字上看有些夸张，其实，它只不过是一所由院长行田佑太郎经营的私人医院。它坐落在环城六号线与玉川路交叉处附近。

这座楼房地下有一层，地上有六层。一楼有二百六十多平方米，它以各科门诊室为中心配以候诊室、挂号室、药房、X光室、手术室等。二楼有理疗室、门诊检查室、医疗部、院长室、事务室等。从三楼到六楼全是病房，共有七十个床位。

门诊患者多寡不定，每天平均有一百五六十人。门厅的业标牌上写着：内科、外科、小儿科、妇产科、整形外科、皮肤科、泌尿科、放射科等一大堆名称，实际上，常任医师只有内科的河原医师、外科的直江医师和小桥医师，加上小儿科女医生村山医师四人，算上院长也不过五人。整形外科由直江医师兼任，妇产科和泌尿科由M大学医院的医师每周两次来协诊。

护士含正式护士、准护士、见习护士等，共二十二人。院长行田佑太郎是专攻内科的，最近几年也很少到门诊室来看病，所有业务都交给挚友河原医师，他本人把精力都放在医务以外的东京都议员、医师协会理事的工作上面了。

他一张口，便抱怨说经营医院不赚钱，但在这一带甚至整个东京，从个人经营这一点上看，他的医院也够大的了。夜间安排两名值班护士，因为这里被指定为急救医院，所以医院正门一直开到晚上八点，此后便都关门了。如有急诊患者，必须按大门旁边的门铃。

那天晚上病人仿佛知道值班医师不在医院，异常安静。除了石仓老人在病房里喊疼以外，只有那个因脑震荡住院的青年杉本说他浑身发冷，来要了两片感冒药之后便没事了。

门诊五点下班，但有四名患者没赶上正常的工作时间，五点多了才到，其中两人只是替换包扎纱布的轻伤，另两名也只是注射营养剂和用治疗湿疹的药物而已。

大约每两天就要抬来一个急救患者，而今晚则没有。

根据《医师法》，八点钟前像伦子这样不经医师许可，擅自给患者感冒药、换纱布都是违法的。但是，这类小事伦子从不一一同直江联系。虽然名义上叫作处理，但其内容是千篇一律的，即使真给直江医师挂电话，他也肯定会说："按照以前的方法处理一下就可以了。"

九点钟，给病房关完了灯，直江医师仍未回来。

干完了夜班工作该做的事以后，伦子接着读那本畅销书——某女作家描写爱情的一部小说。阿薰调低电视机的音量，开始看起歌谣节目来。

护士休息室在三楼电梯的右手边，与电梯入口正对面的窗户朝着大街，从左右分开二十厘米的窗帘隙缝间可以看到夜灯映照的大街。

九点三十分，歌谣节目播放完了，阿薰伸了伸懒腰。她从早上八点来到医院，下午去准护士培训班学习，接着回来上夜班，紧张的一天使得年轻的阿薰疲惫不堪了。然而，她必须坚持学完两年课程才能毕业。伦子的脸几乎埋在头发里，低垂着头沉醉于读书。阿薰站起来关掉电视后朝窗外望去。

“直江医师还在喝酒？”

“不知道。”

伦子抬起头来，书页已经翻过了三分之二。

“我给你冲杯咖啡吧？”

“好的。”

阿薰敏捷地站起来，点着煤气。这房间靠里的角落由白布帘遮着，后面有一张双层床铺和两个橱柜，咖啡和茶杯都放在那里，阿薰从那里取出速溶咖啡和方糖，摆在桌面上。

“放几块糖？”

“一块就行。”

电视刚一关上，夜街的轻微嘈杂声似乎又恢复了。

“咖啡倒多了。”阿薰端着几乎溢出杯口的咖啡，一步一步走到坐在沙发上的伦子身边。

“谢谢！”

“直江医师喝酒去这么长时间，能行吗？”

“这个……”

伦子被追问得无可奈何，随意搪塞一下后，喝了一口咖啡。

“若是这时来了急诊患者必须马上做手术，那可怎么办呢？”

“那他就做呗！”

“可是他醉了，能做吗？”

“那可是必须要做的。”

伦子的回答依然是冷冰冰的。阿薰觉得值班医师不在，把这么大的医院交给她们两人，心里很是不安。

“挂电话问问不行吗？”

“问问又能怎样？”

“侦察一下情况。”

“算了吧！”

“是不是他忘了值班的事？”

“他不会忘记。”

“可我怪害怕的。”

伦子突然转过脸来，盯住阿薰。

“你怕什么呢？”

“若是有急诊患者……”被伦子盯住，阿薰有点口吃了。

“那不是我们的责任！”伦子气呼呼地说。

办公桌上的座钟指着九点五十分，阿薰觉察到自己似乎说了不该说的话，然而，医师不在她总有点放心不下。

“院长先生是否知道直江医师出去喝酒的事？”

“当然知道。”

“明明知道却放任自流？”

“因为我不是院长，所以说不清。”

听了这话，阿薰无法往下多问，她眼前浮现出直江医师的修长身材和苍白面容。他的脸显得非常严肃，五官端正，但表情冷漠，淡漠中潜藏着令人不可捉摸的恐惧感。

“直江医师是位三十七岁的单身汉，是真的吗？”

“是吧。”伦子放下咖啡杯，拿起书来却不读，盯着窗外。

“听说他是个奇才，三十二岁时就当上了讲师，如果一直干下去，现在已经是教授了。”

“……”

“这么一位了不起的医生为什么辞掉大学的职位，上咱们这家小医院来呢？”

“是他自己太任性了吧。”

“那么好的大学职务不干，你不感到奇怪？”

“不知道。”

“听说是因为恋爱问题，也有人说是因为跟教授吵了架，众说纷纭，也不知哪个是真的。”

“都是瞎扯！”

“我也这样觉得，那全是人们胡猜乱想。不过，他真是个让人捉摸不透的人。”

阿薰迄今同直江医师因工作谈过两三次话，但从未单独聊过。阿薰认为她同直江医师相差二十来岁，不论是考虑问题还是谈论问题都不可能完全相同。但是，直江同年长的护士们也从不拉家常。他常常离群索居，同别人似乎毫无关系。

“为什么他不娶妻子呢？”

“这种事你问我，我也不知道。”

“像他这么英俊的医师本该有很多追求者。”

阿薰胡乱地想着：如果直江向她求爱，她会不顾年龄差别欣然接受。尽管这对她是件望尘莫及的事。

“真可惜啊！”

“主要因为他不同于常人。”

伦子泄私愤似的刚说完，电话铃响了。

“我来接。”

阿薰站起来，拿起听筒，突然传来一个男人的声音。

“我是圆山街派出所，你是东方医院吗？”

“对，是的。”

警官的声音夹杂着汽车喇叭声以及街道上的嘈杂声一并传来。

“刚才圆山街出了一个案件，救护车马上就开到你们那里去。”

“出了什么事？”

“一群流氓打架，一个人受了伤，满脸是血。”

“请等一等！”

阿薰颤抖着把听筒递给了伦子。

“一个流氓被扎破了脸。”

“光是脸上……神志清醒吗？”

“我想是清醒的，只是喝醉了，胡搅蛮缠发酒疯。”

“几分钟以后到这里？”

“现在已把他收容在车里了，十分钟，不，五分钟左右吧，我们马上就到，请多关照。”

电话挂断了。

伦子思考片刻，马上又振作起来，看了一眼桌上的纸条，拨起电话来。

“你到门诊室去把灯打开，然后打开正门，把煮沸器里的蒸汽放掉。”

伦子边拨电话边吩咐呆立着的阿薰。医院里马上出现了战场上的紧张气氛。

直江医师纸条上所写的电话号码立即挂通了。

“喂，‘青春’酒吧。”

“直江先生在你们店里吗？”

电话里传来了音乐声，还夹杂着男人和女人的谈话声。以前伦子不知这家叫“青春”的店是属于哪种类别，而今天则证实了是家酒吧。停了一会儿，女人答道：

“对不起，大夫在一小时前就已经走了。”

“走了？”

“是的，临走时他吩咐说有事往438……”

“请等一下！”

伦子拿起桌上的圆珠笔。

“他说在438—7236处。”

“谢谢！”

值班之夜外出喝酒已经是理所不容，若是再从这家喝到那家，那就更过分了。伦子非常气愤，但接电话的又不是直江，所以她不能发火。她立刻往刚才打听到的新号码处挂电话。

“‘伊势元’酒家。”

这次接电话的是个男人。

“请找直江先生接电话。”

伦子压住怒火平静地说。这家可能是个日本菜馆，听筒里传来“再来一壶清酒”的吆喝声。

“大夫就来。”

男人说完，立即换了另一种声音。

“喂，喂！”

声音无疑是直江医师的。

“是您吗？”

“这么急，有什么事？”

“有急诊病人！”

“什么样的患者？”

“被玻璃划破，满脸是血。”

“现在他在医院里？”

“已经到了，正等着治疗。”

伦子想乘机报复一下，顺口说已经到了。

“不缝合不行吗？”

“我看不行。”

“是吗……”

估计他还舍不得离开那里，直江的话音稍微停顿了一会儿。

“我马上就回去。”

“你在什么地方？”

“涩谷。”

“原来你到那么远的地方去了？”

“叫辆出租车，五分钟就到。”

“可得马上回来，我们应付不了，听清了吗？”

当伦子再次叮嘱时，电话里只留下嗡嗡的空线声。电话已经挂断了。阿薰从门诊室返回来：

“蒸汽已经放掉了。”

伦子好像这才清醒过来，把握在手里的听筒放回原处。

“同直江医师联系上了吗？”

“他在涩谷。我们到门诊室去看看吧。”

伦子拿起血压计来到走廊时，远处已传来救护车的鸣笛声。

“来啦，来啦！”

二人同时朝窗外望去，从传来声音的方位，只有那黑魆魆的大楼墙壁。

“说是划破了脸，但到底是怎么个情况？”

“听说是玻璃瓶划破的，也许有玻璃碎片扎在肉里。”

“直江医师会回来吧？”

“谁知道。”

两人乘电梯来到一楼门诊室时，救护车的鸣笛声更近了。

有了灯光，静悄悄的门诊室宛如白昼。

“你快去手术室，从消毒器里拿来缝合器械，对啦，还有胶皮手套。”

“医师的手套是多大号的？”

“7.5的。”

伦子往门诊室的床上铺了层人造革，以免染上血污。

鸣笛声已经拐过街角。毫无疑问，这辆车是驶向医院来的。

虽然以前多次等待过救护车，可每次的心情都不是个滋味，紧张感中有种沉重的抑郁。如果是个需要通宵处置的重伤患者，就更加使人受不了。医生们都盼望别出大事，与其说是为患者着想，不如说是自己职业上的期待。

刚才还狂叫不已的鸣笛声，现时仿佛已经失去了其鸣叫的目的，但仍空鸣着，车停了。透过正面的玻璃窗仍可以看见一亮一灭的灯光。

伦子打开了治疗室的门。

白色车体在夜光下显得格外清晰，救护车的后门开了，从驾驶室和后排座上蹦下两三个男人，推开了医院正门。

“抬到哪里去？”

最前面那个戴头盔的救护队员尖声叫道。

“请抬到外科治疗室来！”

“您小心别弄脏了，他脸上和衣服上全是血污。”

“不要紧。”

“他喝醉了，大发脾气，没法下手。”

从救护车后座旁拉出一副担架来。担架周围有四五个男人相互挤靠着，看样子是在按着患者。

伦子看了看手表，她给直江打完电话，已经过去五分钟了。

随着一阵杂沓的脚步声，担架被抬进屋来。

“妈的，慢点！”

“轻点，轻点。”救护队员说。

“你们说什么？妈的！”患者大叫。

“这边，请从这扇门进来。”

治疗室的两扇门大敞着，担架直接抬到靠里侧的床上。

伦子马上拿着血压计来到患者面前。

“现在要给你测血压。”

“混账东西！”

突然，满脸是血的患者坐了起来，救护队员们慌忙把他按倒，他却挥动拳头大叫起来。

“滚开……”

“你安静点，这里是医院！”

“医院又能怎么样？”

他满脸血污，几乎分不清哪是眼睛哪是鼻子。加上喝醉以后又看见了血，似乎更加兴奋。他拼命挥舞双手，如果不注射麻醉剂让他平静下来，可能给他连脸也擦不成。

“不行啊。”

“医师怎么还不来？”

按着醉汉的救护队员们脸上也溅上了血。

“马上就来。”

“请马上喊他来，我们还按着他呢。快点！”

“请稍等。”

伦子不打算为他测血压了。她来到挂号室的电话机旁，从白衣兜里掏出纸条，按电话号码挂了第二次电话。

“直江先生回来了吗？”

“刚刚回去的。”与之前那个人的声音相同。

“他乘上出租车了吗？”

“那可就不得而知了。”

候诊室的挂钟指着十一点，如果出门就能坐上汽车，现在也该到了。

治疗室那里仍然传来患者的喊叫声和救护队员们的制止声。

阿薰再也忍受不住，从治疗室里跑了出来。

“流了那么多血！”

阿薰似乎吓坏了，两手捂着脸。从正门到治疗室的通道上到处都有点点血迹。

“那人没危险吗？”

“可我们能做些什么呢？”

“医师若能快点回来就好啦！”

“说这话也无用，回不来仍是回不来。”

伦子歇斯底里地狂喊起来，只有两眼不住地朝正门望着。

救护队员从治疗室跑到二人面前。

“大夫还没来吗？”

语气虽然平和，内里却饱含愤怒。

“刚刚去‘出诊’，现在也该回来了。”

“什么地方？”

“就这附近。”

“那里有电话吗？”

“我刚挂过电话，说是已经回来了。”

“出了那么多血，若不赶紧抢救，恐怕……”

"真对不起！马上就到。"

伦子鞠躬致歉，内心真想大哭一场。等直江医师回来时，定要狠狠地发发牢骚，但另一方面也应责怪自己明明知道可能会发生这类事情，为什么还默许他出去呢？

救护队员们明白向护士们抱怨也无济于事，于是又都回治疗室去了。

"跟他们说谎话能行吗？"

"不那么说不行呀！"

阿薰似有所悟地点点头。

"若是他也因为喝酒把脸划破该多解气。"

伦子在昏暗的楼房正门喃喃自语道。门前救护车上的红色标志灯仍旧一亮一灭地闪着。伦子又抬头看了一次钟表，与上次看它时相比，只过了三分钟。

又有一辆响着警笛的车开来了，两人从挂号室里急忙跑过来，原来是乘着巡逻车的警官赶来了。

"患者在哪儿？"

"在治疗室。"

"不要紧吗？"

"估计没大问题。"

"做手术了吗？"

"还没有。"

警官点了点头，走进治疗室里。

医院门前似乎已经集聚了很多人。伦子闭上眼，数起数目来，一、二……数完六十个数就是一分钟，数过四五个反复，直江就能回来。

第一次刚刚数到三十时，一个救护队员从治疗室跑来问：

"护士小姐，他要喝水，可以给他喝吗？"

伦子觉得患者不是腹内创伤可以喝点，但没有确切把握。

“他说渴得要死。”

“若是少许一点点，我想是可以的。”

“杯子呢？”

“这就给你拿去。”

伦子从药房里拿来杯子递给救护队员时，阿薰大喊：“大夫回来啦！”

回头一看，确实见有一个男人正在昏暗的入口处脱鞋。他换上院内鞋后径直朝这边走来。他瘦长身材，右肩下垂，正是直江医师。

“大夫！”伦子朝大楼正门跑去。

“怎么样啦？”

“浑身是血，暴跳如雷，无从着手。”

“给我拿白大褂来！”

直江医师脱掉西服，只剩下没系领带的衬衫。伦子急忙把挂在外科门诊室里的白大褂拿来，从直江身后给他穿上。

“我对他们说您是‘出诊’去了。”

直江会意地点点头，然后把脸凑近伦子的脸问：“有酒味吗？”

“有点，不过不要紧。”

“嗯。”

从黄昏起一直喝了四个小时，可直江丝毫没有醉意。他的脸色更加苍白了。

“不缝合不行呀。”

“缝合准备已经做好。”

“真够吵闹的！”

直江轻轻皱起眉头走进治疗室。

“大夫来了！”

伦子一声叫喊，救护队员们便一齐回过头来，从担架旁闪开。

直江来到床前，盯视患者。

“喂，大夫！你干吗来的？混账东西！”

患者挥舞着拳头坐起来。直江在离他一米远的位置上察看他脸上与头部的伤势。

“他妈的……”

患者放下两腿，要从床上下来。救护队员们再次从左右把他按倒。

“回家，我要回家！”

醉汉在床上乱蹬两腿。

“喂，你消停点！”

“少啰唆，给我滚开！”

“让大夫给你看一下。”

“我要回家，躲开！”

醉汉大叫，每次转过脸，鲜血都四下溅出。

“消停点，请大夫给你治伤。”

“滚开，滚开！”

他一边骂人一边往地板上乱吐唾沫。

直江起初默默地看着他，随后向旁边的警察使了个眼色，走出治疗室。

警官也随后跟了出来。

“您看怎么样？”

“是啤酒瓶划破的。”

“嗯，好像是从正面砸在额头上的吧。”

“受伤多长时间了？”

“唔，离现在有十五分钟或是二十分钟吧。”

“他喝了多少酒？”

“听说喝了二十杯威士忌酒，反正他醉得够呛。”

又传来了醉汉的喊叫声。

“同他打架的对手逃掉了，他就更躁狂了。”

“多大年龄？”

“二十五岁。”

直江点了点头，又转身吩咐伦子说：

“把门诊厅的厕所电灯打开！”

“厕所灯？”

伦子反问了一句。直江未予回答，只是朝对面的警官说：

“请把他抬到厕所去。”

“厕所？就是大小便的便所？”

“是，送到女厕所去。”

“抬到女厕所干吗？”

“锁上门。”

警官惊诧地看着直江。

“锁上门？”

“等他老实了再说。”

直江从白大褂兜里掏出香烟，叼在嘴里。

“可是他正大量出血呀。”

“厕所里墙上、地面全是瓷砖。”

“不是这样，你听我说……患者是否会因大量出血而死亡？”

“不必担心。”

他划根火柴点着了香烟。

“只要从厕所上方不时看一眼就没事。”

“从上方……”

“是的，门诊厕所的挡板不同天棚连着，所以能够从上面观察。”

“这期间若是继续流血也没关系吗？”

“血流到一定程度会自然停止。”

“然而……”

“一会儿他的血压下降，就没有力气暴跳了，那么一点伤算不了什么。”

“可他满脸是血呀。”

“额头的伤口往下流血，所以比实际的伤显得厉害，伤口虽大却不深，用不着担心。”

治疗室那边又传来醉汉的呼喊声。

“他能吵嚷喧闹足以证明没有生命危险。”

“那么说，现在就把他塞进厕所里？”

“每隔五分钟派人去察看一下，待他老实了，再来通知我。”

警官呆呆地望着直江。

“缝合要等一会儿进行，领他们到厕所去，我在值班室等着。”

最后直江向伦子说，便转身向电梯走去。

值班室在三楼病房的里侧。

警官看清直江医师走进电梯以后，转身问伦子：

“果真不要紧吗？”

“那位大夫是这么说的，当然不要紧。”

“然而，这么做是否太蛮横了？”

“没关系的。”

伦子极其坚定地说。但她自己也是初次碰到这种情况。

治疗室里，患者像野兽一样不停地吼叫。警官背着他小声向救护队员们传达了直江医师的指示，救护队员们听了警官的话也同样迷惑不解。

“真把他塞进厕所里？”

“是的，厕所在楼梯口的右侧。”

伦子在前头带路，打开电灯，推开近前的女厕所门。

救护队员们满腹狐疑地把醉汉放在担架上抬向厕所，醉汉仍旧胡乱骂人，然而，当他被撂在厕所门前的一瞬间，便惊慌地朝周围环视了一眼。两个救护队员立刻从两侧把他架起来，不由分说地推进女厕所的门里了。

“你们要干什么？喂！妈的，浑蛋！”

患者猛烈地敲门，大喊大叫。然而，有两名救护队员从门外顶着，他毫无办法。

“开门！你们给我开门，开门啊！”

醉汉继续喊叫，但救护队员们只管顶紧门一声不吭。

“请踩着这个从上往下看。”

伦子从手术室里搬来脚踏凳，放在厕所门前。

“每隔五分钟看一次就行吧？”

“在他喊叫着的时候肯定没有问题。”

“这么说必须等这家伙老实了我们才能离开喽？”

“对不起！就得这么办。”

“他不会死在里面吧？”

“不用担心，我也常来看他。”

救护队员表情生硬地点了点头，似乎又想起了什么。

“请给我们救护总署打个电话，就说患者狂暴，暂时不能回去。”

“好的。”

伦子返回挂号室，警官正在打电话，仿佛正在了解被害者的身份。伦子把救护队员托她办的事交代给旁边的另一个警官便回治疗室了。

阿薰正呆呆地站在治疗室里的煮沸消毒器前发愣。

“怎么啦？”

“那张脸多可怕！他额头上闪着光的是玻璃碎片吧？”

“好像是啤酒瓶碎渣。”

"太可怕啦！"

"我看光是那套缝合器械恐怕不够用，你再从手术室里拿来五六个柯赫尔钳和培安氏钳。"

阿薰脸色苍白，向手术室走去。

伦子用水桶打来热水和冷水，搓好抹布。病床上的人造革和周围的地板上都血迹斑斑。当她擦完地板，做好器械消毒时，挂号室里传来一群男人的谈话声。那是语调粗暴地争论着什么的声音。

伦子来到走廊一看，有四五个汉子围着两名警官，这些人都穿着皮夹克或红毛衣等潇洒的服装。

"把浑身是血的人塞进厕所里，真是无法无天！"

"死了人怎么办？"

"这里难道不是医院吗？"

汉子们七嘴八舌地逼问警官。

"治疗方面的事与我们无关，我们只是遵照大夫的指示办事。"

警官答道。

"那好，我就去问大夫，大夫在哪儿？"

警官看见伦子从后边走过来，便走上前说：

"请把大夫叫来。"

"怎么啦？"

"希望向这群人说明一下把患者塞进厕所里的理由。因为他们的伙伴挨了打，正杀气腾腾的。"

"快点把他叫来！"

一个汉子喊道。

伦子拿起电话机，挂向值班室，三遍铃声响过，直江接了电话。

"患者的朋友们赶到这里来了，说是要见您。"

"什么事？"

“要求说明一下为什么把患者塞进厕所里……”

“你告诉他们不用担心！”

“可是，您不下来很难了结……无论如何您得来一下。”

“……”

“求求您。”

“好，我去。”

电话挂断了。伦子转身向汉子们说：

“大夫这就来。”

“本该如此！”

汉子们晃着膀子盛气凌人地坐到候诊室的椅子上。

“好像是K帮的小子们干的，只要懂点道理，他们也会后悔的。”

警官抱歉似的向伦子说。

停送暖气的门诊室寒气逼人。汉子们有的弓腰抱膀，有的两腿打战。也许是直江在三楼按动了电梯电钮，电梯指示灯从1升到了3停住了，然后又由3向1降下来。警官和一伙人一起望着指示灯的移动。

指示灯从2降到1停下来时，那伙人站了起来。这时，电梯的门开了。

直江没穿白大褂，还是刚才那件浅蓝色衬衫。他走出电梯，平静地环视了一下小伙子们，什么也没说，径直向右面走去。电梯附近有个楼梯口，再往前就是门诊部的厕所了。

一伙人同警官鱼贯地跟了过来。直江走进厕所，向倚在门上的救护队员问：

“怎么样啦？”

“噢，多少老实些了。”

救护队员慌忙从脚凳上站了起来，直江登上脚凳，从门上方朝厕所里俯视了一下。

“喂！开门……”

厕所里的汉子又喊叫起来，他的声音显然没有当初那么有力了。直江看了他一会儿，然后从脚凳上下来，又看了看手表。

“塞进这里有十五分钟吧？”

“是的。”

救护队员看了看自己的手表，答道。

“还得等一会儿。”直江说完，拧开水龙头冲了冲手，走出厕所。

那伙人又跟在他的后面走回来。尽管他们一言不发，脸上却是阴沉凶恶的。伦子走在最后，小心翼翼地观察着事态发展。

直江医师似乎根本没把他们放在眼里，他迈开大步走去。过了楼梯口来到电梯前时，他突然停住，转身问道：

“你们有什么事？”

那伙人一齐抬头看着直江。

“大夫问你们有什么事，你们可以说啦。”

警官向那伙人说。

“其实……”一个穿皮夹克的年长一点的汉子说，“那醉鬼同我们是老相识，因为一点点小事跟别人打起架来，听说被塞进厕所里了。”

这汉子有点水蛇腰，左颊长个小痣。

“把他关在那种地方，死了怎么办？”

“死不了。”直江答。

“这是你的一面之词，他可是个患者啊！”

“我不想给发酒疯的人看病！”

“可他头破了，正流血呀！”

“……”

“你听见我说的话吗？”

“你们是说对医院不满意喽？”

“不是对医院不满意，而是对这种做法不满意！”

“病历在哪？”直江问伦子。

“还没有。”

“快拿一份。”

伦子急忙从挂号室取来一本新病历。

“叫什么名字？”

“是叫户田次郎吧？”警官朝一伙人询问。

“对。”

“有保险吗？”

“大概有吧！”

水蛇腰汉子回头问旁边的人。

“我想他是加入了的。”

“是国民健康保险吧？”

“可能是……”

旁边的一个汉子回答说，似乎没有把握。

“工作单位？”

警官问。

“领着生活补贴金。”

“这么年纪轻轻的人领补贴？”

“是失业保险吧？”另一个汉子答道。

“我们也有点说不清。”一汉子说。

“这么说医疗费由你们几个出喽？”

直江朝那伙人看了一眼，他们面面相觑。最后，那个水蛇腰汉子回答说：

“该由患者本人付吧？”

“不过，目前得由你们垫付。”

“嗯，好吧。”

“住院怎么样？”

“需要住多长时间？”

“最少需要两周。”

“那么，就先治疗吧！”

“住哪类病房？”

“有哪类？”

“有特等、一等、二等、三等、大病房。一等的一天九千日元，特等一万五，光靠保险是不够的。”

一伙人又面面相觑了。

“即使是大病房，没有保险金，光住院费一天也要一千五百日元。”

“大病房现在没有空床位。”伦子插嘴说。

“听说大病房没有空床位，住三等的三人间每天三千日元，住那里行吧？”

“不行也得行呀。”

水蛇腰汉子想了一下应允了。

“那好，你们交五万日元的押金吧。”

“现在？”

“对。”

“今晚太迟了，等……”

“你们的时间不是刚开始吗？”

直江看了看候诊室墙上的挂钟，时针指着十一点四十分。

“今天晚上就请您饶过这一遭吧。”

水蛇腰汉子勉强挤出一点笑意说。直江看着病历，不作回答。

“拜托您了，大夫！”

“……”

“难道你不相信我们？”

“不能相信。”

“你说什么？”

汉子向前迈出一步拉开架势，警官急忙过来拉开，“你也算个医生？”

“没错，是医生。”

直江直勾勾地瞪着汉子说。

“是个冷血医生！”

“没有住址，没有工作单位，能不能支付药费也不清楚，没法让他住院！”

“可是他出了那么多血，放任不管，会死掉的！”

“从前曾有住院时耍酒疯，胡搅蛮缠，不付医药费就溜走的病人。”

“你说他也是这种人？”

“现在租间房子还要押金呢！治病要押金是理所当然的。”

“真是个抠门的医院！”

“别费口舌了，痛痛快快准备押金吧。” 警官说。

“刚才我不是说过现在拿不出来吗？”

“那好，我拒绝医治。”

“拒绝？”

直江说完，朝电梯口走去。

“喂，喂。”

汉子又跑到直江前面挡住去路。

“无论如何也得现在拿钱？”

“当然！”

“那你稍稍等一等！”

年长的汉子显得无可奈何，把另三个人召到了候诊室一边。直江走进治疗室，坐到椅子上点燃了香烟。

“给您送来个棘手的患者，实在对不起！”

警官内疚地道歉说。

“流氓都不好对付。”

直江吸了一会儿烟，看看手表。

“你去看看患者！”

“是。”

伦子走了出去，正巧，刚才那个汉子擦肩走了进来。

“刚才我们大伙凑了凑，可只有三万日元，行吗？”

汉子的语气比先前多少缓和了。

“希望能成。”

“若是不够，你们还得马上送钱来。”

“这我知道。不过，你也得给他精心医治啊。”

直江从汉子手里接过三张一万日元面额的票子，用别针别在病历卡上。

“你好像也喝了酒？”

汉子坐到直江面前的圆椅子上说，直江并不回答。他往病历卡上盖了一个椭圆形戳记，然后开始写上一连串外国字。

“因为什么斗殴的？”警官掏出记事本来向汉子问道。

“什么原因也没有，好像他们喝着喝着就拌起嘴来，发了火，动了手。”

“打人者是你们的同伙吧？”

“正因为他跑掉了，所以弄不清。”

“你别装傻！”

“都是真话。”

“我已经有数了。”

警官刚说完，伦子返回来了。

“他突然安静下来，坐到地面上了。”

直江点点头，朝四周看了一眼。

“把床稍稍往里挪一下，缝合器械都准备妥了吗？”

“准备好了。丝线用四号的行吗？”

“行吧。”

“那么，我去让他们把他抬进来。”

伦子去走廊通知救护队员了。

直江站起来，挽起衬衫袖子，穿上胶皮围裙。这工夫，警官同一伙人已把床拉到屋中央去了。

患者躺在担架上，又被抬了进来。

“请把头放在这边。”

担架在床前做了个一百八十度大转弯后，头朝向窗户一边。如今患者仿佛换了个人似的，刚才还发酒疯，现在却下巴朝天，四肢耷拉着入睡了。

伦子和阿薰从两侧为他脱去西服和毛衣，他的手脚像瘫痪似的软绵无力。

脱去毛衣只剩下一件衬衫时，伦子把血压计缠在他的右臂上，直江切了切脉，然后放上听诊器。

虽然他满脸血污，但现在已不继续流血了。

“血浆400输液，你用脸盆打来灭菌水，给他擦擦脸。”

直江拿开听诊器吩咐伦子和阿薰。

“他怎么样？”水蛇腰汉子伸过头来问直江。

“用不着担心，你们出去吧。”

一伙人退后了一步。直江戴上口罩和橡胶手套。

“还要滴进一点消毒皂液。”

“是。”

“好啦，拿纱布来！”

纱布蘸上灭菌水，轻轻地敷在伤口上。血块一点一点地被水溶解，擦拭几次以后，患者的面目逐渐显现出来了。

以额部为中心向上划有三条伤口，向右下方贯穿眼眶到面颊一条，额头中央残留着一块三厘米见方的玻璃碎片，头发里还有好多玻璃碴。

那伙人虽然退后了一步，但仍在床周围围观。

“你也洗洗手帮我一下！”

直江吩咐做完输液的伦子。擦掉血污以后，患者的脸愈显白净，他五官端正，想象不到竟是个英俊的小伙子。

“大夫，会留下伤疤吗？”

围观人群中的水蛇腰汉子问道。

“会留下。”

“过几年也不能消除吗？”

“不能。”

直江一边用钳子拢合伤口一边答道。

手术做了三十分钟。

以右上额为中心呈放射状的三条伤口和贯穿右眼外眶直达面颊的一条，共缝了二十针。患者从头顶到额部的右半侧脸用绷带缠上后，就抬到三楼的三等病房里。小伙子体内的酒精发挥了作用，局部麻醉药虽然只用了一点点，但他都不觉得疼，只管酣睡到手术终了。

“输液用百分之五的葡萄糖五百毫升，外加两支阿多那。”

“知道了。”

直江摘下口罩和帽子，伦子转到身后为他解开胶皮围裙的带子。

“告诉那伙人不要留在病房里瞎帮忙，事情处理完就让他们走开。”

“是。”

那伙人在做手术时就被叫了出去，警察盘问了案件经过。

“剩下的事全靠你们了。”

直江洗完手刚要出屋，似乎又想起点事，转过身来说：

“我已经在刚才那家店给你们订了寿司。”

“刚才那家？”

“就是你第二次往那里打电话的地方，我听说是急诊，想到做完手术时应该吃点什么，便在那里留下了钱。现在你给那里挂个电话，马上就能送来。”

“这……”

“给你们两人各订了一份，挂电话通知他们送来就可以了。”

“还要从涩谷跑到这里，又是深夜。”

时钟已指到十二点三十分。

“不要紧，他们知道的。”

“谢谢！”

直江推开治疗室的门来到走廊，调查完那伙人的警官拿着记录本走过来说：

“患者的住址弄清了。”

“请告诉护士吧。”

“能不能把病名告诉我？”

“前额、右脸创伤，记住：不是扭伤而是创伤。”

“这两个字意义不同吗？”警官边往记录本上写着边问。

“创伤是开口的伤，扭伤是指跌打损伤那样皮肤未破的伤。”

“明白啦。那么，需要多少天才能痊愈呢？”

“两周以后。”

“后遗症能达到什么程度？”

“若是女人，会落下倒霉一辈子的伤疤。”直江回头看着身后的一伙人说，“若是你们有点伤疤也许更好些。”

“那疤难看吗？”

“会让人望而生畏的。”

那伙人呆呆地望着直江。

“竟然栽在他们手里了！”

“烂醉如泥时，来不及躲闪嘛。”

“完全对。”

“好，就这样吧。”

“深更半夜，给您添了不少麻烦。”

警官鞠躬时，那伙人也跟着行礼。

当伦子两人擦完手术器械，清理完治疗室时，寿司送到了。

那伙人经警官劝说，于十分钟前离去了。

伦子和阿薰回到了三楼护士休息室。

“咱们吃吧。”

“看样子挺好吃的。”

阿薰看着寿司说，并随手沏好了茶。此时已是午夜一点，两个人都饿了。

“想不到直江医师这么体贴人。”

“不过是掩盖他外出的纰漏而已。”

“尽管如此，他毕竟认识到了自己的过错，仍是个好人哪。”

“倒也是。”

“就是不错嘛！”

“你也太单纯了！”

“怎么见得？”阿薰不满似的说。

“别上他的圈套。”

“可是你瞧，今天晚上那么重的伤他都毫不费力地处置完了，而且，对于那群流氓全无惧色……”

“当一名外科医生，这么点事算个什么。”

“不对，记得上次有个大腿骨折患者来咱们院时，小桥医师都有些哆嗦啦。”

“那是因为年龄和经历都不相同啊。”

“我最喜欢那种冷漠的医生。”

“好啦好啦，快吃吧。”

“志村，怎么了？”

“啊！把东西忘在门诊室了，我去取来。”

“是什么东西，我去取吧！”

“不必啦，你先吃吧。”

伦子不坐电梯，顺着楼梯跑了下去。刚刚还是灯火通明、人声嘈杂的门诊室，如今却在微弱的灯光下恢复了宁静。伦子下了楼梯来到左手的挂号室，拿起了放在里端的院内电话机。

号码7就是医师值班室。

“喂，喂！”

直江的声音里含点困意。

“是我。”

伦子一边瞥着周围，一边低声说。

“刚吃完寿司。”

“是吗？”

“您不吃吗？”

“我不要。”

“稍微吃点吧。”

“我说了，不吃。”

“刚才忘对您说了，您不在医院时，我给两名门诊患者做了治疗，还给另两名打了针，都是照以前处方做的。”

“太好啦！”

“还有，石仓老人喊疼，我给他服了两剂普鲁巴林，是不是多了点？”

“不多。”

“您已经睡下啦？”

“正躺在床上看书。”

“您喝了酒最好早点休息。”

“就这些吗？”

“噢，明天或后天您有空吗？”

“明天有事。”

“后天或者大后天呢？”

“若是后天的话……”

“那就后天，在上次的老地方行吗？”

“六点左右。”

“知道啦！”

“你现在从哪儿打来的电话？”

“从门诊室，阿薰不在这里。”

“……”

“晚安！”

伦子挂断电话，又小跑似的爬上三楼。

第二章

东方医院院长行田佑太郎的私宅距离医院不算太远，位于目黑区的柿木坂。从家到医院乘汽车需十五分钟至二十分钟。

院长家里除了妻子律子以外，还有长女三树子和长子佑司。佑司今年二十一岁，不愿当医生，考进了T大学经济系。三树子比佑司大两岁，去年从女子大学英语系毕业后，不谋职业，待在家里干些家务，兼做医院的总务和院长秘书一类的事。

医院职工四十多人，有医生、护士、厨娘，等等，管理起来光靠院长一个人是不行的。院长本人很少在医院，尽管也有事务长、护士长等人，但毕竟是外人。在财务收支上、公私接待上，都要由妻子律子和女儿三树子来管理应酬。

上午十点，院长驾私家车载着妻子或女儿来医院。

上班以后，喝杯茶，抽支烟，随后翻翻前一晚的值班记录，听听事务长、护士长关于昨天工作的汇报，再商量一下当日的工作。然后，他便去门诊室听一听医师们的手术计划、住院患者的情况，再把凭关系介绍到院长这里来的患者特别诊查一遍。仅这些事，办完就得十二点多。

午饭后，他大多出去参加碰头会或磋商会之类。这些年，比起医师来，东京都议员以及医师会理事倒成了他的本职工作，真没办法呀。

这天上午九点三十分，佑太郎一如既往，吃了蔬菜色拉和吐司，喝完红茶，结束了一顿早餐。

佑太郎个头中等，可稍微有点发胖。最近，他又进一步发福了，血压也比正常值高出近20，便决定早上只选用简单的西餐。

一年来妻子严加管理他的饮食，如今总算习惯下来。然而，他也只是早饭这样做而已，午晚两顿怎么也得吃些米饭和面食。夜间的宴会若是不吃点日本菜肴，肚子里就觉得不踏实。饮品他最喜欢的是清酒，不过如今只好用威士忌将就一下了。

那天早晨，佑太郎一边喝咖啡一边慢腾腾地读着报。妻子正在邻室里梳妆打扮。律子比佑太郎小七岁，今年刚好四十八岁。她瘦骨嶙峋，个头高挑，同佑太郎站在一起时，分不出谁高谁矮。因为年岁大了，肌肤失掉了弹性，但是她的大眼睛、高鼻梁，依然残留着年轻时的风韵美貌。

“老头子，三树子好像又要拒绝似的。”

律子面向梳妆台边描眉边说。因为她的脸有点凶相，所以只好刮去眉毛，描成稍微下垂的细眉。

“若是这人还不行，那可就难找喽。”

佑太郎眼睛不离报纸地答道。

“这个人的家庭也不错，迄今为止，他是最本分的一个。”

“她说哪里不中意？”

“说什么有点平庸。”

“平平淡淡哪点不好？”

“这种事你问我，我也不知道。”

律子描完了右眉。

“那小伙子在医学院的成绩不错，到大学附属医院后工作又很认真，深受教授们信赖……”

既然长子佑司不愿继承家业，绝望之余，佑太郎夫妻只好指望长女三树子嫁给医生了。

“这么老成的好青年为什么就不……”

“她好像就不中意这点。”

“真叫人捉摸不透！是不是她已有意中人了？”

“没有那种迹象。大学里光是女生，毕业后即回家帮办业务，几乎没有机会同男性相处。”

“如今的年轻人真是让人摸不透。”

佑太郎把杯里的咖啡全都喝光，然后站起身来。

“今年都二十三岁啦，硬说她的同学只有三分之一的人结了婚，一点也不着急。”

“她到底喜欢什么样的？你不妨旁敲侧击问问嘛！”

“也许你去问一问更合适。”

“岂有此理！当父亲的怎么好问？”

佑太郎对女儿三树子真是毫无办法，因为她从小就受溺爱，所以长大了再怎么说教她也不听。

“好啦，到点喽。”

正好十点。律子刚想冲二楼喊时，三树子下楼来了。她长有一双大眼睛，笔直的鼻梁，冷漠的气质，颇像律子年轻时的那副美丽面容。

“佑弟还躺着呢。”

“别理他，一会儿他就会起来的。”

律子拎着手提保险箱和提包乘上汽车。佑太郎和律子坐到后排座上，三树子坐在前座。

“出门请走好！”

家里只剩下五十岁的女佣富代了。

轿车从驹泽路开到了环城6号线。八点前后还曾拥挤不堪的街道，十点后就有些空荡了。

“老头子，你听说直江医师和志村的事了吗？”

在交叉口等待绿色信号灯时，律子问。

“志村？是志村伦子吗？”

“是的。”

“她怎么啦？”

“听说他们两个人好上啦。”

“怎么会？”

“不，是真的。”

“你说什么，怎么回事？”三树子从前座回过头来问。

“同你没有关系。”律子冷淡地说，“我从关口那里听说的。”

“关口？”

佑太郎脸色阴沉起来。关口是东方医院的护士长，今年四十二岁，三年前离了婚，有一个念中学的孩子。她当护士多年，经验丰富，头脑机灵，缺点是好传闲话。

当然，从经营者的角度上看，有人能把自己不了解的医院内部情况汇报上来，是难能可贵的。然而，这个关口护士长却只把情报提供给律子。有一次，佑太郎刚想向医院内的一个护士下手时，由于关口的告密，结果搞得很狼狈。因此，虽说她是个珍贵的传话筒，但他对她却毫无好感。

“听说两人常在涩谷一带约会。”

“有这等事？”

佑太郎显现出一副大男子不拘小节的神情。

“好像不光是约会，还发生了关系。”

“有谁看见过？”

“好像那姑娘还到直江医师的公寓去过。”

直江住在医院附近的池尻小区公寓里。

“不能因为去他公寓就断定人家一定有事吧！”

“当然当然，不过直江医师是个单身汉哟！”

“我也听到过这种传闻。”

三树子插嘴说。

“当直江大夫值班时，志村姑娘也总是值班。”

“对啦，关口也对我说过这事。”

不知为什么，律子和三树子结成了统一战线。

“即使如此，我们又能说些什么呢？”

“不过……”

“直江大夫不是那种非到咱们医院来不可的人，他若是正式干，现在已是副教授了。可他到这儿来了。”

“这件事一点也不怪他，都怪那个志村。”

“怎么，你好像有点吃醋？”

“胡说些什么呀，老不正经！”

律子瞪了佑太郎一眼。

“我们只求他在工作上不出差错就够了。”

“我说的就是他在工作上也出了问题。”

“直江大夫吗？”

“你记得有个叫石仓的老头儿吗？”

“石仓？”

“住在四楼二等病房，得胃癌的老头儿。”

“石仓由藏？”

“直江大夫每天给他注射麻药。”

“因为他总喊疼嘛！”

“就只因为他痛吗？”

“那还有什么原因？”

“这不过是种传言……”律子把嘴凑近佑太郎耳边，“注射那样烈性的药剂，岂不是加速老人死亡？”

“胡说！”

佑太郎突然叫道。

“我只是听人这么说的。”

“又是那个关口说的吧？”

“嗯，她只说她有那种感觉。”

没想到丈夫突然发火，律子有些慌了。

“一个护士，多管闲事。再说，你也真是，听风就是雨！”

佑太郎斥责夫人时，车已到了医院门前。三人从旁边的职工入口登上二楼的办公室。

“早上好！”

来到办公室时，事务长和女办事员们起立问好。

“多好的天气呀！”

律子似乎已把车内的事情忘了。她取下围巾，站在窗前俯视着庭院。围在大楼中央三十平方米左右的空地上，一串红[①]越发鲜艳了。

“刚才直江大夫到这里来，好像想向您汇报什么。”

“请他快来。”

“是。”

事务长拿起话机。院长坐在沙发上，从放在茶几上的香烟盒里抽出一支来。

“早上好！”

不知关口鹤代护士长是怎么知道院长他们来到的，好像是她估计着时间推测的吧。

医院里不论正式护士、准护士、见习护士都戴着白色的普通护士帽，唯有护士长戴着镶有两条黑线的帽子。

像她这样的矮短身材戴上这顶镶黑线的护士长帽似乎大了些。她两眼

①又称爆仗红、象牙红，为唇形科鼠尾草属植物。——编者注

凹陷，长得有些像猴子，由于多年的经验和随之积累的狡黠，显露出护士长应有的威严。

“今天有点冷啦。”

“可不是，十月份就这么冷真少有啊。”

“哎呀，夫人，您变发型啦！”

“我只把它向上梳拢了一下，不知怎么样？”

“夫人的脖子细长，这么梳起来特别协调！”

“我觉得有点不习惯，心里很不安。”

“您的头发柔软浓密，是容易往上梳的。”

“试着梳了一次以后，想不到并不麻烦。”

护士长同夫人交谈着，时刻不忘拍夫人的马屁。

“直江大夫正在巡查病房，听说查完后就过来。”事务长放下电话报告说。

“噢。”

院长正在看值班记录。记录上写着：值班医师直江，护士志村伦子、宇野薰。是伦子的字迹。

“我想起来啦，院长先生，昨天深夜，有个流氓模样的人被抬了来。”

“就是这个吧。”

院长朝记有“门诊急救患者一名”的笔录看去。

“那人的脸被啤酒瓶砸伤，满脸是血。”

“他有保险吗？”

院长所关心的不是伤势，而是有无保险。

“因为一时弄不清楚，就暂收了他三万日元押金。”护士长说这话时，仿佛是她自己做的事似的，“不过，听说那人烂醉如泥，暴跳如雷，在他安静下来之前，一直关在厕所里。”

“厕所里？”

律子突然发出一声狂叫。

“而且是门诊女厕所。”

“谁是昨晚的值班大夫？”

“直江大夫。”

“啊？竟这样！”

律子夫人听说是直江，立即把将要出口的责难诘词收了回去。

“那么，患者现在在哪里？”

“三楼的三等病房里，今早睡得倒很安宁。”

“病房里没有他的同伙吧？”

“没有，就他自己。”

“不要让他的同伙随便进入。”

“我已经告诉挂号室的饭野了。”

“缝了不少针吧？”

“以额头为中心，向外有四处伤。”

护士长把今早刚刚从伦子和阿薰那里听到的事，原原本本就像她自己也在场一样地说了。

“干得漂亮！”

“不过，院长先生，尽管那人喝得烂醉，而我们竟把一位正在流血的患者关进女厕所里，似乎不大妥当。”

“后来，厕所没毁坏吗？”

“血迹已经擦掉了。只是听说中途患者的同伙对把患者关进厕所而发牢骚。”

“后来发生了什么事？”

“听说直江医师好歹给顶了回去。”

院长不喜欢“治中出乱”，也丝毫不愿自找麻烦，他一心想平安无事地赚钱。

“后来，那伙人没再来说什么吗？”

“这个呀，刚才挂号室接到一个奇怪的电话，说是‘你们医院的值班大夫还是那么常喝醉酒吗？’”

“值班大夫喝醉酒？”

“昨天晚上，直江大夫好像是喝了点酒。”

“……”

“于是，方才我到护士宿舍去问了刚下班的志村和宇野两人。志村说不知道，而宇野则说也许喝了一点点。”

护士宿舍在医院楼后，与医院隔着一条小路。除了护士，女办事员和司机也住在那里。

“我认为志村在包庇直江医师。”

护士长意味深长地看着院长。

“那电话只说了这么一句话吗？”

值班时，医生多少喝点酒，本不值得大惊小怪。从院长的角度看来，他最怕的是长此以往染上酒瘾。

“我想对方只是骚扰一下，第一次就说这么一句便挂掉了。”

“还挂来第二次了吗？”

“没有，还没挂。”

护士长尽管没撒谎，但多少有些夸大其辞。

“还不是因为他的同伙感到患者被塞进厕所里太窝囊了！”

护士长发现院长生气地默不作声，便向律子夫人征求意见似的说：

“您说对吧，不管他怎么耍酒疯，这么做确实有点不靠谱。”

律子夫人点头称是时，走廊一侧办公室的门无声地开了。大家回过头来，但见直江医师已经站在那里了。

“啊，是您，请坐！”

事务长首先搭话，指着院长旁边的沙发说。

“早上好！”

院长和律子夫人齐声说。直江默不作声地点点头。

“院长先生，您今天不到门诊室去了？”

护士长急忙以庄重的语调改变了话题。

“有人给我介绍患者来了吗？”

“目前似乎还没有。”

“我今天一上午都待在这里，如果有找我的患者，就打个电话来。”

“明白了。”

护士长恭恭敬敬地施上一礼走出房间。律子夫人和三树子见她走了便朝隔壁的更衣室走去，事务长看起文件来。

“昨晚值夜班您够辛苦的！”

从院长的立场上说，医院的医师只是个被雇佣者，但院长对医师的用语都是很谦恭的。一方面因为愿意到私人医院里供职的医师少，即所谓的供不应求，另一方面也因为直江在大学里就是颇有地位的人，院长对他另眼相看。

“没什么……”

直江的脸色依然苍白，与其说是昨夜值班的缘故，不如说这是他的常态脸色。

“听说有个什么醉汉打架的患者来院医治？”

“只是把脸划破了。”

“听说你把他塞进厕所里了？”

“因为他胡闹。”

“真是个妙计！”院长微笑着，漫不经心地说，“不过，这件事若是他本人以及同伙们醒悟过来，会发火的。”

“也许会发火。”

“发了火，就要添些小麻烦吧？”

“到了那一步，就让他出院。”

直江满不在乎地说。经直江这么一说，院长认为也确实如此。

“直江医师要咖啡吗？”

三树子从隔壁房间走进来问。

“不，什么也不要。”

“别这么说，那就喝杯茶吧。”

“好的。”

“爸爸您呢？”

“给我也倒杯茶吧。”

三树子到开水器水龙头前沏茶去了。院长也不想对昨晚患者一事过多追问。直江默默地看着正对面的窗户，窗外洋溢着即要逝去的秋光。律子夫人从更衣室返回办公室，向直江微微点头致意。

“您找我有什么事？”

院长点着一支烟，问道。

“是啊，有点小事。”

直江说完，似乎难以开口，向四周环视了一下。

“要不就到院长室去？”

“好的。”

两人站起来，夫人和三树子疑惑地望着他们。

他们在院长室面对面坐下后，直江开口说话了。

“有个叫石仓由藏的患者，您也许知道吧？”

“因胃癌从T大学医院转院来的患者吧。”

佑太郎想起了今早在车中听律子告诉他，说有人传言直江给石仓老人使用了过多的烈性麻醉药。

“那位患者同您在私人方面有什么……”

“不，我并不特别了解他。”

“是吗？那就没有大问题了。”

“那个患者发生了什么事吗？”

“他要求我给他做手术，最近三番五次地要求。”

“手术？”院长惊讶地抬头看着直江。

“可他不正是因为胃癌转移，手术为时已晚才被T大学医院推出来的吗？”

“原本是这样，可他本人并不知道内情。他被T大学医院撵出来时是说出院的。因为总未彻底治愈，便索性要求给他做次手术。”

“他认为做一次手术就能彻底治好吗？”

“他依然认为他的病是胃溃疡。”

“他的癌细胞确实扩散到脊椎了。”

“现在又从后腹膜扩散到腰椎了。”

“这么说，即使做手术，也不能全部摘除癌喽！”

“是，不可能。”

“若是切除胃的主病灶，能不能暂时舒服些？”

“不能！”

直江斩钉截铁地回答。

“癌细胞会由于手术刀的刺激更加活跃地繁殖起来，加上做手术要消耗很大体力，反而会加快死亡。”

“是啊！”

“这对延长余生毫无意义。”

院长的专业虽是内科，但对这类常识还是知道的。

“你打算做一次没有意义的手术吗？”

“不，我没有说要准备做那种手术。”

的确，直江既没说做手术，也没说不做手术。

“这么说，你已经拒绝他了？”

“不，也没拒绝。”

院长喝了口茶水，然后将杯子放到茶几上。

“那么，你还想做喽！”

“患者热切地期待着，我想做一下也无妨。不过，做了这样的大手术，照他的身体状况来看连两个月也活不成。这么一来，那就是明显的因做手术而导致病情恶化，我可不想这么做。”

院长点了点头。

“然而，如果不给他做手术，他会越发感到不安的。”

“不过，这也没有办法。那就直截了当地告诉他没有做手术的必要。”

“问题就在这里啊，当大学医院弄清了是胃癌时，好像对他说过：这是胃溃疡，最好做次手术什么的。可是，后来让老人出院时，又说不做手术也可以。他对这种突然改变的说法总是放心不下。”

“真是件棘手的事！”

让癌症患者觉察不出自己是癌症而安安静静地等死也并非易事。从前，院长也曾为这类事伤过脑筋，但最近所有的癌症患者都交给外科去医治了，所以作最终结论便成了外科医生的工作。

“家属方面是什么意见？”

“他们完全不抱希望了，说按照患者的要求去做就可以。”

“但是，我们不能因此就……”院长摸了摸脸。

“后来，我从多方面分析，认为还是做这次手术好。”

“那么一来，他会因手术而很快死去，对医院很不利。”

这样做确实会牵扯到院内患者的舆论和医院的声誉。

“若有一种既做了手术又同没做手术一样能延长患者生命的方法，您认为如何？”

“难道有这种方法？”

“有。”

“你说怎么办？”

直江捻灭夹在指间的香烟。

“光进行剖腹。”

“光剖腹？”

“从这儿到这儿切开一条刀痕，您看怎样？”

直江用他的长手指在白大褂上从自己的脐部向下划一直线说。

“老实说，光剖开皮肤表面就够了，但是，既然动了手术，索性连腹膜也剖开，顺便观察一下腹内状况。”

“唔，有道理！”

“这么一来，既不会因做手术使身体衰弱，他本人也会因做了手术而安心。”

院长一点头同意，直江又拿起一支香烟。

“可是，手术时间过短，本人要察觉出来怎么办呢？”

“麻醉采取全身麻醉，剖腹、缝合之后剩余的时间让他依旧躺在手术台上，他也不知道。”

“这倒也是。”

这一阵子院长光忙于名誉职务的事，对外科手术方面几乎一无所知。

“只剖开皮肤和腹膜，虽然不必输液，但也要照输不误。”

“进食怎么办呢？”

“如同做胃溃疡手术一样，禁食四五日，然后，尽早恢复普通饮食。”

“很有道理。”

“对他说手术情况良好，他会相信的。”

“手术后恢复得这么快，他不会产生疑心吗？”

“这一点请您放心。对于疼痛的感觉最灵敏的部位只是皮肤和腹膜，胃和其他脏器几乎没有痛神经，表皮一旦被切开，不管是笑还是起身都同一般手术一样感到疼痛。”

院长简直佩服得五体投地，他望着直江的脸说：

“好吧，何时进行手术呢？”

“我想是否在后天下午进行。”

“是星期五呀。”

“是的。如果患者问到您时，请说是做胃部分切除手术，我们要保持口径一致。”

“我知道啦。”

院长应允道，他认为直江的设想很高明，但又有些害怕。

“还有一件事……”

直江放下他架着的二郎腿说。

“大概下周花城纯子要来住院。”

“花城纯子？”

院长觉得很耳熟。

“是的，就是著名歌手花城。”

“啊，原来是她要住院？”

花城纯子从去年夏天开始唱流行歌曲而一举成名，顿时成为一名当红歌星。今年她才二十一岁，演唱时总是眯缝着眼睛，颤动着微启的嘴唇，那种神态蕴藏着妩媚的魅力。与她同时出名的那个K歌星，深受小伙子仰慕，而花城纯子则极受中年男性的推崇。

“她，什么地方不好？”

“堕胎！”

“噢？堕胎？”

“快满三个月了。”

院长对花城纯子也很倾心。他觉得：虽然她年纪轻轻，却有一种令人陶醉的妖艳，这一点足够挑起中年人的春心来。

“同谁搞的呢？”

“不知道。”

“谁介绍她来的？”

“我大学时代的一个同学跟她的经纪人相识，从这条线上，托我悄悄地在医院里处置一下。”

“原来如此。”院长喟然长叹，但仿佛突然想起了什么，说，“这么说，您已经给她诊察过了？”

“是的，昨天。”

“啊，昨天她到这里来啦？”

“对，她戴着太阳镜，毫不引人注意，好像谁也没有觉察。”

“花城纯子是她的艺名吧？”

“真名叫山口明子。”

“这名字倒很平常。”

“她希望能住上六楼的特等病房，一天就行。”

“这当然。”

特等病房一天的住院费是一万五千日元，若能保住秘密并不算贵。

“手术由您来做？”

“是的，因为她的经纪人再三恳求，所以……”

“真够呛。住院后能让我见上一面吗？”

院长开始泛起了一股春情。

“当然可以。”

“不过，她小小年纪也真干得出来！”

“是她不走时运。据那位同学说，这种事在演艺界已经司空见惯了，也许因为她一时疏忽所致。”

“照这么说，前几天S也是这样喽。”

院长举出了一个最近以来名气稍有低落的电视女演员的名字。她也在这个医院里打过胎。

“根据她的日程安排，希望在下周三进行。那天，请设法留出一间特等病房来。”

“我记下了。”

“不用说，这也要保守秘密。”

“是，是，我懂。”

“那就拜托啦。”

“还有……”院长把刚刚站起来的直江叫住，“昨晚住院的那个流氓请你要处理好哟！”

“您只管放心。”

直江答道，随后轻施一礼，走出房间。

第三章

想不到十月份还有这么温暖的一天。傍晚五点下了班，伦子乘公共汽车来到涩谷车站，随后走进百货商店逛了一圈。听说今年流行长裙，但目前穿中长裙和超长裙的人还不算多。

上身长的日本人穿这种裙子很不适宜，而且还要多费布料钱。

伦子的面孔冷峻，单眼皮，细长身材，有着一双匀称的腿，她觉得自己穿上中长裙一定很美，然而这裙子过于费钱，再说从事护士这种职业，穿它也显得太奢华。伦子在女子服装专柜前徘徊不定，最后，拿定主意不去买它，便朝二楼鞋类专柜去了。

这里也挤满了年轻女子，伦子在靠近电梯口的柜台前试穿了三次，终于买了一双高筒靴。这双黑色顶膝高筒靴同她的迷你裙颇为搭配。伦子请售货员把她买鞋之前穿的高跟鞋装进盒子里，然后装入购物袋出了商店。

车站前的电光钟正指着六点十五分。跟直江的约会时间为六点三十分，还有十五分钟的时间，于是，她穿过交叉路口，漫步在人行道上。她一边观看路旁的商店橱窗，一边登上道玄坂的坡道，中途钻进了一家咖啡馆。

已是六点二十五分，同料想的一样，直江还没有到。迄今有过几次约会，直江没有一次是提前来的，不是晚到就是按时到。伦子对此也已习惯了。

咖啡馆的店名叫“凤凰”。

伦子同直江第一次单独会面的地点也是在这里。那时是直江到东方医院来工作一个月以后的八月末。

直江给她的第一印象是生硬而冷淡。不论对患者对护士，他只说必要的最小限度的话。那种生硬有时也被人看成是不亲切。偶尔在护士们中间也听到一些有关他的坏话，如：他是从大学医院来的，骄傲自大，目中无人。护士长关口鹤代等人到今天也仍然持有这种看法。

起初，伦子也这么认为，没有接近他。可是，在第一周给直江当了一次阑尾炎手术助手以后，她简直被他的高超技艺惊呆了。

摘除阑尾这种小手术，凡是外科医生都能做。曾经在大学医院里当过讲师的医生能做这种小手术，毫不足怪。然而，直江的手术不单单表现在刀口小和手头麻利方面，他手上的动作、器械的操作，没有一丝多余和犹豫。细长的手指就像经过计算的机器，一下子就能准确地捉住要害。

伦子虽说是个护士，可她始终没离开过外科，见过很多医师做手术，像直江这样超群的医术她一眼便看出来了。尽管他的言语不多，但他对患者的问话以及回答问题等都准确利索。抛开直江曾是大学医院讲师的经历不谈，近来患者也对他有了新的评价。

然而，尽管直江有一流的技艺，可不知为什么总给人以自暴自弃的感觉。虽然他对患者极为关心，可另一方面又很粗暴。他的冰冷态度使伦子惴惴不安，并且难以忘怀。

伦子同直江发生肉体关系是在初次约会的当天。他们在咖啡馆相会，去小饭馆吃饭，然后，被直江带到了旅馆里。从表面看是被直江引诱、强迫的，但实际上，这一切都是伦子促成、安排的。直江只不过是借着伦子铺好了的轨道，做出主动追求的样子而已。

简直是悠然乘兴走到了一起。而且，这种顺水推舟的表现也美妙得令人目瞪口呆。一句话，因为伦子喜欢，谁也阻挡不了。她自身好像意识到了结合的后果，所以在向这种境况发展的过程中极为自然，毫无抵触情绪。

同直江结合时，伦子已经不是处女了。三年前，她刚从护士学校毕业，就被一个大她五岁的男人夺走了贞操。那人是贸易公司的职员，常到医院来探望病人，后来两人相识了。关系持续半年后，因那人调到仙台工作而中断交往。好像男子一开始就抱着玩弄女人的态度，所以伦子发誓再也不跟男人发生关系了。然而，时至今日，她却盯住直江放不开手。

每次都是她先来到约会地点等待，尽管满腹委屈，也毫无办法。

伦子看了看手表，已是六点三十五分了。她坐的包厢紧靠大路边，从玻璃窗下沿只能看到来往行人的脚，有高跟鞋、浅口鞋、高筒靴，偶尔也有超长裙闪过，也有停住脚步折回去的。

直江是在并排三双高筒靴走过之后到来的。他一如往常不讲迟到理由，一坐下便解开了大衣纽扣。

“刚才在街上碰到了护士长。”

“她一个人？”

“同宇野薰在一起。”

“她们不会到这儿来吧？”

“不要紧，她们已经走过去了。”

直江用下巴指了指玻璃窗的对面。

“护士长最近这段时间极力打听我们的事。”

直江不做回答，向送来冰水的女侍要了咖啡。

“昨天下夜班回到宿舍时，她到我房间来打听您的事。”

直江悄悄地从大衣口袋里掏出香烟来点上火。

“她问：‘昨天值夜班时直江医师喝了酒没有？’”

“你怎么回答的？”

“我说：‘不太清楚，但我没闻出他喝了酒。’”

直江喷吐着烟雾，冷冷一笑。

“她也问了阿薰，可阿薰姑娘上了她的圈套，如实交代了。”

“是吗？”

“不单是‘是吗’就算了。护士长要把这些事全告诉院长和夫人的呀！”伦子虽然皱着眉头说，但声音里却流露出愉快感，“好像把我们的事全说了。”

伦子着重说了“我们”二字。

“让他们说去呗！”

“但是……”

“你说有事，是什么事？”

女侍过来，把咖啡放在直江面前就出去了。

“从前我也想过，是否从宿舍里搬出来。”

伦子说这话时，眼神微微下移。

“宿舍便宜，又很方便，就是各种闲话太讨厌。”

“……”

“我想租一间离医院不太远的小房间住。”

“什么时候？”

“还在考虑，并没定下来。”

“定下来就告诉我，缺钱我拿。”

“我不是为了要钱。”

伦子慌忙摇头。

“好啦好啦，你今晚还有什么事吗？”

“没有什么事。”

“上池尻去怎样？”

直江的公寓在池尻。

“您认为可以的话……”

“我没关系。”

伦子看着直江的眼睛轻轻点了点头。直江没喝咖啡，拿起账单朝收款处走去。

直江的公寓住房有一间二十平方米的西式房间、一间十六平方米的和式房间和八平方米的厨房，即一般所说的二室一厨。它位于车流量很大的玉川路上的小胡同里，是个闹中取静的地方。

厨房里炊具一应俱全，但直江总在外面用餐，自己从不做饭。西式房间里铺着地毯，角落里放着写字台，靠墙一面有一组沙发，另一面放着一张床。因始终开着空调，所以何时进来都不觉得冷。

进了房间，直江把晚报的大字标题扫了一眼后，走过来搂住了伦子。

“请等一等！”

伦子正在厨房水槽边沏茶。

“那玩意儿可以待会儿喝！”

直江左手搂紧伦子的腰，右手拽开她连衣裙背后的拉链。

“你别急，我自己脱。”

伦子拿着茶壶，背后拉链已被拽开，露出了白衬裙和肩带。

“嗯，等一等嘛！”

直江毫不理睬，立刻把连衣裙扯向脚下，随后抱起只穿着衬裙和三角内裤的伦子走向床铺。

这阵子，直江的求爱方式同以前有了变化，似乎有些唐突和粗暴，并有意做出使伦子难堪、羞愧的事来取乐。与其说是爱，不如说是虐待。

今天也同样，当他把伦子抱到床上后，让她仰面躺下，两手上举，然后从下身扒光她的衣服。

“太亮了，关灯！”

伦子蜷曲着身子恳求说。直江并不停手，他决不会因她恳求就听从，这一点伦子知道得最清楚，但她仍要恳求。

伦子的故乡是新潟县，在那读完高中后，听从同学的劝告，考进了东京公立医院直属高等护士学校。因此，她的肌肤有着北方人特有的白皙。

她当数苗条身材，穿上衣服显得更瘦，但其裸体却想不到这么丰满。

从两胁到前胸一直到腰部，两侧紧绷的部分不甚白皙，略呈暗淡，这里便是她稚嫩的残存部分。

洁白的躯体中有一部分带有暗淡的阴影，渐渐地，她的身子冒汗了，兴奋得红润了。伦子似乎觉得直江在偷看她，偶尔也因在爱抚中觉察到直江的视线而慌乱，惊讶之余甚至想跳起来。但是，也就是这时，直江的细长身体却有一股意想不到的力气紧紧压住她，想躲也躲不掉，身体被压得动弹不得。

直江的做法是：全部占有加以明显的残虐。从伦子方面说，有种既被占有又被窥视的恐惧。尽管她曾经产生过厌恶的感觉，但最近对这种做法反而觉得很满足。她一方面觉得害羞而另一方面也因此欲火中烧，在不知不觉中渐渐地习惯了直江的这种做法。

然而，当事后加以回忆时，伦子自己都感到脸红。她认为当时直江的冰冷目光跟做手术时那种专注神态毫无二致。

那天晚上的程序也同往常一样。

在通明的灯光中，她感到羞愧与屈辱，然而，其结果却是情欲顿起，燃烧起来，忘记了一切。事后回想时，当时她发出过呻吟声以及咬他肩头的蠢事也都记不太清了，只有一种悠悠忽忽甜美的感觉。

完事以后的苏醒，伦子却比直江晚得多了。当她觉得腹侧一阵小小的痉挛平静时，才慢慢睁开了眼。

直江在一旁背对她看着晚报。

伦子忽地起身下了床，慌忙拿起抛在床头和地板上的内衣走进浴室。她的整个身体仍然像驾云一样飘忽不定。她对自己近期感觉亢进感到羞臊，不过，她冷峻的单眼皮此时在镜中却显得温柔了。

伦子穿好衣服从浴室里出来时，直江正躺在床上看着外文书籍。

“喝杯茶吗？”

“嗯。”

直江眼盯书本回答。伦子倒掉刚才泡在茶壶的温开水加进热开水。

直江光着身子披上深蓝色棉睡衣下了床。

“好饿！”

“做点什么吃的吗？”

“太麻烦，打电话要些寿司吧。”

伦子到门厅打完了电话，回来时直江仍在看书。

一如往常，风流事一结束，直江历来是像换了一张脸似的，伦子为此而生气。于是，她提出了一个让直江感兴趣的话题。

“听说要给石仓老爷子动手术，是真的吗？”

“嗯。”

“小桥医师听说要动手术，气得直跺脚。”

直江终于把目光从书本上移开了。

虽然反应轻微，伦子总算把他的注意力引了过来。

“听说内科河原医师也认为这事蹊跷。”

“蹊跷？”

“是啊，他说做这种手术就等于加速老人死亡。”

直江仿佛无聊似的叼起一支烟，伦子看到后当即划根火柴给他点着了。

“这样的手术您为什么要做呢？”

直江不答，又看起书来。他不愿意讲的事从不回答。伦子知道直江的这种性格，就不再追问，站了起来。

伦子是位干净利索的姑娘，不把眼前的家什搞整洁就不舒心。

每次她到直江的房间来，都想为他打扫卫生。

一人独居的直江已同钟点工订了一份每周为他清扫两次的合同。因为他每天只在夜间回来睡觉，所以每周清扫两次倒也不显得太脏。只是他喝酒喝咖啡后从不洗刷，积存了许多脏杯子。

伦子站在水槽边为他洗净用过的餐具，直江依然看着书。

他看书，自己洗碗，伦子对于这一情景感到十分舒畅。洗完餐具，擦净了水槽，伦子又操起吸尘器。

“请站起来一下！”

直江显得不耐烦，抬头看了伦子一眼。

“并不太脏。”

“不行！虽然没有垃圾，可有灰尘啊。”

伦子不由分说开动吸尘器，直江只得慢吞吞地站起来走到阳台上。从打开的玻璃门口传来了夜晚街道上的嘈杂声。

伦子用吸尘器从沙发底下到床边仔细地吸了一遍。虽说每周两次由钟点工清扫，但那种工作最易敷衍了事，地毯的边边角角仍然留有余尘。

扫完地，擦完了桌子，伦子前来整理床铺。床上被刚才踢踏得乱七八糟。她把褥子铺平，摆好枕头，铺上床单。

她展平皱褶，将床单塞入枕头底下时，弄掉了一只发卡。她把它拾起来，托在掌心里端详。发卡呈黑色，U形。同自己所戴的略带绿色的发夹大不相同。她从不使用U形发卡。

她手托发卡向阳台那边偷看了一眼，直江正背朝这面抽烟。

“我说，这里有人来过？”

伦子极力抑制住情绪问。

直江并不回答，他关上阳台的玻璃门，坐到写字台前。

“一个女人？”

“什么？”

“有只发卡。”

“再给我倒杯茶好吗？”

“掉在床头上了。”

伦子亮出发卡，放在写字台上，直江扫了一眼，立刻若无其事地收回视线。

“明天请把床单交出去洗，还有毛巾被和枕套。”

伦子说完便到水槽边去了。直江什么也没回答，等伦子拿茶壶返回来时，发卡仍在桌上放着，直江仍埋头看书。

第四章

东方医院白天门诊的时间是从上午九点到下午五点，其间一个小时午休。护士们在九点前上班，全员集合，同夜班护士交接后，由护士长通告全天的工作计划、手术计划等。这种碰头会需要十分钟到十五分钟，然后，护士们各自就岗。

医师们大都在九点三十分左右到达医院。当然正式上班时间是九点，不过，九点整来到的医生几乎没有。倘若来得太早，在交接班还未结束时就发出不合时宜的指示，会给护士增添麻烦，造成不良后果。总之，所有医师都必须在院长到院的十点前抵达医院。

医师们中间直江出勤最晚，有时候是九点三十分，偶尔也发生快到十点才来到的现象。这种时候，同一外科的小桥医师便先为患者诊治。

外科只有直江和小桥两位医师。小桥医师在三年前实习期满，现在在G大学医院外科医学部工作。他来到东方医院是他们大学医院院部在两个月前以半年为期送他来研修的。进入医学部，学完了各种简单手术，这时正是对拿手术刀最感兴趣的时候。

小桥从学术杂志上和学会的演讲中知道了直江，并听说外科学会也把他当作奇才而加以重视。然而，突然听说他辞掉大学职务，跑到私人医院去供职，大为惊讶。当小桥被派往东方医院研修时，他的同事和先辈们都羡慕地说：

“那里的院长虽然是个吝啬鬼，可原在T大学的直江医师却在那里。倘能得到他的言传身教，比去糟糕的公立医院要强得多。”

实际上，小桥也是抱着这个态度来的。他暗忖：花上半年时间，虚心求教，增长才干……

然而，一旦来到这里才发现直江是个缺少热情、沉默寡言的人。向他请教时只说“是”与“不”，并不详细地加以指导。做手术时，给他当助手倒也增长了不少知识，但是，在技术上他没能进一步地把教科书上没有的“窍门”主动传授给小桥。小桥操作时，他也只是默默地看着，既不说好也不说坏。做错了时，只说一句“不对”而已。

是因为怕麻烦，还是压根儿没把他放在眼里？小桥捉摸不透。

但是，直江对各方论文却了如指掌。

当问到他“关于人工肾脏透析膜那篇论文好在何处”时，他会滔滔不绝地举出好多例子，而且并不限于美国，也有德国的、法国的，知识面宽广并准确，尽管这些是属于消化系统专业的。若是外科的，那他简直是无所不知。

他的知识和手术技巧令小桥佩服得五体投地。但是作为“老师”，他却让人无法亲近。即使小桥主动去亲近他，达到一定程度时，他就“嘭”的一声把大门闭上了。

难道他是个“怪人”？

这就是他的性格，倘若因此而打退堂鼓，那也太遗憾了。最初以为由于出身于不同大学，没有前辈与同窗关系的缘故，但是，后来看到他对同一大学后辈来借文献时也持同一态度。

后辈们同他见面时都说“直江老师变了”，便匆匆离去，不作久留。他待人缺少热情这点似乎并非单对小桥一人。

为什么他要辞去大学职务呢，不弄清这一点就无法理解直江冷漠的原因。

然而，他辞职的真正原因，就连来找他的后辈也全然不知。

院长及护士长也似乎并不了解。

肯定事出有因。小桥总想弄清在直江严肃面孔背后隐藏着的阴影，这就是他被直江吸引住的理由之一。

总之，能在这样高明的老师身边工作，已经够心满意足的了。

小桥对直江医师的技艺佩服得五体投地，但他怎么也不理解直江要给石仓由藏做手术。医术问题姑且不论，就他的一些做法也常令人存疑，这次的决定就更加让人费解了。小桥昨天去了大学同师兄聊天，当谈到此事时，他们都说“你的想法很对”，一致表示赞同小桥的观点。小桥更加有了信心。

预定进行手术的那天早晨，小桥来到医院，在衣柜前换上白大褂后，坐在沙发上一边看报一边等直江。刚过五分钟，门诊护士泽野进来了。

“大夫，来了患者。”

“怎么回事？”

“昨天因甲沟炎拔掉指甲的那人来啦。”

“不就是换纱布吗？你给他换一下！”

“不过，今天这位是复诊。”

“我要同直江医师谈话，让他等一下。”

护士似乎很不满意地走出了房间。

初次来门诊的患者均由直江来做。在他那里确诊，决定治疗方案后，复诊的患者按照惯例全由小桥来做。

两个人隔着一张办公桌对面坐着，初诊患者比较费事，而复诊就容易多了。如果复诊患者病情恶化、情况不妙，仍然交由直江诊治。另外，直江也给直接来找他的患者诊病。即使如此，直江也常有空闲时间。这种时候，他就读些论文。不管小桥因复诊患者诊治多忙，他也视而不见。

直江与小桥同为医师，由于技术和经验的差别，工作内容有所差别也理所当然。因此，小桥对此丝毫没有怨言。但是，他认为直江为他提些建议，帮他一把也未尝不可。然而，直江完全不这么做，甚至使人感到他在旁边“看热闹”。小桥所不满的与其说是不来帮他忙，倒不如说是直江的冷淡和漠然。

那天直江同往常一样，九点三十分稍过一点就来到了医院。

“早上好！”

小桥首先问好，直江只说句“你早”，便站到衣柜前面了。

小桥跟着站起来，到书架前假装找本医学杂志看。当他随手拿起《临床外科》翻阅几页时，直江已换好白大褂回来了。

“老师，我有一件事想问您。”

“什么？”

直江的脸色依然那么苍白。

“就是石仓由藏老人动手术的事，今天打算进行吗？”

“是打算进行。怎么？”

手术预定在下午两点进行。

“那种手术我怎么也不能理解。给已错过手术时间的胃癌细胞扩散了的患者进行手术，只能加速他的死亡啊！”

“只给他做皮肤切开手术。”

“皮肤？”

“给患者一种动手术摘除病灶的印象。”

“但是……”

小桥仿佛被他打了一记闷棍，立即哑口无言了。昨晚他也贸然想到也许会这样，然而他可不曾预料到他真能大胆这么做。年轻的小桥认为这是一种毫无道理的卑鄙做法。

“那么，能对患者说把患处完全摘除了吗？”

“就说把所能摘除的全都摘除了。”

“可是，那个老爷子知道他胃里有个肿瘤，那次还拉着我的手说就是这里有肿块，让我摸他胃部。”

“……”

“做这种假手术，他若是知道了可怎么办呢？”

“知道与否，不做不知道。”

“不过，这么做不是愚弄患者吗？若是他问及手术怎么样可该怎么回答呢？”

“就说有个大溃疡就行了。”

直江毫无表情地回答。尔后穿上白大褂。小桥见此，激起了一股新的怒火。

“做得再妙也是欺骗！”

“不管怎么说，只要是癌就得欺骗。”

“再说，还用得着剖开肚皮去欺骗吗？”

“这只是你我两人的看法不同而已。”

“等他明白过来时，他会恨你的。”

“也许。”

“他若问为什么动过手术一点也没见好转时，我们该怎么回答呢？”

“默默地听着即可。”

“若是到最后，他追问到底该怎么办呢？”

“他不会追问的。”直江低声沉着地回答。

“为什么？”

“患者临近死期时，他自己比谁都知道他不行了。”

“不过……”

“即使患者不追问，也会领悟到自己没救了。到那时他也不会发火说：我本来就没有救，明明是癌你们为什么要骗我？”

“这事不可能。被别人欺骗了，难道能缄口不语？”

“他们不愿意这样想。自己也不愿承认自己行将就木，所以，他不会来问这种可怕的事。尽管他知道医生在骗他，可他愿意走进医生的谎言中。即使我们不去花言巧语骗他，他也要来上钩。”

“……”

“我们和患者互相说谎，他在谎言中死去。这是可行的。”

一瞬间直江眼里流露出凄凉的神情。小桥看着他凹陷了的两眼，认为他也许是对的。然而又觉得即使是对的，又何必再次让谎言升级？难道这不是卑鄙？不是在亵渎人类的灵魂？

“我仍然认为不能撒这种谎。”

“小桥君！”

直江的声音在低沉中透出尖锐。

“不要耍孩子气！”

“我没有耍孩子气。我只想尽量少说谎话，诚心诚意地为患者做事……”

“你是患者的家属，还是医生？”

“当然是医生。”

“那么，就少说一点家属们的话吧！”

直江瞥了小桥一眼，走出医务部。

石仓由藏的手术按照原定计划在那天下午两点进行。

一小时前被灌服喷妥撒钠片的由藏，躺在担架车上被推到手术室时，已呈半昏迷状态了。当小桥拿着全麻气管插管走近他身边时，他还含混不清地说：

“大夫，求求您，我还不想死！”

小桥默默地为他诊脉。脉搏和心音都正常。

“大夫，给我好好开刀吧！把病根儿准确地切掉。”

“大爷，好好睡吧！”

伦子戴着头巾式女帽，脚穿拖鞋，握住由藏的手腕。

“一会儿你就能睡着的，先慢慢数一、二……”

“好，我明白，拜托你们啦！”

“可以注射了吗？”

伦子问小桥医师。小桥露在口罩上方的眼神会意地应允了。

“来吧，老大爷，数一！”

“一。”

“再数！”

“一。”

每数一次，由藏那干瘪皮肤的静脉里都输进一些黄色麻醉液体。

“一……啊，太舒服啦！”

他打了一个大哈欠，然后发出细微的鼾声。

直江医师消毒完，穿戴好手术衣和口罩，站到手术台前已是下午两点三十分了。

无影灯下，石仓由藏的腹部从被单中间露出一个菱形方块。

直江瞥了一眼由藏那稍稍发黄了的皮肤，然后，用戴着橡皮手套的手轻轻按了按他胃的上部。沿着胃的下缘，可以触到一块硬结，虽然并不特别隆起，但像一块木板嵌在腹内一样，有种抵触的感觉。从表皮看上去有半个手掌大，由藏在床上自己触摸到的硬结，肯定也是这个部位。

“手术刀！”

直江核准肿块的大小后，向掌管器械的护士发出命令。护士把手术刀背朝上地递给了直江。

由藏已经熟睡了。因为一开始就定为切开皮肤观察腹腔的手术，所以没有专请麻醉医师，而由小桥医师负责麻醉，志村伦子做助手。

“开始！”

直江发出号令，小桥会意。于是，手术刀悄无声息地划开了胸骨下方。

从那里一直向下开去，快到达脐部时，则向右划了一个半圆的弧形，然后，重新恢复直线，直达下腹部。这是胃切除常用的方法。殷红的鲜血立刻追着手术刀流了出来。

“止血钳！”

直江麻利地用止血钳止住从刀口冒出来的血，动作从容准确，毫无多余之举。仅用数分钟，所有出血部位全被止住。直江又操起手术刀来。

剖开皮肤，割开腹肌之后还有一层强韧的白色腹膜。伦子用筋钩扒开刀口。直江用镊子捏起腹膜的一端，用刀尖轻轻一戳，那里立刻出现了一个小洞，这时已经可以看见肠子了。

“腹膜钳子！”

直江迅速将一把钳子插进刚才那个小洞的右端，又向左端插了一把，拎起了腹膜，这时，伦子马上把筋钩移向这里。其实，直江并未下令，只是彼此之间达到了心领神会的地步。

腹膜钳进入之处成了桥头堡，直线剪便顺势向上下两方开去。

于是，覆盖着皮肤、肌肉、腹膜的三个层次被切开了，腹腔内的全貌便暴露在灯光之下。

胃从左上向右下斜挂着，在其上端和下端，支撑胃的肠间膜已成粉红色，再往下便是盘成一团的十米多长的小肠。

石仓由藏的肚子中央切开了三十多厘米长的直线，从腹部暴露出来胃肠，但他仍然熟睡着，一动不动。

直江察看了一会儿胃肠状况之后，好像下了决心似的把戴着胶皮手套的手插进了腹腔。从皮肤上方触摸到的硬结，同估计的一样，沿着胃的下端呈缓慢的曲线，扩散成板状，其尖端已经达到胃同十二指肠相连接的幽门部位。胃的下端即大弯部是胃囊最宽的地方，即使这里发生癌变，对于食物的通过也毫无影响。这一点就是由藏一直没有发觉症状，因而放松诊查，以致造成耽误治疗的最大原因。

“唔……”

直江的手搭在患者的胃上，低声哼了一下。癌并没仅仅停留在胃壁上，现在已扩散到胃下端呈网眼状的肠间膜淋巴结上了。

这里肿胀得厉害，有一部分甚至扩散到了大肠。另外，胃的大弯一带已和肠间膜与后腹膜黏连、硬化。癌细胞业已明显地扩散到整个腹腔了。

从胃壁到肠间膜、大肠、后腹膜，直江认真逐一触摸，进行核查。他从肿起的淋巴结上取下切片标本，并拿起胃来仔细观察一遍。然后分开肠子，从后腹膜一直探索到最后面的脊椎。他边观察边触摸，仿佛要把实际感受牢牢记住似的频频点头。他的目光毫无疏漏，与其说那是为人治病的医生的眼神，不如说是把肉体当作材料的研究者的目光。

直江抬起头，从腹腔中抽出手来，这时是三点十分，从开腹到现在已经过了四十分钟。

其间，除切除了两处淋巴结之外，像样的手术一件也没做。

三十多分钟的时间，只是把由藏的腹内用眼和手搜索了一遍。

“弄清啦，缝合吧！”

一瞬间，伦子被一个奇妙的想法困扰了。难道说，把别人的肚子拨弄了一遍之后，说声“弄清啦”就算完事吗？然而，直江却是心满意足似的凝视着腹腔。肠子自身蠕动着渐渐恢复到原来的位置。缝合刀口后，肠子会自然复位的。

“彻底完了。”

直江低声自语。伦子知道医师们常把癌细胞完全转移称为“彻底完了”。

“真的不行了？”

“顶多再活两个月。”

“竟然严重到……”

“都扩散到胰脏上了。”

直江这么说着，眼光里充满自信。

“四号丝线！”

接过缝针后，他就像什么事情也未曾发生似的捏拢左右腹膜，穿起线来。

待腹膜、皮肤缝完后已是三点二十分了。

一般给胃做手术要花费一小时到一个半小时左右。按照这个速度，好像手术过快了。

“血压如何？”

“无异常。”

小桥看着血压计回答说。

“因为他没有失血。”

直江苦笑着，从刀口抽回手，伦子马上转到他的身后，为他解开手术衣的后带。

“让他再这么睡上三十分钟左右！”

“是。”

“输液只用百分之五葡萄糖就行。”

“这个切片怎么处理？”一个护士递过来装在盘尼西林小瓶里有小豆粒大小的淋巴结切片。

“把它作为标本。”

直江接过小瓶，擦掉额上冒出来的汗珠，然后走向医师办公室去换衣服。

大约经过了一个小时，石仓由藏从麻醉状态中醒过来，时间为四点三十分。那时，直江正在门诊室为一个因交通事故受伤的患者诊治。这个患者在乘坐出租汽车遇红灯信号停车时，被一辆从后面开来的汽车撞上了，颈部受到震颤，即患了所谓头部震颤症。

患者说手指虽无麻痹感，但颈部疼痛，头发晕。

直江为他诊察一番后，要他去照X光片，然后走向病房。

石仓由藏的身子深深地埋在柔软的病床上。

直江一到，他立刻睁开了眼，微微笑了。

“你醒啦？”

“大夫，太谢谢您啦！”

由于麻醉时嘴里插过胶管，由藏的声音有点沙哑，但并不显得多么难受。

直江给他号脉，并观察了输液情况。

由藏身边有长子夫妇和一个孙女陪伴。

“坏肉全都摘掉了吧？”

“摘除是摘除了，但有一部分很难摘除，不能说全都除净了。不过，不好的地方全都拿掉了。”

直江边说边从伦子手里接过听诊器放到由藏胸前。

由藏刚想说什么立即住了口闭上了眼。心音并无异常——手术后小桥也曾这么报告过。即使没有这个报告，仅剖腹和缝合的操作也不可能使心脏发生异常变化。

拿开听诊器，直江又看了患者的眼和舌头。和手术前相比毫无变化。

“不用担心，再来一次静养吧！”

“大夫，到什么时候我才能吃米饭？”

“过四天你就可以喝米粥啦！”

“四天？这期间会很疼吗？”

“因为切除了胃，就须忍耐点啊。”

“他们两人大吵大嚷说：若是再动手术就得死。我最初就认为切掉胃的一部分算得了什么，到底是我说对了。”由藏自豪地望了望儿子和儿媳，说，“我活到这把年纪，不曾得过什么大病，我敢跟年轻人比试比试，我是不会输给他们的。”

直江连连点头。

“那么，什么时候我能下床走路？”

“要在十多天以后。”

“要十天的。”

由藏躺在床上，盯着天花板像是数着日子。

“那么，出院得在什么时候呢？”

“爸爸！”

儿媳实在忍耐不住，叫了一声。

“您说多了会疲劳的！”

“二月份我可以出院了吧？”

“那么远的日子，现在还说不清。”

“倒也是。”

由藏坦然同意了。

“好吧，再见！”

“谢谢大夫！”

家属们鞠躬致谢，由藏也在家属身后从枕头上微微抬起头来致意。

高价病房走廊的一角，摆着观叶植物的花盆，墙壁雪白洁净。

“您那么说能行吗？”

伦子比直江错后一步走着，不安地问。

“没办法呀。”

“我们也要这么说吗？”

“当然！”

直江直视前方回答说，两手插进白大褂衣袋里。

那位门诊患者仍旧呆呆地坐在圆椅上。病历上写着五十五岁，但他两鬓已明显斑白，头发稀疏，看上去比实际年龄老得多。

“您在哪儿上班？”

“东京都政府。”

这位叫作桑名的人手捂着脖子回答说。

“您现在……”

“刚刚拍了张片子。”

X光线医师很快拿来了一张片子插到观察箱上。

X光照片分正面、斜面、前屈、后屈等六个部分，全部正常。

“颈骨方面用不着担心。”

直江一边往病历上填写医生意见一边说道。

“可是，有点疼。”

桑名一本正经地观察着插在观察箱里的自己的骨骼图像。颈部由七块颈骨组成，再往上就是头骨，有个白色的大阴影。

“当颈部摇转的瞬间，其肌肉受抻，里面的血管和肌膜会部分损伤，因此，颈根部会出现酸痛，但并不是骨折或脱臼。”

“这么说，依然是头部震颤症啦？”

“震颤这一词是表达受伤动机的词，作为专门的病名很不妥帖。总之，颈部在空间像鞭子那样柔软颤动，被闪了一下，说它是震颤症也并非不可，然而我从不使用这种叫法。”

“那么，该怎么叫好呢？”

“按理该叫颈椎扭伤。”

“扭伤？”

桑名又一次仔细地看了看X光底片。

颚骨的前方有一排牙齿，其中特别明显的就是那颗金牙。

桑名一边看一边捂着脖子。

“总之，支撑这些骨头的环节暂时松动了。”

直江说这话时，门口出现了警官和一个年轻人。三天前的夜晚，这位警官曾送过来一个满脸是血的醉汉，因而相识。

“怎么样，大夫？”

“并不严重，不过，要一个月后才能痊愈。”

“需要住院吗？”

“没有必要，静静地休养两三天就行了。不过这种扭伤经过一天以后，反而会加剧疼痛的。”

“骨头方面怎么样？”

“都很正常。”

“听说骨头没事！”

警官向木然站在身后的青年说。青年穿着黄底绿条纹的花哨毛衣。

“你就是撞车人？”

直江问他时，青年像受惊了似的抬起头。

“住在哪里？”

“世田谷区三轩茶屋……”青年报完地址，然后说他是L大学的二年级学生。

“是你的车撞的？”

“他开的是辆流线型的赛车，被撞的一方仅坏了保险杠，而他自己的车却坏了前车灯和不少零件。”警官代他答道。

“肯定是加入保险的喽？”

“是的。”青年仍侧着脸回答。

伦子在一旁迅速地把青年的住址和电话号码记到病历卡片上。

“要打针啦。”

桑名回过头来看了青年一眼，然后走向旁边的治疗室去了。

“我还要详细调查一些事，你先到候诊室去等一等。”

听了警官的指示，青年走出房间。直江在病历上写上病名和诊断经过。

“大夫，上次被塞进厕所的那小伙子还老实吗？”

“还行。”

“他的伙伴们来过吗？”

“好像来过一次，不过，我没见到。”

“是吗，我总觉得后来会给您找些什么麻烦，实在放心不下。”

“是找了些麻烦。”

“怎么？”警官为这句一针见血的话着了慌。

“发生了什么事？”

“住院时，预支的那三万日元押金，眼看就用完了。”

“是吗？”警官突然听到医疗费的事，仿佛是自己的事一样惶恐了，“患者知道这件事吗？”

“他当然知道，可就是不想掏钱。”

“还剩多少钱？”

“昨天听会计说还能住两天。”

“两天？”

“他住的病房一天要三千日元，三万日元的押金很快就用光，若不是我告诉不要给他头部拍片，恐怕……”

“对不起！”

“你代他道歉又能怎样呢？”

“是啊，这伙人难道能没钱？”

“当初对他明确讲过，押金用完马上出院。”

“现在伤口如何？”

“个别部位正在化脓。”

“化脓了？”

“即使出院了，他还可以在门诊上治疗。”

直江说完站起身来，用消毒液洗了洗手。

第五章

五点刚过，黄昏就降临了，而且有种秋寒的感觉。直江在做着下班前的准备，扎好领带后从窗口俯视城市的暮光景色。

低矮的云朵下有无数平房，其间耸立着大小不同、风格各异的大厦。仿佛是从地底下冒出来的灯光越来越多，街面也随着夜幕降临而安静下来。

直江最喜欢从黄昏向夜晚过渡的时刻。在这短暂的时间里，每一分钟，城市夜景都像烤墨纸一样显现出来，这在白昼是无法见到的。

直江一边观赏黄昏景色，一边沉思。他忽然觉得自己心里潜藏着的另一个自己出现了，这种幻觉既使他愉快又使他畏惧。

世上的每个人每辆车都在急速地行进着，唯有从这里俯视到的黄昏景色是静止的。

有人敲门。直江回转身来背朝窗户说：

“请进！”

进来的是院长的女儿三树子。

“原来您在这里。”

三树子略显气喘。

“有什么事？”

“如果您有时间，下班后请到办公室来一下。”

“你爸爸有事？”

“不，是我妈妈。”

三树子直盯着直江说。

直江点点头穿好上衣，拿起大衣。这期间，三树子默默地站在门前。

“好！”

直江话音刚落，三树子便打开门，率先来到走廊。清扫工老太太向他们鞠躬致意，走了过去。

办公室和医务部都在二楼。这楼呈n形，拐过一角，径直向前走去，迎面就是办公室。在靠近拐角处有楼梯，三树子在那里停了下来。

“我要在这里告辞了。”

“回家去吗？”

“不，去学花道。”

三树子穿着白色双排扣大衣，脖子围着蓝围巾，手里拿着年轻姑娘喜爱的折叠式手提包。

“再见！”

“等等，您不喜欢芭蕾吗？”

“你说芭蕾舞？”

“是的，这月月底有次公演。”

“噢，这么说是你演出喽？”

直江想起了三树子一直学跳芭蕾舞。

“不，这次是东京芭蕾舞团的演出，不是我们。您要是感兴趣，我可以弄到票。”

“哪天？”

“这月的二十九号、三十号两天。”

三树子的嗓音有些沙哑，口齿不清。

“我想我能去，但是，不能约定死。”

“那么，我就先给您留好票，如果您有事，请告诉我一声。”

三树子说完，猛地转过身逃也似的跑下楼梯。

直江走进办公室时，那里仅有律子夫人和一名办事员。

“耽误您回家，真对不起！”

律子夫人忙把翻阅的文件收拾起来，让直江坐到沙发上。

“是不是正在忙于什么事？”

“没有。”

“是吗？您可是位到处受欢迎的人物。”

夫人站在办公室一角的水槽旁说。

“您是喝茶还是喝咖啡？”

“什么都行。”

“还有啤酒和威士忌，来这个吧！”

“请别麻烦。”

“反正也下班了，喝点酒也没关系嘛。”

夫人从电冰箱里拿出啤酒，从架子上拿下威士忌和杯子，摆在直江面前的茶几上。

“您来点什么酒肴呢？这里只有火腿和奶酪。”

“奶酪可不大妥……”

“那么就要个生鱼片吧。村上！你给玉寿司饭庄挂个电话，就说快点送来！”村上是这里的女办事员。

“要几人份？”

“拣那鱼儿最好吃的部位搞个拼盘，要两人份！”

“真的，请别张罗啦！”

“偶尔一次，热闹一下不好吗？”

夫人在对面坐下，给直江的杯子里斟了啤酒。

五点已过，事务长和另一名女办事员下班走了。

“店里说十分钟后送来。”

“好，谢谢！”夫人点了点头。

村上康子整理好自己的桌面，便到墙角的衣柜前换衣服去了。

“今天院长到哪里去了？”

“听说医师会开什么理事会。”

“依旧是忙得很啊！”

“他自己喜欢这么忙忙碌碌的。估计今晚也一样，不知要流浪到哪里！总之，他能游逛，只说明他还健康吧。”

夫人说这话时，村上康子已经穿好了蓝大衣，从写字台那边打招呼说：“对不起，我先告辞了！”

“今天你辛苦啦，那个文件拜托你明天以前写出来。”

“是的，我带在身边。失陪了！”村上康子向前施了一礼，走出办公室。

看她走后，直江干了杯啤酒。

“我也喝一杯。”

“您也能喝些吗？”

“只是一点点，若是喝上两杯，脸就会通红通红的。”

夫人给直江杯子里倒满酒，自己也轻轻地抿了一口。她的脸面瘦长，多少有些凶相，但仍不失为端正，怎么也看不出她是个四十八岁的人来。据人们传言说：她年轻时，院长曾去求婚，跪在榻榻米上前额触地，再三恳求。这事至今仍在护士们中间流传着。夫人虽无当年的青春年华，却仍不失其美貌风韵。

“大夫，喝威士忌不好吗？就喝威士忌吧！”

夫人往另一个杯子里放进冰块，然后倒上威士忌。

“我家老头子常兑水喝。”

“不，我这样就可以。”

“哎呀，这里还有一些柠檬汁。”

“不要啦，这样就行。”

直江一口喝干，一股暖流从喉咙溜了下去。

那暖流从食道传进胃里，火烧火燎，直江最喜欢这种感觉。他的脑子里勾勒出一幅图画来：喝进酒的一瞬间，胃肠里的红色黏膜会变成黑色糜烂物往下流去。

“让您久等啦！”

饭庄的堂倌从后面的楼梯跑上来说。他手里端着一个盛满鲜艳菜肴的船形长盘。

“请吧，这里有酱油。”

夫人撤掉烟灰缸，腾出空当摆上那长盘。

直江一喝酒就不吃菜，喝威士忌时，能有干果就行。什么菜都没有时，喝口凉水也行。一个人在家里喝酒时经常如此。

“您不喜欢吃鱼吗？”

“不，不是不喜欢。”

“您的老家是北海道？”

“北海道的札幌。”

“那里不是产很多鱼吗？”

“种类虽不多，但从小吃惯了，总觉得寒带的鱼合胃口。若论鲜美程度还是生长在寒冷地方的鱼最好吃。”

“从前有个值班大夫也是北海道的，他是函馆人，同您说的一样。”

“不过，吃惯了这里的菜肴，那里的又变得乏味了。”

“也许。”

直江夹了一块金枪鱼。

“札幌那里二老都健在？”

“只有家母一人。”

“一个人？”

“有弟弟，还有已出嫁的姐姐。”

“这么说，您也该早点结婚才是。”

直江默不作声只管喝威士忌。他猛地喝了一口，然后缓缓咽下去。这时已不再有吞下火球的感觉了。

“是这么回事，我想给您介绍一个对象，不知您是否有意？”

“……”

“像您这样出众的人物还过单身生活，太遗憾了。”

直江放下酒杯，新点上了一支烟。

“是位很有教养的姑娘，我也很了解她。您不想见她一面吗？”

“不想。”

直江一口回绝。

“那真可惜呀，对方倒是很认真的。”

“……”

“她是K大学英文系毕业的，今年二十六岁，年龄虽然大些，却是位标致而文静的姑娘。她父亲是T银行的监事。由于是独生女，父亲非常疼爱她。去伦敦分行时，因为太太在日本不能离开，父亲便带女儿去了英国，因此，错过了婚龄。”

夫人的眼神借着啤酒的醉意，炯炯生辉了。

“在外国生活了那么多年，毫不装腔作势。她平易近人，真是个好姑娘。三树子也常找她去玩，了解她。”

不知是听着呢还是没听着，直江一直不动声色。

“我跟我家老头也谈过，她同您真是天生的一对，您认为如何？是不是先看看照片？”

夫人由下至上扫了直江一眼。

“就先看看照片吧。”

“不，不必啦。”

“看看照片又有何妨。”

夫人站起来，从书架的抽屉里取出一个白纸包。

“就是她。”

夫人把照片递到直江眼前。

照片似乎专为相亲而照，折页之中夹着和服与西服两种穿戴的两张照片。穿和服那张似乎是在照相馆照的，穿西服那张是在草地上拍的，两张都是彩照，正如夫人所说，她是位窈窕淑女。

“您看如何？”

直江把照片还给夫人。

“不中您的意？”

“我不是这个意思，不是说她人品好坏，因为我不想结婚。”

“我认为她真是个好姑娘！”

夫人仍不甘心，又拿起照片看了又看。

“太遗憾啦！”

直江再次喝起威士忌。

“大夫为什么不结婚？”

“没有什么特殊理由。”

“是这样吗？”

“您所说的事就是这些吗？”

直江掐灭烟卷。

“哎呀，您有急事吗？”

“不，没有急事。”

“那，您就多坐一会儿嘛！”

办公室又恢复了平静，简直不像是医院的一角。

夫人又给直江的只有冰没有酒的杯子里续上了威士忌。

“老实说您真是个怪人。”

“也许。”

“不是也许，简直就是！”

或许酒劲儿上来了，夫人的言谈变得大胆起来。

“您大概另外有个意中人吧？”

“不。”

“真的？我不信！”

“……”

“您为什么不同她结婚？”

夫人所提的婚事被轻率拒绝后，她可有点恼火了。

她想嘲弄一番这个不知好歹、又使她放心不下的男人。

“您倒是没什么，可那女子多可怜哪！”

“您若是没有事，我要告辞了。”

“又说这话！您不是没有急事吗？”

直江把香烟装进口袋里。

“我有事，真的。”

夫人伸出白皙滑润的手挡住直江。

“请等一下，这回谈谈您专业方面的事。”

直江向后靠了靠身子，看了夫人一眼。夫人那张带有凶相的脸庞因啤酒的酒劲儿多少显得柔和了。

“这一阵腰疼得很。”

“谁？”

“我呗！”夫人两手按在腰部。

“向前弯曲时，常常感到像针刺一样的疼痛。给人施礼以及使用吸尘器时也有疼痛的感觉。”

“从什么时候开始的？”

“大约有一周了，记得是一次搬动菠萝花盆时闪了一下，从那以后一直没好。”

“从前也有过这种症状吗？”

“曾经有过两三次。我问了家里的老头子，他说这是闪了腰，休息两三天就会好，所以也就没有认真医治。”

直江端着酒杯，盯着夫人的前胸到腰的曲线。那腰部虽然积聚了一些脂肪，但终未失去上半身的优美线条。她同三树子紧绷的线条不同，尽管有些肥胖，却仍显得妖艳。

“脚尖发麻吗？”

“发麻？怎么回事？”

“就像隔着一张纸抚摸一样，有种麻木的感觉。”

“经您这么一说，我倒觉得是这样。”

夫人像为证实这话似的用右手摸了摸脚。

“疼痛时脚尖抽筋吗？”

“时常有，特别是右边厉害。”

直江喝口酒，抱起两臂。

“现在正服用维生素B_1和一种红色药片，可一点也不见好。”

“光吃药怕是不能见好的。”

“原来是这样！是什么病呢？”

“照张X光片子，然后诊察一下才能弄清。不过，很可能是腰椎间盘突出症。”

“是骨头发生了什么变化？”

“腰上的软骨突出来压迫神经。”

“我真害怕，能治愈吗？”

“当然能治愈。”

“怎么办才好呢？”

“如果单纯是闪腰病，蜷起小腿静躺几天也就行了。即使是腰椎间盘突出症，轻微的也可用同一方法，穿上紧身胸衣就能治愈。如果是长期麻木，而且连脚也疼痛，那必须做手术。”

“动手术？”

“不必那么惊慌，并不是多么复杂的手术。”

“不过，真要是那样可就糟了！”

“不经过诊察是无法确诊的。”

“您能为我诊察吗？”

夫人手撑着腰，抬眼看着直江。

“为什么会变得这样呢？”

“年龄的缘故吧。”

直江以医生的眼神看了夫人一眼。

“倒也是。”夫人脸上顿时掠过一丝不快，但很快又若无其事地说，“您说得也太吓人了。”

直江喝了口威士忌，将杯子放在桌上。

“我只是按医学理论谈了谈。”

“然而，当您说出闪腰病是由于年龄的缘故时，我一下子觉得自己老了。”

“人的身体在十七八岁时最好，过二十岁后就走下坡路，随着年龄的增长出现某些障碍也是毫不奇怪的。”

“这么说，今后会有更多的病症出现喽？”

“按理说是这样。”

直江用筷子夹了块鲍鱼。

“再要老下去，成了老太婆可怎么办呢？”

夫人略显醉意，摸了摸泛起红晕的脸蛋。

“但是，夫人，从年龄上看您是很美的。”

“从年龄上看？”

“是的。人们都认为年龄和面貌是一致的，可您不同，看上去年轻得多。”

“谢谢！”

夫人用略显夸张的动作鞠了一躬。

“二十岁时很多人都漂亮。从生物学方面说，那是身体最好的时候，所以，‘美’是种必然的表现。到三四十岁时身体就要走下坡路，这也是必然的。必然的事不值得特别称赞。”

夫人端着酒杯倾听着直江讲述。

“到了三四十岁时，仍然年轻、貌美，那就不是一般的事，如果到了五十岁仍然貌美，那就属于异常，这种情况才有称赞的价值。”

“按照您的说法，我是属于不一般的了。”

“您是不一般。”

“我真摸不清是被称赞了还是被挖苦了？”

老实说，夫人迄今被这样称赞还是第一次。多数人都说“您真美！”或“您真年轻！”而直江的赞辞则不同于那些感叹和客套，而是个清醒的医生把人当作生物观察得出的结论。她之所以在被称颂时觉得心虚就是这个原因。

夫人又向直江的杯里斟满威士忌。

“今天就喝到这里吧。”

“忙什么呢？您刚才不是说过今晚没有任何约会吗？”

“事情虽然如此，但在这里喝起酒来，对您会极不方便的。”

“我一点也不在乎。我非常愿意时常同供职在这里的医师谈话，与您这样非凡的人谈话妙趣横生。”

“原来如此。”

“很久以前就想同您随便谈谈，后来听说您是位很了不起的医师，心里害怕，迟迟没敢邀请。”

直江不作回答，又点着了一支烟。

“在这种地方不如在外面喝酒痛快吧？”

“可以这么说。”

“您真是个爽快人！”夫人仿佛豁出去了似的一口喝干啤酒。

“您通常喝酒时都到哪里？”

“哪儿都去。”

“总是到有美女的地方吧！”

“有总比没有好些。”

直江喷了一口烟，掸掉烟灰。

“下次领我去一次好不好？”

“请您丈夫领着去岂不更好？”

“我丈夫没有一点温柔劲儿。”

“这一点我同您丈夫一样。”

夫人又一次吃惊地凝视直江。直江把杯子里的冰块摇晃了一下，一口喝了下去。

两人谁也不再说话，屋内顿时沉静下来，唯有暖气片发出轻微的嘶嘶声，寂静得同这大医院毫不相称。

“今晚我太狼狈了。”

夫人似乎想打破这种沉静。

“介绍对象的事被你一口回绝了，到底是人老了干啥都不行。”

她像演戏一样表演了一个深思模样，然后，叹了一口气。

“还有一事，您的熟人中有没有同三树子相般配的男子？”

“这个……”

“她已经二十三岁了，可一直没有着急的样子。您所待过的大学医院里有没有合适的人？”

“我同年轻人不大交往。”

“我的长子不愿当医生去学了经济，所以，我想把三树子嫁给一位医生，也只有这么一条路了。”

“合适的人不是很多吗？”

“可是一旦要找时，却意外地难找！”

“小桥大夫怎么样？他是个诚实的好青年。”

“是啊，我也曾想过。不过，好像他已经有恋人了。您不知道？”

“不知道。”

“这话只对您说。”夫人环视了一下，压低了声音，“是高木亚纪子。”

“是吗？”

高木亚纪子是妇产科护士，由于这医院没有专职妇产科医生，每周两次由大学医院妇产科医生村濑来这里助诊，这时，高木就来协助工作。其他时间则在外科听用。去年，她刚刚转为正式护士，只有二十一岁，朝气蓬勃，聪明伶俐。

“恋人在同一医院里，不大好吧。”

“三树子小姐本人抱什么态度？”

“不知是咋回事，现在年轻姑娘的心情简直捉摸不透。她好像也有男朋友，并说：我若是看中了哪个，一定领来给妈妈看。可是始终没见她领来一个给我看。非但如此，若是我中意的人找她相亲时，她却躲闪开了。您说能不惹我生气吗？”

直江一直望着窗帘。

“这事真得拜托您给帮忙！”

“请别指望我。”

“我为此非常苦恼。”

“那么，我要告辞了。”

“您非得离开这里？”

“喝得刚有一点醉意，此时离去最适宜。”

“到你刚才说的美人那里？”

“不知道，谢谢您的款待。”

直江站起身来，直奔医院大门。

第六章

接受了开腹、缝合等虚假手术的石仓由藏，在第三天就恢复到能靠着椅背坐住了。

因为只切开了皮肤，根本没有触及内脏，所以恢复得特别快。

然而，从“胃切除”后的表面结果看来，恢复得有些过于快了。

早晨，直江在医务部里换上了隔离式白衣，来到护士办公室，伦子马上走过来问好：

“早上好！”

在仅有他们两人的夜晚，伦子的火辣情热难以言表，可一旦到了医院，就判若两人。

“石仓老人正在等您。”

“怎么？小桥君没有查房吗？”

“没有。”

伦子语调冰冷，随手把病历卡递到直江面前：体温37.1℃，脉搏70。大致恢复了正常。

“听小桥医师说，只有石仓老人的查房工作他不做。还说对您讲过了。”

“对我？”

“今天还给他输液吗？”

“再请他帮一天嘛，小桥君在哪？”

“他正在查房。”

直江将目光从病历卡移开，环视了一下护士办公室。忙得不可开交的护士当中单单不见高木亚纪子。

“您倒是快点呀！”

伦子已经拿着听诊器站在门口等他了。

直江站起来，朝走廊走去。

“小桥医师对您说的话您不记得了？”

“我怎么觉得没听说过呢？”

伦子超前直江一步焦急地迈着步子。走出休息室向右拐，再往前走三十米便是楼梯口。往楼上走时，伦子说：

“请您不要做那种被人耻笑的事！”

“被耻笑？”

“昨天晚上。”

这时从楼下走上来一个患者，伦子默不作声了。让过之后，直江说：“我不明白。”

“同夫人一起在医院里喝酒……”

伦子背对着他，脊背似乎也迸发出了愤怒。

“跟那么个老太婆……大家都议论着。”

是谁告诉她了呢？看来闲人似乎太多了。

石仓由藏的病房在四楼东侧。

直江来到病房时，由藏在护理人员的帮助下刚刚换完了睡衣。

“哎呀，大夫，我等您很久啦。”

由藏两手合十做了个下拜的姿势。

“怎么样啊？”

“多亏您，我好多啦。”

伦子为老人拉开刚刚换上的睡衣前襟，解开腹带。

“胃没有啦，可肚子却饿得厉害，还得过几天才能喝米粥？”

“明天起给全粥。”

“谢谢！”老人又双手合十，并向旁边的儿媳说，“喂，你问问那个事！”

“老人说他想吃水果。”

“那就给他削点苹果吃。”

腹带之下有一条直线切口，那是纵向二十厘米的刀口，直江接过镊子夹起消毒棉擦拭那里。由藏闭起眼，任凭大夫处理。纱布换完后，由藏说：

“多亏您，这一带堵闷着的地方我觉得全都摘除了。”

“那就好。”

直江把听诊器贴在他的前胸，诊了脉，走出房间。

当直江回到休息室时，先一步回来的小桥走过来说：

“关于石仓老人的事……”

小桥的表情多少有些倔强了。

“我想了很多，但总认为对这种病人若无其事地说谎，实在不忍心，而且，为了让他相信谎言又动手术……本来外科医生是不该做这种没有意义的手术的……”

“知道了。”

“难道外科医生就该给人增添毫无意义的伤疤吗？”

“你就按照你的想法做好啦。”

“对不起！”

小桥表情生硬地低头施礼。

直江向伦子作了输液指示后来到走廊。小桥又从后面追来问道：

“还有一件事想问您，304号病房住进了两位震颤症患者，对吧？”

“两位患者？”

“一人是公务员，一人是司机。他们是您安排住院的吗？”

“不，不是我。”

“那是谁呢？”

“是不是护士长？”

“护士长可以随意发出这种指示吗？”

“这种做法不好。不过，这也许是院长的指令呢？”

他们两人没乘电梯，而是顺楼梯下楼了。

“这些天来病房空得很，因此，也许院长对护士长说，让那些能住院的患者都住院。”

“可让不让住院，到任何时候都应该由医生来决定呀！”

“这里不是大学也不是公立医院。”

“但毕竟是医院哪！”小桥在楼梯拐角处沉默了一下，接着又说，“我说这话好像是自不量力，根据我的诊察，两个人只是在转动脖子时，颈根部略有疼痛，并没有肩、臂神经症状。从X光照片上看，那个公务员有明显的骨质老化现象，没有特殊异常处。不用说住院，我看连休息都无必要。”

“或许如此。”

“不管怎么说，让这种人住院也太过分了。”

“是不是他本人也希望住院？”

“没有大病的人为什么要住院？”

“可能由于那个司机住在集体宿舍，而那个公务员又已经五十五岁，接近退休年龄的缘故吧。”

“这些事能与住院有什么关系？”

“也许没有，但也许有。”

“我怎么也听不明白，到底是怎么回事？”

“同样是休息，一个人在公寓宿舍里就不如在医院里痛快，那位公务员也许是有些累了，因为他已年老。”

“这些就是住院理由吗？”

小桥的声音过于激动，上楼去的人禁不住回过头来看他们两人。

“当然不是决定性的理由。但是，也许能成为他们想住院的部分理由。”

“然而，这里是医院，是让那些身体不好的人来住的地方。至少也是让那些必须休养的人住的地方……”

“那两个人住院后，静养一下有什么错？”

“可是……”

二人已经来到一楼。楼梯口旁边的候诊室里已经有二十人左右在候诊了。

“早上好！”挂号室的护士和办事员们依次向二人问好。二人穿过人群走进诊察室，桌子上已经摆放十多张病历卡了。

“话虽这么说，连那种人都让住院的话，任何人都可住院了。”小桥斜眼看了一下等在那里的护士，又唠叨起来，“况且，还给他们注射那些并无明显效果的针剂……”

“那药剂和针剂是我让用的。”

小桥不再说话了。

“药品是否奏效姑且不论，按医院规定必须如此。倘不如此，光靠诊断费医院是赚不了钱的。”

“因此，您才这么做？”

“是的。”

小桥坐到椅子上，掏出烟卷来。

“这医疗费究竟由谁来支付呢？”

“因为是交通事故，一定数额的资金要由汽车保险理赔。”

“不管花多少钱，本人是一分也不掏了？”

“根据保险的规定，肇事者也不掏钱。”

“因此，护士长就拼命劝他们住院喽！”

“也许有这个原因吧。”

“像这种事在大学医院里是让人难以启齿的，太荒唐了。”

“难道大学里就没有荒唐事？”

“啊？”

“好啦，好啦！”直江拿起最上面的一张病历卡向护士说，“给我叫人。”

第七章

院长行田佑太郎下午三点离开医院去了东京都政府公害局，为的是借阅有关公害的一些资料。

“几点钟回来？”律子送院长到汽车旁，问道。

“办完事后还要同有关人员一起吃饭，也许要晚些。”

“这么说要到九点或十点喽！”

“这要看对方情况，说不定。”

“地点是公害局的总务部，对吧？”夫人再三叮问，佑太郎有点胆怯了。

“总之，尽量早回。”

司机叫野村，是个二十七岁的小伙子，来到东方医院已有三年之久，对于医院及院长家属熟悉极了。

“开到都政府吗？”汽车驶出以后野村问。

“走吧。”

汽车沿着青山大街径直向东京都中心驶去。阴云低垂，今天的车道又不顺畅。

院长掏出记事本写着备忘笔记，看看表。车到三宅坂时，已经是三点三十分了。

“到都政府办事只需二三十分钟，等我一下！”

“是。”司机两眼凝视前方，低声回答。

佑太郎在都政府办事的时间正如所说的一样，只用了二十分钟。他从政府大门跑出来，立即上了车。

"您到哪儿去？"

"对不起！"脸上本无汗，院长却从兜里拿出手帕来揩了揩额头，"去惠比寿[1]！"

司机不动声色发动了车子。

"虽然到了十一月，可仍是这么热。"院长讨好似的对司机说，"这样阴沉沉的下午，最容易发生交通事故。"

"可不是嘛。"司机的答话毫无修饰。院长一会儿瞧着汽车长龙，一会儿——每隔十分钟看一次表。驶过天现寺，来到惠比寿车站时已是四点三十分了。

"是第一高级公寓吧？"

"对，对！"

从车站前的M银行旁的巷子开进去，越过两个交叉路口，便是上坡道。

跑完坡道，到达高顶就是第一高级公寓。这幢被誉为"北欧风格"的公寓具有敦厚的白墙、蓝色的屋顶、黑色铁栅栏的阳台等特色。

车子停在了公寓的楼前停车场。

"你辛苦啦！"院长向车门边靠了靠身子，顺手递过一张一千日元的票子说，"这个，给你。"

"不，用不着。"

"好啦，拿着吧。"院长把票子抛到司机座席上，青年司机有点犹豫了，"不过，嘴要严哪！"院长使了个眼色，下车后朝着镶有彩色瓷砖的公寓楼正门走去。

这公寓里的818号室的门上，挂着一块只写着"植草"的姓氏横牌。佑太郎按了按门铃，等待里面的人开门。

房内听见了铃声，但没有立刻出来开门。他又按了一次，并且从钥匙

①东京都内一地区名。——译者注

孔朝里窥视了一下。这时，一个女人从里问：

“哪一位？”

“是我！”

传来开锁声，门开了。

“天哪，原来是爸爸[1]！”女人把头发向上挽起，然后两手按着睡衣前襟，“吓我一跳！”

“原来你在洗澡？”

那女人转到佑太郎身后，锁好门。

“出了什么事，怎么突然来？”

“不，什么事也没有。”佑太郎一边脱大衣，一边贼眉鼠眼地四下观察。

这房间的门口有一套沙发，右边有电唱机和电视机，左边幔帘后面有个小厨房，里边还有一个十六平方米的日本式房间，浴池在厨房左边里间。由于这公寓才建起半年，所以墙壁雪白，再加上只有一位女人居住，里面摆设得更是整整齐齐。

“来就来吧，事先最好打个电话。”

“偶尔来个突然袭击也不错嘛！”

“天哪！你还怀疑我？”

佑太郎搂过只用睡衣遮掩着的女体。

“别忙，刚刚洗到一半。”

“我就喜欢洗到一半的。”

女人踢踏着两脚，但她身材矮小，一下子就被佑太郎拦腰抱起，抱到里间卧室去了。

“听我说，等好好洗完再来嘛！”

①本是妻子对丈夫的称谓，这里是情妇对男人的昵称。——译者注

"这样就行。"佑太郎把女人扑通一下抛到床上。

"大白天，不行！"

卧室的另一面是三扇铝框玻璃门，门外是阳台，太阳正从西方照射进来。

"哎，会让人看见的！"

"没人看见。"

这套房子位于最上层的八楼，近处没有与它同一高度的楼房，佑太郎很清楚这一点。

"哎呀，不行，浑蛋……"

女人两脚踢蹬着，佑太郎用侧腹压住女人右手，用左手捺住她的左手，撩开睡衣前襟，手指贴近女人的私处。

这女人也许对白昼偷情过于兴奋，她一边反抗一边娇声媚气地喊叫。正像她所说的那样，佑太郎来之前她正在澡盆里泡着，身体还未十分干透，所以有点热乎乎的。

很可能是因为在明亮的光线下，遇见一个只有一层睡衣的女人的缘故，佑太郎一反常态，欲火顿燃。

"妈的，老狗，住手！"女人把污言秽语不断抛来，这对于佑太郎来说反而成了一种刺激。倘若没有三个条件，即：相当长的休息时间、猥亵下流的手法、女人的淫荡反应，他就很难勃起。然而，今天可真够顺畅的。

佑太郎抓紧有利时机，闯过关口，因为能够猛打猛冲的时间并不太长，一旦贻误战机，它就不知何时才能苏醒。刚才略有抗拒的她，现在已经服服帖帖。在夕阳照射的卧室里，佑太郎长满老人斑的身体同一个刚从澡盆里爬出来的红润身体拥抱在一起。

"你这个狠心爸爸！"

事情办完后，女人吐了一口长气，懒洋洋地坐了起来。

“怎么样，投降了没有？”佑太郎乜斜着睡眼望着女人，回味着很久以来不曾猎取到的满足感。

“您瞧，连澡盆的水都凉了。”

“那就再加一次热水嘛！”

“多费事呀。”女人一边嘟囔着一边试水温。

“爸爸洗澡吗？水不太热，也能将就将就。”

“你先洗吧。”

“可也是，爸爸的身子大，能把水溢出一半多。”

女人叫真弓，但这也不是真名，是她在银座阿罗尼加酒吧时的花名。她的真名叫植草真知子，本来是个很潇洒的名字，但对佑太郎来说还是叫真弓听起来顺耳。

佑太郎在两年前就认识了真弓，那时她还在阿罗尼加以前的奥德尔酒馆供职，半年后，真弓和佑太郎就混熟了。

真弓二十三岁，而佑太郎五十五岁，尽管年龄相差悬殊，但作为靠山，她毅然选择了他。佑太郎越老越喜欢起年轻姑娘来，他认为多么年轻都不要紧，特别是这个矮小身材、小翘鼻子、活蹦乱跳的真弓，正是他的意中人。只是真弓今年才二十三岁，同他女儿三树子年龄相同，这一点或许也算是美中不足之处。

佑太郎从浴盆里出来喝啤酒时，已经是五点三十分了。

“天哪，坏事啦，要来不及啦！”真弓戴上乳罩，穿上衬裙，坐到镜台前圆椅子上开始梳妆打扮了。

“今天到店里去吗？”

“当然啦，您今天有空？”

“不，七点钟有个约会，要会见一个都政府的官员。”

“是吗？”真弓面朝镜子说。

“可你在八点之前到店就行呗，对不对？”

“那倒也是，可必须在六点三十分之前到美容院。”

“太不方便啦！”

“梳理完我们一起吃顿饭该多好！”

“那就一起吃嘛！”

“能行吗？”

“我请客，即使和你在一起也无妨。”

“真的？事后让律子夫人查出来，挨顿骂，那可犯不上。”

“怎能让她察觉呢？”

“若是让她瞪上一眼我都会吓瘫的。”

真弓一边擦粉底霜一边皱起眉头。

“你见过她？”

“上次我扭了脚脖子，到医院去照X光片。那时，有个人在走廊里正同护士谈话。我观察她时，办事人员们都管她叫太太，我这才知道是她。”

“还有过这种事？”

“怪不得爸爸那么迷上她，真是个大美人哟。看上去真不像四十八岁。”

“你连年龄都知道啦？”

“怎么还问我呢？不是您告诉我的吗？”

佑太郎只穿一条大裤衩，又喝了一杯啤酒。

“不过，太太的脸倒像有点歇斯底里。”

真弓在镜子里吐了吐舌头，“您生气啦？”

“不，一点也不。”

“我总觉得有那么一点。”

真弓一边贴假睫毛一边耸了下肩。

佑太郎站起来，穿上衬衫，真弓化完妆，又往肩膀上喷了些香水才回过头来。

“我说，爸爸，有点事想跟您商量。”

佑太郎正往他的粗脖根儿上缠领带。

“我眼看就二十四岁了。总是当女招待也不是长久打算呀。”

“你若是辞掉，我可太赞成啦。”

“不是的，我要自己开个铺子。”

“二十三四岁就想当老板娘，可有点太早。”

“不是那么大的，就像售货亭那么大的小酒馆就行。”

“小酒馆？在银座可不是容易弄到手的。”

“并木大街八号有一处别致的小酒馆正要出让。”

“算啦，算啦，急什么呀！”佑太郎已经把领带系好。

“绝对不行吗？”

“你这么风风火火的，也得容我想想嘛。”

“哼！”

“哼什么？”

“抠门儿。”女人猛地一转身，站到了西服立柜前。她身体纤细，但在白衬裙遮掩下的屁股却是丰满浑圆。

“你那店的事，等我们那里搞完了准让你干就是。”

“我们那里？是怎么回事？”真弓把白色乔其纱连衣裙从头顶上套了下来。

“我想再新开一处医院。”

“在哪儿？”

“中目黑区。”

“离这儿不远呀！”

“我仅仅在考虑，对谁也还没说。”

“太棒啦！”

穿好连衣裙，再用发刷梳拢一下头发，真弓顿时变成一位高雅千金，这在她裸身时是想象不到的。

“那医院大吗？”

“我想建个有五十张床位的。”

佑太郎穿好裤子，梳了梳头。

“可是，医院那玩意儿挣钱吗？”

“不是用挣来的钱，而是用银行的贷款。”

“难道唯利是图的银行会借钱给人？”

梳完头，穿好西服上衣，佑太郎再也不是刚才的狂态表演者，而是道貌岸然的绅士了。

“究竟会怎样我现在也不知道，所以正在琢磨着。”

“那，现在这个医院怎么处置呢？”

“现在的医院原样不动。如果新的医院建起来，一色豪华病房，专收自费患者住院，再也不是健康保险医院了。”

“现在这个医院里不是也有一天一万五千日元的豪华病房吗？”真弓又照了一下镜子说。

“有倒是有，不过，也有光靠保险的患者病房啊！”

“两样都有难道不好吗？”

“倒没什么不好，不过，时间长了，患者之间会产生嫉妒心理。”

真弓离开镜子，来到沙发旁在佑太郎身边坐下。

“嗯，我若是生了病，也能让我去住那最高级的房间吗？”

“让我想想看。”

“瞧这回答多没劲儿，我若是真生了病，爸爸一定会很为难的。”真弓独自嘻嘻地笑了起来。

“嗯，既然要打交道，那就光同有钱的患者打。”

“那么说也不全面。”佑太郎把剩余的啤酒一口喝光。

“即使有了好病房，没人去住也同样无济于事。”

“搞个妇产科医院不好吗？堕胎的全都是自费，准能挣钱！”

“说得容易，好医生是不易找的。”

“给我看病的那位大夫还在吗？”

“谁？”

“高个子，表情严肃，长得蛮帅的那个。”

“你说的是直江大夫？”

“对对，他是叫直江。”

“你那么喜欢他？”

“只要他摸我一下，就能使我神魂颠倒。”真弓摊开两手，做了个倾倒的动作，“他不但英俊而且面孔深沉，穿上隔离白衣时，可神气啦！”

“他的医术也是无比高超的。”

“我就说嘛，我从第一眼看见他时便有这种感觉。”

“你纯粹在胡说八道，顺杆爬。”

“天哪，我说的都是实话。真那么想过。他是不是不大说话？冷峻的面孔，让人害怕？”

“这么说，是真的喽！”

“他手头麻利果断，多少有些杀气。”

“活像小说里的狂四郎[1]。”

“对啦，他是个医生狂四郎，不过，我真希望让他给治病。下一回有机会请把他带到我们店里来。”

“一起去可不方便。好啦，我们走吧！”佑太郎站起来，穿上外套。

同一时间，小桥医师在门诊室正同患者户田次郎面面相觑。

已经五点多了，门诊室里只有值班医师小桥和值班护士高木亚纪子两人，另一名值班护士田中绿因为帮助厨房送饭到病房去了。

---

①“狂四郎”指放荡不羁的男子。——译者注

“是在什么时候告诉你的？”

小桥医师坐在转椅上摇晃着向户田问道。

“昨天下午。”户田次郎的头部和右眼被绷带缠得严严实实。

“真是护士长告诉你的？”

“是的，她把我叫到走廊里，小声对我说的，别人不知道。”

“太不近人情了。”

小桥医师闷闷不乐起来。

六天前户田次郎在涩谷区道玄坂的酒吧间喝酒，酒醉后同他人发生口角，结果被对方用啤酒瓶击伤了脸面。

虽然当时止住了严重的出血，伤痛也减轻了，但稍稍走动时患者就感到有些晕眩和头痛。尽管眼睛没伤着，可是从额头到右颊被划开了三条口子，其中有些已经感染化脓，嘴一动便感到抽搐疼痛。受伤后，由于耍酒疯又被塞进厕所里，失血过多，体力尚未恢复正常。

倘若出院，也要在一周以后，最少也得在拆线后两三天，然而，昨天下午他突然遭护士长勒令出院。

“住院时确实只交了三万日元押金，我也知道医疗费马上就要用光了，可是……”户田垂头丧气，同用救护车抬进来时的暴跳劲儿相比判若两人，“不过，我认为有了三万日元总能再住几天的。”

“因为你住的病房是每天三千日元的。”护士高木亚纪子好像坦陈理由。

“这件事，前天我才知道。”

“可在当时空闲的病房中这是最便宜的。”

“被抬进来时，我什么都不记得了。”

“平时你不加入健康保险，当然会这样。”

“对不起！”

“住院费之外还有手术费、药费等等。”

“我不是跟你谈钱的事！”这时，小桥突然喊起来，“我不是说有无保险，有无住院费！”

亚纪子看到他发火，急忙不吱声了。

“住院和出院与有钱无钱毫无关系。问题在于从医学角度上看患者处于该住院的状态，还是该出院的状态？只有这条标准！”

小桥兴奋时的特征是嘴角微微颤抖。

“这个医院动不动就讲钱！”

二人被小桥的汹汹气势所压倒，谁也不发一言。过了一会儿，户田像引咎自责似的昂起他那只露出左眼的脸说：

“都怨我身无分文同别人打架惹了麻烦。”

“……”

“酒醉容易生事，我也知道这点。”

“事到如今，说那些话有什么用？”

听了小桥的话，户田又伏下了他那缠满绷带的脸。

“不过，护士长也够讨厌的了。”

“不不，这事不能怨护士长，是因为我没交钱……”

“尽管你这么说，难道你愿意被撵出医院吗？”

“不，那我可怎么办呢？”

“那么，现在可不是说无关痛痒话的时候，别忘了你是病人，问题在于你的脸伤化脓没愈，仍有晕眩和头痛症状。”

“是的。”

“那么，就该进一步认真地考虑考虑。”

“难道还能有好办法吗？”

虽然把户田训斥了一顿，但也找不到什么妙策。小桥心里焦急，随手从白大褂兜里掏出烟卷来。亚纪子看在眼里，马上从煮针器旁取过火柴，放到桌上。

“现在手里有多少钱？”

“五六千日元吧。”

“干什么工作来着？”

“乐队演奏员。”

“夜总会的？还是……”

“是的，就算……”

“那么，一起到医院来的那伙人也都是演奏员吗？”

“几乎都是。”

户田的话让人摸不透。他自己说是乐队演奏员，可据护士们说来探望他的小伙子均是一副流氓相。因此，户田以前当过演奏员一说令人怀疑。

“从朋友们那里再也借不来钱啦？”

“嗯，恐怕是很难……”

类似同事模样的人前来探望，也只是住院后一两天的事，第三天以后便再也见不到了。

“家里人呢？”

“没有。”

“父母呢？”

“离这儿远。”

“远也算有啊，不依靠父母吗？”

户田未予搭理，用手摸了摸缠绷带的额头。

“大夫，能不能把他当成接受生活救济的病人看待？”站在一旁的亚纪子插嘴说。

“这事我们也曾考虑过。即使以后能够接受生活救济，可远水解不了近渴啊！”

“这需要相当长的时间。”

“即使你合乎救济条例，接受生活救济人的药费，也得去保险公司申请，等钱来到医院时，至少也要三个月。”

“不过，户田他现在确实没有收入，有其他办法吗？”

“事情倒是如此，但我看那个小气鬼院长等不上三四个月。”院长的方针是尽量不收救济户患者，即使来了也早些打发回去。

“你父母在什么地方？”

“在宫崎。”

“马上写封信，让他们寄些钱来。”

“……”

“事出突然，你父母也许会大吃一惊的。但是，为了你的身体他们总能想点办法。”户田点头称是，又用手摸了摸绷带。

“再有四五天你就能出院，三万日元足够。等你出院后可以干活挣钱，再还给他们嘛。”

“可是，大夫，护士长已经告诉他明天就得出院，即使他向父母要钱也来不及了。”

“是有些困难。让我跟护士长说说，求她再等一天。”

“但这并不是护士长的随意决定，她背后准有院长的话。”

“院长我也不在乎。”

“大夫，您千万不要蛮干……”

“不是蛮干，我只是想做一件顺乎情理的事。”

“可是，这件事错在患者身上，因为他住院治病不给钱。”

“当医生的人没有必要考虑钱的事，只要忠实地进行医学治疗就够了。”

“可是开医院那么办就不行啦！”

“你什么时候成了院长的同伙？”

“谁是他的同伙……”亚纪子沉下脸去，“我只想说，这事不能都怪院长。”

“就是他不好嘛。你想想，他并不缺钱花，可总想发财。他把治病当作发财的手段，难道这不恶劣吗？”

“大夫，患者在这里……”

小桥看见亚纪子递过来的眼色，这才意识到眼前还有一个患者，便不作声了。因为医师之间的意见分歧让患者看见太现丑了。

“总之，你给你母亲写封信吧。”

“是是……”

“倘若院长说急于要钱的话，我可以暂时垫上。”

“您……”亚纪子又劝诫了。

“不，不用。这么几个钱，我会想出办法的。”他耷拉着头，直至低垂到露出脖子后的发际来。

“你就放心好啦。”小桥觉得自己做了一件非常伟大的事而欢欣鼓舞。

当医生的第三个年头，自己总算成长为名副其实的医生了。亚纪子在旁边好像惊呆了似的凝视着他，说：“坐得时间太久，又会产生晕眩的哟！”

“大夫，我……”患者户田徐徐抬起头来，“不向直江医师打个招呼能行吗？”

“你向直江医师说了什么？”

“今早，在他查房之后我向他恳求过。”

“直江医师怎么说的？”

“他说没办法，只能出院了。”

“他真是这么说的？”

“是。”

“可你走到街上人声嘈杂的地方以及人群拥挤的地方，不是会头痛和晕眩吗？”

“是的。”

“直江医师是知道这些情况的呀。”

“您……”亚纪子又插嘴了，“直江医师已经定论说：也许有些难处，不过，出院也可继续治疗。”

“岂有此理！”

这话倘若是院长说的，倒情有可原，若是直江医师也这么说那就太冷酷了。

“门诊治疗真的不行吗？”

亚纪子又叮问一句。

“不行！至少要住院两周是直江医师亲口说的。”

“但是，直江医师倘若再说可以出院呢？”

“门诊治疗并不是绝对不行。这么做患者要多受苦，还会延迟治愈期。在这个医院里比户田君病情轻得多的患者有那么多，而放着他们把户田君撵出去，不通情理呀。”

户田低垂眼皮。这位二十五岁的青年头上缠上绷带，更显得孤独无助了。

“我明白啦。我不会让你为难的，今晚放心睡大觉吧。”

“对不起！”户田站起来，鞠了一躬，两手捺着睡衣前大襟走出诊察室。小桥看着他走出去的背影，又点着了一支烟。

门关上了，脚步声远去以后，亚纪子向小桥说：

“您那么说不要紧吗？”

“我没有说错一句话。”

“这倒是事实，不过，那个患者也够怪的。”

“为什么？”

“年纪轻轻没有固定工作，每天瞎混，又有些流氓模样的朋友，让人讨厌。”

“喜欢和讨厌，与生病没关系。”

“那倒是。不过，这人很讨厌。每次我去检查体温、诊脉时，他总是抓住我的手腕。”

“年轻人嘛。”

“或是猥亵地笑一笑，还给我看下流照片。”

“还做过这种事？”

“护士们都讨厌他。”

小桥听了这些话，觉得刚才自以为是的话说得过分了。

“然而，那事和这事是两码事。”

“您说，他的父母真会给他寄钱来吗？”这件事小桥也没有把握，“您给他垫付不要紧吗？”

“不要紧！”他为自己鼓劲似的说，然后回头看了看身后的黑板，“大病房没有空床位吗？”

“现在空着的只有二等以上的病房。您打算把户田搬到更便宜一点的病房去吗？”

“这样可以延长他的住院时间，哪怕一天也好。”

“不要差额的大病房在咱医院里仅仅有两间啊。”

“总之，这个医院的方针是只以有钱人为对象的，完全违背了为大众谋求保健、建立福利社会的诺言。”

“您说什么？”

“院长竞选议员时的诺言。”

亚纪子笑了。

“那个震颤症患者完全没有必要住院，让他出院！”

“那可不行！”只剩下两个人时，亚纪子的语气已经变成恋人之间的语调了。

“最近以来，我怎么也弄不明白直江医师的做法。”

“为什么？”

“像那样轻的患者，按照护士长的意图让他去住院，打些毫无必要的针剂。对石仓老人进行假手术，对刚才那个伤口化脓的人命令出院，等等。”

“因为是院长的方针，他有什么办法？”

“然而，他在大学里是位医术高超的人，如果他都不向院长提意见，那么还有谁敢去说呢？”

“但是，直江医师同院长之间却明显地划有一条线。”

“因为他不是经营者。”

“我想不单单是这个原因，我认为他有一整套自己的想法。”

“不值得信任。”

“直江医师是位了不起的人。”

“不对，他狡猾。”

“不许对前辈如此不敬。”

“他也许曾经是位优秀的医师，但他既不是我的前辈也不是大学医院的同事。即使批评他也不为错。”

“这种话若让伦子小姐听见会惹出麻烦来的。”

“怕什么？倘若她听见转告给直江医师，那我则是求之不得，我应该感谢她才是。”

“你好糊涂，到了那一步，你可就糟啦！”

“在这待不下去，我随时可以回到大学医院，没有必要做那种人的手下。”

“阿修！”亚纪子第一次呼唤小桥的名字，“不许你说那种话。”

说完，亚纪子推开门，小跑似的奔向二楼。

第八章

过了十点，直江医师仍未来院上班。外科门诊只有昨晚值班的小桥医师一人工作。

尽管平时直江来得较迟，但很少有到了十点还不上班的事。

“直江医师这么晚还不来？”

十点一过，许多护士都有点沉不住气了。护士长关口鹤代也许是听了挂号室女办事员的报告，她亲自从三楼的护士休息室来到门诊室。

“直江医师还没来上班？”

墙上的时钟指着十点十五分。

“还没有来。”正为患者缠着绷带的高木亚纪子抬起头来回答说。

“患者们都等急了吧？”

“最早的那位是九点到的。”

直江坐的诊察桌上已经积压了五张病历卡。

“直江医师今天休息？”

“我想不会，因为下午还有手术要做。”亚纪子一边用别针别住绷带端口，一边作答。

“手术？”护士长看了看诊察桌后面的黑板。那里虽有“预定术”一栏，但什么也没写。

“昨晚我值夜班，下午得回家。”

“当然可以。”护士长环视了一下。门诊室里除了亚纪子还有宇野薰、田中绿，治疗室里有志村伦子和中西明子两人。做阑尾炎手术只要有两名护士就可以。

“什么手术？”

“好像是‘刮宫’。”

“刮宫？”护士长睁大了眼角略带皱纹的眼睛。

“手术是由直江医师来做？”

“可能是这么回事，因为今天不是妇产科村濑医师来院的日子。”

“我可是第一次听说。”

“天哪，原来您也不知道？”

“不知道。”

“是由直江医师做吗？”一直给患者诊病的小桥朝她们二人这边转过头来。

“是的，您也没听说？”

“没听说啊。”

一个看完病的患者施了一礼走出去了。

“我也是昨晚才听说的。九点钟前后，直江医师打来电话说：‘明天下午要做刮宫手术，给我把手术器械准备好。’”

“太突然啦！”护士长很不满意地看了一眼亚纪子，“那事就那样吧。可早晨交接班时，你怎么不告诉我一声呢？”

“我以为护士长全都知道呢。”

“不但我，就连小桥医师也说不知道啊。”挨了批评的亚纪子不作声了。按惯例，手术预定是由医师决定后通知给护士的。小桥和护士长不知道这事，与其说是亚纪子的责任不如说是直江的责任。

“那么，接受刮宫的患者是谁呢？”

“这个……”

“天哪，你不知道？”

“他只对我说把器械准备好。”亚纪子噘着嘴回答。

“这么说，只有直江医师一个人知道喽？”护士长好像安慰亚纪子似的，口气柔软多了，“做事这么随意，真叫人受不了。”

小小的刮宫手术，并不是十分复杂的，一个医师一个护士就可以进行。护士长之所以觉得难堪并不在于突然通知她，而是觉得她作为护士长的这个职务受到了冲击。

“这么说，患者需要住院喽？”

“可能是这样，现在住院的患者中还没有刮宫患者。”

“是谁呢，您不知道？”

“不知道。”

小桥冷冷地顶了回来，又拿起一份新病历。

“也太漫不经心啦！”

护士长看手表时，志村伦子从隔壁的治疗室走过来。

“这屋里有利尿剂药针吗？”

伦子手里拿着二十毫升注射器。

“哎，我说，你知道今天刮宫手术的事吧？”被小桥顶了回来的护士长又问伦子。

“不，不知道。”

“亚纪子昨晚在电话里听直江医师说的，谁也不知道。”伦子是第一次听到，“再说，直江医师还没来上班。”墙上时钟指着十点二十分多了，“是不是他不舒服？”

伦子想顶她一句：你问我这些干吗？我又不是他妻子，怎能知道？

“你能向医师的住处打个电话问问吗？”

“我不知道，请您自己打吧！”伦子转过身去从药架上取下两瓶利尿剂回隔壁去了。

“喂，叫患者！”小桥向愣在那里的亚纪子喊道。桌上的病历卡又增加了。亚纪子喊了最上面一张病历的患者。

“尽管有事，也太迟了。”

护士长好像要改换一下情绪似的从门缝向走廊看了看。走廊尽头的候诊室里有二十来个患者在焦急地等着。

“大夫，能不能先看这边的患者？”护士长指着直江的桌子说，“最初到医院的这位，已经等了一个多小时了。”

小桥不理，拿起刚刚走进来的患者病历。

“让他等得太久不太好吧。”

“我不看。”

“为什么？”

“那边是初诊患者和专门介绍给直江医师的患者，不该我插手。”

“不过，太迟了。”

“那你就告诉他回去吧，这是我们商定的。”

“大夫……”

亚纪子好像要劝告一下。

“好啦，你不要说啦！”

“糟透啦！”

护士长气呼呼地说完，向挂号室里的电话走去。

那天，直江医师在快到十一点钟才来到医院。

平时无事时脸色就够苍白的，今天显得更甚。头发乱蓬蓬的，有一部分甚至还直立着。

“哎呀，来得太晚啦！”他既不是向小桥也不是向护士们说。然后，坐到椅子上长长地喘了一口气合上了眼。眼圈发黑，显得很疲惫。

“大夫，您的电话。”直江刚刚坐下，挂号室的女办事员就来通知他，“说是山口的事。”

“山口？”

“他说他是山口的经纪人。”

“知道了。”

直江用手掌拍打头顶两三下，然后站起来。

“伦子！医师上班啦。”

这时候，护士长到治疗室去叫伦子。护士长最近以来有意识地把伦子安排给直江当助手，把亚纪子安排给小桥。

她满以为自己想得很周到，但伦子和亚纪子并不怎么领情。

“早上好！”

伦子进屋时，直江已打完电话，重新坐到椅子上闭目养神。

“您哪里不舒服？”

“不，没有……”伦子同直江三天前在公寓会面以来一直未见面。

“可以给您叫患者吗？”

直江睁开眼，看了看斜对面的亚纪子。

“我说，你给我准备好手术器械了吗？”

“只要消毒一下就可以用。”

“是吗？”

“我昨晚值的夜班，下午可以回家吗？”

亚纪子现在在外科上班，原来是妇产科的护士。因为妇产科医师每周只来两次，所以平时安排她在外科上班。

“可以！”

“现在就消毒吗？”

“再等一会儿吧。”直江把身子转向前方拿起最上面的病历向伦子说，“叫患者！”

那天，直江的患者超过了十五名，而且，不是初诊就是难诊患者，所以，要在上午看完这十多个人确实得花费很多时间。加上今天迟到，他自己也感到工作沉重。

他比平时更焦急，等全部诊完时已经过了十二点三十分，而小桥率先干完手头工作，已经回到院部去了。

“给我拿条凉毛巾来！”看完最后一个患者，直江靠在椅背上说。

“您不要紧吧？”伦子把一条用冷水浸过的毛巾敷在直江额上。

别的护士们好像给他们两人留空，纷纷向食堂走去。

“您出了什么事？”

“不，没什么……”

“您又喝了很多酒。”

直江不答，抖着肩膀大口喘息。

“找个地方休息一下吧。”

“嗯。”

“您到院部去吗？”

“……”

“我给您找个空床位吧。”

“到601去，那里大概空着。”

“请稍等，我去铺好被褥。”

“在沙发上就行。”

“不行，我马上就铺好。”

601是最上层六楼的特等病房。这是个休息室、护理室、病房等三室一厅的房间，附有浴池、厕所、电视机、沙发、写字台等，称得上是最高级的豪华病房，一天的住院费是一万五千日元。六楼共有三处这样的房间，另两个房间602和603已被某大公司的董事和文化界的某著名人士作为健康检查用暂住了。

直江脱掉白大褂，躺在伦子为他铺好的床上，合上了眼。这房间不临大街，所以，只能偶尔听到远方传来的汽车喇叭声，根本想不到这里是处于繁华街道边上，实在静得出奇。深秋的午后阳光被绿窗帘遮过，使直江的脸显得昏暗阴沉。

“给您冷敷一下头部好吗？”

“不，不必。”

“您不觉得饿吗？”

“有橘子汁吧？”

“我去找找。”

“要凉的。”

临出门时，伦子照了照镜子，整理了一下白衣前襟，然后走出房间。

伦子重新回到病房时，直江为了避免窗外射来的阳光，已转过脸休息了。

“拿来了。”

“对不起！”直江轻轻抬起头，把倒在杯里的橘子汁一口喝光，“真好喝！”

“这里还有。”伦子脚旁还有一个橘子汁瓶。

“不，已经够了。现在几点啦？”

“十二点五十五分。”

直江点点头，脸朝白墙看去，也许因为窗上有遮阳帘，他的脸更加憔悴。

“您再多躺一会儿嘛。”

“不能躺啦。”

“为什么要喝那么多酒？”

“不是喝多了。”

“那是为什么？”

“好啦，好啦！”

直江又闭上了眼。

“今天下午不是有手术要做吗？”伦子把窗帘又拉上一些，房间更暗了，“刚才门诊室都在议论……”

“什么事？”直江闭着眼睛反问。

“护士长和小桥医师说都不知道下午有手术。”

“……”

“那患者叫什么名字？”

“山口明子。”

“那位患者最近到这医院来过吗？”

“来过一回。”

“那么，是您给她诊察后决定下来的啦？”

“我的一个朋友认识她的经纪人，求我帮忙。”

“经纪人？”

“山口明子是她的真名，艺名叫花城纯子。”

“花城纯子，不就是那个流行歌星吗？”

“是啊！”

“她要在我们医院做人工流产？”

“预定住这间病房。”

伦子重新环视了一下室内。

“原定在下午马上进行，但刚才来电话说也许稍稍晚到一会儿。”

“她从哪里来？”

“直接从福冈来这里，可刚才她没赶上飞机。”

“是不是因为去迟了？”

“据经纪人说，昨晚在文化中心演出之后，又去拜会各赞助单位。今天一大早便被商务会拉去搞什么签名活动，这会儿没能按计划搞完，所以……”

“那么，要什么时候到这里呢？”

“他说五点钟，也许六点。”

“手术要从那时开始吗？”

“你今天白班？”

“是白班，如果需要我，我就留下。”

“那就留下吧。”

“可是，从福冈回来立刻就动手术能行吗？”

“既然是个红歌星，也只好如此了。”

“然而，对自己身子有损害呀！”

“是自己的身体，其实又不属于自己。”

直江缓缓地翻了一下身子。这时，传来了仿佛是护士的脚步声，走近隔壁敲门后，站在病房门口说了些什么，内容不甚清楚，只听见有说话声。

“这么说，这事谁也不知道啦？”

伦子稍稍压低嗓音说。

“院长知道。”

“像她那样纯洁的人也……”

伦子话到口边停住了。她自己也难断定她自己永远不这样。

“尽可能在保密的情况下做完手术。”

“那么，对护士长也保密？”

“是我忘记告诉护士长了。”

“她可不高兴啦。”

“……”

“您今天这么晚才来上班，护士长肯定要向院长和夫人报告的。”

“别理她。我要睡一会儿，到两点钟时来叫醒我！”

直江转过脸去，背朝伦子。

“若是花城小姐来了，我就把她领到这屋来，可以吧？”

“反正也得五点过后。”

"是不是再留下一名护士？"

"有你，加上值夜班的足够了。"

"明白啦！"

伦子一边回答一边想象美貌的花城纯子堕胎后躺在这里的情景。

虽然已过下午五点，可花城纯子仍未到来。

医院的职员们在入口处打完出勤卡，陆续回家了。

尽管已是黄昏时分，直江却躺在院部的沙发上读着晨报。

"失陪了，再见！"在衣柜前换完衣服的小桥，穿上适合于年轻人的茶色短大衣，向直江道别。

"哎，小桥君！"

"什么事？"

"我刚才查房时，看见那个被啤酒瓶划破脸的户田次郎还在住院，听说是你给留下的。"

"是的。"

"他的住院押金已经用光了，你是怎么打算的？"直江从沙发上坐起来，望着站在面前的小桥。

"我认为他还有住院的必要。"

"然而，钱呢？"

"住院费由我暂时垫付。"

"原来这样。"

直江叠起手中的报纸，把它放在沙发前的茶几上。

"这么说，从今以后，他的住院费和一切医疗费都由你来负担喽？"

"不是我来负担，只是在他父母没寄来钱之前，暂时垫付一下。"

"他的父母不寄来钱，就由你来负担吧？"

"寄来寄不来还无法断定。"

直江用自己的长手指摸了一下下巴。

“你的心情我理解，这么做是不是有点过分？”

“为什么呢？我认为那个患者还应该住院。应该住院治疗的人，只因为没有钱这一理由，便被赶出医院是不合情理的。”

“是这么回事吗？”

“如果都让出院倒也没什么可说的，偏偏那些没有必要住院的人舒舒服服地住在医院里。我对私人医院的这种做法不赞成。”小桥站在原地俯视着直江说，“您认为这种做法对吗？”

“我当然不认为是对的。但是，这不一定都是私人医院的过错。”

“可是在现实里，院长不是正在赶走患者吗？”

“这不是因为他不付钱嘛！总之，如果你愿意代他付钱那就没事了。只是……”

“只是什么呢？”

“患者同医生以这样的方式亲近是不可取的。”

“为什么呢？一个穷患者的医疗费由医生负担有什么不好？”

“不是好与不好的问题。”直江自问自答，“医生与患者之间尽量不要形成这种关系，最好要泾渭分明。”

“这一点我知道，不过，户田的事我也不能袖手旁观呀！”

“同情也好，援助也好，都要看人而定。”

“这话是什么意思？”

“我不认为酗酒打架的二十五岁青年贫困。”

“然而，实际上，他正处于因为没钱要被护士长赶出医院的处境。”

“好吧，那就按你的想法去办吧。”直江重新从茶几上拿起报纸来。小桥仿佛在半路上被直江岔开了话茬，心里的郁闷无处发泄似的朝周围环视了一下，随即改变了主意夹起手提包说：

“再见！”

“你辛苦啦！”

从房间走出去的小桥后背上，散发出不甘示弱的意气。

刚才射满全屋的夕照阳光已经消失，屋子里很快就增添了昏暗色调。高楼林立的东京都内，看不见西落的夕阳。夕阳一沉下去，就进入夜晚了。

直江又躺在沙发上看起报纸来。医师中，小桥是最后一个回家的，院部里人都走光了。

直江感到有些困意，早起以后的倦怠仍旧留在身上，正当昏昏沉沉似睡非睡之际，有人敲门，进来的是伦子。

“您怎么连灯也不开，不嫌黑吗？”伦子按了一下门旁的开关，天花板上的荧光灯闪了两三下以后亮了。

直江脸上盖着报纸躺着。

“器械已经准备完毕，患者什么时候来都可以。”

“是吗？”

直江挪开盖在脸上的报纸，眯缝着眼睛看了看头上的荧光灯。

“您睡着了吗？”

“没有。”

“您还没吃饭吧？”

“嗯……”

“我去给您拿来？”

“暂时不要。”直江伸了伸懒腰。

“今晚的值班换了吗？”

“我同内科的河原大夫调换了。”

“我也求院部给调换一下就好啦。”

伦子盯着直江的脸，但直江不答，两眼看着天花板犹豫不定。

伦子凝视了直江一会儿，便坐到沙发的一端。

“这几天您有点瘦了。”

“瘦了？”

“最近测体重了没有？”

“没……”

“我看肩膀一带好像变薄了。”

伦子爱怜地扫视直江全身。

“生活不检点，只能糟蹋身体。”

“今晚的值班护士是谁？”

直江慢慢坐起来，因为刚才躺了半天，后脑勺的头发压得很乱。

“是杉江小姐和中西小姐，动手术时，只我一个人做你的帮手行吗？”

“行吧。”

直江回答时，外面传来了脚步声，有人敲门。伦子马上站起来，赶忙去收拾桌上的茶具、茶碗。进来的是办事员村上。

“有个叫山口的人来电话说：现在已到羽田机场，马上就到医院来。”

“知道了。”

“打扰了！”

村上朝收拾茶具的伦子那里扫了一眼，然后施了一礼退出房间。

“现在看来，如果山口七点钟到医院的话，开始做手术也得七点三十分。”

“差不多。”

伦子在水龙头前涮洗茶杯。

“花城纯子小姐的男友是谁？”

“……”

“从前听说跟牧田歌手关系暧昧，连女性周刊都有过报道，大概是他吧？”

“不知道。”直江搔搔头发，看着昏暗的窗户。

“给这种名人做手术，您不紧张吗？”

“如果发生了差错，影响面是很大的。”

“不管她是女演员还是女歌星，身体都一样。”

“那当然是。”

“我还要再休息一会儿。”

直江重新躺到沙发上，伦子把洗好的茶具装进橱子里。

“您要不要喝杯茶或是咖啡？”

“不，什么都不要。”

“噢。我去楼下手术室放放蒸汽。”

伦子刚走到门口，又站住了。

“哎，明天您有空吗？”

“明天？”

“到您住处去行吗？”

“可以。”

“那么，七点左右去。”

伦子说完，放心似的走出了房间。

花城纯子到达东方医院时，已是七点多钟了。

纯子戴着深色墨镜，穿着白黑混色的天鹅绒上衣和黑开司米喇叭裙，手里拿着件短大衣，即使没有人说也可以看得出她不是一般的女职员。

“我叫山口，直江医师在医院吗？”

这个人穿着华丽的条纹西装，身材高大，他向挂号室的人问道。挂号室的饭野静代把两人打量一番之后，电话通知了直江。

直江来到门诊室时，纯子和经纪人大庭正并排坐在候诊椅上。

“我们来迟了，很抱歉！”

经纪人站起来致歉，然后介绍了花城纯子。

纯子慌忙摘掉太阳镜，低头施礼。

“福冈的日程安排得太紧了，所以来迟了，实在对不起！”

经纪人又一次致歉。纯子微微低头向下看着，染红了的指甲闪闪发光，双手交叉在膝盖上。

“她的脸色好像很不好。”直江仿佛从下方窥视她似的盯住纯子的细长脸。在电视上虽然看过多次，一旦靠近细看时，花城纯子的脸想不到是这样窄小，而且，浓妆下面也没能掩盖住她的倦怠神情。

“这两天的日程太紧，在飞机上虽然休息了一会儿，但仍未歇过来。”

经纪人代她答道。

“没吃晚饭吧？”

“是啊，起飞前作为午饭只吃了点沙拉，喝了咖啡。”

配合经纪人的答话，纯子微微点头。

“若是这样的话，马上可以进行麻醉了。”

直江再一次审视纯子，她身高同平常人一样，体格瘦弱，电视上的形象虽然很好，但面对面时，却令人产生面对枯木的感觉。

“睡衣和毛巾都准备好了？”

“在来这里的路上买的。”

从谈话到买东西似乎全部交给经纪人包办了。

“那么，领她到病房去！”直江命令伦子，“手术在三十分钟后开始。”

花城纯子下楼来到手术室时，已是七点四十分了。纯子穿着小碎花图案的法兰绒睡衣，头发向上梳起，用白色头巾缠裹着。穿上睡衣以后的花城纯子变成一个平凡的姑娘了。

“请上手术台！”

一瞬间，纯子仿佛犹豫了一下，回头看了看直江，然后，下了决心似的从踏板爬了上去。

“先从静脉进行麻醉，你要反复多次地数数。”

伦子说完，纯子默默地点点头。

“可有点疼哟！”

注射针扎进了白嫩的手腕，纯子微微皱了一下眉。但是，手术台上的金属扣子和皮带捆住了她，她的下半身一动也不能动。

“一、二……”

手术室里回荡着单调的数数声，这与电视机里听惯了的优美歌喉大相径庭。

“一、二……”

在护士提醒下，渐渐变弱的纯子的声音又高亢起来。然而，这不过是瞬间的事，随着麻醉剂注入量的增加，纯子的声音像喝醉了酒似的变得奇声怪调，一会儿又像呓语似的含混不清起来，不大工夫就像停止呼吸一样中断了。

“有自主呼吸？”

“有。”

被暴露在无影灯下的花城纯子的前胸，每呼吸一次便缓缓上下起伏一次。她的乳房在她细瘦的身体上发育到难以想象的程度。

乳晕呈妊妇特有的暗红色。右乳房的边缘上有一块红痣，好像接吻后留下的印迹。

“血压多少？”

“110。”

“好！”

直江将开腔器插了进去。二十分钟后，手术完毕，时钟正指着八点十分。捆住纯子的手术台下的瓷砖上，溅满了血迹。

直江脱去了沾上血污的手术衣，摘掉口罩和帽子，点着了一支烟。

“再稍稍让她躺一会儿，直到醒来为止！”

“这个……”

伦子用眼睛指着刚刚刮出来的血块问道。

“她大概不想看到刮掉的孩子吧，按常规烧掉！”

“是。”

伦子把它交到焚烧室去了。

“那位经纪人在门诊室说想同您谈一下。”

“这就去。”

“您不洗澡吗？”

“等一会儿去。”

直江叼着烟卷来到更衣室，换上普通白大褂来到门诊室。

经纪人在候诊室两手插在口袋里焦急地等着。

“您做完手术啦？”

“再过二十分钟左右麻醉就可消失，到那时她就可以回病房了。”

“谢谢！”

“您有什么话请到里边谈。”直江推开门诊室的门，让经纪人进去。

“老实说……”

经纪人重新把他的大块头身躯缩小，鞠了一躬。

“老实说，这次的事对任何人都要保守秘密。”

“这一点我知道。在医院里，我已经告诉她们不要对任何职员和患者泄露此事。”

“我们来医院之前，在途中还换乘了一次出租车，所以，即使杂志社的记者来采访，也不要让他入内才好。”

“我对挂号室再叮嘱一下。”直江转身从水龙头放了一杯水，一口喝完。

“还有，这件事对制片厂也要保密，知道的人只有我和花城纯子的护理人，这姑娘过不多时就会来到医院。”

“还有什么……”

“从什么时候起才能工作？”

“工作？工作也有多种多样的含义。”

“是这么回事，有一个在千叶县正式拍摄的计划。”

“什么时候？”

“这件事已经迫在眉睫，明天下午两点钟开始。”

直江盯着这位搓着手的经纪人。

就是说今晚八点做过堕胎手术，第二天下午两点就让她登台表演，花城纯子在术后的休息时间只有半天。

“在千叶县两点钟开始的话，从东京出发就得在十二点以前。”

“可是，还有排练、试镜头。”

在正式拍摄之前，要做一下排练和试镜头，所花费的时间几乎同真正的录像时间相等。

“那么，出发时间呢？”

“可能的话最好在十点左右……”经纪人低声地喃喃了两句后，垂下眼皮，“您也许知道，T制药厂给我们提供演唱节目，一家三口人为一组，评分演唱，由花城给他们评审，其间也插进去演唱两首。”

“……”

“评审工作只是坐在评审委员席上，我认为问题不大。”

“那只是你的任意猜测。”

“不，我也觉得在手术后这样做不大合适。”

“那就取消演出算啦。”

“可是，花城去参加这件事很早就决定了，大多数观众是为看一看花城而来，事到如今怎能突然停止？这是一个不合理的日程，我全知道。”经纪人额上并未出汗，可他却拿出手帕揩抹，“您看如何？”

“我早已回答你了。”

“您说不行？”

直江点点头。

“无论如何请您设法……”

经纪人缠住直江不放。

“那么，只好去了！”

“可以去了吗？”

“我没说可以去，只是说你想去就去呗！”

“去不要紧吗？”

“不知道。”

“不过，大体上不要紧吧？”

“也许不要紧，也许很要紧。”

“凭您的感觉……”

“堕胎之后只休息一个晚上，第二天从中午就去登台，那能好吗？然而，照你的意思看来，除了去以外别无办法似的。”

“不，我并不想违背您的治疗方针。”经纪人不住地搓手，“只是，无可奈何啊，日程安排得太紧。”

“所以，我说你爱怎样就怎样嘛！”直江往桌上的花城纯子的病历卡上，开始填写刚才手术的所见：

SS35M(妊娠三个半月的胎儿)。

“那么，暂定……明天十一点左右请允许我们乘车去千叶县，正式录像之后，还有新歌教唱和唱片公司巡礼，这两项当然可以推迟。然后在旅馆里举行一次记者招待会，夜晚马上返回医院来。”

直江默不作声，叼着烟卷，只管填写病历。

“您瞧我只管一厢情愿胡说一通，对不起！”

“用不着向我道歉！”

经纪人又拿出手帕擦汗。

“受罪的不是我，而是花城小姐。”

“文艺界里有各种各样的麻烦事。”

直江的眼光从病历卡上移开。

“他们两个人的关系只有我知道，对制片厂的厂长都没说过一声。就这半天的空闲也是勉强挤出来的。”

“……”

“我光办些强人所难的事，日后再来登门拜谢。”

“你若是送礼的话，最好给我送酒。”

“啊？”

听见直江连礼品名称都说出来了，经纪人不禁一惊，抬头呆呆地望着直江。

“别送什么威士忌，最好是日本清酒。”

“遵命！”

经纪人回答时，伦子出现在通向治疗室的门口。

“我已把花城小姐送到病房了。”

伦子仍像在手术室时一样打扮，赤脚穿拖鞋，头上缠着头巾。

“麻醉怎样了？”

“基本醒过来了，叫她名字时知道答应。”

“血压多少？”

“110，脉搏78。”

“好吧，过一会儿我去诊视。”

“她说很疼。”

“送到病房以后，给她打一针诺夫伦镇痛剂。对啦，还有，患者预定在明天上午十一时外出。”

“明天吗？”

伦子朝经纪人和直江两人脸上交互地看了一下。

“好像是有什么事。明天一早就要诊查一次，预备妥药棉和绷带。”

“知道啦。”

伦子又一次看了两人之后，走出诊察室。

“她到底醒过来啦。”经纪人仿佛放心了似的说，“谢谢您！这下子我也就放心了。”

“放心还为时过早。”

“怎么回事……”

“现在只能说手术进行完了。”

直江站起来，用消毒液洗了手，又用自来水冲了冲，然后朝医务部走去。

伦子等人洗完手术器械、擦拭油布、清理手术现场等活计时已经九点多了。直江等伦子空出手来，便到花城纯子的病房来了。

病房里不见了经纪人，换了一个十七八岁的年轻姑娘陪着，这就是经纪人说的那个护理人了。

纯子仰面躺着，反复低声地哼着“疼啊，疼啊”的。

直江诊了脉，测量了血压。血压稍低，但未见阴部出血。纯子脸色苍白，皮肤粗糙，一点也看不出二十一岁年轻人的那种朝气。

歌星中她虽被称为美人，但没有脂粉的脸却是干巴巴的，只有鼻子显得特别高。

“花城小姐、花城小姐！”

伦子喊了两遍之后，纯子才吃力地睁开了眼睛。十分钟前打的镇痛药好像发挥了作用。

“山口小姐，山口明子小姐！”

这回伦子喊花城的真名了。

“噢！”纯子的声音宛如老太婆一样沙哑。

“还疼吗？”

“疼……”纯子拖长了语尾，好像撒娇一样抬头看直江，“大夫，好疼啊……”

“注射的药马上就会生效，今晚你可甜甜地睡上一大觉。”

伦子代替直江回答。

“明天呢？”

“明天的事你就别管啦。”

“明天若是去不成可就糟啦！听我说，那就糟透啦！”

纯子像说梦话一样唠叨着。

“放心地睡吧！请你把房间灯调暗些，尽量让她睡好。”

伦子向她的护理人说。直江拿着听诊器走出病房。

“明天花城小姐要到什么地方去？”

伦子出了病房从后面赶来追上直江问。

“好像在千叶县进行拍摄。”

“她处于这种状态，能去得了吗？”

“固然不好。”

“那，您为什么答应了？”

“是他们坚持要去。”

“话不能这么说，一旦发生意外怎么办？”

“除了用药棉填塞住以外，还有什么办法呢？”

两人来到电梯口前。他们上来时乘到六楼的电梯，仍然停在那里未动。

“若是她把身体搞垮了可怎么办？”

因为是在电梯里，伦子的声音显得格外高。

“目前的她，唱歌比身体更重要。”

“然而，有身体之后才能有歌星吧。”

“这些道理在他们那一群人里行不通。”

“可是，您是医生，不行就该说不行，可为什么……”

电梯从六层降到三层。门开了，直江走出，伦子跟在后面。

“听说昨天夜里她在福冈几乎是通宵活动，今天傍晚到这里接受手术，明天上午又要出去，不管是多么红的歌星，难道她发疯啦？您若是放任她，她会病倒的。”

“很有可能。”

“医师，您……”伦子愣住了，呆呆地望着直江，“您怎能说这种不负责任的话……”

直江停住脚步，若有所思地歪起脑袋，然后走进右侧的厕所。

次日十一点，花城纯子在经纪人和护理人的陪伴下乘上了汽车。纯子戴着深绿色的太阳镜，立起大衣领以便遮掩脸面，然而，从领间露出来的面孔像死人一样苍白。行动时阴部似乎还隐隐作痛，她迈着细步，依偎在经纪人身上。

伦子靠在她的左边，一直把她送到大楼门口。

这一天没有什么特别的事，也没有手术，下午也很空闲。

下午五点一到，直江便径直返回了公寓。

昨天不顾身体不适勉强上班，傍晚又给花城纯子动手术，接着值夜班，天明以后又连上了一天班，直江真是累坏了。

回到住处，一头倒在床上朦朦胧胧似睡非睡时，有人敲门，原来是伦子。伦子手里的塑料袋里有一束花。

“我给您收拾房间，请起来一下。”

“刚刚要睡着。”

“收拾整洁以后睡下不是更舒服吗？”

伦子像赶走他似的扯下床罩，直江无可奈何，爬起来换上便服。

“哎，今天小桥医师没说什么？”

“没说。”直江两手抱臂，望着窗户。

“是吗？”伦子打开窗户，给吸尘器通上电，“小桥医师大发雷霆。”

“……”

“关于花城纯子的事，他说您太残忍了，堕胎的第二天就让她去登台表演，简直不是人干的事，是一部糟蹋活人的故事。”

直江嘴叼烟卷，走向餐室。

“他还说：允许她去演出的医生也不算是医生。”

伦子一边唠叨一边把吸尘器伸向写字台底下。

“护士长和亚纪子还有其他人都异口同声地说，我真受不了。”

直江盯着伦子拿来暂时插在水桶里的花。那是山茶花、草珊瑚和大罗伞。

“最近，小桥医师忽然批评起您来了。”

“扫好了吧？”直江走到床边坐下。

“不过，这事不仅小桥医师，听说内科的河原医师听了以后也大为惊讶。明天是妇产科村濑医师来院巡诊的日子，他也不会放过您的。”

伦子关闭了吸尘器的开关，关上了通向阳台的玻璃门窗。

“这件事，就是我也觉得毫无道理。”

“……”

“您还没吃饭吧，我带来了寿司。”伦子从手提兜里拿出盒饭说，“您饿了吧？”

“不。”

“那我就先把花插起来。”

伦子从门口鞋架子里拿出花瓶来，在洗手池前整理花枝。

“院长把对石仓老爷子的手术按胃切除手术向健康保险申请了治疗费。那次只是一次假的胃切除，切开肚皮观察了一下内部而已，并未触及胃部，这样就向人家要切除手术费，未免太狠毒了。”

“是狠毒！”

“请您不要像谈论别人的事似的说话。那是您亲手做的手术，老爷子认为您给他切除了胃，当然很好，只是支付医疗费的家属太倒霉了。”

“那么，我就把它改写过来。”

“若让院长知道了，他要发火的。”

“因为那只是一次试验开腹。”

“实际并没做的手术向人家要钱，也太贪婪了。”

伦子退后一步，检查花插得如何。

“不知为何，最近，医院里有人专门议论别人的事，讨厌死了。”

草珊瑚、大罗伞的后面，山茶花的枝条成为它们的支撑骨干，美丽极了。

“我辞掉护士职务，改行当个插花教师。”

伦子已有插花教师的证书了，她包起剪落的枝叶说：“进门处太暗，显不出花的光彩来，放到这儿吧。”伦子把花瓶放到直江的写字台上。有了这束花，房间立刻增加了鲜明感。

“不过，流行歌星这工作真让人受不了。”

伦子回过头来，直江仰面躺在床上，两手垫着脑勺。

“您在想什么呢？”伦子来到直江的旁边坐下。瞬间，直江的胳膊从伦子的背后搂了过来。

“不行，不行啊！”

伦子在胳膊中半推半就，终于贴紧了直江。

“等一等嘛……”

直江放松了一下膀臂，让伦子易于脱衣。

在洁白的山茶花前面，伦子被直江紧紧抱住。

三十分钟后，伦子才从睡梦中醒过来，到邻室穿衬裙时，已是八点钟了。

伦子刚穿好上衣时，电话铃响了。直江从床上伸过手去拿起听筒。

“我是医院，刚才花城小姐的经纪人来电话说：花城小姐昏倒了。”

“在哪里？”

“在P旅馆。”

“让我干什么？”

“请您尽快过来，大夫！”

“明白了。”

直江起身，望了望窗外的夜色。

“怎么啦？”

“花城纯子倒下了，好像要运回医院。”

“她是在旅馆接受采访时昏倒的。”

直江下床，开始换衣服。

“怎么搞的？”

“只说倒下了，具体情况不清楚。”

“太强人所难啦！”

伦子发起牢骚，直江毫无表情地穿上裤子。

“在哪里倒下的？”

“好像在P旅馆大厅。”

那旅馆在赤坂附近。

直江在翻领衬衣外面又穿了件西服。

“我该怎么办呢？”伦子望着穿戴好了的直江问，“您是否还回来？”

“我想马上就能处理完。”

“我在这里等您，可以吗？”

“当然可以。”

“那我就等着。”

直江若有所思地盯着墙壁，然后，从茶几上拿起烟卷和打火机，装进上衣口袋里。

“请快点回来哟！”

“嗯。”

“我从屋里锁上门，返回来时，按下门铃就行。”

伦子对着正在穿鞋的直江后背说。

剩下一个人时，伦子仔细地察看起房间来。家具和摆设都是她看惯了的。尽管她从咖啡杯子到糖罐子摆在哪里就像自己房间一样地熟悉，但仍觉得很神秘。从前，伦子从未一个人待在他的房间里，现在突然一个人留在男人的房间里，倒有些不安起来。

伦子想打开电视机，因为过分宁静会增加不安情绪，当她环视室内时才发现直江屋里没有电视机。

“对啦，想起来了，他没有。”

伦子暗自苦笑。直江是个讨厌电视机的人，他虽然看报纸、杂志，但不看电视。她想起了他屋里没有电视机，当时也并没在意。

以前来直江家里时也没想过要看电视，是不是不想看电视，两个人相处时的情趣就很充实呢?

做爱时，当然用不着电视机。随后，两人静躺在床上时，也不需要音响。而且，这种时间又是短暂的。

做爱终了，稍事休息后，直江一般是躺在床上看书或看报纸。书本有时是顺手摸到的杂志，有时是医学书籍，只要有书可读，他就能安稳下来。

伦子穿好衣服，整梳好头发，然后去泡茶或煮咖啡。直江不声不响地喝着，两眼仍然不离书本。然后，伦子再站在洗碗池前刷洗杯子和用具，剩余的时间坐在沙发上看一会儿直江读过的报纸或编织未完的毛衣等。

两个人几乎不说话。顶多偶尔由伦子问上一句："要喝茶吗？"

直江只说"嗯"或"不要"，就再也不吭声了。

从表面上看，两个人似乎达到了用不着交谈就可相互理解的程度，但直江同伦子之间并非那么亲密无间。伦子对直江所想的事当然不知，对他所做事情的真正意义也不明白。既然不明白，也就不打算明白，什么也不明白倒觉得相安无事。

当初伦子并不希望这样。刚一相识，她很想知道直江的事情，也从多方面探询，直江也只是轻描淡写地回答过，但是如果再深入一步，直江的回答像关上大门一样骤然停止了。再往前，不管怎样探询，统统遭到拒绝。一条容许别人进入的线和另一条闭锁的线泾渭分明，一丝不乱。

伦子再也不想推开这扇大门了。她也习惯于这种不再深究的状态。她开始认为男人和女人两人相处时，只有交媾，然后就默默地待在一间屋子里，习惯下来之后，就觉得无所谓了。至少，目前的伦子对于很少交谈、表面冷淡的关系，再也不抱怀疑态度了。

伦子只要和直江重复情事，一起在一个屋子里就感到安心了。即使不交谈也相安无事。当然，这种相安不同于妻子和丈夫。但从两人尚未定下来的关系来看，也算是最稳定的。

现在，伦子一个人被甩在直江的房里，她不安了。虽然直江在家，也不过是他自己看书，几乎不说话。尽管如此，在与不在可大不相同，不交谈，人在旁边，伦子也感到欣慰。

伦子好像为了消除不安，站了起来。因为还没吃晚饭，所以她买了寿司，准备跟直江共餐，可被直江所求竟先干上了情事。

余韵未消时来了电话，便失去了共进晚餐的机会。

厨房里有一个大洗涤台，那里有两口小锅，只能煮煮速冻食品和蒸点什么用。冰箱里有啤酒和罐头，但没有蔬菜和鱼肉之类。

直江一直在外用餐，用不着购置调料。偶尔，伦子想给他做顿菜吃，由于没有东西，也只好从简了。

直江喜欢吃鱼和生蔬之类，与其在家自己去做缺滋少味的菜，还不如上饭馆去吃反而省事。

伦子觉得有点饿了，但又不想自己先吃。直江一定能回来，与其一个人吃就不如等直江回来一起吃，那会更愉快。她买盒饭来不就是为的这个吗？

然而，吃盒饭用不着做什么饭前准备，这样一来，伦子更觉得无所事事了。伦子是个勤快的人，她不能呆呆地躺在沙发上什么也不干，那样反而会心烦意乱。

整理完电冰箱，归拢了一下洗碗池下的空瓶子，伦子用抹布擦抹起来。房间刚刚扫过，本来没什么尘土。但是，书架的角落和铝窗框的边角处仍有一层薄灰。

伦子往水盆里倒上热水，泡上抹布。她沿着起居室的茶几擦下去，湿抹布擦拭下的茶几木纹在灯光下闪闪发光。书架上堆满了书籍，伦子把能够移动的部分轻轻移开，从隙缝间擦拭，尽管每周两次有钟点工前来收拾，可这些旮旯却看不出有擦过的痕迹。

迄今为止，伦子在直江的房间里多次使用过吸尘器，但像这样用抹布将屋子的犄角旮旯擦拭一遍的事却不曾有过。

擦完之后，的确有擦过的效果，再细看榻榻米的边角处、壁橱拉门的边角处也有灰尘。

换了热水，拧好抹布再擦。书房写字台上医学书籍和一些进口书堆了一大堆，为了不弄垮这小山似的书堆，她轻轻移动着，擦完之后又放回原处。写字台两侧的抽屉拉手上也有灰尘。中央有一个宽大的抽屉之外，两边还各有五层小抽屉，右侧最上的一层抽屉有个锁孔，似乎上着锁。

这里面究竟装着什么呢？伦子擦拉手时，产生了想偷看抽屉里东西的念头。

单身男人的房间肯定在什么地方有隐秘，揭开那里就会获得他所有的谜底，但也有种阴森可怕的感觉。

伦子似乎为了岔开这种幻想，马上去拧干抹布。她在男主人不在的房间里，一个人窜来跑去，既感到愉快又感到不安。

她又拿着拧干的抹布擦拭壁橱的拉门了。榻榻米同壁橱连接的板缝处也有尘埃。为了擦拭壁橱拉门的底槛，她必须拉开拉门，于是伸手拉开一扇拉门。拉开的瞬间，伦子什么也没考虑。伦子的性格是：既然拉开了就必须彻底清扫干净。

擦拭时，伦子跪在席子上，壁橱的下层展现在她眼前。上层装满了被褥之类，下层乱堆着纸箱子和一些旧杂志。伦子擦完了底槛又把两扇拉门拉到一侧。

两扇拉门全移到右侧以后，下层格里也堆放着纸箱子和杂志等等。眼前有一个五十厘米见方的纸箱，其表面上贴着清酒商标，里面盛着满满一箱子旧杂志。纸箱挨近拉门底槛，影响拉门拉动，伦子想往里推一推，但是，沉甸甸的很有分量，用劲往里一推，恰好顶到后边的箱子上，堆积起来的一些书本散落下来了。

“这里需要好好地整理一下。”伦子一边嘟囔着一边拾起散落下来的书本。摆在五六本医学杂志下面的好像是些装着X光片的大纸袋。

“怎么塞到这种地方来……”伦子把散乱了的X光片纸袋拿出来，一边理齐一边扫了一眼封皮。封皮上的黑框里写着姓名、年龄、拍照日期等，最下方记载着医院名。伦子一眼就看出来那是东方医院的X光片纸袋。

医师并不是不能把患者的X光片和病历卡带回家里来，但那大都是为医学会所用，制作幻灯片，或参照X光片在家里撰写论文时才这么做。但这两者都须由医院保管，使用完毕时必须返还。

伦子虽然看了封皮，但姓名、年龄栏里什么也没记载。仅仅在拍照日期栏里用红铅笔写着月日。十月三十日、十月十日的日期都是最近的。上面潇洒的笔体，无疑是她所熟悉的直江的字迹。

“是谁的X光片呢？”

若是一般患者照完X光片以后，都是要填上姓名的。伦子刚想把口袋退回原处，但又觉得蹊跷，便从一个口袋里抽出了底片。

X光片分成六格，全都是拍照的背骨。是从正面、斜面的各个方向拍照的。底片上没有肋骨，从它的高度向横扩大的独特形状来看，伦子可以断定那是腰骨照片。

她改变了一个方向，透过光线一看，在右下方印有R、L指示方向的字母，在它旁边写着患者的名字“N—AOE”，伦子从右方念下去，慢慢读了两遍之后，才弄懂了那是“直江”的意思。

难道是直江医师的腰骨吗?

伦子再一次朝光亮处看了一下X光片。黑色底片上，映出了骨骼的白影，正面像是在扁平箱形骨的左右，如两手分开一样有小骨连接着，侧面则向前稍稍呈弯曲状连接着骨盆。

直江腰痛的事伦子从来也没听说。当然，拍照腰骨片子的事也不知道。然而，底片上确确实实写着直江的名字。

伦子依次将X光片袋码齐摆好。

十月三十日到十月十日、九月二十一日大约每隔二十天拍照一次。最下方口袋的日期是七月五日。

袋子上既没有姓名也无年龄，又无号码，也许是直江自己拍照的。伦子一边整理口袋一边朝纸箱里窥视。那里也塞满了X光片袋，依然是只有日期，没有姓名和年龄。底片上却印有直江的名字。日期间隔有二十天的也有五天的，还有一天的。七月以前的X光片袋则是直江以前供职的T大学附属医院的。

难道他在研究骨骼?

从这么频繁拍照的情况来看，不能认为是病。再说，从来也没听直江说过哪里不好。也许他正在用自己的独特方法研究腰骨。

然而，用自己的腰骨去做研究也太超乎寻常了。

“怪人！”

伦子正在自言自语时，电话铃响了。她好像干坏事被人发现了的孩子一样，急忙把底片装回口袋里。电话丁零零、丁零零地响个不停。特别在这个十分宁静的屋子里，铃声就更显得响亮。

伦子迷惘了。虽然直江同意她留在这里，但在单身汉的房间里有个女人可非同一般。不慎将听筒拿起来，会不会给直江造成影响？如果是医院打来的，那就等于把两个人的关系公布于众了。

伦子缩小身躯静静等待电话自停，但铃声似乎不想停下来，依旧疯狂地吼叫着。

忽然，伦子认为也许是直江打来的。也许他想告诉自己因为花城纯子的治疗要迟些回来。是接呢，还是不接？她犹豫不定。看它这么执拗，说不定就是直江，但心里却没有把握。如果是他，他准会发火。铃声继续响个不停。

总之，先接一下看看。伦子悄悄拿起听筒，电话机丁零一声，鸣声停止了。

“喂，喂！”传过来的是一个女子的声音。“喂，喂！”从第二次的声音中可以推断出是个年轻女子的声音。“我是三树子。”

“三树子？”伦子捂上话筒喃喃地说。

“您是大夫吧……”伦子想：这语声似乎在哪里听到过。“怎么啦？大夫！奇怪。”

电话里对方只顾不住地说，伦子则不敢大声出气，悄悄地把听筒放回原处。

房间里又恢复了宁静，伦子坐在电话机旁反复琢磨起听过的语声来。这声音中包含着隐情，似乎听到过又确认不了。护士当中没有叫三树子的，如果是医院以外的人可就不易判断了。

伦子怀着难以理解的心情回到了壁橱前，X光片仍然散乱在榻榻米上。她把它们装进袋子里放回纸箱，又把原来堆放着的旧书按原样堆起来，关上拉门。

伦子拿着抹布站起来时，门铃响了。从锁孔中看去直江站在走廊里，伦子放心地开了锁，将门打开。

“回来得好快呀。”

“坐出租车回来的。”外面似乎很冷，直江立起了大衣领。

“花城小姐怎么样了？”

“稍有出血。”

“不要紧吗？”

“先给她输液，不要紧。”直江说着，视线落到伦子手里拿着的抹布上。

“这是怎么回事？”

“我看灰尘太多，各处擦了擦。”

直江边脱大衣边看伦子，很不高兴地说：

“我劝你不要干些费力不讨好的事！”

“可是，你看到处都是灰尘。”一片好心擦拭之后反而遭到训斥，伦子感到委屈，“书架上、壁橱里，所有角落都满是灰尘。”

“壁橱？”直江目光锐利地反问，“你把壁橱打开了？”

直江走到壁橱前打开橱门，里面跟伦子打开前并没变样，上层堆的是被褥类，下层是杂志类。直江像探索什么似的仔细看了一遍，然后回头问：

“你翻弄里边的东西了吗？”

“只擦了擦橱底、拉门槛。”

“不曾翻弄里面的东西吧？”

对这突然的严厉的质问，伦子只得摇头否认。

“真的不曾翻弄？”

“真的。”

直江又一次带着疑惑的目光看了一遍壁橱里的一切，然后才关上拉门。

“这里面装着十分重要的同医学研究有关的资料，打扫时也不要随意摆弄它。”

“什么也没摆弄。”伦子忐忑不安地回答，因为她曾把纸箱上的书弄散过，又看了X光片。不过，弄散之后她又放回原处，恢复了原状，看来不会有问题。但从直江的怒气来看，这事非同小可。她从没见过态度如此严厉的直江，伦子觉得自己看了不该看的东西，感到内疚。

“当我不在家的时候，你不要干些多余的事。”

“知道了。”

“给我拿和服来！”

直江终于恢复了平常的平静语调，动手脱去西服。伦子把他的西服挂到衣架上，又从身后给他穿上和服，举止如同妻子一般。

“您该吃饭了。”

“嗯。”直江回答了一句之后又像想起了什么事说，“真对不起，今晚你不要在这里睡了。”

“要我立刻走？”

“是。”

“您吃饭的事呢？”

“不必啦。”

“有谁到这里来？”

“没有……”

“您还生我的气吗？”

“只是想一个人待会儿。”

既然说得这么明确，伦子也不得不走了。然而，她觉得他的心情转变得太突然了。难道是去医院之后遇到了不顺心的事？或是刚才他不在家时给他擦拭房间惹恼了他？尽管摸不透他的本意，但他的话语也太不近人情了。

伦子生气了。

“那么，我就走。寿司放在这里。”

尽管心里生气，伦子仍未表露于外。

“再见！”

伦子以为直江会向她说些什么，但他坐在沙发上一言不发。

看着他的侧脸，伦子补充一句说：“您不在的时候，有个电话，是个女子打来的，叫三树子。”

“……”

“她说她就到您这里来。”最后这句话是伦子有意捏造的。不知直江是听着还是没听，依旧叉着两臂注视前方。“再过一会儿也许还给您来电话。”说完以后，伦子用力关上了门，走了出去。

次日天刚亮便下起雨来。伦子对昨晚直江撵她回家的事疑惑不解，一夜未睡好。她带着睡眠不足的困倦神情来到医院。护士休息室里花城纯子的事成了热门话题。

“哎呀，可不得了啦！”昨晚值夜班的宫川百合子成了中心发言人，她很是得意洋洋。“杂志社的记者们一齐拥来，光是阻拦他们就费尽了九牛二虎之力。”

“他们怎么知道的？”

“还不是因为在《蝴蝶季节》拍电视后有个记者招待会嘛，恰在那时她倒下去了。好家伙，杂志社的记者们听说在这里住院，便一下子奔上来了。”

《蝴蝶季节》是花城纯子第二次引起轰动的流行歌曲，与《阳春》一同被定为制作录像片。昨天晚上安排她与男主角I握手照相，然后接受女性周刊杂志的记者采访。在这期间纯子忽然昏倒在地，事情就不一般了。

“是在记者招待会上昏倒的？”

“不，不！据大庭先生说，招待会在前，那时，她的脸色就很难看。不过，好歹总算挺下来了。之后让她同男主角I边握手边笑时，突然，脸面抽搐起来，喊了一声‘啊！’便扑通一下昏倒了。”百合子的讲演够得上是声情并茂，形象逼真。

“跟她握手的那位男演员I也吓了一跳，听说也大声喊叫起来。”

“这么说，照片没拍成喽？”

“听说只拍了两三张。你知道，在那种时候总是要拍照很多次的。例如在强光下要求她笑一笑，朝这边看！要她摆出各种姿势来，不是吗？”

“她也许自始至终都在硬撑着，但是再也坚持不住了，才……”

“这么说，是倒在地板上了？”

另一个护士问。她们对与自己无关的较残酷的话题似乎很感兴趣。

“当她昏倒以后，马上就让她躺在旁边的沙发上了。”

“那是在旅馆的大厅里？”

“不是旅馆大厅，好像是在为记者招待会准备的会议厅里。”

“当时，纯子穿着什么衣服？”

“哎哟嗬，简直棒极啦！薄绸衬裙上套穿纯黄雪纺绸的晚礼服，这地方还有两只红蓝颜色的大凤蝶。”

百合子用两手在自己腹部画了两个圆。

“是这么大的两只蝴蝶扑展着翅膀！”她画的圆简直大得跟整个下腹相同。

“这么大胆设计的花样集中于一点的晚礼服，我还真没见过。”

“为了同她的歌曲相搭配嘛。”

“那当然啦，就是穿着那衣服倒下的。”

护士们一齐去想象穿着蝴蝶晚礼服倒向地板时的情景。

“那一定很美。”

“什么呀？”

“我说的是那蝴蝶。”

“那还用说吗，可就是在那蝴蝶图案底下出了血。”护士们面面相觑，“蝴蝶的位置正好在那地方。”

“真烦人，百合子这死丫头！”护士们嘻嘻地笑了，“里边和外边可大不一样！”

“这件事谁也不知道吧？”

护士们为只有她们几个知道名歌星的隐私而感到喜悦。

“后来，她就这么被抬进医院了？”

“刮宫的事只有经纪人一个人知道。若是给她脱掉了脏衣服，岂不要当场出丑！”

“到医院后是个什么情形？”

“脸色苍白，但是美极啦，足以使人大吃一惊。”

百合子把两手放在胸前，仿佛在回忆似的两眼朝上凝望。

“她昏迷过去了？”

“倒也不像，只是闭着眼睛，喊她也不回答。血压也偏低。”

“就那么抬进来的？”

“可不是。当我告诉给直江医师时，他说：‘把患者马上抬进手术室去！’”

“她还穿着蝴蝶晚礼服？”

“那当然。我真没想到她穿着那么动人的礼服。在无影灯下，晚礼服上的大蝴蝶几乎要翩翩起舞了。直江医师走进手术室时，看了这情景，也一下子愣住了。”

“后来怎样了呢？”

亚纪子最先催促她说。

“哎哟哟，这位医师也够吓人的。他先问：‘血压多少？’回答说‘80’之后，他手头麻利地就把她的礼服下摆全都给卷上去了。”

“真烦人！”

亚纪子夸张地皱了皱眉。然而，眼里却闪烁着欢乐的光芒。

“卷起来之后，就‘刺溜刺溜’往下扒裤衩、扒长筒袜。”

“他一个人？”

“当然我们也帮了他一把。”

“这么说，那蝴蝶翻个底朝天喽！”

“那可不。全都掀到脸上去了，接着就检查生殖器。”

“后来怎样了？”

“堵在那里的棉塞全都是血。”

“可能是出血了。”

“是顺着大腿内侧流出来的。”

“简直是一部歌星的残酷故事啦。”女人们个个惊奇地点了点头。

“简直是个疯子！”

“那么，现在好些了吗？”

“打一针止血剂，给她重新洗净阴部，塞上棉塞。因为不是大血管破裂，所以问题不大。”

“是啊。”

“输液之后，今早一定能见好。那个经纪人足足守护了一夜。”

“那经纪人和花城纯子到底是怎么回事？”

亚纪子问。

“嗯，像是有点什么。”

“我认为绝对有关系。”

“不管怎么说，我认为经纪人同她也过于亲昵了。昨天换下的乳罩和衬裙等物都让经纪人毫不在乎地拿走了。”

“她难受时还让经纪人抓着她的手。”

“不过，这次打掉的胎儿可不像是他的。现在来送鲜花和水果的人络绎不绝，其中还有谷本健次。”

“对啦，她和那个男歌星也有关系，上次周刊杂志不是也刊登了吗？”

“演艺界真是个怪地方！”

护士们再次叹息了一阵。

那天直江来给花城纯子查房巡诊是在下午两点。不知什么原因，直江那天又是十点多钟才来上班，所以上午没有时间查病房。

伦子为昨晚的事耿耿于怀，满心不快地跟直江两个人去查房。

但对去看花城纯子倒有些兴趣，所以，才勉强陪同直江去了。

“把血压计给我拿来！”

临走出护士休息室时，直江像完全忘掉了昨晚临别时的龃龉，心平气和地说。

伦子在直江身后一步远的地方走着，回忆起昨晚在壁橱里看到的X光片。她想：如果那是直江的脊骨照片，那么，在前面走着的这副脊骨该是与那照片相同的骨骼白影。

为什么他总是专照自己的骨头呢？

这件事她在昨晚反复想了多次而不得其解。想去问问他，但有种预感，他一定会大发雷霆的。光是擦一擦壁橱的边角就惹得他怒火中烧，如果把偷看X光片的事也向他交代了，保不住两人的关系会因此而决裂。伦子并不想为弄清这事而破坏两人之间的关系。

那件事最好是忘掉不提。

伦子一边提醒自己，一边望着直江白衣里的白色骨头。

花城纯子病房的入口处醒目地贴着一张“谢绝会客”的告示。两人轻轻敲门走了进去。纯子在绿色的窗帘下闭着眼，眼影、假睫毛、脂粉化妆物等已经全部洗掉，只有纯子的端庄小脸，深深地埋在枕头里。

“她睡着了，是吗？”

“一个小时前醒过一次，可又……”经纪人想要把她叫醒，碰碰被端的肩膀。

“不，她若是睡着了就不必叫。”直江从被角伸进手去拿起纯子的细细手腕，诊起脉来。

“住院后，没有特殊变化吧。”

“是的，几乎是睡了又睡。”

经纪人似乎很抱歉的样子，低下头去。

“那就让她好好睡吧，不要惊动她。”

昨夜的失败好像给了他一个教训，经纪人老老实实地听命了。

“吃饭了吗？”

“从昨晚到现在什么也没吃。”

“一会儿她醒过来，不管什么都行，得让她吃点。”

“明白了。”

直江刚要走，经纪人把他叫住。

“发生这事之后，我又来问您这种事，也太不近人情，不过，她需要多少天才能……”

“最好住上四五天院。你又想往哪里折腾她？”

“不不，下次再也不敢了。她在那么多人面前倒了下去，即使取消日程，人们也能理解。”

“原来是这样！”

“我也被制片厂厂长狠狠训斥了一顿。”

“为什么？”

“前几天我不是对您说过了吗，纯子的手术对厂长也没说。他责备我为什么不把实情告诉他。”

“你为什么要隐瞒呢？”

“这里面有各种各样的原因……”经纪人搔了一下头顶，接着说，“于是，我就同厂长商量，趁此机会让纯子好好休息一下，彻底给她治好。”

“那就住院一周吧。”

“这事没啥问题。只是新闻记者太讨厌。”

“让我怎么做呢？”

“我想周刊杂志和演艺新闻的记者们今天要来采访，您是否能在病名上给周旋一下？”

直江两手插在白大褂的口袋里，沉思了一下。

“那就说是阑尾炎吧。”

“这病名合乎她的症状吗？”

“就说她感到疼痛时打了药针，勉强去演出了，但因化脓破裂，发生了短暂性休克。”

“那么，住院时间呢？”

“就住一周吧，等一等，她没动过阑尾手术吧？”

“是的，没有刀痕。”

“割过阑尾却没有刀痕是不是太滑稽了，不过只要能瞒过记者也就行了。”

“您说得对，请多关照。”

经纪人又搓手鞠躬。

那天晚上的值班医生是外科的小桥。护士照例是高木亚纪子和见习护士川合友子两人。

值班之夜，小桥总是看电视或到护士值班室同护士们闲聊。

然而，护士们在晚间安然闲聊总要过九点熄灯以后才行。因为在九点前常有患者来看病，住院患者也常有这事那事。虽然，医生无事可做但护士却是忙得不可开交。

这天晚上八点前，门诊室有五个人来看病，其中的三位本该在白天来院医治，因为有事耽搁没来成，不得不在夜间来。另一位是五岁小孩，说是头痛，由母亲带来的。一测体温，高达38℃，扁桃腺肿起。小桥医师用复方碘溶液让他漱了口，注射后又给了他解热药和抗生素糖浆。

另外一人是被救护车送来的。他登上宫益坂的坡道后倒在了路旁，被路人发现，向110报警，才被送来的。

患者的脸色苍白，没有精神，眼神茫然若失。一眼就能看出来他不是一般的疲劳症而是带有其他慢性病。年龄在六十岁上下，头发多半以上是白色的，掉了牙齿，说话时口齿不清。他穿着套装西服，外罩大衣，但都已弄脏，大衣底摆裂着口子。

“不知道他住在哪里吗？”

“衣服里侧有一个写着姓名、住址的布条，据此可知他是并木桥附近的人，叫上野幸吉。”救护队员回答护士的问话说，“刚才给他家挂了电话，估计他的家属立刻就能来。”

小桥为他量了血压，做了听诊。血压是130～90，从年龄看并不算高，或许还是低血压患者。听诊时，没有发现胸部异常，但心脏好像有些杂音。因为小桥是外科医生，所以对内科没有把握。

况且作为医师他也还是个新手。他认为也许是心肌梗塞发作，但他又没有痛苦的样子。他只像疲劳过度的人那样瘫软无力。倘若是白天，可以使用各种检测手段，但因在晚间却是无可奈何。

“总之，先给他打一针葡萄糖加强心剂，观察一下再说。”

小桥把注射的内容写进了病历卡。

“那么，让他住院？”

“是的，也不能让他这么回去呀。”

“住哪间病房呢？”

亚纪子看着躺在诊察床上的闭着眼的患者说。这个患者不论从哪方面看，都不是一个富裕的人。

“没有普通病房吗？”

“全都满员。”

“三等呢？”

“空着一个床位，听说明天或后天有人要来住院。”

“好吧，总之先让他住进去。”

“每日差额为一千日元①。”

“我知道，少说废话，快把他送到病房去！”

小桥向提出价钱的亚纪子瞪了一眼。

由于考虑到亚纪子的体面，小桥没有去护士休息室，他回到院部独自沏茶自饮。看看表，已是八点三十分了。

这医院动辄提出钱的事，每逢患者来，都要鉴别一下他能有多少钱，然后才能给他住相应的病房。若是把精力都用在那地方，怎能静下心来去治病呢？

在大学医院里就没有考虑这事的必要，让患者住院与否，是根据医学上判定有无住院的必要，只需考虑有无病房便可。至于患者钱包里有多少钱，则不必考虑。这种事完全是医院办事人员的工作，医生从不过问。从这点看，在私人医院供职是很困难的。与其说考虑病症，不如说优先考虑“有钱否”“哪类保险”等，等把这些事弄清以后，才能开始进行治疗。

---

①此处意为：加入健康保险的人，就诊住院时，只能住通铺，若住其他等级的病房，其差额自付。——译者注

而对特等啦、一等啦的另眼相看，真让人伤脑筋。

小桥对于这个医院只根据患者经济能力去决定病房种类的做法，颇为不满。重病患者就应该挪到单间去，轻病患者就该搬到大病房去，这才是真正区别患者的原则。然而，实际情况并非如此。

住在一等和特等的人，根据病情判断，并不是十分严重的，多数人是来歇歇筋骨的。

小桥不是共产党人，但他是由父亲——龟户铁板工厂的工人——勤勤恳恳培养成人的。他只感到这些住在一天一万五千日元病房里的、悠闲疗养的患者是群疯子。

“是一群浑蛋！”

他又喃喃地嘟囔了一句，把凉茶喝了下去。喝完茶，正想打开电视机站起来时，电话铃响了。电话机和电视机正处于相反方向。

“东方医院吗？”是个年轻男子的声音，“请找值班医师说话。”

“我就是。”

“啊，您就是医师，夜深了还来打扰您，实在对不起！”听口气不像是熟人，却不知是谁。“贵院里有个叫花城纯子的患者住院吗？”

小桥知道花城在两天前动了手术，昨晚引发了再出血。

“后来病况如何？”

“您是哪位？”

“我是花城纯子的好友，叫村井，非常担心她病后的变化。”

“没有什么，已经平稳多了。”

“是吗？还需要住几天院才行呢？”

“住上两三天就差不多了。”

“噢，也就是两三天啦。”

“上次不慎让她早出了院，很糟糕。不过，只是短暂性流血，不要紧。”

“还流血啦？”

“因为我没负责给她治病，不甚详知，好像情况就是那样。”

“当时也把我给吓坏了。”

“我想有三个多月了，非同小可啊！因为这是异常的病例。”

“是吗？”

“当然啦，好容易怀上了的，还得强行做人流。”

“什么？”

“就是用人工把它强制刮出来。”

“是人流？”

“是的，这种事是违背常规的，是不自然的。”

“这么说，还要住院两天？”

“因为她很富有，住多少天我也不知道。”

“实在对不起，先生您贵姓？”

“我姓小桥。”

“是内科医师吗？”

“是外科。”

“蒙您诚恳相告，实在感谢。以后也请多多关照。”

电话就此挂断了。小桥觉得由于花城纯子的事耗费了他的宝贵时间，很不愉快。尽管她是一时的新闻人物，可深更半夜闯来接受刮宫打胎，第二天又由于日程所迫，强行出院。尔后又因手术后流血抬了回来，真够呛！但她住着一天一万五千日元的病房，还有个经纪人、护理员侍候在身边，舒舒服服地睡着。去查房巡诊时，问她病况也不好好回答，全靠她周围的人代她应付两句。这是傲慢还是愚蠢？虽然谁也弄不清，但可认定她不正常。

固然，可以用“这个患者是演艺界的人，不晓得世间事物”之类的话蒙混过去。然而，小桥却觉得听凭这个女流氓歌手要动手术就动手术、要诊察就诊察的直江，应当受到斥责。即使此时是受雇于私人医院的医生，可从前毕竟是大学医院负有盛名的奇才外科大夫，岂能听从花城纯子的经纪人摆布呢？

直江医师原来在金钱面前也是个小人！太遗憾了，小桥不由得为他叹息。

电视机的节目是介绍本周的流行歌曲。歌星一个接一个地演出。主持人是个面熟的男性，他很能开玩笑。当他叫来一个矮个子女歌手时，那个女歌手用她一贯的嘶哑声音相互对话。两三句之后，主持人问：

“那么，花城纯子倒下去了，你不要紧吗？”

“是的，我是很健壮的。”

“你可得小心点。一个人倒下之后，就会依次传染下去。噢，对啦，阑尾炎是不传染的呀。”

“你别信口开河啦！”

一阵笑声过后，女歌手忽然板起脸来，面对话筒。

“阑尾炎？”

小桥看着电视自言自语说。刚才确实听到主持人说的是阑尾炎。后来又说：“你别信口开河啦！”两人相视而笑。

“你别信口开河”这句话不是针对花城纯子因阑尾炎而住院的事，而是针对主持人所开玩笑“传染”的。

这么说，在歌手们中间花城纯子的病状是按阑尾炎宣布的。

小桥忽然感到不安了。他觉得他说了不该说的话。他关掉电视往休息室走去。

在护士休息室里只有川合友子一个人往体温板上用红铅笔记录着检查体温的结果。

“高木君呢？”

“到刚才救护车送来的那个住院患者那里去了。”

小桥坐在沙发上，两眼直盯着前方。那里有药品架，有吊着的输液瓶，有器械架，这个护士休息室俨然一个小工厂。

“那老爷子的家属来了吗？”

“听说马上就来。他们家只是老夫妻俩。”

“他参加保险了吧。”

“据警察说，他有救济户的保险。”

“他原来是接受生活救济的人！”

他自己曾经斥责亚纪子说：“不要理睬钱的事！”但听说患者是救济户时，他也觉得厌烦起来。

“还没弄清。”

“若是救济户，院长准不高兴。”

当小桥心烦意乱地站起来时，亚纪子返回来了。亚纪子看见小桥在休息室里，马上说：

“那位老爷子现在打着冷战，体温39℃。”

“竟是这样……”

他以为血压低，只是临时性贫血，其实，事情并不那么简单。

“是不是哪里发疼？”

“倒没发现。只是呼吸急促。”

“真是怪事。”

究竟是什么病呢？小桥捉摸不透。

“总之，先打一针美其龙解热剂！”

小桥指示使用解热剂之后松了一口气，朝亚纪子那边望去。

但见她的右手拿着一个尿壶，里面装有半壶尿。

“那是那个老爷子的尿？”

“不，是花城小姐的。”

亚纪子稍稍举高一点说。霎时间，壶中的黄色液体在灯光下动荡了一下。

“连尿都要给她接吗？”

“从昨天到今晚，直江医师指示要给她接尿。”

“手术的次日就去拍电视了，还有什么必要接尿。”

“因为上一次弄砸了，是不是想慎重地处理一下？”

“她那样的，让她走着去尿也没事。”

“一直躺到现在没起来过。”

“而且还让你们像对待王爷一样给她接尿！”

亚纪子把尿壶交给站在旁边听谈话的友子。

“我说，能替我把它倒掉吗？”

友子是半年前来到医院的见习护士，立刻顺从地接过尿壶走出去了。

“那个花城纯子堕胎的事对外还保密吗？”

“据直江医师说，对外部人一律要说是阑尾炎。”

“原来如此！”

“发生了什么事？”

“刚才有个男子打来电话。”

“他说希望找您谈谈，我才把电话拨到院部的。”

亚纪子坐在同小桥对面的椅子上说。

“我对他说了花城纯子是因为堕胎住院的。”

“真的吗？”

“他说他是她的挚友，我才……”

“不至于是杂志社的人吧？”

“不知道。”

“您没问他是哪个单位的？”

“电话里光是他说，我插不上话。”

“若是泄露出去，可就不得了啦！”

"这么说，知道真相的只有那个经纪人啦？"

"还有一个护理人和制片厂厂长，另外再也没人知道。即便是有人前来探望，也不让见，只由经纪人出面谢绝就是了。"

"是这样！"

小桥咬了咬嘴唇，仿佛他做了一件无法挽回的事。

"总之，先向花城小姐打听一下，问她是否认识这个叫村井的人。"

"不必啦，事到如今，问也没用。"

"可是，如果真是位挚友，我们就可放心啦。"

"这种事，没关系！"

尽管小桥觉得事情糟糕，却仍正颜厉色地说："医生对于前来打听患者病情的人，一概抱着怀疑态度，非得刨根问底，弄清人家身份才来回答提问，岂有此理！"

"不过，花城小姐不是一般人哪。"

"这一点就是歪理，一般也好，不一般也好，到头来她还不是个患者？"

"这点倒是对的，不过……"

"一般说来，这医院对富翁、名人是不是过分恭维了？"兴奋时，小桥的毛病是嘴角微微抽搐，"歌星和刚才住院的老爷子在'人'这一点上毫无差别。"

"那当然，但是每个人有每个人的立场呀。"

"医学上的治疗，从不考虑这些事。"

"可是，您没听直江医师说这次是按阑尾炎处理的吗？"

"没听说。"

"太奇怪啦，今天下午周刊杂志的记者来访时，直江医师是那么说的。护士长也通知我们说，当局外人问及此事时，一律不要泄露。"

"总之，这不关我的事！"

小桥说这话时，值班室的电话铃响了。亚纪子回过头来拿起听筒，小桥交叉双臂望着窗口，尽管嘴里说着不关我的事，可心里并不踏实。

“请稍候！”亚纪子用手掌捂住话筒转过脸来说，“来啦，妇女周刊杂志社的。”

“什么事？”小桥心情不快地皱着眉。

“还用问吗？花城小姐的事呗！”

“告诉他我不在！”

亚纪子点头，朝话筒说：“啊，小桥医师已经回家了。” 稍停了一下，又答道：“他急着回家了……啊？这个，我不太知道。”

又交谈了两三句之后，亚纪子放下了听筒。

“他说：您肯定在医院里，非见您不可，态度强硬极啦！”

“肯定在医院？”

“您说，刚才挂电话来的村井，是不是妇女周刊的记者？”

“不至于吧。”

“可他说：‘一小时前还在医院里，怎么就不在啦？’他怎么会知道这事呢？再说，他指名道姓地说要小桥医师听电话。”

的确，村井打来电话时，小桥把自己的姓名和是外科医生的事全告诉了他。

“他说他跟花城小姐很亲密是指作为杂志社记者的‘亲密’，不是吗？”

“是吗？”小桥愤愤地站起来，“原来是这么个卑鄙家伙。”

“我觉得这事最好同直江医师联系一下。”

亚纪子从写字台的抽屉里拿出职员名册来。

“最好今晚就用电话同他联系。”

“等一等！”小桥从亚纪子手中夺过听筒进行制止，“不挂也行。”

“为什么？”

“没有事。”

“可是，那会使直江医师为难的呀！照这样看来，妇女周刊的记者会抢功似的一下子拥上来。”

“愿意来就让他们来吧。”

小桥心烦意乱地重新坐到椅子上。

“同一所医院的医生各执一词，不太怪吗？”

“怪也没法。”

“别不讲道理嘛！”

吵起嘴来，亚纪子就使出恋人之间的腔调，亲昵无间了。

“你这么说话，直江医师的面子往哪搁？”

“没有面子的是我。花城纯子是阑尾炎的事我还从未听说过。上次给她做手术时也没对我说过，我虽然是个医生，反倒不如一个护士！”

纯情直率的小桥最易发火，亚纪子在这方面感到男性的魅力，也怀着不安。

“我认为不是他有什么恶意没有通知你，也许是忘记了。”

“哼，头脑那么清晰的人决不会忘记！”

“这样吧，由我来轻描淡写地说明一下。”

见习护士川合回到值班室来了，亚纪子压低嗓音说。

“您可以什么都不说。”

“我只是说了事实真相，没有必要道歉。”

小桥怒冲冲地留了一句气话，故意耸了耸肩膀，走出护士值班室。

正如两人所估计的那样。第二天将近中午时，妇女周刊编辑部又来了电话。电话的内容不外乎是再一次询问花城纯子的详细病情。直江谢绝说：昨天已经谈过，没有必要会见。

然而，妇女周刊的记者觑准一点到两点的医院午休时间，直接闯了进来。

“我已经谢绝了，但是他说只占用一点点时间，就是不走。”

挂号室的女办事员已经根据直江的指示转达了拒绝之意，但她又用电话报告说。

“真是个难对付的家伙。”

吃完午饭，在院部正同X光技师泽田下着围棋的直江刚刚下完一盘，很不耐烦地站起来。

记者坐在会客室的椅子上等着，一个瘦高个子和另一个成反比的矮胖子。

“在您百忙中前来打扰，对不起！”

瘦子递过来一张名片，他叫田边，另一个是摄影师。

“关于花城小姐的情况昨天我记得已经说过了，怎么……”

“您是已经说过了，但是，是这么回事……”

瘦子说到此处时，闪光灯亮了一下。原来是摄影师从直江的斜前方照了相。

“给我照相能给你们增添什么材料吗？”

“我们只是想照张花城小姐主治医生的相片，别无他意。”

记者代替年轻摄影师做了回答。直江不悦地一声不响。

“先谈谈她的病，到底是不是阑尾炎呢？”

“是的，我已经说过多次了。”

“然而，也有传言说她是堕胎了，是这样吗？”记者死盯着直江的表情，但却找不出一丝变化。

“在旅馆倒下的原因，有人说，是由于手术后马上出场演出，引起了流血，您以为如何？”

直江把对方的名片重新审视了一遍，反问：

“这话是谁说的？”

“从有关方面听到的……”

“我昨天已说过，是阑尾炎！”

“这不是我们任意捏造的谣言，是从可靠方面泄露出来的。”

“所以，我问你想干什么？”

“我想打听一下真实情况，我认为您隐瞒了事实。”

“没有隐瞒。”

“请您说实话，大夫，求求您啦！”记者的语调尽管有些哀求，但那两只眼睛却是警觉地等候着。

“是堕胎了吧？”

“不是！”

直江望着入口处发光的玻璃门。

“您别这么说，我们可有确凿的证据啊。”

“那是你们随意炮制的证据。”

“那我就如实摊开了，听到以后请您别惊慌。泄露花城纯子堕胎消息的正是你们医院的人！”记者滴溜地转身环视了一下室内，会客室里因为午休没有旁人，挂号室里只有一个值班的女办事员勾着花边。

“您猜猜是谁？”

“猜不着。”

“说这话的人正是你们医院的大夫。”

顿时，直江脸上掠过了一丝感情变化。但只是一闪而过，马上就恢复了平常的冷酷表情。

“而且是您的同行，外科的小桥医师。”记者带着胜利的自豪说，“昨天晚上我很想知道一点她住院后的情况，便挂了电话，您说怎的，事出偶然，是他接了电话，对我说了所有实情。”

“……”

“昏倒在旅馆时，从她那里流血的事也告诉我了。事到如今您还说是阑尾炎吗？”

闪光灯又闪亮了，直江瞪着摄影师，然后问记者：

“你们要说的话就这些吗？”

“有了这么多确凿证据您还要隐瞒的话，我们就把事实原原本本地登出去。”

“这种事够登报吗？”

“当然够登报。提起花城纯子来，现在是无人不知无人不晓的歌星，她在旅馆的演艺记者招待会上同主演的男主角I正在握手时倒下去的，像她那么天真纯洁的小脸，有谁会相信她能怀孕呢？”

也许因为兴奋的缘故，记者像连珠炮似的说了出来：“登载这样的消息，我们也是下了很大决心的。登了它，今后我们对花城纯子的采访将被拒之门外的。”

直江正在专心地观看记者身后镶嵌在墙上的热带鱼水箱，那里面的黄绿相间条纹的蝴蝶鱼正在悠然畅游。

“我们下了这么大的决心决非偶然，请对我们明确说一下，不是阑尾炎吧？”

“不对！”

“大夫，请别再隐瞒，说实话吧，我可真要按堕胎发稿了。”

“那你就发吧。”

“还是这么回事啦？”

“我已经说过，不对！”

“那您为什么说让我发稿？”

“因为你说想发稿。”

记者惊叹了一声。

“我是花城纯子的主治医生，我说这个不对，你若是还不明白，那就随你的便！”

直江一转身朝电梯口走去。记者和摄影师眼巴巴地瞧着这个瘦瘦的左肩稍稍垂下的直江的背影。

“真是个倔强的家伙！”

当记者无可奈何地咋舌时，直江的身影早已消失在电梯里了。

在二楼的医院办公室里，院长行田佑太郎正同护士长关口鹤代交谈着什么。他妻子律子今天没到医院来，有两名办事员正在填写着健康保险申请书的报表。

“那么，病名还没弄清？”院长一边看病历卡一边问。

“今早，直江医师看了之后说，可能是血液疾病。”

“血液病？”

“今天下达了各种检测指示，四五天内可以查清。”

“是吗？”

院长瞪眼看着病历卡呻吟了一声。这个患者就是小桥值班时用救护车送来的那个老人。两小时后，他的妻子来到医院，确认他就是上野幸吉。他从前干过废品回收，数年前腰腿不听使唤，倒在床上的日子便增多了。妻子因风湿性关节炎也不能给餐馆洗碟碗了，于是，他便靠政府的救济维持生活保护。

院长不喜欢穷人，也不喜欢救济户的患者。

“说是老人，可他才五十二岁呀！”

“是这样，从表面上看他好像六十岁以上的人了。”

五十二岁，与院长的年龄不相上下。然而，开医院的人讲不得同情。

“把救济户患者安排到三等病房里，他能付得起差额吗？”

“是有这个问题。”

“这可不是‘有这个问题’就算完了，你得给我牢牢地掌握住原则才行啊。”

“可是，那是由值班的小桥医师批示的，当护士的怎好插嘴说长道短哪？”

“正因为如此，你们当护士的才应当因势利导。小桥医师当上大夫不久，挺着胸膛喊什么正义正义的，因为他还不了解现实。”

“您的话虽然是对的，可对方是医师啊。那些比他年轻的护士能向大夫说：‘请别让这人住院’的话吗？”

“我并没说不让他住院，我是说靠政府救济生活的患者让他住进大病房就行。我们何必把明天要住院的患者推开，硬收这个付差额的人进病房呢？”

“当时也是因为没有病房，不过，也不能因为他是救济户就撵他回去。”

“这就看你怎么处理了。你不会说‘我们这里要住院的人太多，又没有病房，是不是请您到别的医院去试一试’，这样就不会触怒他，老实说，昨天晚上那件事就该这么处理。”

“当时以为他暂住一夜就可稳定下来，小桥医师也是这么想的。”

“从大学医院来的大夫，尽干些无聊的实验，编造些谬论，一点也不体谅私人医院的难处。”

“这些事最好由院长您直接向他传达，我们当护士的只能听从大夫的指示。”

“这些话对那些年轻医生说也没用。”

院长说完，把脸转向办事员，求她倒杯茶。

护士长好像想起了什么，看了一下表。

时针指着两点十分。

“哎呀，我该走啦。”

“按照目前情况，那个患者暂时动不了啦？”

“是的，动不了啦。”

“护理的事怎么办呢？”

“老太太一直陪伴着。”

“救济户的诊疗费支付总要比别处晚三个月，再说监督得也特严。用药和打针稍稍多一点马上就给删减，大学医院的医师们本该知道这些的。”

院长仍然唠唠叨叨。

“大学的讲义里恐怕不讲这些事吧。”

也许是因为服务年限长有点功劳，护士长硬装糊涂开了一句玩笑。虽然她是个饶舌家，但院长也愿意同她谈论些医院的事情。

“过不多久当他自己开医院时就会明白。”院长似乎无计可施，把病历卡退还给护士长了。

“今天您要在三点钟出去，对吧？”

“是的。可我问你，花城纯子怎样啦？”

“没有特别变化。”

“躺着吗？”

“有时躺着，有时起来。”

“穿着什么衣服睡？是睡衣还是和服？”

“穿睡衣。”

“我真想看看她。”

“真烦人！”

护士长轻轻瞪了院长一眼。

“我本想出面见见她，怎奈找不到适当的机会。”

“那您就以院长查房的名义去一下就得了。”

“倒也是。”

“然而，不懂得妇产科的大夫查房不有点怪吗？”

“正因为这个我才犹豫着。”

院长为难似的陷入深思。

“我想您同直江医师一起去，那是最好不过的。”

“直江医师真让人羡慕，他什么时候都能见到她。”

“好色之徒！”

护士长夸张地皱了一下眉头。身后的两名女办事员吃吃地笑了。律子夫人在这里时，护士长决不敢用这么亲昵的语言说话，而院长也不能开这种玩笑。

“本来嘛，你想想，像她那样可爱的女孩子从来不让别人看的地方，他都可以堂堂正正地去看。当初我若当妇产科医生就好啦。”

“多脏啊，当妇产科大夫。”

“那是因为光看那里的缘故。按正理说那玩意儿是想象的而不是看的。”

“听说她这次堕胎已是第三回了。”

“真的？”

院长把圆脸庞中的细眼睛睁到最大限度。

“这可不是扯谎，病历卡上写得明明白白。”

“真是难以置信，女人……”

“我去告诉直江医师就说：院长先生想看一下花城小姐。”

“嗯。”

院长坐在弹力极好的软垫椅子上，感慨不已。

第九章

志村伦子同X光技师泽田两人单独会面，是在花城纯子做完手术后三天的周六的傍晚。私人开办的医院，不管规模有多大，周六这天都和常日一样对外诊病，东方医院也不例外。他们两人相见是在下午五点下班之后，地点在伦子多次同直江相会过的道玄坂路上的“凤凰”咖啡馆。

伦子同泽田各自从医院出来，伦子到达后，没等上五分钟，泽田便来到咖啡馆了。

“您要点什么？”

“我要杯红茶吧。”

“再来杯柠檬茶。”

伦子亲自向侍者说，然后面对泽田：

“没让医院的任何人发现吧？”

“放心吧。”

“是吗，那就放心啦。”

伦子从手提包里取出香烟和打火机，点着了火。伦子抽烟是直江教的。护士吸烟并不稀奇，连年轻的宇野薰最近也常在休息室里抽起来。做完长时间的手术或值完夜班，她们才从白大褂里解放出来，这时抽上一支烟，别有风味！

从前，伦子常见同伴们吸烟，自己也曾试着放到嘴里抽过。可是吸了两三口之后，便让它给噎住，呛得嗓子火辣辣的，以后再也不敢问津了。

然而，自从直江认识了伦子之后，便劝她吸烟。他说：“我每逢看见女人高雅地吸着烟，就觉得开心。”

风流韵事之后，直江趴在床上一边吸烟一边劝说。

伦子正式吸烟就是从那时开始的。直江乐呵呵地望着伦子忍耐烟草苦味的情景和因烟呛而咳嗽的窘态。

“把嘴唇向前噘起来，像要把烟向前吐出去一样就妥。”

自从直江教会她吸烟以后，伦子现在虽然还没达到不吸不行的程度，但每天也要吸上四五支。

X光技师泽田惊奇地望着伦子吸烟，待了一会儿好像想起来了似的问道：

“你说有事，是什么事？”

昨天下午，伦子约他五点三十分到这个咖啡馆来，说是有事要问。

泽田是X光技师培训夜校的学生，所以还没有取得X光技师的资格。由于医师允许他担任这项工作，所以表面上称是医师拍照的，而实际上却是泽田操作的。这在私人医院里倒是一条司空见惯的捷径。培训班在代代木，上课在晚上七点。下班后到去学校之前，还能挤出在咖啡馆里喝杯茶的时间，因为昨天是期末考试，所以伦子才把约会延迟到今天。

“这倒是一个很奇妙的恳求……”伦子用她的细手指磕掉了烟灰，像探索什么似的看着泽田的脸，说，“是关于直江医师的事。”

泽田比伦子小三岁，他对正式护士的伦子也得遇事让三分。

“直江医师常到你那里照X光片吧。”霎时间泽田的脸颊肌肉微微抽动了一下，“你也用不着隐瞒。因为我知道他每隔二十天要照一次X光片。”

泽田为难地低垂了眼睛。看了这情景，伦子更有把握了。

“因此，我想问你，直江医师为什么专给自己的腰骨照X光片？”

“……”

“希望你能说真话，我已经看过那些X光片了。”

“真的？”

“那当然，你吃惊啦？”

“在哪里？”

“在哪里……某处。”伦子想说是在直江房间壁橱里看到的，但没说。

“太奇怪啦。”

“不过，我知道那是怎么回事。”

“这么说，是直江医师对你说的？”

“他没说，是我凭直觉。”

泽田噙了一大口柠檬茶，又一次惊愕地望着伦子。

“我所拍照的底片都放在别处保存着，你绝对看不到。”

“我不是在X光室看的，你尽管放心。”

“叫我太为难啦。”

“有什么为难的？只要你告诉我一声就行了。”看着叉起双臂陷入沉思的泽田，伦子更想问出个究竟了，“那是为研究，还是为治病？”

“……”

“求求你啦，告诉我。拍X光片的事我已经全知道啦，如今你想隐瞒也不成。”

“你可不许告诉别人哪。”

“当然，我发誓。”

“直江医师严肃地告诫我，绝对不许对外人说。”

“这我知道。”

“那是一项研究。”

“真的？”

“这是我直接听他说的，没错。”

“不过，那都是照的他自己的骨头，而且光是脊骨呀。”

“不，肋骨也有，腿骨、臂骨也有。”

“真的？”

“我可没说谎，因为都是我照的。”

伦子回忆了一下装着底片的纸箱子，同样的箱子有好几个。

如果泽田说的话是真的，那么也许拍有臂、腿的X光片藏在别的箱子里。

“但是，这算得上是奇妙的研究喽。”

“据医师说，这是件非常有趣的研究。”

专照自己的骨头，哪里有趣呢？伦子无法理解直江的动机。

“每隔二十天照一次吧。每次都照全身吗？”

“大体如此。”

“使用那么多的胶片，能行吗？”

“胶片费用由他自己支付。”

“就是说，自费购买？”

“我以批发价从生产厂家买来，不与医院的掺和到一起。”

这种研究也太过火了。伦子越发糊涂起来。

“那么，都在什么时候照呢？”

“他值夜班的时候，或是周日。”

“值夜班的时候？”

“是的，都是我从夜校回来之后照的。”

单身汉的泽田住在医院后院护士宿舍的一个角落里。

“这我可不知啦。”

“拍照时，为了不让外人进去，X光室要锁上门的。”

“这么说，直江医师在值夜班时，时常不知去向。”

“一般是说喝酒去了。”泽田笑着回答。

“难道不是真喝酒去啦？”

“一般是喝酒去了，但是，有时是在X光室里。”

“原来是这样！”伦子半惊呆半赞叹，但始终弄不清直江为什么要这么做。

“总之，这事千万不要说出去。他告诉我多次绝对不许对外人说。”

“我知道。”

伦子好像想起了还有杯凉了的咖啡，于是端起来一饮而尽。

花城纯子的病情很快好转了。

记者招待会上的休克不过是因为手术后立即剧烈运动所引起的一时性流血而已，只要打上止血针，保持身体安静，就能治愈。

昏倒后的第二天，即从手术后的第三天起，她就能自己上厕所、去洗脸了。当然，洗漱间和厕所都在卧室旁边，不需出屋，免去了和其他患者见面的麻烦。这就是每日住院费一万五千日元病房的优势。

从第四天起，纯子薄施脂粉，涂了口红，仅此一桩就使得她那已失去生气的脸顿时恢复了活力，全屋都增添了光辉。纯子穿着粉红色睡衣半躺半坐在床上，一边吸着烟一边看着周刊杂志和漫画之类。原来食欲不振的她，现在吃的也日渐增多了。早餐是牛奶和半个甜瓜，中午是烤面包、火腿鸡蛋外加柠檬鲜果汁。

那天午后，纯子手术后第一次下楼来到门诊的妇产科诊疗室。

平常的查房是在上午，只有纯子的私处诊察定在下午。这是因为妇产科的诊察台只有门诊一处，又因为上午门诊的一般患者拥挤不堪，为了避人耳目才这么做的。

下午两点，纯子穿着睡衣，外面罩着棉睡衣，戴着浅色太阳镜下楼到门诊来了。从六楼到二楼是乘电梯去的，然后，她又从二楼到一楼门诊部，这是顺着楼梯走下来的。在候诊室候诊的三个患者没有察觉到她，她安然地到了妇产科诊疗室。

来到诊疗室以后，纯子不待护士吩咐便立即脱掉了棉睡衣和衬裤，只剩下了单睡衣和乳罩。护理姑娘樱井把纯子脱掉的衣服叠好放进衣筐里。

屋里暖气很强，并不感到寒冷。

“请吧！”

妇产科的亚纪子说。

纯子手扶台边登上铺着黑色漆布的诊察台以后，便仰面躺在上面。

“请把身子再向前探出些！”

纯子按照要求把下半身向台边挪了挪，自动分开了两腿，纯子的皮肤不是白润而是近于苍白。

直江拿掉棉塞，观察内部，子宫口处还有轻微充血，但无出血。

为她消毒后仍塞进了棉塞。当冰冷的消毒棉碰到她时，纯子的腰部猛地抖动了一下。这倒不是第一次，而是每次都这样。消毒后塞棉塞时，纯子说：“大夫！”直江把棉塞塞进，抬起头来。“我还害有痔疮，能不能顺便治一下？”

直江用手指尖试探了一下棉塞的位置是否合适。

“疼得厉害，上厕所时总得花很长时间。”

“从什么时候起？”

“三年前念高中时就不好。”

纯子仍两腿分开，答道。

“以前治过吗？”

“总想去治，可没有机会，拖延至今。曾经插进过‘依尔吉坤’，那种痔药。”

“是‘依尔可吉尔’吧。”

“对对，时常插进那种药。”

直江一边洗手一边点头。治疗完毕，躺在手术台上的纯子缓缓并拢起她美丽的两腿。

“这一阵特别厉害，上一次去厕所时，花了三十分钟，经纪人见我不在屋里，引起了一场大混乱。”说着，纯子独自笑了。

“给我拿指套来！”

直江命令亚纪子给他拿来诊察肛门用的手指胶套。

“好吧，顺便诊察一下吧。”

“我怎么办呢？要俯下身子吗？”

“不，就这样躺着，把手放在膝窝，抱紧两腿。”

“真烦人，拿这架势。”

“但比现在这个姿势好吧。”

“是吗？”

“那还用说！”

亚纪子拿来指套和凡士林油，纯子慢吞吞地抬起腿。

“抱起腿来！”

“这样？”纯子把两手放到膝下抱起两腿。

“再高些。”直江从后面捺了一下，纯子的膝盖差不多贴到脸上了。亚纪子从旁边压住她的腿向上身靠拢。扶在膝窝的纯子左手中指上，有个又圆又大的蓝宝石戒指闪闪发光。

“好，要用肚子呼吸。”

纯子按照要求张开嘴向肚里吸气。灯光下那圆滚滚的白屁股朝天撅着，既细润娇嫩，又圆滑丰腴。

直江把戴着胶皮指套的食指，轻轻向肛门深处插进。

“好疼！”

“刚插进时是这样。”

亚纪子安慰说。

纯子微微张开口，皱着眉头，不时发出哎哟哎哟的喊叫声。

直江全然不理，只顾把插进的手指向左右转动。

痔疮是用时针表示法指示位置的，她在三时和六时处明显有内痔疙瘩，顶端充血，部分糜烂破损，胶指套上沾有血污。八时的位置上肛门黏膜的皱襞有吊钟状突出物，即外痔核也已形成，想不到这可爱的屁股上竟有这样严重的病症。

“好啦！”

亚纪子告诉她之后，纯子这才把手松开，放下两腿。

“糟透啦。”直江把沾有血污的指套从指头上扒掉扔进垃圾筒里。

“不动手术不行吗？”

纯子因疼痛眨巴着湿润的眼睛。

“不行。”

“一定需要很多天吧？”

“要做根治手术的话，必须用一个月的时间。”

“没有更简单的方法了吗？”纯子从床上坐起来，放下睡衣下摆。

“若是光摘除痔核的手术，倒用不了那么多天。”

“半个月左右？”

“唔，大致差不多。”

“治它一下子？”

“不治你可太可怜啦。”

“厉害时，大声说话都感到震颤。”

“时常出血吧？”

“是的。”

“你的脸色苍白、贫血，就是因为这痔疮。”

“我该怎么办呢？”

纯子用她那秋水般的诱人双眸盯着直江。

“这得同经纪人商量一下，今天暂且给你放进痤药。”

于是，她又坐上诊察台，采取了抱腿姿势。

花城纯子住院的消息登在周刊杂志上是她昏倒四天以后。

标题鲜明：

花城纯子终于病倒

因阑尾炎紧急住院动手术

苍白的记者招待会

身着蝴蝶晚礼服倒下

几行大字点缀着女性周刊杂志的刊头。

内容详尽地记述了病倒前的过度疲劳状态以及病倒后的实况，并用照片细致地补充了细节。各个杂志的报道虽然各有不同，但关于在记者招待会上突然昏倒及送到医院进行阑尾炎手术等却是相同的。

其中只有一家杂志社从标题到消息内容的格调大不相同，这就是妇女周刊。

第一行大标题同其他各报截然不同。

花城纯子住院之谜

接着是：

到底是不是阑尾炎？

消息详细记述了在P旅馆的记者招待会的情景及送到东方医院后的情况，然后，又提出医院N医师的说明和K医师的谈话有分歧。最后以K医师的话做结论说：从前几天住院的情报中我就对因阑尾炎住院一事表示怀疑，而且，在堕胎后第二天便去参加正式录像和记者招待会等更是毫无道理！

N医师指的是直江，K医师指的是小桥，在医院工作人员眼里已经十分明显。

第五天早晨，直江去查房，经纪人立刻递过来妇女周刊说：

“那位大夫真的这么说了吗？”一兴奋就快嘴快舌的经纪人问道。直江接过妇女周刊，把这条消息大略地看了一遍。

“从医生嘴里说出这样的话，看来是无法挽救了。”

“可能是个差错。”

“不过，他们怎么会知道这事呢？”

“我来调查一下。”

两人谈话期间，花城纯子怄气地看着窗外，一言不发。

那天，直江查完房，在住院患者的病历上写好医嘱以后，利用到门诊前的仅有时间，把小桥叫到了医务部。小桥右手提着听诊器来到医务部。

“你知道不知道妇女周刊上登载了你的谈话消息？”

“今天早上护士告诉我了。”小桥坦然作答。

“这到底是怎么回事？”直江站起来，走到窗台边，俯视大厦环抱中的庭院。

“她昏倒后被送到医院的当夜，有个自称是她的挚友的人来了电话。”

“于是你就说了那样的话？”

“我可没说这么清楚……”小桥坐在沙发上，两手扶膝，低垂着头。

“不管对方怎么说，关于患者的病情，必须在直接会面后才能说出。只凭电话来问就做回答是轻率的举动。”

“……”

“医院的医师把患者的秘密亲口说出去，你知道这影响多坏！”

“但是……”小桥抬头说，“我只是说了真话，没说一句错话。”

“真话？”直江从窗台回头看着小桥，说，“你是说只要是真话，什么都可以说喽？”

“我没讲可以说。但是，像您那样，对患者对周围的人大撒其谎的行为，我倒不认为是好事！”

“大撒其谎，指的是什么？”

“例如：像对石仓老人那样。”小桥带着挑战的神态盯视直江。

“那是对待癌症患者时我们的想法不同而已。石仓老人和花城小姐的情况不可相提并论。”

“是这样吗？”

“患者有患者的私生活，我们做医师的应该为他们保密！”

“……”

“总而言之，她不是普通的人，是世间以好奇的眼光注视着的歌星。杂志社要来刨根问底，事先在思想上就该有所准备。”

“这一点，我是知道的，只是……”

“只是什么？”直江反问。

“倘若是这么重大的事，您如果事先对我说一声有多好呢。”

“我该对你说些什么呢？”

“花城纯子虽然堕胎了，但对外要说阑尾炎手术。如果我知道这些事，就不会那么说了。”

直江在窗前从右向左缓缓移动了一下。

“您虽然对护士们说了，可对我什么也没说。如果您能郑重告诉我，我也不会信口开河了。”

直江停在窗户的右端，重新转过身来朝小桥说：

“你大概知道自己是个医生吧？”

“当然知道。”

“你既不是护理员也不是见习护士。你站在可以了解所有患者秘密的医生的立场上。”

“……”

“花城纯子堕胎一事，该不该对外人说你自己难道判断不出来吗？”

“不，这个……”

“医生这一职业在此种意义上不同于其他职业。”

“这一点我也知道。不过，只因为她是歌星就给予特殊待遇，是否有点过分了？”

“你是不是在认识问题方面有些偏激？”

“为什么呢？”

“为患者保守秘密，与她是不是歌星毫无关系。只要是医生就有义务为所有患者这样做。”

“……”

“我倒不想特别对你进行说教。”直江从窗台边走回来坐到椅子上，继续说，“你读过《医师法》吗？”

“嗯。”小桥暧昧地回答，他只知道有《医师法》，却没读过。

“大学的教授和院部的职员们尽管都读文献、读论文，可读过《医师法》和《健康保险法》的人却寥寥无几。你也没读过。”

小桥被击中要害，马上低头回避。

“为患者保守秘密是《医师法》的基础。即使没读过《医师法》，医生也该知道，这是常识。”

直江所说的小桥完全懂得，但他可不想正式道歉。他深知，直江所说的是正确的，然而，患者顶多是个二十岁上下的小姑娘。

她也不过是歌唱得好些才被捧为歌星的。虽然小桥内心也承认她的私生活很重要，但也觉得她不就是个流行歌手吗？小桥轻视她，而直江似乎并不在乎这些。

“总之，关于花城纯子的事今后不管问到什么，希望你不要对外人说。”

“我知道啦。”

小桥也觉得像这种麻烦事，自己还是离得远些为好。

“还有关于报上的报道，你可以改口说：对方问到是不是堕胎了时，我只做过‘啊’的回答而已。”

“这事会带来严重后果吗？”

“这个医院有很多知名人士来住院。如果内部的医生不能为他们保守秘密，那么患者就会敬而远之，不光顾了。”

“知名人士那么重要吗？”

“他们会住进高级病房来。既然我们有那么多高价病房，来住这样病房的人自然是我们最尊贵的客人啊。”

“我对于搞病房差价，即像咱们医院的这种做法很反感。”小桥的眼里表现出愤怒，“同样是病人，偏要按金钱来划分治疗差别。我不赞成院长的‘发财至上’做法。”

“我说，这同发财至上可不一样。”

直江把茶几中央的烟灰缸拉过来，磕落了烟灰。

“院长想发财倒是事实，但是，给病房定等级却不是院长的责任。”

“这是为什么呢？发疯似的设置特等、一等那种豪华病房和靠着它发财的不都是院长所为吗？”

“一点不错，那是院长设置的。然而，仅仅看到这些还不够。”

“这是什么意思呢？”

“设置豪华病房，是因为有人需要它！”

“需要？”

“正是。是因为有那么一些患者说：一天一万五千日元也行，我想住进一个比别人好的病房里。为此，院长才设置了它。”

“……”

“一件事，不可能仅靠一方独断就能办成。因为有需求的人，自然也会出现供给的人。”

小桥语塞了。经他这么一说，觉得事实也是如此。

“医学部的教授除了收取正常的诊察费、手术费之外，还收谢礼。这是因为有些人死乞白赖地不惜高价请教授给他看病引起的。不只是教授一方的责任。”

“教授的情况我不大知道。”

“因为你还是无名小辈，当然不知道。”被说成是无名小辈，小桥忽然一怔。

“那么，您在大学时也……”

“送给我的全收了。”直江叼着烟卷嘿嘿笑了，“在这里是私人医院雇用的医生，就不能像以前那么干了。”

“您在这里供职不能像在大学时那样凭手术收取谢礼，感到不满吗？”

“并不感到不满。”

直江悠悠地喷着烟雾。

“总之，我认为那种只要拿出钱来，请好大夫做手术，住好病房的事，怎么也不是正确的。”

“是这样吗？”

“怎么不是呢？人的生命都是平等的。不管有钱人也好，穷人也好，在生命这方面没有价值之分。尽管如此，对生命至关紧要的医疗却要从有无金钱划出等级来，这能说是好事吗？”小桥说到这儿，喘了一口气，“有钱人住进一天一万五千日元的病房里，没钱人连位好医生都得不到。这样，就同明治、江户时代没有差别了。不，比那时更糟。”

“不是那么回事。”直江把烟灰磕到烟灰缸里，“明治和江户时代就不用说了，甚至在昭和之初，没有钱的人，哪里还能挑选好医生坏医生？就连找个医生看看都办不到。临死前找个医生给看看而后死去那就算很好的了。同现在情况无法对比。

“你所要说的并不单单是患者能不能得到治疗这一问题，而是更进一步得到好病房、得到好医生，能够舒舒服服地专心疗养的问题，也就是医疗的‘质’的问题。”

“对，是这样。”

“我国在个别地方还有无医村。除了这样极端的例子以外，在今天的日本，大体上普及了最起码的医疗机构，即，有病看医生。”

“然而，它的内容……”

“是的，是由刚从大学毕业的医生看，还是由经验丰富的好医生看，这里是有差别的。然而，用保险制度却可以保证每人都能得到治疗这一最起码的底线。”

“这样一来，医疗上仍会存有差别。”

“这是必然的。”

直江的脸因受到窗外的光线照射，只有右半脸是明亮的。

“最低条件总算得到保证，再往下就靠个人的聪明才智了。有钱人可以住特等病房，请教授动手术；没钱人住大病房，用你这样的医生治疗，除此之外，别无他法。”

听到“用你这样的医生治疗”这句话，小桥翻了翻白眼。

“只要有钱，衣食住行可以尽随人意。既然是资本主义社会，医疗上也只能如此。有钱人就是比无钱人能找好医生、住上好病房，这是没办法的事。”

“这样对吗？我总认为唯有生命攸关的医疗应当是平等的。”

“平等？”直江仿佛觉得不值一驳，背过脸去，“年轻时辛辛苦苦干活的人和赌博、酗酒、懒惰的家伙，按你说都该一样对待喽？”

“我说的是关于生命都是相同的意思。”

“在解剖学上？”

“啊？”

“凡是人，不论谁血管和内脏的位置都相同。”

“我说的不是这个意思，是说，生命的价值每个人都平等。”

“那么，该怎样呢？”

“不论医疗不论其他条件，人人都应平等。”

“那么，我来问你。这里有十个患者需要动手术，医生有你和我两个人。倘若这十个人一个不剩地全来要求我给他做手术，该怎么办呢？”

“那就得先从急需治疗的和难以治疗的由您去做。”

“假若情况都差不多呢？”

“那就该……”

“怎么办？”

被问得张口结舌，小桥口吃了。

“在这时，是不是可以先从送礼多的人开始？”

“……”

“没钱人可能有点意见，最后，只好找你这个技术不高的人去动手术了。”

小桥觉得遭到了很大侮辱，然而，一时又想不出确切的反驳言辞。

“你看我们把话说远喽。”

看着默不作声的小桥，直江站了起来。院部墙上的挂钟指着十点三十分。

“总之，关于花城小姐的事即使被经纪人问到是怎么回事时，你也只答不知道就可以了。”

“如果我惹下了这么大祸，那就直接找妇女周刊的记者正式更正。”

“你不要再干蠢事了。”直江把手表同挂钟调准后说，“你这么干正好落入他们的圈套。”

“可是，这么放着，我有责任哪。”

“你光是默不作声就够了。”

“可是，那样就……”

“话已经说出去了，事到如此追究责任又有何用？别耍小孩子脾气！”

“但是……”

“门诊患者都在那儿等着哪。”

最后，直江用略微和蔼的语气说，随即向医务部门口走去。

花城纯子的经纪人大庭来找直江是在第二天的傍晚，正值直江刚做完胃溃疡手术回到护士值班室。时间快到五点，病房护士正同夜班护士办理着交接手续。

直江为了不给忙碌着的护士们造成不便，请经纪人到值班室靠里一点的沙发上坐下。

“妇女周刊这一闹腾，弄得我整日不得安宁。”经纪人的脸上显露出明显的不快。

“那个消息的事我同小桥医师直接谈了。他仅对记者说他对那事不十分清楚，没有说更多的话。”

“我也认为医生不会对他们说那种话的。”经纪人仍以惊讶的神态盯视直江。

“总之，请您相信医师才好。”

“这么说，那条消息是他们捏造的喽。”

“也许是护士、护理员等人被问到时，不加小心多言多语造成的。这事由我去调查，如果真是这样，我会严肃处理的。”

“可是，杂志已经刊登了啊。”

“是刊登了，但不就是一家杂志吗？”

“不过，有这么一条消息，其他杂志也不会沉默的。再说歌迷们也打来电话询问，真是应接不暇。”

“总之，我要向全体职工郑重宣告今后绝对不许发生类似事件。”

“贵院住院者不少是名人，对于保守秘密一点我们寄予很大信任，如果……”

“您的意思是不信任我的话？”

“不不，我对您并不……”

经纪人对直江的强硬语气慌忙改口否认。

“作为主治医师，我明确表示我所说的是不会有问题的。以后凡有问询的电话你们可以一律不接。”

“但愿如此，只是怕有直接拥来的记者。”

“遇到这类情况时，请同我联系，我来对付。”

“明白啦！”

“将近十家的杂志社中，即使有那么一家登出来也没多大意义。妇女周刊擅长报道花边新闻，所以人们会说 ‘啊，又来啦’，不会信以为真的。”

“这倒也是。”

“总之，用沉默扼杀它。”

经纪人对直江的话颔首赞许，但眼里仍流露出不安阴影。

“还有一件事，花城小姐的痔疮相当严重啊。”

“昨晚，花城对我说了，不治不行吗？”

“不治可是太可怜了。”

“以前我们也很担心这事。”

“你们既然知道，为什么不早治呢？”

“原因很多……”

经纪人每逢为难时便在膝上搓弄两手。

“若是搁置不治，下回也许会彻底病倒！”曾站在责怪直江立场上的经纪人，不知何时转变为受责难的境地了。

“以前同厂长商量过，我们打算找一个适当的时机给她彻底治一下。”

“难道有什么不便医治的理由吗？”

“若是治就得动手术吧？”

“那当然。”

“得用多长时间？”

“若想根治，就得豁出一个月。”

“要那么长吗？长时间休假是可怕的。”

“可怕？”

“是的。”

经纪人点头承认。这时，伦子拿来了体温计。

“312号的上野先生又打起寒战了。”

“体温多高？”

“因为打战，没法测温。”

“小桥医师在门诊室，你去找他给看一下。”

伦子轻轻施礼，拿起桌上的院内电话，拨打门诊室。

“可怕，是什么意思？”

直江又转向经纪人那面。

“是这么回事。最近人们对流行歌手的评价变化极快，一不小心就会被挤下台。如果休息一个月，不在电视和舞台上露面，就有被遗忘的危险。”

“一个月不行吗？”

“虽然不是不行，但是稍有疏忽，她的声望就会低落。”

“花城小姐也会这样吗？”

“我想不会的，但她现在正处于顶峰时期。因此，必须保持她的声望不低落，否则……”

“这么说，不管到什么时候都没有治病的时间喽？”

“嗯，也可以这么说。”

经纪人仿佛很抱歉似的蜷缩了他那庞大身躯。

“世间流传说：红一曲，三个月。即使唱出一首轰动一时的歌曲，能保持声望到三个月已是很难很难，花城的《蝴蝶季节》风行以来已经过去两个多月了。”

“这么说又该亮出新流行曲啦。”

“按理应该如此。”

经纪人摇晃着他的巨大身躯叹了一口气。做完了傍晚交接手续的护士们相继朝更衣室走去。

“然而，像她这种人这么长久不治可不行。她的脸色总是那么苍白，之所以贫血，正是因为那里出血的缘故。”

“现在还出血吗？”

“出。”

经纪人把他的肥大膝头故意得得地抖动起来。

“没有更简单的手术了吗？”

“有一种单摘痔核的手术，但这不是根治的方法。”

“这样也算治好了吧。”

“暂时的。”

“按这治法要多少天？”

“也就是两周吧。”

“两周？”经纪人仰面看着天花板，“趁此机会一举做完割痔手术，您以为如何？”

“做一下也不是不能。”

“紧接着做割痔手术，加到一起就得住院三周啦？”

“是这样。”

"若是住院三周，谁也不会认为是堕胎了吧？"

这时，小桥来到了值班室。他向谈话的两人扫了一眼，然后，又拿着听诊器走了出去，伦子从后面紧跟出来。

"那么，我尽快同厂长和花城谈谈手术的事。"

"最好是根治一次，如果不行，也应当做一次简单的手术。"

"哎，请等等！这回的病名该叫什么呢？若说花城纯子因痔病如何如何，那可就砸啦。"

"每次都是令人头痛的患者！"

"对不起！"

经纪人低垂着头。

"不过，也没有必要更改。"

"您的意思是……"

"'做完了阑尾炎切除手术，由于为时过晚，引起局部腹膜炎，病情恶化。'这么一发表不就行了吗？"

"有道理，这样就和以前的病名一致啦。"经纪人满意地点点头，说，"日期的事不经研究无法奉告，等厂长与她商量之后，再作定夺。"

"若做手术，还有我们这方面的具体安排，希望早日定下来。"

"明白啦！"

经纪人站起来，又鞠了一躬，走出值班室。

晚秋的天空已披上了暮色，直江站在窗前凝视着远方的彩云。

站立着的直江的侧脸明显地露出了憔悴的神情。但是，这一点对于每天碰面的护士们来说是微不足道的，也是无法察觉的。

办完交接手续的护士们，都已离开了值班室。直江离开窗户时，值班室里只剩下亚纪子一个人在查点注射单。

"今晚你值夜班？"

“是的。”

亚纪子停下手中的活计抬起头来看着直江，她的表情像要说什么似的。

“我说，前些日子给您造成很多麻烦，很是过意不去。”

“麻烦？”

“就是小桥大夫因花城小姐的事说了一些不该说的话。”

“那与你有什么关系呢？”

“当时接电话的是我。若是我能事先把电话的内容弄清，也就不会发生那事了。”亚纪子一口气说完，“那件事不能全怪小桥大夫。”

“这我知道。”

“他这人不论什么事都过分认真。”

“你不必为此担心什么。”

“可以同您再谈一会儿吗？”

“当然可以。”

“关于户田的事。”

“户田？”

“那个被流氓划伤脸，您给缝合的患者。”

“他出了什么事？”

“您曾因为他付不起住院费，打算让他出院，可小桥说不该让他出院，就担负了他的住院费。”

“终于由小桥君付了？”

“户田说从家乡汇钱来以前，先借给他三万日元，可是，至今也不见汇款。”

“……”

“这三万日元眼看就要用光，小桥似乎还要借给他。”

“可以让他出院啦。”

“可是，他又说今后的看病钱也没有。”

“小桥君打算连今后的看病钱也全管？”

“他说：事已至此，毫无办法。”

这时，走廊里传来了厨娘的叫喊声：“开饭喽！”

“他好像还打算坚持下去。”

“这件事本该由福利科、民政委员出面处理，不是医生该做的事。”

“我也是这么说的，可他就是听不进去。”

“那么，你想让我怎么做呢？”

“希望您能制止一下小桥。”

能走动的患者陆续来到走廊打饭。

“但是，这事可不好办。即使我说了，他也听不进去。”

“不会的，小桥大夫非常尊敬您。”

“让他有多大能力就使多大能力吧。”

“那怎么能行……”

直江好像把仰望着他的亚纪子推开似的站起来走出值班室。

直江回到院部坐到沙发上点着第一支烟时，好像跟随过来的一样，小桥也走进来了。

“上野先生怎么样了？”

“打完寒战之后，又发起高烧来，现在体温是38.2℃。”

“原来如此。”

“脸色苍白，仔细观察时略微呈黄色，经过肝功能化验，黄疸指数正在上升。”

“血液检查结果如何？”

“血红蛋白为百分之百，不算太低。红血球三百二十万，严重贫血。”

“这事刚才我从病历上已经看到了。血象如何？”

“这一点，总是搞不清楚。我认为红血球的形状好像有点异样。”

“怎么异样？”

“我觉得它的形状散乱，这回我想亲自拿到大学中央检查室去化验一下。”

“另外还有什么变化？”

“现在患有口腔炎，据老太太说从前也时常发病。”

“病倒的事也不是初次吧？”

“嗯，从前也有过两次因晕眩和头痛倒下的。”

直江把脚平放在椅子上，点了点头。

“那么你认为这是什么病呢？”

“这个吗？从显露出黄疸的症状来看，我想还是肝炎。”

“那么，你观察到的贫血又该作何解释呢？”

“仅就肝炎来说，他的贫血似乎比肝炎厉害……”

小桥语塞。其实，他倒是想来听听病名的。但由于刚才反驳过直江，终于失去了机会。

“血象必须再仔细化验一次才行，不过……”直江在手中玩弄着烟卷说，“那病是不是再生不良性贫血呢？”

“啊？”

“阿仆拉斯提歇阿内密。”直江把同一病名用德语重复了一次。

“那么他……”

“是的，没救啦！”

“可是……”

“当然，不经过周密的化验，还不能下结论。”

小桥想起了讲义上和国家考试中学过的再生不良性贫血的定义。来到外科以后，对内科疾病的知识大多生疏了，但依稀记得伴随舌头发炎、出现贫血、红血球形状异常的病。仔细想来，上野幸吉的病确实类似此症。

“如果是这种病，该用什么治疗方法呢？”

“吃新鲜肝脏的肝脏疗法，但效果不大。真正奏效的也只有输血。”

“输血？”

“每天四百毫升左右输血试试。”

“是。”

小桥虽然答应了，但心情并不畅快，每天连续输血四百毫升，要确保其费用不是一件容易的事。

“除这方法以外，还有什么方法吗？”

“没有啦。”

“上野的保险是救济户保险。”

“没关系。”

“他可要长时间地住下去呀。”

“当然是。”

“老实说，前几天因为我收了一个连病床差额都缴纳不起的患者，院长责怪了我一顿。”

“那你是怎么回答的呢？”

“我说‘明白了’。”

“呵。这不很好嘛！”

“可是……”

“该说的我都说了，就这样吧！”

直江拿起桌上的晚报，又把腿交叉起来架到椅子上。

第十章

汽车沿着东名高速公路[1]向东奔驰。看情形已经穿过横滨的山间进入川崎了，从这里可以俯瞰到山坳中的密集房屋。今天虽然是星期天，但离天黑尚早，往东京方面去的上行线并不十分拥挤。

穿行在箱根到横滨的山间时，真弓是那么欢快，可随着接近东京，她反而变得寡言少语了。

“啊？爸爸，您真要径直返回柿木坂？”

向窗外眺望的真弓好像想起了什么，恢复常态说。

“出门时，不是已经说好了吗？”

佑太郎的住宅在柿木坂。

“这么说，待会儿就把真弓一个人撂下喽？”

“因为有事情，没办法。”

“真无聊！”

“从昨天到现在我们俩一直在一起，多少也得忍耐一下。”

昨天，星期六的下午，院长佑太郎同真弓到箱根的大涌谷住了一宿。当然是避着律子夫人秘密去的，名目是出席S制药厂的高尔夫球招待会。

当然，在箱根仙石原召开高尔夫球大会是个事实，在这点上没有疏漏。可是，开会时间是十点，如果清晨出发，本来就没有必要头一天晚上到箱根去住一宿。实际上，制药厂方面也考虑到这一点，才定为十点的。参加大会的私人医院院长几乎都是当天清晨出发。

①指东京至名古屋的高速公路。——译者注

佑太郎好久没到深山逛逛了，加上一直存有抱着年轻的真弓泡温泉的念头，这才找来了S制药厂的推销员，求他在律子夫人面前演场戏。不用说，这位推销员不会拒绝这种事的。

“明天开会的时间很早，今晚无论如何也得请院长到箱根住一宿。”推销员十分抱歉地向律子夫人说。

“真遗憾，我好久没去仙石原了。”在高尔夫球方面与佑太郎水平相差无几的律子夫人惋惜地看了看晴空。

“新年过后不久还要举行一次，届时务请夫人光临。”

“平山先生也参加吗？”

“是的，预计先生也出场。”

平山是外科医生，他在柿木坂附近的都立大学旁开了家私人医院，同佑太郎是同一大学同期毕业生。开了医院以后两家更加亲近，家属之间往来也更加频繁。佑太郎和推销员害怕从他这里露出破绽，便在头一天晚上强行约他到箱根去住。不过，因为平山先生没有情人，没有头一天去箱根的理由，所以佑太郎说好甘愿为平山负担旅馆费。当院长的想搞风流事自然得多花些钱。

“真无聊。”律子夫人叹了一口气，立刻像想起了什么说，“是不是我也去一趟？”

“算啦算啦！”佑太郎慌忙举手制止，“明天你不是要为三树子相对象吗？”

“可那是下午五点钟啊。会议不是从七点或八点开始吗？”

佑太郎几乎要哭出来，急忙向推销员求救。

“是从八点开始。之后在旅馆里招待简单的午饭，散会大约在下午三点。”

“这么说来，可以不参加午间用餐喽。”

“不过，您好容易来参加会议，哪有不参加座谈会的道理呢？”

“再说，打完球就走也太不近人情了。”佑太郎拼命辩解。

“你倒好，玩个够！回来能赶上相亲吗？”

“我在两点钟前从那儿出发。若是时间晚了我就直接去相亲的饭店，准没问题。”

“若是我也去的话，事情不是同样吗？”

“可是，你得帮助三树子着装打扮，自己也得打扮打扮。女儿相亲之日，哪有父母二人都去打高尔夫球的，岂不让人笑掉大牙！”

“少说废话，你可不要回来晚了。否则，可对不起亲友们。”

既然去不成了，律子夫人便把怨气撒到丈夫身上。

“你一喝起啤酒来，屁股就沉得很。”

“这件事，有我在场，您就放心好啦。”

“我怎么觉得你们两人串通一气，是不是有什么阴谋？”

“哪里，哪里，您不要开玩笑啦。”

“因为他这人半点也疏忽不得。”

“哪能……”

被夫人瞪视，佑太郎的目光赶紧避开。

“我说，今天你真有事？”

真弓似乎还不甘心，问道。

“正因为有事，所以才没参加座谈会，急忙往家赶。”

“真没意思。”

“从昨晚到现在不是一直待在一起的吗？”

因为坐在出租车里，所以两个人都毫无顾忌地饶舌。

“少说废话！你从清晨起就去打高尔夫球，把我甩下不管，不是吗？”

“因为是比赛，有什么办法？”

如在湖尻住旅馆，很可能被熟人碰见，所以昨晚在大涌谷开了房间。

这期间倒也平安。天亮后佑太郎带着高尔夫球具一个人朝仙石原去了。如果可能，佑太郎倒是很想把这个年轻的身材匀称的美貌的真弓也带去，但是，这位饱经世故的佑太郎毕竟没有那么大的勇气。那天真弓一直独自闷在旅馆里，一直到高尔夫球赛终局的下午一点钟。

她可是个惹眼的人。当她在旅馆周围独自溜达闲逛时，一位三十多岁的据说是从名古屋来的小伙子邀她去兜风，于是，真弓便跟这男人从强罗到汤元玩了个够。这事暂且不提，真弓对于佑太郎决不带她到显眼的地方去总觉得是伤害了她的自尊心。

“星期日的晚间，能有什么事？”

不甘一人寂寞度过夜晚的真弓，此时已后悔早知如此，不如今晚同别人幽会了。

“这件事，无论如何也绕不过去……”

“真实情况是‘惧内’，对吧？”

“不对，事实是今晚我女儿要相亲。”

佑太郎认为实话实说了比被怀疑好得多。

“三树子小姐的？”

“你这家伙连名字都知道？”

“还不是爸爸您说过的？和我同龄。”仿佛冷水浇了头，佑太郎回头看了一眼真弓。

“这种事您也得出面？”

“当父亲的有什么办法呢？”

“唔——”真弓叉起双臂，向前凝视，突然说，“是不是我也该结婚啦？”

“算啦，算啦，说些什么话？”

“怎么？我也到该结婚的年龄了嘛！”

“可也是。”

佑太郎压低嗓音说。

从昨天到今天真不走运，高尔夫球赛得了个倒数第三名，律子和真弓两边又都有怨言。照这样下去昨夜的事也保不住要暴露，佑太郎的心情沉重起来了。

“哪怕一次也好，我多想相次亲啊！”

真弓一边说一边往窗外望去。暮色已笼罩着山岗下的小镇了。

佑太郎后悔自己不该说出相亲的事。尽管处境不同，可忽视了真弓和女儿同龄，太轻率了。昨天夜里还在床上欣赏真弓那充满青春活力的身子，而今佑太郎又从那玩乐中清醒过来，心情更沉重了。

“过两天，我给你买点什么礼物吧。”为了使沉默了的真弓振作起来，佑太郎说，“你打算要点什么？”

“倒不如谈谈上次的事，还是不行吗？”

“上次的事？”

“上次我不是对你说过？酒店的事。”

“啊，那件事，我不也说过再等上两三年吗？”

“小气鬼！你还是要先建医院。”

“这不是明摆着的！”

“那么，我还是找位富裕的靠山吧。”

“喂，少开玩笑！”

佑太郎朝真弓的大腿上捅了一下，真弓装作不知仍向前看。

“总之，再稍候一时吧！”

汽车驶过濑田高速公路出入口，佑太郎扫了一眼手表，三点五十分，如果直接开向相亲的饭店，时间绰绰有余。

“今天，你要老老实实待在房间里。”佑太郎对真弓说完，向前探身对司机说，“先去惠比寿，然后开到P饭店。”

“在P饭店相亲？”

“只在那里等候会面。”

“P饭店不就是前几天花城纯子病倒的地方吗？她怎样啦，还在您的医院里吧？”

“那病已经没有问题了，这回又要做切痔手术。”

“她还有那种病？”

“可不许你对外人说。上一次我院的一个年轻医师不慎说走了嘴，惹下了好大麻烦。”

“我当然不说，关于您的事对谁也不说。”

“应当如此。”

“痔疮，讨厌的病！谁做手术？”

“还是直江大夫。”

“啊，就是那个狂四郎大夫。这么说她要把病前前后后一次全治完喽！”真弓哈哈大笑。听着她的笑声，佑太郎才安下心来，靠在座位后背上。

真弓回到家里，先拉开窗帘，再向澡盆里注水。尽管她说一个人太无聊，但今天清晨起得太早，又围绕箱根玩了一圈，确实感到有些累了。脱掉衣服后甚至懒得去吃饭，何况还需要自己去做。

于是，她向饭馆要了寿司，让他们给送到家来。

她穿着一件衬裙躺在沙发上，观看电视里的保龄球比赛。吃完饭时，天已经黑了。从八楼往下俯瞰到的夜景，总是相同的耀眼霓虹灯。望着它的亮光，真弓萌发了出去走走的念头。她每夜惯于生活在霓虹灯街上，一到夜间，身上就有一股用不完的劲。尽管有点疲劳，但二十三岁的年轻人只要躺上一小时，立刻就能恢复。

上哪儿去好呢？

她坐在镜前思索起来。今天是星期日，不光银座，就连新宿一带的像样的酒馆也都停业。再说，一个人去也太无聊。

真弓弄清星期日佑太郎不能来时，总是事先同店里的客人约会。当然，真弓的约会只是一同玩玩保龄球，或别人带她去兜兜风，吃顿饭，她是不会轻易许身于人的。自从接受佑太郎的生活资助以来，她更是洁身自好了。与其说是爱佑太郎，倒不如说是尚未觅到所喜欢的人。

真弓在星期日和节假日跟别的男性多次约会并不意味着产生了爱情。一个人孤独地待在公寓的四面墙里太寂寞。去酒馆上班之日可以分散精力，下班后可同熟客去逛六本木、赤坂，有时喝两杯，醉醺醺地回家，倒头便睡。然而，在停业之日，这身子就无法处理了。

平时，一到周末就有一些男人前来邀她星期日出游，人数多时，可以选择其中投脾气的熟客，这样既可消除周日的寂寞，又可兼顾生意场。

尽管如此，今天的败着是没约上一个人。因为当时觉得既然去了箱根，回来时肯定要晚，即使佑太郎最终要回家去，但估计两人也可待到晚上十点钟。

早知道这么早回来，就不如同谁约定一下好啦。想找一个男的玩乐对手，真是要多少有多少。不过，现在才去物色，怕是同哪个客人也联系不上。

“女儿的相亲，算个屁事！”

真弓面对镜子愤愤地说。她头脑中在想象着相亲时的情景：装成端庄典雅、大家闺秀的三树子，轻微歇斯底里的律子夫人，装模作样的佑太郎。另外三个人与他们一样，一个一本正经的青年和他的双亲坐在饭店餐厅里，六个人面对着面……

“他这是愚弄我！”

突然，真弓向上梳理了一下头发，这股冲劲儿把耳旁粘着的假发也弄掉了。

“算个屁，同我一样年纪。”

真弓此时萌发出一个恶作剧的念头。

给直江大夫挂个电话?

从表面上看，极像突然迸发出来的想法，其实，细细琢磨一下，很早以前，即在让直江大夫为她医治脚脖扭伤时起，真弓就对他有意思了。

这个大夫又是单身……

她向东方医院打电话问明了直江公寓的电话号码。护士连她的名字也没问便轻易地告诉了她。

他一定要大吃一惊！手拨号码盘时，真弓自己也觉得太厚颜无耻了。当她再一次想到十二点多钟才能就寝，而这期间只能一人度过时，便产生了勇气。

真弓拨动号码盘时有点紧张。

电话铃响了三遍才有人接。

“喂，喂！”

浑厚的低音。

“您是直江医师吗？”

“是的。”

“我是植草。”说完又补充说，“我叫植草真弓。”

“植草真弓？”

“上次我扭伤了脚，九月初曾让您治过一次。”

“治脚……”

从众多患者中，让他把只治疗过一次的患者回想起来，可不是件容易的事。

“就是那次同院长一起去的，您想起来了吗？”

“啊！”

“突然给您打电话，很对不起。现在您有空吗？”

“有空？”

“我想见您一面。”以前她主动找男人，全是为了收款。今天她感到了一种新鲜味道，“是这么回事，前些日子治好了的脚又有点疼。”真弓只好撒谎。

“若是那样，请到医院来吧！”

“可是，医院里有爸爸在，不，有院长在，这很不方便。能不能请您到附近的咖啡馆会上一面？”

“不过，在那种地方也……”

真弓想象到直江的困惑表情，不由得笑了。

“倘若可以的话，我准备去您府上，现在可不可以？”

“……”

“您家里现在有客人吗？”

“是啊。”

“那么，明天怎样呢，您每天几点钟到家？”

“大约六点。”

“那么，就那时候。”

短暂的沉默。

“可以吗？”

“那好吧。”

“那就一定，拜托啦。”

放下听筒，真弓长长地出了一口气。从腋下到前胸已是汗淋淋的了。

真弓觉得自己干了一桩大胆勾当，她解开衬裙肩带擦了擦汗。

这时，门铃响了两下。她朝门边走去，从锁孔向外看了看，佑太郎正站在那里。

“怎么啦，爸爸！”真弓慌慌张张开了锁，她正在犹豫是否出去一趟，身上仍未换下衣服。佑太郎仍和两小时前分别时一样，穿着深蓝色套装西服，眼神却比刚才险峻。

“怎么回事，出了什么事？”

佑太郎坐到沙发上，满脸怨气，顺手从茶几上的烟盒中抽出一支烟卷来点上了火。

“您不是相亲去了吗？”

“可那个三树子不见了。”

“不见了？能到哪儿去呢？”

“谁知道。”

“那么，相亲呢？”真弓突然想笑，但看到佑太郎那阴森森的表情，便强行收敛了笑意，“可她对今天相亲的事也是知道的呀。”

“当然知道。”

“她原来不在家里？”

“白天好像一直在家。到了下午突然说到涩谷去买点东西，走出家门后一直到五点也不回来。”

“是不是去看电影、观戏剧什么的忘了这事？”

“出门前，已经嘱咐她要在三点钟前回来，岂有忘掉之理！”

“那可怪了。”

“真是个让人操透心的东西！”

也许因为盛怒难于抑制，佑太郎拿着烟卷的手在微微颤抖。

“那对方的人呢？”

“向人家说了多少好话、道歉，这下面子全砸了。”

一想起没有主角的相亲场面与向人家低三下四说尽好话的佑太郎的窘态时，真弓就觉得可笑至极。

“亏她能干得出！”

“想怎么干就怎么干，太任性了。”

佑太郎怒火中烧，颠了颠屁股，把刚抽到一半的烟卷掐灭在烟灰缸里。

“她是不是压根儿就不同意这次相亲？”

“若是不愿意就说不愿意，我也不强迫她。因为她说愿意，我才特意赶回来的。”

佑太郎对于高尔夫球赛后，没能参加座谈会早早回家的事，也成为生气的原因之一了。

“是不是您太太强行决定的？”

“不管是强迫还是不强迫，一旦同人家约定相亲，就得按时到场，这才算讲礼貌。如果不愿意，可在以后拒绝嘛。”

“话是这么说，若是让父母吵烦了，那就控制不住感情喽。像我倒想回绝一下试试，可从未碰上这相亲的事，从哪儿回绝起哟！”

佑太郎被真弓讥讽了几句，沉默不语了。

“那么，爸爸为什么到这里来了呢？”

“回家还不是光惹气。”

“嗬，为了消除怒气，才跑我这解闷来啦。”

“还有，看看你是否规规矩矩地待着。”

“我可没跟别的男人调情啊。”

真弓由于刚才给直江挂了电话，心里有愧，说话特别温顺。

“反正这年代的年轻女人都靠不住。”

“我和府上的小姐可截然不同。”

真弓起身去烧水了。她一边烧水一边觉得从来没感到的痛快。狠狠地为难他一下才好，真弓还想说两句幸灾乐祸的话。

“府上的小姐不至于逃出家门吧？”

“她只穿着平时的衣服出门，不会出走。”

“会不会自杀呢？”

“你说什么？”佑太郎鼓出他的小眼睛说，“别讲这种丧气话。”

“可是女人一想不通，什么蠢事都干得出来呀！”

“你也想威胁我？”

“我为你担心啊！”

“少扯淡。”

佑太郎表面说气话，可心里仍是放心不下。他站起来，走到门旁的电话机前，给家里挂了电话。

“喂，喂！是我，三树子回来了没有？”

真弓一边偷听电话一边缩脖子。

“什么……还没……”

佑太郎的沙哑嗓音烦躁起来了。

“浑蛋透啦！总之，都是你这个窝囊废造成的。”

看来是向妻子发泄着怨气。

“是啊……当然啦！”

这时，佑太郎突然压低了声音说：

“嗯，一会儿……我正在一个朋友家……是啊……马上回去。”

好像是被律子夫人诘问了去处，声音忽然老实起来了。

“明白了，明白。”

说了两遍，佑太郎撂下了电话。

“还没回家呀？”

“向所有的朋友家挂了电话，都说没去。”

“那可怪啦！”

“亲戚家也没去。”

“到底还是……”

“怎么？”

“但愿她还活着。”

真弓做出深思状，长叹了一口气，端上茶来。

“总之，她若是回来，准能跟我联系。”

佑太郎掏出西服内兜里装着的传呼机。外出当中，因患者或来客急需佑太郎转回医院时，便用此机呼他。到真弓这里来也是秘密，所以，也用上了这传呼机。一有传呼，佑太郎便往回挂电话。

“一会儿就会回来的。”

看到佑太郎十分消沉，真弓也觉得他有点可怜。

“那么，你就一直待在这里喽？”

真弓故意装作没有听见刚才的电话而问道。

“休息一会儿就走。有威士忌酒吗？”

“苏格兰威士忌已喝光，喝这个行不行？”真弓拿出国产威士忌酒来，“要掺水吗？”

“最好用冰块。”

“喝那么高度的不要紧吗？”

“没关系！”

佑太郎有点破罐子破摔了。

只因为女儿逃避相亲便兴师动众地张罗，真弓心中感到不快。

“为这一点小事就闹得全家不宁，您认为值得吗？”

“我并没有什么不宁之处。”

“可您情绪反常，六神无主啊！”

佑太郎喝了一口威士忌。

“她是不是已经有了情投意合的男朋友？”

“绝对没有。”

“这种事，您怎么会知道？”

“我妻子说过。”

“母亲也不会都知道。像我妈妈，我的事她就一点也不知道。”

“你妈妈常到这里来吧？”

“即使来，也是我一个人在家。像我跟您的关系她做梦也想不到。”

“那是因为你们不住在一起的缘故。”

“那么，以后就请她来这里住。”

“算啦，算啦，别乱来。”

“我妈妈若是看见了您，准会吓昏过去。”

“怎么会那样？”

“因为她血压高。”

“你妈妈是住在立川吧？”

“是啊。”

“她干什么啊？”

“什么也没干。”

“你也给她寄些零钱吗？”

“寄点。”

佑太郎一杯接一杯地喝起威士忌，平时喝一杯他就会满脸通红，可今夜一点也没有醉意。

“听我说，府上小姐是不是另有意中人啦？”

“若是有，她会向母亲说的。”

“你敢打包票？”

真弓朝佑太郎顽皮地笑了笑。

与此同时，直江的房里来了一位客人。客人就是佑太郎的大女儿三树子。她正在直江卧室里，面对暖炉坐着。

“那么，今后你打算怎么办呢？”

直江喝完了杯里的冷酒，向三树子望去。三树子两手扶在膝盖上眼向下看。

“你不回家，家里人一定很担心，现在也许在到处寻找着。”

三树子微微点头，歪着的脖子上仍留有幼稚的痕迹。

“你总算达到了逃避相亲的目的。你父母也会从这次教训中重新考虑的，是不是今天该回家去啦？”

“不过，我若是回家了，下次还会重演。”

“看样子你对结婚本身并不反感。”

“是的。”

“这次相亲的对象是个什么样的人？”

“从K大医学院毕业的二十八岁医生。”

“那不是挺好的吗？你父亲是位医生，你再嫁给一位医生真是再好不过了。”

“这就是我所反对的。父母把我嫁给医生，是让那医生继承这所医院。”

“开医院的当然要这么考虑。”

“可是，我不愿当父母的牺牲品。”

三树子咬着下唇，露出了皓齿。

“嫁给医生为什么就会成为牺牲品呢？”

“因为爸爸妈妈并不尊重我的情感，他们只注重医院。相亲的对象也固定是医生或是未来的医生。而且，向对方说若是同我结婚了就让他继承医院或是在取得学位以前支付研究费，还用一些别的条件作为诱饵，我觉得接受这些条件的结婚对象，不能算是一个好男子。”

“不，不能一概而论。”

“我不愿意靠嫁妆多少，附带医院等条件嫁给别人。”

“其实，你不必把问题想得那么复杂嘛。因为你父亲不打算把耗尽心血积累起来的家业白白交给外人。像那种医院现在要新建的话也需要五六亿资金呢。但要卖给别人，能卖上半价也就很不错了。医院只能用作医院，不能用于其他途径，特别是医疗器械、设备等物，卖给别人一钱不值。你父亲怎能忍心让亲手创办起来的如同自己儿子的医院遭到那种不幸？”

“那我怎么办？”

“前来相亲的男人不一定都是那种利欲熏心、觑准你这位大医院的小姐而来。其中，也不乏优秀之士，由于家贫而无法在医学部继续搞科研，也许在结婚之后真正地爱上了你的人。如果你们不相亲见面，那就无法弄清他是哪种人。”

“迄今为止，我经过了几次相亲，没有发现一个像你说的那种人。”

“但是，这回也许就是那样的人。你父母为你物色的人我想不会太差。”

三树子默然。她死盯着酒杯，态度坚决，看不出已被说服了。

直江把残酒一饮而尽，重新从一升瓶中直接往杯里倒了半杯。

“我向你说教似的谈了这么多，固然很可笑，但是因为你突然闯进来，我只好如此。”

“我来这里是不是给您添了麻烦？”

“麻烦倒谈不上，老实说，只是吓了一跳。”

“对不起！”

“虽然你到我这里来了，可我并没有好办法。”

两人暂时沉默了，远方街上的噪音像潮涌一样传来。

“我再给你倒杯咖啡吧？”

“不，已经够了。”

三树子抬起头来看直江。直江穿着蓝地大岛花纹的和服，盘腿正坐，抱着双臂。他腰板直挺挺的，苍白的脸上生着一些短胡茬。

三树子一边偷看直江一边把脸向右边移去。一间房宽的书架上满满地排列着各种书籍。

“你是不是已有自己的心上人？”

一瞬间，三树子像被弹簧弹起了似的猛抬起头，天真的小窄脸上现出狼狈的神色。

“如果有就毫不含混地向父母表明。别这么装作没有，又答应相亲，到时候又逃避，这对男方很不礼貌。”

“可我……”

“就结婚而言，跟谁结都没多大差别，但若躲不开这麻烦事，就不如找一个自己喜欢的人。”

“找麻烦……”

“结婚就意味着一对男女必须长期住在一起，对吧？”

三树子对他的一言一词都想领会似的，认真看着直江。

“不，我没有权利对结婚一事说三道四。”

“您为什么不结婚呢？”

“这是我的兴趣。”

“兴趣？”

“对，就像饭不如酒香一样，个人爱好。”

直江又倒上一杯酒，一气喝下，细而尖的喉结向上浮起又向下落去。

“前天你让我好等！”

“好等？”

“芭蕾的彩排。”

“啊，那天突然来了客人。”

“是个女人吧？”

“……”

“我给您挂了电话，一个女人接的。”

三树子说完，自己对这个大胆的谎言也感到脸红。

“请原谅！”

“没什么。”

直江静静地站起来，整理一下和服的前襟，然后，坐到三树子的旁边。

“把脸转向这边！”

“啊！”

转过脸来的一刹那，直江的长胳膊搂住了三树子的上身。

“啊……”

直江把搂在胳膊里左右躲闪的脸庞向上抵住，把自己散发着酒气的嘴唇向三树子娇小的嘴唇上压去。三树子紧闭着的眼角微微抽搐着，雪白的脸蛋被直江吸瘪了。好像等待她认输一样，直江长时间地保持着同一姿势。

开始时那种强烈抵抗渐渐地弱下来，不一会儿，三树子的身体变得异常绵软温柔了。直江好像等待着这一时刻一样，继续亲吻之后，缓缓地将三树子瘦小轻盈的身体抱到了床上。

第十一章

次日下午五点三十分，真弓从惠比寿的公寓出发了。从惠比寿到直江住的池尻乘汽车有十五六分钟的路程，但这只是从医院打听到的住址，又是初次去，所以她提前离开了家。

由于晚间下班拥挤不堪，车子到池尻用了二十分钟。真弓在事先问好的汽车站向前第二个交叉口处下了车，在拐角的水果店买了苹果和葡萄，向店主询问了池尻高地住宅。

“从这往前向右拐过第一个路口，再走两百米左右有个白色的八层楼。”

水果店的女主人还特意走到人行道上指点。道谢之后，真弓觉得心情有些紧张。

眼看着就要到那个大夫的家里啦！

这真是一出“弄假成真”的戏。不过，这个“真”的一步棋隐藏在真弓心里已很久了。

拐过路口走上两三分钟，右方就有幢白楼。那条小胡同里开着几家寿司店和面馆，这幢楼房好像在高傲地斜视着它们。真弓看到这些，忽然心里发怵了。尽管从前为了治病见过一面，但现在竟闯进如同初次见面的医生家里，太厚颜无耻了。

还是算了吧……

她停在楼门口朝里边观望。透过宽大的玻璃门，可以望见里面的柠檬色一楼大厅，右方挂着一排信箱。

他会不会觉得奇怪?

当她又一次抬头仰望，回过头来时，一个中年男人从后面走了过来。真弓像被他的视线顶着一样走进了楼门。那人朝真弓扫了一眼之后，超越过去，拐向一楼右边去了。

真弓好像得救了似的朝左方的电梯口走去。直江的房间是五楼518号，两架电梯现在都在高层处。

她一边等待电梯下来，一边拉正脖子上的围巾。白色大衣配上柠檬色围巾一定很合适，但她觉得没把握。后面又来了两人乘电梯，她又像被顶了一下似的赶紧乘上电梯。

出了电梯，来到五楼，一片寂静。真弓听着自己鞋跟的回声，胆怯地顺着走廊向右读起房间号码来。向西延伸去的走廊从510号开始，518号是尽头倒数第三个门。门上挂着“直江”两字的名牌。

真弓在门前调整了一下呼吸，看了看名牌旁的黑色房门。房门静悄悄，窥探不出门里的动静。名牌之上钉着一块自来水公司的用户牌，旁边有个塑料罩，装有煤气表和电度表。这在新建公寓是必不可少的点缀，但对真弓却觉得非常新奇。

真弓又犹豫了。本来可以伸手去按门旁的门铃，但她踌躇了。

会不会被爸爸发觉呢?

佑太郎的脸庞浮现在眼前，他那沙哑的声音在耳边回响。

可是，我的脚脖还疼啊。真弓看了看手表，已经是六点五分了。

我是在上班前顺便到这里的，并没干什么坏事呀。八点到酒店就行，头发已经梳理好，光剩下去上班了。从池尻到银座有三十分钟就足够。

让他检查一下，然后就走有什么不好?电梯又像停下了，走廊尽头传来了门铃声、说话声和脚步声。

真弓闭上一会儿眼，按了旁边的门铃。

门内的铃声在门外也能听到。真弓知道正门上有个窥视孔，便向门旁闪开了身子。因为她怕直江从那小圆眼里看她，那多不好意思啊。

直江还没来开门。已经用手指轻轻地按过了，里面也传出了两三次鸣响，如果他在屋里，肯定能听见。

难道他不在家?

真弓又重新用力按了一次。霎时间，门开了。她慌忙撤回按铃的手，面前，穿着和服的直江握着门把手伫立着。

“我是，昨天晚上给您挂电话的……”

“啊。”

直江点头并往旁撤了一下身子。

“请进！”

“我不会给您添麻烦吧？”

“我刚要睡着，想不到……”

“那我以后再来打扰。”

“不，没有关系。”

直江搔了一下蓬乱的头发，关好门，上了锁。

真弓为锁门犯了疑心，但仍走了进去。

“这是我给您买的一点小东西，不成敬意。”

真弓递过水果来，直江连看都不看一眼，便在暖炉前坐下了。

真弓不得已也穿过厨房走进里屋。一面是窗户，一面是书架和写字台，另一面有床。看样子是躺下了，床上的毛毯掀在一旁杂乱无章。

真弓觉得她来到了不该来的地方，多少感到有些惶恐不安，但现在又不能逃走。

“饮料只有酒类。”

“不，不必啦。我来只是想求您给诊察一下。”

真弓像淑女一样规规矩矩地回答说。在银座酒吧间极受欢迎的这个红人，来到单身汉医生的房间时，情况就不同了。

“本来应该到医院拜访您，不知为什么就是不愿去，这才……”

直江并不回答真弓的辩解，只把摆在暖炉上的杂七杂八的书和笔记本向右方推了推。所有的书都像是医学方面的大部头的外国文献。

“在您休息时间，突然闯到府上，对不起！”

“这倒没有什么，你的伤是在两个月以前治的？”

“九月上旬。”

“是踩空了楼梯扭伤踝骨的，对吧。”暖炉的台上有一个酒杯，那里还有三分之一的酒没喝完。“那么，让我来看看。”

“就在这里吗？”真弓环视了一下房间。她来治脚是个事实，但要诊察时，又觉得在这普通的房间里有点怪异。

“请你躺在那个沙发上。”

直江毫不客气地指着沙发，站起身来。

“脱下袜子。”

既然是来治脚的，脱袜子似乎理所当然，但受别人命令却是做梦也没想到的。

“两只全脱。”

脱当然要脱，可真弓这长筒袜是同三角裤衩连裆在一起的。

“这……”

“我转过身朝窗户那面看。”

不等真弓说完直江转过身去，背朝这边，走近阳台那边的窗前。

真弓此时后悔不该任性地闯进这间房子来。虽然说是看脚，可这是只有两人的密室。在医院可以随便做到的事，在这里情况就不一样了，一切都同淫乱和暧昧联系着。

早知如此，不如约他到咖啡馆里问问病情就算了。

这脚本来就没问题，只是穿着高跟鞋多走了路，脚脖微微感到疼痛而已，而这阵子早就不那样了。说脚疼只是作为同直江会面的借口，不是今天非看医生不行的事。

今天一心一意要来会直江，是因为昨天听了佑太郎女儿相亲的事，突然感到寂寞引起的。看来，这种做法也太轻率了。

摆出这副架势让他看也太……

能同直江两人在一起并不感到懊恼，然而，从医生和患者的立场相会，可太没意思了。

“脱好了吗？”

“是，这就好……”

真弓不顾体面尖声尖气地回答后，朝窗户那面望去，直江确实面向窗外看着。她慢慢卷起连衣裙的底襟。因为连衣裙很短，马上够到了紧身的腰带处，真弓一面盯着直江后背，一面把裤衩脱到膝部，再往下一使劲把袜子全扒掉，迅速把它压到了大衣底下。

“脱掉了。”

“那么，你躺在那里！”

直江转过身来，用下巴指示说。真弓望着直江的眼神，徐徐躺下去。

“是右脚？”

“是的。”在明快的蓝色短连衣裙下，两条裸腿平放在沙发上了。

“是脚脖处？”

刚一触摸，真弓便忽地缩回了脚。

“放松，放松，是这里疼？”

直江顺着脚脖周围从外向里依次按去。

“有点。”

“这里呢？”

“不。”

“这里不疼吧？”

“是的。”

说实话，是疼还是不疼真弓也不太清楚。

“轻轻地屈膝！”直江的一只手捏在踝骨上，一只手抓住脚尖，而且，把脚向上下左右扭动。

“这回怎样？”

“……”

“不疼吗？”

说疼也疼，说不疼也不疼。现在已经不再是脚病的事，而是被他摸着脚，被他看着，头脑已不清晰，只觉得昏昏沉沉的。

直江进一步从小腿向膝盖部检查。真弓觉得她被偷看了从脚尖到裙子深处的秘处，脸红心跳，喘着粗气。

但愿他快点检查完。

真弓觉得时间太长了，但实际并没有多长时间。

“好了。”

听到直江的喊声，真弓像个弹簧布娃娃一样，忽地坐了起来。

直江到厨房水池去了，真弓慌里慌张从大衣底下掏出连裆袜来，摇摇晃晃伸进右脚。厨房那边有水流声，大概是直江正在洗手。一想起那是因为摸了自己的腿脚时，羞得真弓真想一下子跑掉。

“这回只是从外部诊察的。”

返回来后，直江仍坐在先前的暖炉前说。

“看样子用不着担心。”

这一点真弓自己也十分明白。

“确实不是骨头方面的病，是连结脚脖关节的韧带受到挫伤，紧跟着又被抻拉了一下，这部分已经恢复原状了。”

真弓顺从地点了点头。

“只是高跟鞋之类不稳定的鞋，对恢复部分会施加压力，最好不要穿它。”

“今后都不能穿吗？”

“两三个月就行，走短路也没有妨碍。”

“谢谢！”

“从哪方面说都不碍事，慢慢会好起来的。更不必往医院跑。”

煞有介事地跑来诊治，竟然说什么事也没有，真弓可有点惋惜。

“夜间有时也一剜一剜地疼。”

“不穿高跟鞋，立刻见效。”

“脚常发酸。”

“都是同一原因。”

当即答复，真弓再也无计可施了。

如果就这么回去，为啥来这一趟呢？

反正脚也被看了，刚才那股害臊劲儿也过去了，真弓反而有了胆量。

“听我说，我今天来这里看脚的事，希望别告诉爸爸。”

“就是不向院长说，好，我明白啦。”

“爸爸最近情绪不好。”

“是吗？”

“您没注意到？”

“没有。”

“让我告诉你吧！”真弓乐意在自己和直江两人之间搞点什么秘密，“小姐为相亲逃跑了！”

“噢？”

直江盯住烟卷烟雾，一动不动。

真弓生气地说道：“我说的是三树子小姐。她似乎另有意中人了。”

“是吗？”

“昨天晚上因为相亲泡汤啦，爸爸大发雷霆，在我那里一直待到很晚。”真弓言外之意是炫耀一下自己，她抬头看着直江继续说，“一直等到十一点钟，也没听到家里来电话说小姐回来，于是，心神不定地回家去了。起初，他以为小姐很快就能返回家来，可是，我说：是不是寻死上吊啦，这么一吓唬，他可沉不住气了。回家时脸色苍白。”

“……”

“然而，今天中午，爸爸来电话说，小姐今早回家来了。”

直江点点头，把残酒一饮而尽。

“我以为她只是个一般的小姐呢，可她胆量够大的呀！这种事您不感兴趣？”

“并不是不感兴趣。”

“大夫，您见过三树子小姐吗？”

“见过。”

“您以为如何？”

“我认为是个好姑娘……”

“光这些？”

“是的。”

“我告诉您一个好消息，愿意听吗？”

“怎么都行。”

“我告诉您以后，您可得听我的。”

“是怎么回事呢？”

“您不同我约好，哪能随便告诉您。”

直江站起来，从洗脸池下拿出一只一升的酒瓶，直接往空杯里倒。

“你不喝吗？”

最近真弓的酒量大增，酒吧下班时，她总是喝得醉眼朦胧。

“是冷酒。”

直江想去再拿来一只杯子。

“不，我自己去取。”

真弓麻利地站起来，到洗碗池去了。

“架子上的杯子可以用吗？”

“请便！”

洗碗池上安装着不锈钢碗柜，那里摆着咖啡杯和玻璃酒杯，全都口朝下扣着。旁边的印花餐巾叠放得有棱有角，不像是男人整理的。

“有谁来给您做清扫活计吗？”

直江不答，只顾往真弓拿来的酒杯里倒酒。

“是不是位很漂亮的女人？”

直江既不肯定也不否定，就像没听见一样只管喝酒。

真弓因为直江不回答，气愤地咕嘟一口喝了不少。

真弓喝惯了威士忌，觉得这清酒甜丝丝的，很爽口。

“让我来给您做女佣，行吗？”

“刚才你要说什么来着？”

“说到半道被岔开，忘了，请原谅！”真弓又喝了一口，“您能发誓不对任何人说？”

“好的。”

“一定？”真弓从下往上看直江，说，“您不认为我像谁？”

“像谁？”

直江从正面看了一下真弓。

真弓脸部轮廓窄长，眼大而有神，鼻尖略往上翘，微微有点兜齿，尽管属美中不足，但反倒惹得男人喜爱。这个特征真弓自己知道得最清楚。

“看不出来？”

“你像的那个人我认识吗？”

“当然认识。”

直江疑虑似的深思起来。

“那么，再给您一个线索，这人是医院里的人。”

“医院？你指的是东方医院？”

“是啊。”借着酒劲儿，真弓的言辞变得亲昵了。

“医院里的人，是护士吗？”

“不对，是男的！”

“男的？”

“您常把身体给他看。”

“给他看身体？”

“还不明白？”

“不明白。”

“那，我就告诉您吧，我就是X光技师泽田武男的姐姐。”

直江重新端详了真弓。男女两人虽然有些差别，但大眼睛、翘鼻子方面给人的感觉是相同的。

“您惊讶了？”

“但是，你们俩的姓不同啊！”

“可我们俩确实是姐弟。弟弟是我母亲再婚以后生的。”

直江仿佛要再确认一下，仔细看了看真弓。

“院长知道他是你弟弟吗？”

“当然知道。是我恳求院长雇用弟弟的。”

“原来如此。”

“我时常听武男说您的事。”

“你们没有住在一起吧？”

“我住在惠比寿，弟弟住在医院宿舍，不过，时常通电话。”

“泽田君知道你和院长的关系吗？”

“不十分知道。他大概以为我们是在酒吧认识的。所以，请您千万不要把我的事告诉他。”

“这你放心，我不会说的。”

“弟弟很崇拜您。”

“崇拜我？”

“是的，他说您虽然有些可怕，但是位了不起的人。”

直江默默地喝酒。

“听说您辞掉了大学职务，仍然自己花钱搞研究。”

“……”

“弟弟说：您以自身做实验，在研究骨骼。”

“可能是他误会了。”

“您不用隐瞒，我看过您的X光片。”

“我的X光片？”

“是啊，就是您从各个角度照的几张X光骨相片。”

“什么时候？”

“上次，我到医院治脚时，有很多照片在墙上贴着晾晒，我问都是谁的，他说都是您的。黑的地方浮现出白色的骨头，初看时真有点害怕，但渐渐也就习惯了。”

“……”

“那是研究什么呢？”

“不是研究。”

“既然不是研究，为何照那么多呢？”

“只是随意照照。”

“光是出于兴趣才不会干那种事呢！是不是您觉得哪里不好？”

直江不答，只喝酒。

“当我想象您在暗室里凝视着那些骨相的神态时，心里就咯噔一下子。好像有点害怕，感到杀气腾腾的。”

直江看着变暗了的窗户。

窗外都市的天空被晚霞染得红艳艳的。盯紧窗户的直江的表情，好像有说不出的苦痛。

“上次您给我看脚时，我就觉得您的眼睛非常锐利，从侧面看更觉得可怕。”

“是吗？”

“您光看骨头真的不害怕吗？”

“已经习惯了，没什么感觉。”

“我从那次以来，时常梦见骨头。”

“怎么个情景？”

“白色骨头从黑暗中蹦出来，嘁里喀喳碰到一起，咔吧一下折断了，等等。”

“好啦，不要说啦！”

“您讨厌这话吗？”

直江连续喝干了三杯酒，说道：

“我也害怕和讨厌这些话。但怎么也忘不了。”

也许直江感到憋闷，向后挺了挺身子。

“看着骨头想什么呢？”

“什么也不想。”

“当我看您的骨相时，觉得连您的整个心情都看透了。”

“……”

“我觉得您就像那白色骨头，冰冷、淡漠、枯燥，谁也不容进入。”

直江又往杯里倒酒。

“您很喜欢酒啊。”

“你一会儿要去上班，对吧？”

真弓翻起微醉的眼睛点点头。

“我打扰了您？”

“不是打扰了我，而是我想躺一躺。”

“您哪里不舒服？”

“不。”

直江轻轻皱了一下眉，便仰卧到暖炉后面的床上去了。直江苍白的额头上渗出了薄薄的一层汗。

“哪里不舒服吗？”

“……”

“疼吗？”

“后背稍稍有点。”

直江背朝真弓，为了抵抗疼痛蜷曲起身体。

“我给您捶捶吗？”

“对不起！你走吧。”

“可，我怎能……”

直江嘴咬枕头呻吟着。

“不要紧吗？我给您请医生吧？”

“我就是医生！”直江突然用严厉的声音喊道，“从写字台右面的抽屉里给我把注射托盘拿来！”

“注射托盘？”

“一个白盒子。”

真弓跑到写字台前，拉开抽屉。抽屉里有外文小册子和X光片等杂物，其中有个白色不锈钢小盒子混杂在中间。打开一看，有两根针管和十来支针剂杂乱地装在里面。针剂有四五厘米长，无色。

“快点……”

直江低声呻吟着。真弓把打开的注射盒原封不动地递给了直江。

“别看！”

“啊？”

直江把锐利的视线投向真弓，从床上一跃而起。赤手弹断针剂瓶头，把无色液体吸进针管里。他额上冒出来一层油汗，拿针管的手也微微抖动着。

“不许看！”听到斥责声，真弓赶紧把脸转过去，直江仍然发出低声呻吟。

转过脸去之后，眼角余光仍可看见直江挽起袖子，露出两只胳膊，几乎无法相信那是男人的两只苍白的胳膊。

直江微微歪着嘴，把那支并未消毒的针头向苍白的腕上扎去。

液体徐徐从玻璃针管里流了出去。真弓一边看着一边觉得自己看了不该看的东西。如同上次看的黑色照片底片中的白骨那样阴森可怕，心情郁闷。

直江把针头从自己的皮肤中拔了出来，把针管塞进小盒里，空荡的针剂瓶在小盒中滚来滚去，发出哐啷哐啷的响声。

“你走吧！”

直江又一次向真弓投来冰冷的视线，自己轻轻俯下身，然后闭上了眼睛。

也许因为疼痛，低吟声持续了十多分钟。这期间，真弓连眼都不眨一下，只管盯着直江。呻吟声时高时低。声高时，直江的头轻轻摆动，没有光泽的头发在柔软的枕上左右摇动。

然而，随着时间的推移，呻吟声变得断断续续起来，再隔一会儿便停止了。是不是由于注射产生了效用，直江趴在那里睡着了。

除了他脸上方右耳根部有点亮光，其他部分全是黑的。

真弓向四周望了望，好像要确认一下周围有没有人。她慢慢地站起来从枕边拿起针盒，把那支空针剂瓶从中拿出来，把剩下的摆齐放到小格里，然后盖好盒盖。

抽屉里杂乱无章，她把小盒放回原处，关上了抽屉。这时直江已安然入睡。

真弓像从噩梦中醒过来一样长出一口气。当初真弓压根儿没想来看这种情景。不用说看，就连想都没想过直江竟然有这种阴暗面。

同直江以这种场面相会，纯粹是出于偶然。自从他们谈到骨骼的事，直江就表现出苦恼的神情。这件事是不是直接同直江后背的疼痛有关联？真弓无从知道。一个男子汉决不会因为谈起一件事便会头上冒汗，大声喊疼的。不过，就在那一刹那急剧疼痛倒是个事实。即使同出现剧痛的原因无关，但两者确实是同时发生的。

难道不该谈骨头的事吗？真弓虽然不能肯定就是这样，却觉得自己向直江一定是说了什么令他不愉快的事，致使直江的苦恼爆发出来的。

“原谅我吧！”

真弓一边自言自语，一边把趴在那里的直江额上的汗擦掉，又把伏着的身体翻成仰卧姿势。受药效支配的直江人事不省，顺从得很。她为他展开弄乱了的床单，把被单拉到肩头，然后收拾了暖炉上的玻璃杯等。直江喝酒用的酒杯还满满地盛着酒。旁边平倒着针剂瓶。真弓拿起来想看看那上面的文字，但那上面只有一个三角形符号和一些外国字，真弓看不懂。

把玻璃杯拿到洗碗池，倒掉酒，用水洗净。刚才信口说的“我来给您当女佣吧”的戏言，如今竟然变成了现实。真弓一边惊奇地回想着这种突变，一边愉快地享受着这种乐趣。

把酒瓶放回原处，洗净酒杯，擦好茶几，再也无事可做了。

回家吗？

真弓看了看手表，时间是七点零五分，离八点上班还有一段时间。真弓又一次观察了直江的睡姿，直江仰面朝上紧闭双眼，高高的鼻梁在苍白的脸上留下暗影。

虽然无事可做，但就这么回去也觉得对不住他。那么，把他叫醒？也不妥当。真弓点着烟卷，准备再等上二三十分钟。

吸完一支烟时，电话铃响了。真弓从嘴边拿开烟卷，回头张望了一下身后的床。直江毫无醒来之意，依然沉睡着。

电话铃仍然响着，当响到第五声时，真弓走近电话机。又响了三声时，她拿起听筒来，偏巧那边先搁下了电话。

真弓又返回暖炉前。直江仍然酣睡着。城市中所有的嘈杂声从远方交错地传来，唯有室内静得出奇。真弓恍惚觉得自己从很久以前就曾像现在这样为直江护理。

当她沉浸在这种幻想中，内心感到非常充实时，电话铃又响了。

这次她又等了五声。五声还没停时她便站了起来，电话铃继续响着，又等了三声响后她拿起听筒。

“大夫……”

传进耳道的是年轻女人的声音，真弓把听筒紧紧扣在耳上。

“我是mikiko，昨天晚上的事请原谅！”

“……”

“我现在还可以到您那里去吗？大夫……大夫……”

真弓屏住气息，用右手捂住话筒。

“怎么啦？大夫……挂断了吗……”

真弓悄悄把听筒从耳边拿开，轻轻放回电话机上，只听得丁零一声，电话断了。

“mi ki子……”

真弓嘴里反复叨咕了两遍，后来她猜想准是三树子。她又回味了一下刚才听到的话，那声音包含着所有的秘密。

“昨天晚上的事请原谅！我还可以去您那里吗？”她念念有词地说着，目光投向了直江。直江像毫无知觉似的继续酣睡着。

昨天晚上是不是院长的女儿到这里来过？

真弓觉得直江的顺从而和蔼的睡姿里蕴藏着难以预测的奥秘。

难道这位大夫就是窝藏她的人吗？

真让人难以置信。然而，电话里的声音绝对是三树子。她不但说自己是三树子，还说了昨天晚上……

真弓坐在床边，望着过于沉静的直江的脸。

这张脸里隐藏着恶魔，当真弓这么遐想的时候，像从地底下冒出来的一般，直江睁开了眼睛。

直江的眼中映进了真弓的脸容。那双眼睛再也没有忍受痛苦时的怪状，变得安静而沉稳。

真弓一动不动地望着直江。直江也正瞧着真弓。但他的眼神毫无气力，直视的视线游移不定，显得倦怠。

“您不觉得疼了吗？”

真弓两手支在床边问道。

一小时前，连走进直江房间都感到犹豫的真弓，现在几乎同他脸挨脸地谈话了。不管有什么理由，这里毕竟是单身汉的居室，而且仅是第二次见面的大夫！

我这是怎么啦？

真弓陷入沉思时，直江的长胳膊从床上伸了过来，手摸到真弓的肩头上，然后滑到脖颈上，触感是那么毫不胆怯而又非常坚定。

“别这样！”

她嘴里说着，却一动没动。她不但没有躲开，反而把右手重叠在摸在脖颈上的直江的手上。“别这样。”只是头脑里的闪念，身体反而靠近前来。

直江的手一点一点从脖颈向后背摸去。动作虽然缓慢，却毫无停止之意。

真弓从后颈到脊背一带怕人触摸。好像直江知道这一点，便朝这里进攻了。尽管如此，但他又不作强攻。光是抚摸而不作关键性的动作。真弓觉得倒不如让他紧紧搂抱一下为好。

“哎哟……”

直江仿佛等待着真弓的这声低吟似的，两手用力把真弓上身拉过来。这时真弓的略带兜齿的嘴唇被直江那高鼻梁下的嘴唇给遮盖了。

直江身上有股烟草味。它不同于汗渍的浓厚油腻味，而是有股铮铮铁骨的男子汉气息。真弓好像要深刻领略这股味道似的闭上了眼。她描绘着一幅在黑暗中俊男靓女热烈接吻的图像。这个美女细眯着眼睛迷迷糊糊的。那美女既像菩萨，也像自己。

刚才那种“这样不好”的想法，不知不觉抛到了脑后，代替它出现的则是“听天由命”的顺其自然的情绪。

“听我说。”

真弓主动把头和身体紧贴上去。直江仍继续缓缓地反复地爱抚着她。工夫不大，直江好像想起了什么，把嘴唇移开。说：

“我们脱吧！”

“什么？”

“就是脱掉衣服。”

直江的语气既悠闲又和蔼。

“那怎么能行？”

“没关系。”

“爸爸会骂我的。”

“没关系的！”

“您活像个闹人的孩子！”

真弓挪开脸，看着直江。他端正的鼻子高高翘着，惺忪的睡眼茫然若失。

“您怎么啦？”

“……”

“大夫，您说的是正经话？”

“脱吧。”

直江的声音同睡前不一样，没有底劲儿。迟缓散漫，深邃虚幻。

“不再疼啦！”

不知直江是听到了还是没听到，只见他半睁着眼睛，缓缓地转过脸。

“我是谁？您认出来没有？”

“……”

直江的手摸到真弓后背的拉链。

“我脱，我就脱，别慌，等一会儿！”

真弓轻轻放回直江的手，自己动手拉开拉链。

“别急，这就脱掉。”

也许因为倦怠，直江一边等着一边转动脖子。两只游移不定的瞳孔一会儿朝左一会儿朝右。

真丝连衣裙已经退到脚脖处，真弓身上只剩白衬裙了。

直江点了点头，微微地笑了。他的笑是从唇边向两颊延伸，然后扩散到整个脸庞。

真奇怪……

直江的表情同往常不一样。所谓往常，真弓也只是在医院里见过一面和今天的一面。这两次给她的印象都是冷冰冰的无法靠近，性格刚毅，有点空虚。真弓对他怀有兴趣和迷恋正是缘于这种冷酷。

然而，现在的直江简直像换了个人似的，那双冷峻而锐利的眼睛，已是混浊不清，没有定点。嘴唇松弛微显笑意。平时那种难以接近的冷漠劲儿已经无影无踪了。

“全都脱掉！”

直江伸出两手，探身向前。声音仍然迟钝。

真弓这时感到毛骨悚然了。

是不是刚才那个药劲儿还在生效？

真弓从床边向后退，靠到了与厨房相邻的墙壁上。这时，直江也随着站起来，带着嘲讽的笑，缓缓逼近。他前襟大敞，头发直竖，踉踉跄跄。两只长胳膊在空中乱舞，两只细长的眼睛像野兽一样咄咄逼人。

“过来……”

“不！”

真弓的喊声和直江扑跳过来几乎是同时。直江突然变成了一只狂暴的野兽，用他的长胳膊把真弓抱过来，竭尽全力搂紧她。

霎时间，真弓透不过气来，喊不出声了。

“不，不，不！”

当真弓透过一口气后，又张牙舞爪，大喊大叫起来。然而，那臂力好像等待骚动似的，更加强有力了。

真弓的前胸时被勒紧时被放开，反复数次以后，又被噼里啪啦打了数个耳光，真弓昏了过去。嘴里喊着“不”，可心里已经觉得无计可施，陷于绝望之中了。她想应当逃走。

心里想着快逃快逃，可身体动不了。头脑中充满了恐怖，可身子率先断念。

数分钟后，真弓不抱任何希望，真的听天由命了。对方是野兽，向野兽说人言也无法通达，越抵抗越会引起野兽的暴怒疯狂。

直江虽瘦，却有一股意想不到的臂力。他把真弓的白衬裙撕碎扯乱，拽掉乳罩。当他摸到裤衩连裆长袜的裤腰时，真弓主动脱掉了它。直江敞着衣服前襟，袒露前胸，进一步催促真弓再脱。直到最后一件脱光，直江才放松双臂，松开两膀。

真弓现在已是全裸，一丝不挂地站在白墙前面。她身材虽小，却是紧绷绷地富有年轻人的弹力。溜肩之下一对浑圆挺耸的乳房骄傲地向前突起，两腋下留有淡淡的阴影，更有那美丽迷人的细腰。再往下便是丰满的臀部，与它紧密相连的两腿，更是美不可言。尖峭的溜肩、丰满的臀部、细俏的两腿构成一幅纺锤形的裸体像，在荧光灯下悄然伫立。

直江呼吸急促，凝视着这尊青春裸像。他的额上还留有刚才的对抗痕迹——热汗。

被扒光后，真弓反而觉得胆壮了。

事态的发展已经明了。或是药劲未退，或是他的精神不正常，想到此，真弓有些胆怯了。假如不是这样，她真不想离开直江。尽管想过倘被直江强行索求时不宜委身于他，但又觉得许身于他也并无不可。这件事虽不是有意识的，但在决定造访直江公寓时，这种念头早就隐藏在心里了。至少，等待直江清醒过来，被他温柔爱抚时决不会抵抗。

随你便好啦！

真弓呆立不动，看着直江。直江的表情像冻结了似的死盯着自己，反倒产生了一丝快意。能有男人瞪着眼睛欣赏自己的身体之美，真弓的自尊心得到了充分满足。

也许已经意识到真弓的“不再逃跑”的心情，直江的表情稳定下来，呼吸也稳定多了。他的眼里不再有刚才的野兽般的犀利，柔和之光从中渗透出来。

真弓等待直江来猎取她。事已至此，男人同女人之间干那种事乃是理所当然的了。她对男人并不陌生，也已经历过数个男人的真弓，全不惧怕被人染指。

现在你就来吧！

对不起佑太郎的心情早就抛到九霄云外去了。或许这么背叛佑太郎，反而是种快乐。

直江脱去了衣服，扒掉衬衫，拽去针织裤衩。真弓目光低垂，然后慢慢抬起头来。

直江一丝不挂地站在她对面。直江的身体白得耀眼，瘦骨嶙峋的高个子光溜溜的，只有那凹陷的胸窝与被体毛覆盖的局部。

真弓第一次这么观看男人的全身。从前，也曾有过几次跟佑太郎入池洗澡，但他光看真弓身体，而不愿把身体给真弓看。真弓能看到的只是后背、前胸，从腰到脚，并不是全身像。像这样面对面地看到男人全身还是第一次。

不知为什么真弓受到了感动。自己和对方都是一丝不挂地晾着，使得两人的心更加贴近了。从前所谓的被害者与加害者的位置，现在变为平等了。如果说人有羞耻心，那么两人该是同等的。

不是一方受凌辱，而对方也是以羞于人看的姿态出现，这种念头使得真弓内心感到一种平衡。

两个人都以全裸姿态凝视着对方。

真弓觉得这种情景好像在什么时候什么地方见过。是在梦里？想象中？不敢肯定，但觉得出现过这种事。是在现实中看到的还是空想的，说也说不清，但记忆里确实存有过鲜明的印象。

真是美妙极啦!

直江的疯狂劲头好像附到真弓身上了。

真弓认为现在的状态，在某一瞬间也曾在她心底描绘过，今天之所以觉得这么鲜明，是因为她曾强烈地憧憬过的缘故。

“听我说，”真弓挺起胸脯说，“你现在干什么都可以。”

现在，真弓真希望就以这种形式无拘无束、蒙天盖地地让他抱到床上去，希望在互相尽情观赏完了一切之后跳进爱河尽情欢愉。

“来吧！”

直江默默地站着，眼睛仍然盯住真弓一动不动。

“嗯？”

真弓催促着，直江总算靠近她来了。真弓闭紧双眼，一股烟草味道迎面扑来，直江那毛茸茸的皮肤触及过来。直江的长手指抚摸她的胸脯、肚子。多情而缓慢，时而上时而下。她感到直江的局部已经同她的下半身接触上了。浑身发痒，心旷神怡，真弓轻吟了一声。她扭动身躯，弯腰翘臀，不作逃避。

“来吧！”

真弓觉得自己的身体已经交给恶魔了。她也懂得这是一件不可饶恕的罪过，然而却心安理得。这光景可以让佑太郎、母亲、弟弟等人全知道。我要做一件岂有此理的恬不知耻的勾当，也将出卖佑太郎。这些念头点燃了真弓心中的欲火。

“嗯？快点！”

真弓又催促了一次。这次已接近于哀求了。

“抱起我来！”

然而，直江像没听见一样，只是从胸到腹反复地爱抚她。

“别这样，嗯？别这样！”

尽管真弓催促，直江依然只继续他的手指动作。

“为什么……”

真弓后仰着头说，然后看着直江。直江脸上浮现出淡淡的微笑。他那无神的眼睛里也含着微笑。那张笑脸饱含醉意。

“那药劲儿还在折磨着你？”

真弓发问之后，直江撤开了手。

“你要干什么？”

“沏咖啡去。”

“你说什么？”

“烧开水，沏咖啡。”

直江的语音仍然不清，带有倦意。

“沏咖啡，两个人喝。”

“就这么光着？”

直江一把抓住真弓，把她拉到煤气灶前。

“快点！”

“等我把衣服穿上。”

“不许穿。”直江瞪着呆滞的眼睛说，“沏好咖啡以后，要光着身子一起喝。”

“别说这种混账话！”

“咦，怎么？”

直江的眼里重新射出狂暴之火。真弓知道情况不妙，便光着身子跑向厨房，顺手从不锈钢台上取来火柴。

“你说怎么煮？”

“好啦、好啦，你就点火吧！”

“真不像话！”

真弓说着，划着了火柴。瞬间，有股煤气味扑鼻而来，眼前出现了红色的火圈。真弓扭动着她那略向上撅的屁股，拧开水龙头，灌满水壶。

“咖啡杯在那里。”

“我不拿。”

“拿来！”

“我说话算数。”

突然，真弓觉得发号施令唯我独尊的直江是可憎的。

“这种事也让别的女人这么干吗？”说完，真弓的头脑忽然清醒了。

“也让三树子这么干过？”

瞬间，直江空虚的两眼转动了一下。

“大夫您昨天晚上是不是把院长的女儿也拉到这里来过？”

“……”

“我知道，跟您这种疯子在一起时，不知会干出什么怪事来。”

真弓重新意识到她还在赤身露体。当她一旦清醒过来时，对她自己的形态异常再也忍耐不住了。

“我要回去啦！”

真弓跑回卧室。

“待一会儿！”真弓全然不顾追来的直江，抓过衬裙，套在脚上。

“求求你。”

直江蹲在真弓脚旁，抱住她两膝。

“怎么啦，你要干什么？”

“别走，就这么待着。”一个全裸的男人缠住一个全裸的女人。

但在清醒的真弓眼里，这就是疯狂世界里的闹剧。

“大夫您究竟要干什么？精神不正常？”

“在我身边，别走！”

“看来药劲儿还是未退。”

真弓望着这个抱住自己两腿苦苦哀求的男人后背，暗忖她又看到了一直隐藏着的直江的另一副面孔。

第十二章

到了十二月。

通常，所有的医院年底患者都会减少。也许因为年底太忙，没法让他们消消停停来医院看病吧。

倘若如此，平时没有多大病的患者就会在这时来医院了。

东方医院也并不例外。十二月初时，门诊患者并没有多大变化，可在住院患者中那两个无病休养的人，却慌忙出院了。当然，随后又有一批新的住院患者进来，但与往常比却少了一半。还有，那两个因高血压和糖尿病住特等病房的患者也出院了。

占据一天一万五千日元病房的现在只有花城纯子一人了。

她在堕胎以后，由于工作关系曾一度出院。可在十二月她又来住院，接受了痔疮切除手术。

直江提议为她做“怀特海德氏”式根治手术，但因年末演唱会日程已定而无法脱身，结果只做了手术中最简单的痔核摘除手术。

纯子以抱腿的姿势被固定在手术台上。从消毒布的圆洞中露出她可爱的圆屁股来，接受了手术治疗。执刀医师当然是直江医师，助手是小桥。

进行手术时，为使腰部以下麻痹，做了腰椎麻醉，所以手术当中几乎没有疼痛。术后从肛门往外拉填塞的纱布时，却比手术时疼得多了。

“好疼……”

每次取纱布，纯子都苦声连天，但其尾声却轻柔拖长，混杂着撒娇的成分。实际上，即使她大声呼救也无妨，因为在这里住院的只剩下她一人了。再说，拉出纱布时，直江也不会因为她的呼喊而减轻力量。

不管她怎么叫苦，直江都只顾准确操作，他连“疼吗”“再忍耐一下”之类的话都没有，因为他深知疼痛的程度不是不可忍耐的。

纯子也知道直江不是那种因患者喊疼便手软的人。她明白：即使发出撒娇的喊声，也免不了拉出纱布。所以，她仰天大叫只是为了给自己听，如此而已。

痛苦之后，纯子那又黑又大的双眸便闪现出泪花。被称为清纯派歌星的纯子，现在险些要哭鼻子了。

从两天前起，纯子便开始坐浴了。坐浴是在水盆里放满温水，只往里面坐进屁股。因手术伤损了的肛门泡在温暖的热水中会舒服些。

纯子每天坐两次，每次十五分钟。只把屁股坐进浴盆里的姿势不是十分好看的，但因感到舒服，纯子也不厌烦。也许因为住院后所受的诊察、手术多了，纯子对于“害羞”二字已经淡漠了。

与纯子同时成为直江的特殊患者的石仓老人这阵子诉说胃的周围又疼得厉害了。

说“又”疼了，其实是因为压根儿就没对胃做任何手术。准确地说是从前的病又恶化了。

“这阵子时时觉得胃胀，也吃不下东西。”石仓脸色苍白，向直江诉苦。自从他接受了只切开肚皮的手术以来，谁都会发现他两颊憔悴，逐渐消瘦了。

“昨天又发烧了，是感冒吗？”

“夜间停供暖气，必须注意点。”

直江一边回答一边看病历卡上的体温数。

一周以来，每天一次，由藏的体温达到38℃上下。体温时而高时而低并不稳定。发高烧时间也不固定。超过38℃时，给他注射解热药，效果也只是一时性的，等药劲儿一过又恢复原样。不定时高烧，又不见好，正是癌病晚期所特有的恶性肿瘤诱发的症状。

“是不是又有新的溃疡了？”

“不会的。”

“照这种情况，年前能出院吗？”直江把体温计交给伦子后，双眼凝望着窗外。外面闪耀着明亮的冬日阳光。

“正月我想回老家。”

从侧面看去，由藏脸上已表现出死相的暗黑阴影。

“后背还疼痛吗？”

“那里倒是挺好，可不知怎的这几天就是打不起精神来，自己也觉得有点发呆。”

“别想那么多，安心地养病吧。”

“当然，我正在努力这么做，可总是想这想那的……”由藏望着护理他的儿媳说，“我有时想，说不定，也许会这么死去。”

“您最好想一想您喜爱的钓鱼的事。”

“已经有一年没去喽。等病好啦，我就天天去，把躺在床上的份儿全补回来。”

“是的。”

直江轻轻施礼出了病房。由藏用注目礼送他离去，眼里热乎乎地望着直江的后背。

那天午休时，由藏的儿子儿媳被叫到护士值班室。直江见了他俩便说：

“你父亲的病到本月底，顶多延到下月中旬就完了。”

直江原打算在假日期间告诉他们。

“能这么快就……”

“按照前些时候的情况我想可以维持到一月底。但照现在的衰弱情况勉强维持到年底或明年初也就不错了。”

长子夫妻互相交换了一下眼色。

“您说得准确吗？”

“唔，也就是这样了。”

直江觉得很有把握。

“还有，做完手术以后，你父亲没有问什么吗？”

“他说：‘虽然动了手术，为什么这阵子反倒加重了呢？’”

长子回答。

“可他并不知道自己患了癌，是吧？”

“前天他自己也觉察出了似的说：‘莫非我得的是癌症？’”

“你们两人什么也没说，是吧？”

“是的，我们按您的指示说：‘坏地方已经拿掉了，没事！’”

“那就很好。”直江赞同地说，“不管有什么事也不要说他得了癌。一定要坚持说胃溃疡。”

“是。”

“即使听到他说癌的事，你们也要一笑了之，不谈癌的事。”

“不过，我想我爸爸这阵子也感到自己没救了。”

眼睛鼻子同由藏一模一样的长子说。

“他感觉到也无妨。”

“但是，长此以往，不定在什么时候……”

“不管他怎么胡猜，你们只强调‘不是’就行了。这一点你们要绝对遵守。”

对于直江的强硬语气，长子无可奈何地应允了。

“请你务必遵守，这么睁着眼说瞎话才是你们向父亲能够做到的唯一尽孝方式。”

再次嘱咐之后，直江站起身来。

近来，小桥闷闷不乐。不乐的原因是因为十一月末出院了的户田次郎的事。

户田额上的创口虽然留下了伤疤，但恢复得很好，已无头痛头晕的症状，达到了可以门诊治疗的程度。剩下的是从右眼外缘向脸颊下的三条伤痕中的一部分出现角质状隆起。唯一的解决办法是做外科整形，以后有机会给予切开重新缝合，涂上血行促进药，促进吸收，使它逐渐缩小。实际上，户田临出院时，小桥从这一点考虑，给他拿了相当昂贵的管装药膏，并告诉他每两天来院一次，以便观察病情变化。

然而，出院后已有一周左右，仍不见户田到医院来。小桥心里牵挂他，便在第六天向住院病历卡上所登记的公寓挂了电话，房东说户田在半年前就不住在那里了。

“到底跑到哪儿去了呢？真是个难缠的家伙。”

进入十二月第一个值班日，小桥照例向一同值班的亚纪子说：“根据脑电图所见还有些异常，我本告诉他，叫他时常来的，可他……”

因为他付不起医疗费，院长和直江医师早就让他出院了。可小桥硬是违背了这一指示，自掏腰包为他垫付了住院费。现在，小桥也只有向亚纪子发发牢骚了。

“一开始我就觉得这人不地道，那么年纪轻轻没有固定职业，整天喝酒，没有家室，活该倒霉。”

从一开始亚纪子的反应就极冷淡。

“毕竟半年前是在那里住的嘛，并不是百分之百的谎言。”

每当亚纪子否定户田时，小桥总要顺便为他辩解两句。

“这人是生就的骗子，跟谁都拣好听的说，装出一副可怜相让人同情，其实，一点信用也不讲。”

“人没有生就的骗子。”

“您还护着他，顽固不化！”

“什么顽固不化，不就是借给他那么点钱吗？”

“他不来医院，就是因为不想还钱。一般说，他从一开始就没打算还。”

“那可不对。”

“就是这么回事。”

“他本想到医院来，是因为钱没凑齐，来不了。”

“您的头脑怎么那样浑？”

亚纪子忘了他们还是在医院里，对小桥竟然这么不客气。当然，还有一个值班护士宇野薰。这时她利用值班空暇去职工浴池洗澡了，值班室里只有他们两人。

“直到现在您还这么铁心信任他？”

“然而，像你这么断言也没有理由吧？”

“当然没有理由。不过可以从他住院以来的行径去判定。喝醉了酒同流氓打架，说是从家乡汇款，一直到今天杳无音信，在病房里打花纸牌，随便出入女病房，哪桩是正经事？”

小桥虽然嘴上强辩，可心里也是这么认为的，当亚纪子这么明确摊开了，也就没法反驳了。

“您太耳软了。”

虽然是恋人，可被小五岁的护士数落了几句，小桥觉得很不够面子。

“不是耳软。我给他垫付住院费，只是想作为一个医生必须根据病情给患者以必要的治疗。”

“这就是耳软。”

“为什么？”

“不是这样吗？人有善的也有恶的。如果都是善的，您的想法自然可行，然而对于那些坏家伙，您如果看不透，就会上当。”

“看透啦，这些道理我全知道。”

“这么说你是明明知道而故意这么做的喽？”

“既然我是个医生，眼前又有一个需要治疗的患者，岂能见死不救？”

“说得夸张了，这人死不了。”

“住院总还是需要的吧？”

“不过，利用门诊治疗也不是不行嘛。”

“当然行。总之，即使他不还给我钱，我也决不后悔。”

“把五万日元搭补在这种人身上太不值得。”

听了这话，小桥尽管嘴上顶，可心里也有些后悔。

“从一开始我就没打算要那笔钱。”

“当医生当护士的搞起慈善运动来没有止境。”

“不过医疗行业却非这么不可。”

“对倒是对，但是，不能强行只牺牲我们的利益呀。”

“难道你参加过什么慈善运动吗？”

“是啊，我们每天接触患者，尽心尽力，这就足够了。真正应该做慈善运动的人倒是那些医院以外的人。”

“可是，在我们从事医疗工作的人当中，也有像院长那样想发财的人。”

“那是跟我们毫无关系的一小部分人。”

“总之，我对户田什么也不指望。”

“哎呀，是您刚才提起他的事来，才……”

“是你说些无聊的话。”

“我说什么啦？”

这时，宇野薰左腋下夹着浴具返回来了。她一副刚洗完澡的样子，脸蛋和赤着的两脚红光光的，洗净的长发披散在白大褂上。阿薰看见他们俩紧靠在一起谈着话，显露出踌躇的神情。

“澡堂热吗？”

"一个人优哉游哉，好极啦！"

阿薰从小桥面前经过时轻轻弯腰低头，走进值班室里间后，把洗好的白色长筒袜挂到了铁丝上。

"病房里大家都睡下了吧？"

"是，好像都睡下了……"

"出了什么事？"

"是……"

挂好袜子，阿薰朝默不作声的小桥偷看了一眼。

"怎么，不好说出口？"

"不是的，是这么回事。我从浴室回来，为了查一查熄灯情况去了六楼。就是这时，在601房里……"

"601号是花城小姐的房间吧，那里怎么啦？"

"好像有别人在屋里。"

"别人？不是护理员？"

"那劲头不一样，挺怪的。"

"怪？"

阿薰低下头，脸上略带红晕。看见这光景，亚纪子好像觉察出来什么了。

"是个男人在里面吧？"

阿薰好像自己受到了斥责一样眼神朝下，点了点头。

亚纪子长出了一口气，朝坐在沙发上的小桥转过身去。小桥交叉着两臂望着前方的地板。

"那么，你，说什么了吗？"

阿薰表情严肃地向左右摇头。

"就这么直接回到这里来的？"

"是的。"

“那能是谁呢？”

亚纪子向小桥问道。

“是不是经纪人啊？”

“按规定男性不许留在医院过夜。再说经纪人明天还要忙于制片工作，今天中午刚一露面便回去了。”

“那么说是生人啦。”

“阿薰，今天晚上你看见什么男人从正门进来吗？”

“我倒没看见，不过，因为我并没一直待在门房，所以……”

“可也是。”

“今晚几点钟关的正门？”

“九点三十分。”

“那么若是有人进来，也是在九点三十分以前。”

“门厅那里并没有存放鞋子。”

“鞋子嘛，拿到病房里去，就没人知道了。”

亚纪子望着昏暗的走廊。时间已是十点多，病房静悄悄的。

“她那里总是有个护理员陪着吧？”

“是一个年轻的女护理员。”

“手术做完才第四天。”

“怎么办呢？”

“最好再去侦查一次。”

“是让我去一趟病房吗？”

这次亚纪子皱起眉头来。

“你去看看情况再说。”

被小桥催促着，亚纪子站了起来。

“请您也一起去吧，如果是个陌生男人，多吓人哪。”

“把他领到这里来就行了。”

“啊，走一趟得啦。”

亚纪子的声音软绵绵的，小桥慢吞吞地站起来。

“我去看一下，你好好守在这里哟！”

亚纪子向阿薰说完，同小桥两人并肩走了。拐角处的电梯正巧停在护士值班室的三楼，亚纪子开门进去，按了六楼的按钮。

“宇野君真的吃惊了。”

“怎能不吃惊呢？”

“两人正干着那事吧。”

“真烦人，还是医生呢！”

亚纪子故意卖俏，装作要打人的样子。

“假若真是如此，花城纯子也够坏的啦。”

电梯停下，两人来到走廊里。六楼的走廊静得出奇，天棚中间有一盏灯发着昏暗的光照着走廊。花城纯子的病房在走廊最里边的右侧。那里共有三个等级的病房，特等一间，两个门，一等两间两个门，若按门数，到那里正好是第五个门。

两人就像约定好了似的微微前屈身体，放轻脚步向里走去。

周围的病房因为无人住，一片漆黑。尽管这些房里备有洗澡间、带有抽水马桶的厕所、电冰箱，但若没有患者来住，仍然是很僻静的。正因为如此，才可能有什么人悄悄钻进来。

两人来到第五个门前时停住了脚步。这扇门是休息室的门，往里是会客室，再往里才是有床的房间。

门关得严严的，从走廊这边没法探明里面的情况。病房面向走廊这侧的窗户，透过窗帘略有亮光。从纯子住院的第二天起，便拿来一个一人高的红罩落地灯摆在床头，天花板上的灯因为晚上九点要熄灭，所以现在只靠这架台灯来照明了。

两人在休息室门口弯下身去，侧耳倾听。屏息数秒，里边什么动静也没有。

亚纪子在前，小桥在后两人又往前走。轻抬腿，慢落脚，接近于四肢触地爬行的架势，好歹算到了透光的窗户下。

从病房里隐约地传来音乐声。纯子床边靠墙的地方有台立体声收录机，现在的音乐声可能就是从那里播放出来的。因为是悄悄爬行似的过来，所以不可能被里边人发觉，但听不见里边的动静。

小桥忽然觉得自己的这副形象太滑稽了。无论从哪个角度想都不是医生该做的事。这场面让谁看见了都会笑掉大牙的。“咱们回去吧！”

小桥与亚纪子低语时，屋里传出了说话声。

“你这浑蛋……”

毫无疑问这是纯子的声音，娇细而嘶哑。语尾拖得长而多情，是不是正被男人纠缠着？至少可以断定除了纯子以外还有另外一个人。

两人你看我，我看你，耳朵贴墙边更近了。

停了一会儿，又发出笑声。乐曲继续传来。

“不行啊，再……”

又是纯子的声音，但听不见对方的声音。又是一阵沉默。忽然，听见有人走动的声音，轻轻的脚步声和推开里边的门声。

“那边的门……”

又是纯子懒散的声音。

小桥顶了一下亚纪子的胳膊肘，是“返回吧”的信号。两人又像爬出洞穴的姿势来到走廊。在空病房前面，他俩才得以伸一下腰肢。

收录机声传不到这儿。

“屋里肯定有另外一个人。”

乘上电梯以后，亚纪子微微叹了一口气说。

“是个男人，难道护理员不在那里？”

“也许那位护理她的小姑娘在会客室睡了。”

“尽管只是个护理员，可在隔壁房间里发生那种事也能睡得着？”

“也许她在装睡，因为她不管他们那些事。”

“可是，能行吗？刚刚动过手术，就……干那种事！”

自己说完，亚纪子也觉得脸红。

“这回的手术是在后边，所以想干的话也不是办不到。”

“真够呛！动完手术才四天头，换纱布时大吵大嚷、装腔作势！”

“她为了哗众取宠，经常要虚张声势嘛。”

“今晚就那么放着不管？”

“我看你也够呛！”

事情虽然弄清了，但他们没有勇气闯进病房向侵入者大吼一声：“滚蛋！”因为自己在深夜前去侦查，所以也怕别人发现自己窥视他人的隐私。

夜间病房里不许男人入内是众所周知的，但房里那人究竟是男是女还不清楚。她按时熄灯，仅开着床头的一盏落地灯也不为过。录音机的音量已经拧到最低点，纯子的低声叹息也并没影响邻室患者。退一步说，今夜六楼只有纯子一个人，不管录音机音量多高也无法责怪她。她的病房有三室：休息室、会客室、病房，允许两人住宿。即使纯子以外有人在里面，也不足以成为斥责纯子的理由。

关键要看患者在院中做没做可疑的勾当，如果没有确凿的证据，光是可疑就不能轻易做出结论。想要进一步查清，就必须在窗下再多待些时间。

“反正早晚会弄清的。”

不经值班医师允许，患者以外的人在病房里住宿，属于违法行为，所以在他回去时捉住他，可以狠狠地训他一顿。

“不管怎么说，除了从正门走外他没有逃路。”

“那人一定是今晚在这儿住下，打算明天一早趁着忙乱之际溜走。”

“若是住下，明早查房时，到病房里就可堵住他。”

“那就把正门一直锁着。”

两人回到值班室，宇野薰立刻跑来问：

“怎么样啦？”

“正像你说的那样。”

“那么，把他拽出来了没有？”

“让他暂时逍遥法外。”

“逍遥法外？”

“暂时放任不管，明天再去抓这个现行犯，然后撵她出院。”

“让她出院？让花城小姐？”亚纪子慌忙问道。

“是的，因为她违犯了院规。”

“可是，就为了这点小事……”

“这点小事？医疗中的患者往病房里拉男人，事情够大了。不管她是花城小姐还是谁，都是不能容许的。”

“可我们没有掌握足够的证据。”

“一个男人在他病房过夜就足够了。”

“她的主治医生是直江医师啊。”

“尽管他是主治医生，可夜间管理的责任却归我这值班医师。我这个值班医师认为行为不轨，不行吗？”

“但是，直江医师能允许吗？”

“归根结底，直江医师就因为她是艺人才这么纵容不管。说不定他对花城还有点意思呢。”

“别瞎说……”

“前边后边通统在手术中看个够，你说他能不动情吗？”

“你这色鬼！”亚纪子夸张地皱紧眉心。

“你去的时候，没听见什么怪样的哼唧声？”

阿薰听到小桥问她，为难地朝亚纪子说：

“大夫，请您别问了。”

“这也是一个证据嘛。”

“可我……”

“总而言之，我最讨厌艺人。”

小桥话刚落音，值班室的门口便出现了一个男子。他身高差不多顶到了门楣，长长的头发，右手拎着皮鞋。

“哎呀，天哪！”

头一个发现他的亚纪子，从座位上跳了起来问道：

“您是谁？”

他太漂亮了，亚纪子又是大吃一惊。

“这里是值班室吗？”

小伙子声音很低，口齿清脆悦耳。

“我想回家，但正门锁上了。”

亚纪子转过脸来朝着小桥，此时，小桥和阿薰也正看着小伙子发愣。

“您是……”

亚纪子刚要问，小桥站了起来。

“你是什么人？”

“我叫谷本健次。”

一点不错，就是那个最近一个时期备受年轻人崇拜的红歌星。

“对不起，我想请您把正门打开。”

小桥应允，重新把这小伙子从头到脚审视了一遍。

“你刚才在哪儿来着？”

“在病房里。”

“病房，哪个病房？”

“601号，花城纯子小姐那里。”

小伙子毫不胆怯，诚实地回答了问话。小桥好像被挫杀了锐气，但仍然瞪着眼看他。

“刚才干什么来的？”

“干什么？啊，听听音乐，说几句话。”

“就这些？”

小伙子咧开嘴笑了。笑时，眉目清秀的脸蛋浮现出尴尬的神情。

“真是没法说。”

“没法说？”

“是‘那种事儿’你说不出口吧？”

小伙子又一次笑了。帅气十足的脸蛋又使得女人们呆呆地盯着他。

“我想你能够知道，花城小姐手术后不过四天，你竟闯到她那里，而且待到这么晚，你认为好吗？”

“不是我要闯来的。”

“那，你说说是怎么回事？”

“因为接到花城小姐护理员的通知，说让我马上到这里来，这才……”

“理由怎样我不管，这么晚了待在一个女人的房里，合适不合适你总该懂得吧？”

“因为不知道贵院的关门时间，对不起！”

小伙子诚恳地低头认错。

“我告诉你，这里是医院，懂吗？它不同于旅馆、夜总会！”

小伙子长得帅、诚恳，反而引起了小桥的反感。

“既不是丈夫又不是未婚夫的人闯进去，你不觉有点过分吗？”

“是……”

“是花城小姐让你晚上来这里的吗？”

“恰巧这会儿我有点空闲时间。”

“于是你就来会面了，是吧？”

“是的。”

“总之，你深夜待在这里的事，我要记在值班记录本上。或是你，或是花城小姐，谁的不是现在还不清楚，待我和院长商量之后再说。”

“那么，到底会怎样呢？”

“根据情况也许让花城小姐出院。”

“我问的不是她的事，而是我会怎样？”

“你的？”

“希望快点放我走。”

小桥恶狠狠地又瞪了小伙子一眼。

“你的住址？”

小伙子流利地说出住址。

“来院目的？”

“探访病人。”

小桥一一写进了值班记录的备考栏内。

“你怎么也不像神经正常的人。”

“实在对不住！”

小桥的挖苦言辞好像没对小伙子起到作用。

“跟他这样的人谈话太不愉快啦，放他走！”

小桥向阿薰说完便背过脸去。阿薰拿起挂在墙上的正门钥匙，向小伙子说了一声“请吧”，自己便先走出去了。

“真是个不懂规矩的浑小子！”

“可是他多漂亮啊。”

亚纪子还朝小伙子消失的走廊方向望着。

“你喜欢那种没头脑的家伙？”

“头脑如何不知道，可他的脸的确很帅。”

“明天，我得向直江医师发发牢骚。”

小桥仿佛要掩盖一下愤怒情绪，小口小口地抽起烟来。

第二天早晨直江来上班已是十点多了。这阵子每天都来晚，只有一两次十点之前到医院。

医师上班规定在九点，别的医师基本上按时来到，晚来也只是十分钟上下。直江自来到这个医院起便迟到，一般总在九点三十分左右来。然而最近一个时期，连这个钟点也保不住。自半月前起好像十点钟是他应来的时间了。

其他科的医师对直江是早来是晚来毫不关心。最受影响的是外科的护士和小桥医师。护士们在医师晚到时，就得推迟开诊时间，增加下午的工作量。直江不在时，有些事就必然找小桥，小桥的负担也就自然加重了。

护士们对这事曾向直江发过两次牢骚，但他只是随口应和一下，丝毫不想改正。不但不改，反而越来越迟。

到了如此程度，好像该由院长直接提醒直江两句了，但院长毫无这种意思。

每天上班来的人都要在出勤卡上打上上班时间，直江迟到的事院长不会不知道，可他却装作不知，一概不予过问。院长不希望别人怨恨他，何况还要对直江高看一眼，这就更不便启齿了。虽然如此，作为管理人的院长不给直江警告也太不称职了。而这几天总是迟到的直江却满不在乎地去打出勤卡，岂不怪哉！

这天直江来到医院时已是十点十分了。来到医院后马上到院部换上白大褂，立刻去门诊室。最为理想的做法是：去门诊室之前先到病房值班室，询问一下住院患者的病情，下达必要的医嘱，然后再到门诊室去。然而，这对十点多钟才跑来上班的直江，哪有如此充裕的时间呢？

来到门诊室，直江一边给等在这里的患者看病，一边顺便浏览住院患者的卡片。当然，有急诊患者则另当别论，一般他都是这么处理的。

那天，护士长想把从小桥和亚纪子那听来的昨晚那件事告诉直江，但因门诊患者接连不断而没找到说话的机会。如果是关于患者的病情，在别的患者面前提出来倒也无妨，至于个人品行的事就不必那么匆忙了。但是，爱传闲话的护士长，对于这种事最热心，表面上是说住院患者的管理问题，一本正经，而骨子里却是爱管闲事的好奇心在作怪。

午休过后，到了下午，直江溜达溜达走进病房值班室时，护士长瞄准时机，一口气把昨晚的始末倒了出来。

"您说该怎么办呢？"

仿佛这事就是她亲眼所见，描绘得有声有色，最后她还请示办法。

"怎么办呢？"直江用同样的话反问。

"就这么放任不管行吗？"

"行吧。"

直江仿佛感到厌烦，站起来拿过摆在架子上的体温记录表。

"大夫，请稍等！"

"什么事？"

"请认真地听一听。"

"听过啦。"

"夜间，一个女人把男人引进病房里干了莫名其妙的事，而且，是刚刚手术才四天的住院女患者。这种事让别的患者知道了，影响多不好！"

"可是，还都不知道吧。"

"你……"

护士长直盯盯地看着直江，穷词了。

"我认为这不是一件别人不知道就算完了的事，如果放过这种事，以后不知还要干出什么事来。"

"那么，你就去提醒她一下好啦。"

“这种事必须由医师直接严肃告诫她才行。而且，仅仅由我去提醒是否合适？也要听一听主治医师您的意见。”

“我什么意见也没有。”

“您这个‘什么意见也没有’的意思是……”

“就是什么也没有！”直江看起体温记录表来。

“那么，按您的意思是不必追究了？”

“正是。”

这么一来，护士长的犟劲儿也上来了。她像歇斯底里发作前一样，被淡淡皱纹包围的双眼放出异光。

“您若是抱着这种不负责任的想法，我就要去请示院长啦。”

“……”

“昨天夜里，值班的小桥医师也异常气愤，我可以直接去找院长吗？”

“那是你的自由！”

被挫伤了锐气的护士长吃惊得几乎说不出话来，可马上又说：“因为这是医院管理的根本性问题。”

“你闲极无聊！”

“您说什么？”

护士长的尖锐声音使护士们停下了工作，注视起两人的争吵来。

护士长的细小脖颈微微抖动了，这是她激动时的特征。

“她之所以敢如此不检点都是您的责任。说她是清纯派呀，良家妇女呀，怎样呢？她这是什么态度呢？您认为她这样够‘清纯’吗？”

“不认为。”

“‘她可以当上电影明星，是个好姑娘’，都是您说过的话，她表面清纯，实际上都是假装的，最无耻。”

“这话不对。”直江转过身来说。

“哪里不对？她做了那种事，您难道还说她清纯吗？”

“所谓‘清纯’是指她的演技。”

“演技？”

“那姑娘能够演出‘清纯’的技艺，所以，人们称她是清纯派。”

护士长一下子像泄了气的皮球一样，呆望着直江。

“不能因为她有什么不好的事，就说她不是清纯派了。”

“是不是演技上的事我不懂，总之，这次的事是错误的。”

“总之，她在医院里住了这么多天啦，偶尔有一次跟男人幽会也没什么关系。又没给别人添什么麻烦。”

“话虽这么说，可花城小姐是动完手术才第四天的患者呀，她做了这种事，在医学上没问题吗？”

“她准是在没问题的范围内干的。”

“您为什么能说出这种话来？”

“一般说来，人不会宁愿忍着疼痛去干那种事的。好久不同男人搞那事啦，搞一次也许会感到舒服的。”

直江笑了。护士长皱起眉，好像在说：你这人尽说下流话。

“算啦，别太认真去想啦。”

直江朝站在护士长身后一直不安的伦子说：

“去查房吧。”

护士长无言以对，十分沮丧，而伦子则手持巡诊记录本向走廊走去。

直江查房总是先从有值班室的三楼开始，依次向上。三楼上有两个大病房，均为不收病床差额的四等房间。

也许是因为住院费低廉，所以病房里不知怎的显得杂乱无章。也许因为一间病房里住着六个人的缘故，橱子上总是摆满了衣服、饭碗等，床底下塞满了被子、席子等物，这些都是为了给夜间陪床人睡觉用的。墙壁从前是奶油色的，最近几年没加粉刷，有很多地方已经剥落了。去年，医院里也做了一番翻新，唯独这里保持原样。男病房里还贴着美丽的电影明星的画像，墙上还挂着吉他。

若同花城纯子的特等病房相比，无异于王宫与兔窝之差。不过，这里没有寂寞二字。同病房的人亲切相处，不乏交谈对象。从这一点看，大病房也并非一无是处。

这间不付差额的大病房窗边，有上野幸吉的床铺。住院当初，由于原因不明的高烧持续不下，身体虚弱得很厉害，家人担心他是不是活不上几天了。但经直江的指示输血以后，日见好转，现在能够坐在床上自己吃东西了。只是他脚跟不稳，一个人还不能上厕所。

直江去查房时，上野正在接受上午的输血，他那满是皱纹的胳膊上静脉突起，正吸收着红色液浆。曾经是干干巴巴的苍白的皮肤，现在总算露出了生机，额上也现出了红晕。

上野病倒以后，他的老妻千代一直守在病房里。这位又瘦又小的老妇人，身体还行，动作也比较麻利。等直江查完了房，将要离开的时候，她从后面赶来说：

“请等一等，我想问您几句话。”

平常千代言语不多，只知道听从医师和护士的指示，这次主动找医生说话，倒是件新鲜事。

“什么事啊？老太太。”

“是那个……医院的事。”

老太太好像难以启齿似的低垂着头。

“再有二十分钟左右我就查完房。那时候请到值班室来一下。”

老太太顺从地应允了。

查完三、四、五楼后来到六楼。六楼的特等病房只住着花城纯子。

直江走进去时，纯子正坐在床上梳理着头发。上半身穿着粉红色睡衣，上面套着披肩。

“怎么样？”

“是来查看病情的吧？”

纯子把梳子放到床头柜上，仰面躺在床上。不用指点，她已充分懂得诊察程序，做好了那种姿势。

直江轻轻弯下腰，用镊子取出纱布。那纱布只是夹在大腿根，根本没有就位。直江注视着阴部，涂上消毒液，把新纱布轻轻塞了进去。

一瞬间，纯子皱了一下眉，屁股躲闪了一下，就这样，纱布就换好了。

直江用伦子递过来的毛巾，一个手指一个手指地擦着，问纯子：

“大便一天一次？”

“是。”

“还疼吗？”

“今天稍稍感到疼。”

“还吃着通便药吗？”

“是。”

“硬得很吗？”

“稍稍。”

“周围的黏膜还没长好，最好不要勉强。”

“恶化了吗？”

“昨夜是不是闹得过分了？”

“啊？”

纯子朝直江瞪着圆圆的大眼睛，眉毛和眼角略略下垂，显得更加天真。

“是不是乱闹来着？”

“没有啊。”纯子慌忙摇头说，“伤口有了什么变化？”

“多少有些。”

“别吓唬我，别。”

纯子从床上伸出细腕来做了个“打”的动作。

“您骗人！”

“骗人的该是你，极度兴奋时，那里就会充血，还得做次手术。”

“再怎么做？”

“下次是根除手术。”

“我不干。”

“那你就得适可而止，不要胡来。”

“你坏！”

直江不顾纯子含情脉脉的视线，把毛巾抛给伦子走出病房。

两人返回值班室时，千代已来到值班室，正两手扶着膝盖坐在靠里边的沙发上。

直江把兜里的听诊器递给伦子后，便在千代身旁坐下了。

“您找我有什么事？”

“这种事我也不知道该不该向您说。”

“不管什么事，你先说说看。”

“前几天，院方给了我这么一个条子。”

千代从腰带里取出一个折叠了的小纸条。

直江拿到手里看了看。

“这是一张差额费通知单。”

“差额费是什么意思？”

“病房等级不一样，收费也不一样。若用普通病房，保险者本人得了病，什么也不要。但是这样的病房在我们医院里只有三楼的两个大房间，其他病房得在保险金以外多缴一些钱。你家上野先生刚来时，也就是第一周，住的是三等病房，每天要由你们自己补缴一千日元差额费。因为这部分钱保险不认可，所以必须由病人自己支付。”

“原来是这样！”

“请原谅，你们是不是拿不起这笔钱？”

“自从老头子病倒，我陪着他，也没去做工挣钱。”

老太太低下头来。

“住院时，因为我们这里只有收差额的病房空着。”

“那是怎么回事呢？”

“不，这是我们的事。”

直江从白衣兜里掏出烟卷来，正在整理病历的伦子看在眼里，马上递过烟灰缸来。

“实在拿不起，那就不必勉强凑钱了。”

“那怎么能行呢？”

“没关系，您是不是真没钱呢？”

“真对不起……”

“那就算啦。”

“可是……”

“没钱有什么办法呢？钱是老大。”

千代惊愕地抬起头看着直江。

“我来问您，老太太您从前在哪儿干活来着？”

“时常到涩谷的饭馆去洗碗。”

“在那儿挣了多少钱呢？”

“一个月只能干十天活，挣一万二三千日元。老头子若是病见好，我就再去干活，钱就得等到那时才……”

“您就不必去干活了。您是生活救济户吧？在医院里，也同样能得到救济，您就别去挣那两个钱啦。”

“为什么？”

“以前，区政府每月不是给您两三万日元吗？”

“每月领两万五千日元。”

“对啦，这就是国家定下的最低生活标准额。这钱专给那些身体不好不能劳动而且没钱的人。若是像您这样时常去干活，让政府知道了，还得扣掉您挣的那部分钱呢。”

千代惊讶地看着直江。

“再也别去干活啦，一直守在老爷子身边吧。这样一来，您就可以领到两万多日元的全额生活津贴。医药费不管什么时候都全免。这样，您也不必受累，更重要的是老爷子也高兴。”

“可是，刚才那条子的钱……”

“所以我说，您可以不去管它。”

“那样的话，院长先生要发火的。”

“老爷子身体有病没好，不会让他出院的。院长又能怎样，向没钱人要钱，要也要不出来呀。”

千代似懂非懂地点点头。

“今天的社会，有那么一星半点钱的人最吃亏，若有，就当巨富，若没有，就一分也没有，这样最好。什么也没有，把两手一举就算完事。以后不管住院多少天，医疗费多么高，全免。”

“……”

“主要因为今天的日本是给最富有的和最贫穷的人预备的。”

“话说回来，我家老头子的病能治好吗？”

直江吐了一口烟说：

“老实说，治不好。”

“完全没指望了？”

千代惊恐地望着直江。

“住院时我就对您说过这病很难好吧。”

“是的……”

“简单说是贫血的一种，红血球正不断坏死。”

“住院也治不好吗？”

“血球破损的原因现在还弄不清。在输血期间还能维持一阵子，但这不是长久之计。每天都给他输入高价的血，像刚才我对您说的那样，老爷子是救济户可接受免费治疗。”

“……”

“这若是‘国民保险’的话，除了本人因参加保险免除百分之七十以外，光是输血费每天就需花上数千日元。”

老太太仍然似懂非懂地看着直江。

“总之，治疗方面的事就交给我们去办吧，不必去想那么多，对于老爷子还要保守秘密。”

老太太悲伤地低下了头。

“没法医治的病人有很多，在这个医院里就有因胃癌只能活到年底的人。人都要死，仅有知道死的日子和不知道死的日子的差别而已。”

直江像自言自语地说。千代用手擦了擦鼻子。

“还有，刚才那张通知单的钱可以不付。你没钱的事是人所共知的。”

“对不起！”

千代仍旧一副迷惑不解的神情，鞠了个躬后走出值班室。

“那人治不了的事，小桥君没有告诉老太太吗？”

看准老太太的小而圆的后背消失在走廊里以后，直江向旁边的伦子问道。

“这么说来，他也许没有明确地告诉她。”

“起初虽然没有弄清病名，但后来确诊为再生不良性贫血时，应当告诉她。”

“我想也许因为看她是老年人又没钱，没好说出口吧。”

“不过，病总归是病啊。”

“他们老两口没有孩子。到年老时只剩下两个人，老太太护理老爷子的情景，确实让人怜悯，但又非常逗趣。”

“可不，护理起来多辛苦！”

“那老太太夜间同老爷子睡在一个床，两个人都很瘦小，蜷着身子在一个床上睡觉像小孩子似的。”

“同病房的人不说什么吗？”

“时常有人嘲讽两句，但不是恶意的。大伙儿都处处帮助他们。”

“那老太太身体还能支持一阵子。”

“不过，难道连个亲戚也没有吗？没有一人来探望。”

“没有亲人倒好，可以一无牵挂，依靠生活救济就算了。现在，索性一无所有，生活反而容易。”

“能是那样吗？”

“若是加入保险负担一定比例的费用时，可就不能这么舒舒服服地治病了。”

今天下午没有手术，而且护士长又不在，值班室里显得轻松愉快。

“然而，他们当中只要死了一个，剩下的一个肯定也活不长。”

“这事终究要发生的，但无办法。”

“小桥医师说：老两口感情那么好，怎么忍心告诉老太太说老头没救了呢？”

“不过，对于病人家属，最好是预先通知。”

“对倒是对，但中途知道这事时，也会觉得难受。”

“中途知道的话，精神上也好预先有个准备。”

“不管怎么做，接受死亡心里都是不好受的，你说对不？”

伦子向旁边叠纱布的见习护士川合友子征求意见说。

“我若是死，就同心爱的人一起去死。”

“那不成‘情死’了吗？”

“那就是我的理想。反正，我不愿只剩下一个人。”

友子停下手来，抬起了头，二十岁的青春充溢在她的小圆脸上。

“总之，他们老两口是一心同体呀。”

“即使是一心同体，死的时候也是各死各的。”

“不过，能像他俩那样心心相印也就行了。”

“不管怎么心心相印，死时还是一个人。”

“能是那样？”

“当然啦，死的人只难受一会儿，不久就什么都不知道了。”

“多让人烦恼，你是那么想的吗？”

“我可不是喜欢才这么想的。”

直江一言不发，把手插进白大褂口袋里走出房间。

花城纯子从东方医院出院是在那次夜间事件之后的第四天，即十二月十日。

护士长向护士们说是她把纯子的不轨行为告诉了院长，后来纯子待不下去了才出院的。但没有一个护士相信她的话。

院长听了护士长的告状词，好像也不打算责备纯子，因为纯子在十二月十日出院的事是很早以前就定下来的。

从手术后的恢复方面考虑，切除痔疮后，第八天出院并不算太早。

护士长多么想把院长是如何重视她的意见的事向护士们炫耀一下啊，可是，护士们都不予理睬说：

“单凭往病房里勾引小伙子的这点小事，那个财迷心窍的院长是决不会把特等病房的患者撵出门去的。”

其实，最了解此事经纬的，仍然是主治医生直江本人。

护士长把夜晚那件事向院长汇报的次日，院长悄悄把直江叫到会客室来。

“昨天，听护士长说花城纯子往病房里勾引来一个小伙子，是真事吗？”

“那晚我不在场，据值班医生说是实情。”

“这姑娘，有着病还这么干？”

“可不是……”

“听说那个男的是谷本健次，歌星？”

“好像是这样。”

“跟他相好，不是早就有过传言吗？这小子艳福不浅！”院长眼里露出好色的狞笑，立刻又说，“但是，做完手术不几天就干那事，不要紧吗？”

“是否干了？还不能弄清。”

“是吗？也许单是性行为前的爱抚。”院长再次露出微笑，“护士长让我去训斥她，又说本该撵她出院等等，你说有这种必要吗？”

“手术之后没有异常情况。”

“那就算了吧！”

院长从一开头就没有强制她出院的意向。

“表面上就说我已经训斥她了。”

“明白啦。”

“那么，她预定在几号出院？”

“九日拆线。”

“那么，就是十日左右啦。”

“她的经纪人也是这个打算。”

“不过，那姑娘的裸体一定很美，苗条身材，妙不可言。”

直江不答，只顾喝茶。
“乳房大吗？”
“中等程度。”
“毛怎么样？”
“嗯。”
“毛密吗？”
“哎。”
“皮肤雪白？”
“倒是显得苍白。”
“噢……”
院长空想似的向上仰望。
“苗条，苍白，光滑似玉……”
“皮肤很粗糙。”
“是吗？”
“纹理粗糙，有种干巴巴的感觉。”
“是不是因为工作，操劳过度造成的？”
“也许有这种原因，但是，我估计她正在注射麻药。”
“是真的吗？”
“臂膀上有注射麻药的痕迹，从那毛糙的皮肤看肯定没错。”
“这么说来，她的头发也有些红。”
“那是她染的。”院长点点头，又问：“那么，她已成瘾了？”
“我想还没有达到那个地步。”
“像她那么可爱的姑娘竟……”
院长大声说着，不知他是感叹还是惊讶。
“是什么麻药呢？”
“还不知道，不过，因为有注射痕迹，所以我想也许是鸦片之类吧。”

“听说还有叫大麻的麻醉剂？”

“那玩意儿效果不佳。”

“LSD(二乙基麦角酰胺)幻觉剂怎么样？”

“那可不易弄到手。”

“可是，她为什么要使用麻药呢？”

“当作消遣吧。”

“注射那玩意儿，是不是挺舒服？”

“挺舒服吧。”

直江不动声色地回答。院长忽然压低嗓音说：

“听说对于那种事也挺有效，真的吗？”

“尽管肉体疲劳了，可精神仍然兴奋着，能有效。”

“原来是这么回事。”

院长想起跟真弓的事来。这阵子同真弓光能瞎闹哄一通，至于顶重要的房事却不能顺利进行。

“对糖尿病患者没有影响吗？”

“相当严重时当然不行，一般程度的病情妨碍不大。”

“前几天碰见我的一个同期毕业生，他说一般可以用。”

“使用它几乎是心理上起作用。”

“也许就是那么回事。”

院长不断轻轻地点头。

“不过，真是难以揣摩，像她那么清秀纯洁的美丽姑娘竟要注射麻药。”

“……”

“她又堕胎，又动痔疮手术……”

“她只是在表演风格方面‘清纯’。”

“然而，真人同电视里的形象可太不一样了。”

“不过，人也许都是那么回事。”

院长眨巴着眼睛以为直江说的是他同真弓两人的事，可是，直江两眼却望着手里的茶杯。

“那么，后来您向她提出了什么警告？”

“没提。既没有在病房里注射的样子，也没有具体证据，所以……”

“说不定昨天晚上就用麻药了。”

“不知道。”

“过两天我也试它一下。”

“麻药吗？最好别用它。”

“为什么呢？”

“您若是想死，另当别论。”

“死？不不，我还不想死。”

院长笑了，但直江的脸上没有笑容。

出院那天上午，纯子接受了直江的检查。听说出院，病房里挤满了制片厂厂长、经纪人、还有汽车司机等人。

“因为要巡诊，请各位到邻室去。”伦子说。

在场的人都暂时撤到休息室去了。病房里只剩下医师、护士和患者了。

纯子照例主动做好了接受诊疗的姿势。

因手术损坏了的黏膜，大致上恢复了原状。这时已没必要再填纱布，把阴部消毒一下也就算可以了。

“以后，什么时候来？”

纯子一边放下衬裙的下襟一边问。

“下周来一次吧，然后，再在月末来一次也就行了。”

“夜间不行吗？”

“我值夜班的日子倒行。”

“您值夜班的日子，现在就已定下了吗？”

“这个月的已经定下了。”

“那么待一会儿请您去打听一下，然后再……”

“那样做行吗？”突然，旁边的伦子脸色可怕地问直江，“复诊的患者，规定在白天来。”

“这是例外。”

直江把毛巾往伦子手里“叭”地一摔，离开了床边。

“大夫！”

纯子从后面紧跟着叫住他，“我想从今以后每月一次像这样休息一下。到那时您能让我在这里住院吗？”

“当然可以。”

“悄悄地写份诊断书也行吗？”

“可以。”

“即使没有病？”

“行吧。”

“太好啦！”

纯子高兴地把两手放在胸前，又问：“您最喜欢吃的东西是什么？”

“没有特别喜好的。”

“您喝酒吗？”

“嗯。”

“以后，让我做东请您吃一顿，我知道您挺忙，可我自己也得抽空才行。”

“用不着那么做。”

“可是，我得到您许多关照，不请您吃一顿，心里总觉得过意不去。”

“私人的礼品我已从经纪人那里得到了。”

“那是制片厂的，同我没有关系。您同意啦？”

天真纯洁的纯子脸上泛着媚笑。

“请陪我一个晚上吧，一起喝两杯。”

“大夫很忙，而且，酒对痔疮也挺不好的。”

伦子从旁冷冷地说。

“哎呀，我只喝姜汁清凉饮料或是橘子汁，那就没问题啦。”

“经纪人他们正在外面等着您。”

伦子捅了一下直江的肘部。

“那么，大夫，拜托您啦。”

纯子向走出去的直江送以小小的秋波，直江未予理会，走出休息室。

那天下午，纯子穿着平纹毛料的喇叭裤和鲜红的短外套，被经纪人、护理员和其他人众星捧月似的拥上汽车出院了。

第十三章

真弓直到现在也不相信那天的事，真像做了一场梦。

不过，梦会随着时间的推移渐渐淡薄下去，但唯有这次的事不管经过多长时间，丝毫也没变淡。不，不但没有变淡，反而更加鲜明了。尽管自我解嘲说这是一场梦，但立刻有个声音冒出来加以否定。这一方认为是对的，另一方认为是错的，自己的头脑居然也分为两半。

一点没错，一周前见过的直江的言行是荒诞的。这同真弓以前对直江的印象完全不同，确实存有天壤之别。

当然，真弓所知道的只是医院里作为医生的直江。他穿着白大褂，冷漠、难以接近。一般说来，从患者眼里所看到的医生大致都是如此。冷冰冰的，仿佛他已看穿了世上的一切，特别是外科医生，更给人以这种印象。

然而，直江给人的印象却不仅如此。他那冷漠的表情中还包含着一种孤独感。时而使人觉得他值得信赖，时而引诱人们去主动接近他。在他不接受任何外来事物的孤独感背后，偶尔也浮现一丝空虚的表情。

真弓对直江所抱的好感，大概就是在这种错综复杂的印象中产生的。并不只是容貌、作风等的罗列，而是从它的整体形成的素质。

就是这个直江一丝不挂，赤身裸体，并说就这么光着身子一起来喝咖啡，还让真弓赤身裸体地为他煮咖啡。这简直是用常识无法想象的怪事。不，不仅如此。那时候直江的表情毫无拘束，目光空虚，身体摇摆不定，穿白大褂时的巍然姿态荡然无存。

当然，在医院和在家可以不同。在医院要站在给患者看病的医生的立场，在家时可以我行我素。然而，他的变化也太过分了，是一种让人难以置信的巨变。

难道是那个针剂的缘故？

真弓仔细回忆了茶几上滚动的白色针剂瓶。溶液是无色透明体，注射了它之后，直江暂时入睡了。刚才的痛苦像一阵风似的消失得一干二净。直江开始发狂是在睡上十分钟醒来以后。

那玩意儿到底是什么呢？

尽管外国字没有弄懂，但知道了它仅有一毫升。滴到手掌上只有一小滴的东西引起了直江剧变。它使这个冷静而孤傲的男子变成了一个荒唐透顶的恬不知耻的人。

虽然她认为是注射的缘故，但仍不敢肯定。假如真是注射的缘故，那么，应当在他注射之后马上发作，可直江暂时入睡了。干出那种怪事是在醒来以后。从道理上说，注射的是睡眠药，与后来的发狂该是没有关系的。

真弓从各个方面做了考虑。尽管在考虑，但她没有告诉任何人。

她被命令脱光衣服去煮咖啡的事，怎好意思向别人说出呢？

若向女友们说出，只会被她们取笑，说给佑太郎听，他决不会善罢甘休。一男一女于密室全裸，余下的事，不必细说也可以想象得出来。

然而，老实说，直江和真弓之间真没有干出世俗间所想象的那种事来。

直江趴在真弓的赤脚下哀告说："你别走！"真弓感到可怕想逃跑，直江却使出惊人的力量抱住真弓裸露的下半身不放。

结果，真弓认输了，顺从地依照直江的意思仰卧在床上，伸直两腿准备把一切都交出去。

然而，直江只是把真弓白嫩的丰满的身躯从胸到下腹部尽情地温柔地爱抚一遍而已。简直像数清一根根汗毛数那样专心致志。

起初，真弓以为直江的目的不外是为了达到房事的前戏，玩弄而已，已经完全落入掌中的猎物，在吞噬之前总要有一段玩赏时间。

直江一边反复爱抚着，一边像偶然想起似的去拨弄真弓的胳膊和大腿。开始时他抓住脚脖徐徐屈膝，继之又左右劈开，然后像摆弄活动玩偶一样胡乱转动。最后，还让真弓做出了难以忍受的羞耻姿势。

由于爱抚的快感和羞耻，真弓每每发出轻轻的呻吟。其实，她根本没有抵触，任凭他摆弄。

随你的便好啦！

抗逆的情绪在她倒向床铺的时候便已消失了。不仅自己光着身子，而且直江也在光着，这一点倒使真弓放下心来。感到羞臊的不仅是自己，对方也是相同的。

真弓静等着直江来做爱。事已至此，反正无所谓了。与其这么爱抚，倒不如做爱痛快。

然而，直江丝毫也不表现出这种意向，依旧是蹲在床边，从床的水平线上平视她的裸体。一边从前后左右观看，一边把手掌在裸体的隆起部位上移动。

时而表露出做梦一样惺忪的眼神，时而出现像突然想起什么似的瞪大眼睛，凝视发生各种变化的肢体。

“来啊！”

真弓实在忍受不住，不得不喊出劝诱之声，但直江的态度始终不变。他只延绵不断地持续着同样的动作。

“快呀……大夫。”

第三次时，真弓主动把直江放在自己胸脯上的手拉了一把。

于是，直江瞬间停止了手的动作，飞身一跃上得床来，俯身贴在真弓的下腹部。

“别这样！”

直江的嘴唇已经磨蹭到大腿根部。奇痒难忍的真弓扭动起身子，但是，直江的两手紧紧搂住真弓的腰，不顾一切地把头朝里拱去。

“不行啊！啊？”

真弓的哀号反而成了一种刺激，直江的力量更强了。

“你要干什么？”

突然间，真弓感到了恐怖。仿佛一切都会被这颗拱进来的脑袋给挤碎似的。真弓两手用力按住直江的头，竭尽全力翻身起来。一瞬间，直江失掉了可拱之处，脸面贴到了床上。

直江的狂暴和恬不知耻的行为到了此时已算尽头了。自从脑袋被按到床上的瞬间，好像所有力量都用光了似的，直江两手抓住床边，俯身倒下了。他完全没有爬起来的意思，把苍白的脸面微微向右歪着又入睡了。真弓整理好衣服，梳理好头发，二十分钟后走出了房间。当她迈出门槛时，回头喊了一声：“大夫！”直江不作回答，光着身子露着后背，继续睡他的觉。真弓走回来给他盖上毛毯，然后走出房间。

他确实不正常啊！

虽然他一丝不挂，做了那么多古怪的举动，但没有和她做爱，真是怪事。

当然，真弓事先意识到他会来同她做爱，中途甚至希望能同他颠鸾倒凤。尽管女人怀着这种愿望，却没能如愿以偿，这对真弓而言，反倒留下了鲜明的记忆。

他到底希望得到什么呢？

真弓想：直江把她逼到那种地步而不追求最后的东西，也许是因为他没忘记她是院长的情人吧？直江干出那么多奇特的行动，反复做了那么多厚颜无耻的动作，也许是为了从这种痛苦中逃脱出去吧？也许是直江一边爱抚，一边死命抑制着最后的欲望吧？

这种想法使真弓暂时得到了满足。然而，另一方面也为事情进展到那种地步，两人竟未如愿结合的事感到空虚。

尽管真弓做了某些抵抗，那不过是女人向男人摆出的调情架势而已。这么鲜美的佳肴男人不来享用，对于真弓来说也不能不算是憾事。

他到底还是个绅士！

想到这里真弓又怀疑直江那晚的表现，那是否就是隐藏在他心里的狂暴的另一面呢？以前她认为对他已经了解一些了，但现在却感到完全不了解他。

院长佑太郎大约每周来真弓家里串两三次门。有时隔一天，有时两天接着来。

要忙中偷闲，而且躲开律子夫人的眼睛并非易事。一天当中最容易来的时间是从下午下班前到黄昏。他向别人说有会议、有谈判等便匆匆赶到这里来。

经过同直江那异常的一晚以后，佑太郎有好几天没到真弓这里露面了。真弓还没有从那怪异的思绪中清醒过来，心里有愧，佑太郎没有出现，反而觉得很舒心。

她希望就这么不声不响地随着时间的推移，把那晚的事忘掉，最好等到心神完全安定时他再到来。

然而，经过三四天他也不来时，反而引起了真弓的不安。如在平时，除了要钱时以外，他五六天不来也不打个电话倒也无所谓，可这次她却沉不住气了。

难道前几天的那件事让他发觉了？

从那个夜晚以来，真弓得了个思虑过度的毛病，常被“难道”给缠住。

究竟暴露没暴露，问一下直江就可以了。只要直江不说，别人无从知道。

自从发生那晚上的异常事件以来，真弓特别害怕直江。从前对直江有一种难以接近的恐怖，而现在害怕的是潜藏在直江内心的怪异气质。现在连跟他交往的自己也有卷进这怪异的旋涡之中的危险了。

第五天，真弓给佑太郎挂了电话。若给他私宅挂，夫人律子肯定会来接电话，所以，她便在午休前估计院长一定在医院时，挂往了医院。首先接电话的是挂号室的女办事员。

“我是大共制药厂，院长先生在吗？”

他俩曾约好：真弓给院长挂电话时要这么说。真弓并不常往医院挂电话，但每月总遇到几件急事打过去。这就不能不使女办事员有所怀疑了。

这个私人医院虽说不小，但它却是个以少数女性为中心的团体，女人之嘴杂是其他公司比不上的。特别是当她们知道这是院长的情人时，肯定会有个别忠心耿耿的护士向律子夫人打小报告。

“大共”制药厂实际上是没有的。若单拣一个“大”或一个“共”字时，也许会安到许多药厂上。万一被夫人质问了，就往大××和共××一赖，便能蒙混过去。这样做也会省掉不少口舌。佑太郎每三个月琢磨一次，告诉真弓以后用这个，便把厂名写到真弓的电话簿上。有时自己也嫌麻烦，便把半年前用过的旧名再用一次。

总之，经过千辛万苦的努力，总算没让律子夫人察觉到真弓的存在。

“您是大共制药厂？”

挂号室的女办事员重复问了一次，便把电话转给院长了。院长没到门诊来，好像在三楼的办公室里。

“喂，喂！”

院长那独特的稍带沙哑的声音传来，仅凭大共两字他已知道是真弓了。也许因为有点紧张，他说话很快。

“是我，怎么啦，爸爸？”

“噢？什么事？”

“您老也不来，我以为您出了什么事，怪担心的，就挂了电话。”

“原来是这么回事，太谢谢啦！”

也许律子夫人就在身边，院长的言辞显得不自然。

“您什么时候来？”

“今天没有空，明天或后天前去拜访。”

“真的？”

“是的，我想没有问题。”

想象一下佑太郎这时的拘谨样子，真弓真想笑出来。

“您要不来，我可要找别的男人啦。”

“不，不，这一点请您放心。”

“你放些什么屁呀？浑蛋！”

真弓骂了他一句，撂下了电话。

佑太郎真的按照约定，在第二天的下午来找真弓了。

一进门就把真弓扒光，耍尽各种前戏，但最关键的事却做不成。

“这几天忙的，太疲劳啦。”

佑太郎为自己作了辩解。真弓想起了同直江的事，心情很是烦恼。

“好，我该走了。”

佑太郎看看表，急急忙忙穿上裤子。

“这就走吗……”

真弓有种没满足生理需求的遗憾。

“这么心神不定。”

“最近要来人检查，一片忙乱。”

“检查什么？”

“麻药的事。这事那事的麻烦透啦，受不了。”

“医院还要检查？”

“当然。麻药是最麻烦的。”

真弓叉开腿坐在镜台前的圈椅子上，梳了梳头。

“对啦，提起麻药来，那家伙好像有瘾。”

“谁呀？”

“就是咱医院的……”

真弓突然想起了直江，但院长说的是另一个人。

“花城纯子，就是她。”

真弓目瞪口呆。

“直江医师说她可能有瘾。”

“直江医师？”

“皮肤干巴巴地粗糙，胳膊上有类似注射的痕迹。”

“凭那些就可以判断出来？”

“唔，也只是感觉，这是直江医师说的，不会有错。”

花城纯子使用了麻药是件令人惊讶的事，但是，直江竟然把这事说出来也令人不可思议。虽然两件事都是出乎意料的，但真弓觉得两者在什么地方又有着联系。

“那么，花城纯子怎么样了？”

“已经出院了。”

“麻药的事呢？”

“只是说她有使用的可能，并未具体认定。”

佑太郎系上领带，把短脖子左右转动了几下。

“也真是，当今的女孩子莫名其妙。”

“您是说我也那样？”

“不不……”

院长对着镜子照了照。

“这一阵，直江医师干了些什么？”

“他很好，你想要引诱他还是怎的？”

真弓把头向左右摆了一下。

“他很讨厌女人。”

“真的？”

“年轻女护士中虽然有人迷恋他，他连看也不看，总之，他很矜持。”

“哎，你家小姐后来怎么样了？”

听着佑太郎的讲述，真弓想起了一个坏主意。

“后来一直很老实？”

“好像是。”

“弄清楚相亲那天三树子到哪里去啦？”

真弓带着顽皮的眼神看着佑太郎。

“好像到她的同学家去了。”

“同学，哪里的？”

“好像是大学时代的同学。”

“女的？”

“当然，那还用问，当然是女同学啦。”

“那么，爸爸去核对过了？”

“核对倒是没核对，但她本人是那么说的，还能有错？”

“我可不信。”

“怎么回事……”

佑太郎面带愠色地看着真弓说。

“你认识三树子吗？”

“不认识。”

“连认识都不认识，怎么这么感兴趣呢。”

“当然喽，一个女人在相亲时跑掉了，总不是件愉快的事吧？”

“也许你会感到愉快，但对我们来说却是一件大事。”

佑太郎穿上西装，站到真弓面前。

“喂，我要走啦！”

“什么？”

真弓从沙发上站起身来。

“听我说，爸爸的小姐是不是爱上了直江医师？”

“你说什——么？”将要迈步的佑太郎吃惊地转过身来，说，“你有什么证据说出这种话来？”

“只是，偶然这么想的。”

大概出门的气势被扼杀了，佑太郎坐到了沙发上。

“直江医师都三十七岁了。”

“年轻姑娘现在都喜欢那种年龄的男人。”

“然而，三树子同直江医师连一次像样的谈话都没有过。”

“这是真的？”

“那你说有过？”

“也许在您不知道的地方悄悄地幽会呢！”

“少放屁！直江君那里有志村伦子坠着呢。”

“那人，是谁？”

“我们医院的护士。”

“原来如此！”

像直江这样的男人有那么几个女性倒也不足为奇，但一旦具体地说出姓名来，真弓却感到很狼狈。

“像直江医师那种人，有两三个恋人也不算多。”

真弓嘴里说着逞强话，内心并不平静。

“今天你是怎么啦？和往常有点不一样。光说些不着边际的话。同你谈着谈着，连自己也变得昏头昏脑了。”

“那是爸爸任性，不过，小姐相亲的事最好赶紧解决。”

“我会很快去处理，你不用担心。”

“还是上次那位？”

“上次的事我推说是因交通事故迟到了，请对方原谅。”

“爸爸也够操劳的啦。”

“怎能不操劳？我就这么一个女儿，哪能让她总待在家里？”

三树子和真弓都处于婚龄期。只因为三树子是富家子女，就能经常不断地同年轻医师相亲，而真弓却被当作三树子父亲的情妇搁置着。如有合适对象，真弓也想嫁出去。同样是女人，处境却大不相同。而且，对于这种差别佑太郎好像并未觉察。

真弓用尽她讥讽之能事说：“爸爸真是个幸运的人。‘不知情者唯老头子也’，这话一点不假！”

“这话是什么意思？”

“好啦，您该走啦！”

真弓不高兴，使得佑太郎有些过意不去，但又得考虑律子夫人方面。出家门时说是去一趟医师会馆，现在已经接近五点，六点钟还有约会，得陪律子夫人到同行平山医师家里去打麻将。

“那，我走啦。”

“请吧。”

真弓应道，可身子却仍躺在沙发上未动。

佑太郎回家了，可真弓很是不安，她心里烦躁，翻来转去。想跟好久没见面的佑太郎搞次风流事，但完全没能如愿，这些当然是她心烦意乱的理由之一，但最使她恼火的，是佑太郎仍然热衷女儿的婚事，直江有了志村伦子这个护士。她想找个地方发泄一下，便产生了一个奇妙的念头。

是不是找三树子质问一下？

就因为她是院长的女儿，事事都运气亨通，这太不合理了。

没能满足生理需求的真弓，此时怒火中烧，不能自抑。

五点钟。到酒吧上班还嫌太早。真弓吸一口烟，喝一口白兰地，拿起了电话筒。院长家的号码记在真弓的电话簿上，不在行田佑太郎的头一个字部里，而在“爸”字部里。

响过一阵铃声之后，一个年长的女人来接电话。是不是律子夫人？真弓忽然警觉起来，但不是上次听过的尖声细语，从语调判断可能是女仆。

“三树子小姐在家吗？”

“请稍等。”

也许因为来电话的是女人，女仆连姓名也没问便去叫人了。不大工夫，一个年轻女子接了电话。

“喂，喂，让您久等啦！”

同先前的声音不一样，话声干脆利落。

“您是三树子小姐吗？我叫植草，能不能同您见上一面？”

“您是哪位植草小姐呀？”

“我现在没有工作单位，只是想见您一面，向您谈些有关的事。”

“您想谈些什么事？”

“关于直江大夫的事。”

“直江大夫……”

对方好像猛地一惊，通过听筒这边也能感觉到。

“用不着大惊小怪的，因为我知道一些关于直江医师的事，才……”

为了迎合三树子，真弓的言辞也柔和了。

“不过，您为什么向我……”

“偶然听别人说的，请不用担心，我是站在您一边的人。能马上见一面吗？”

“好的。”

“那么，六点钟在涩谷。”

真弓指定了在涩谷T会馆里的咖啡馆会面。

“不过，我还不认识您。”

真弓也没见过三树子，便说：

“那么，我穿淡紫色大衣，手里拿着女性周刊。”

“我穿……白色大衣。”

“那么，六点钟我等您。”

“明白了。”

放下电话，连真弓自己都对这种疯癫行动感到愕然。

到酒吧上班时，真弓总是穿着平常外出的衣服。在店里穿的衣服都装在纸袋里提着。虽说东京穿华丽服装的人不少，但像百褶连衣裙之类也太惹人注目，让人一眼就能看出这是酒吧间的女招待去上班。尽管真弓对于自己当女招待这一职业并不感到耻辱，但是，在途中让那些男人好色的眼光滴溜滴溜地看着也不舒服。

正像电话中约定的那样，真弓穿着普通的淡紫色大衣，右手拿着周刊杂志和纸袋走进了T会馆。因为没要到出租车，所以比约定时间晚了五分钟，但对经常误点的真弓来说这还算准时。

走进咖啡馆看了一圈，靠窗边走道的座席上，有一个穿着白色双排扣大衣的少女独自朝窗外望着，真弓立刻认出她准是三树子。

把一个二十三岁与自己同龄的女人看成是少女固然可笑，但实际上，头一眼看到三树子时，真弓的确把她当成了少女。

当她走近时，三树子抬起头来，微微欠身。

“您是行田三树子小姐吧？”

“是的。”

“我是植草。”

是因为光线的缘故吧，三树子的脸色显得很苍白。

“对不起，把您叫了出来，您吃惊了吧？”

三树子两手扶在膝盖上点了点头。她那从中间分开的柔软的长发低垂到两肩上。真弓也有几分孩子气，但有些拘谨的三树子的脸庞更显得幼稚。

“来两杯柠檬茶。”

真弓向女侍要了茶以后，便把纸袋放到靠通道一侧的空位上。

真弓的晚妆是在银座一家常去的美容院做的，一般都与整理发型同时进行。因此，她在晚上上班之前的化妆并不很浓，即使这样，她的粉饰仍不同于普通人。也许这是因为女招待这一职业自然渗透出来的情调所致吧。三树子仿佛审视外星人似的盯着真弓。

“我不是什么可疑的人，上次因为扭伤了脚踝骨，曾在你父亲的医院里治过病。”

“是吗？”

三树子这才放下心来似的点了点头。

“是在那里认识直江医师的？”

真弓无论如何也没有勇气说出同佑太郎的关系来。如果说出来，这位纯洁的三树子不但会吓坏，而且会蔑视她的。

“那么，您提到的直江医师是怎么回事呢？”

“并不是什么特别了不起的事。如果您爱上了直江医师，我想忠告您几句。”

三树子疑惑地歪了歪小细脖，真弓向端来的柠檬茶里搁了块糖说：

“您爱直江医师吧？”

三树子被真弓死死盯住低下了头，她那长长的睫毛在苍白的脸上形成一个柔软的暗影。

“你不必有顾虑，能诚实地告诉我最好。”

“不过……”

“我知道，你很爱他。”

“你怎么会知道呢？”

“这不是重要的，我问你了解直江医师吗？”

“他的事？”

“和你父亲医院的护士好像恋上了。”

“是志村伦子小姐吧？”

这一回轮到真弓吃惊了。这个表面老实的姑娘竟连这些都知道，真弓觉得不可轻敌。

“你已经知道了？”

“从医院的人那里听到的。”

仔细想来，三树子既然是院长的女儿，医院里的传言岂会不知道呢？

“还不止这些哩。”

满以为刚才那件事会使她大吃一惊，看来并无效果。于是，真弓打出了第二颗炮弹。

“就是那位医师稍微有些异常的传言。”

“异常？”

“是啊，听说他时常发狂，会干些稀奇古怪的事。”

“他做什么事呢？”

“这话真难说出口，有时脱光衣服发狂，有时光着身子喝咖啡。”

“怎么会呢？”

“这是真的。”

“这些事是谁说的？”

“反正我听别人说的。”

三树子直勾勾地盯着窗外，停了一会儿说：

“我不相信有这种事。”

“信不信由你，反正是事实。”

“您为什么想把这种事告诉我呢？”

“刚才我就说过，只是想忠告你。”

“不管您怎么说，我也不相信。”

表面幼稚的三树子的脸上，掠过一丝意想不到的固执表情。

“您倒是挺固执。”

真弓看着这个一心一意爱着直江的小姑娘，产生了憎恶之感。

“您同直江医师发生了肉体关系吧？”

“有了又怎样？”

三树子挑战似的反唇相讥。

“到底还是……”

真弓不慌不忙地点了点头，感到自己很狼狈。从三树子对直江一心一意的态度看来，可以肯定他们已发生了肉体关系。直江和真弓能那么裸体胡闹却没有超越最后一线。真弓认为那是直江为她所处的位置所表现的关怀，尽管喜欢，但没有办法，只得忍耐。然而，假如直江同三树子发生过肉体关系，这一想法就站不住脚了。

直江不同院长的情妇做爱，却同院长的女儿发生关系，岂不是最大的反逆之举？

真弓为自己没能同直江做爱，而这个毛丫头三树子却同直江发生了关系而感到莫大屈辱。

“我到过直江医师的公寓。”

“那又怎么样？”

“在那里跟他睡在一个床上。”

同既定方案相反，真弓信口开河了。“他脱得光光的，跪在我的脚下向我恳求说：‘请永远留在我身边。’”

三树子默默地看着唠唠叨叨的真弓。

“他的事我知道得最清楚。”

虽然她没被夺取身子，可看过他的疯狂瞬间，这就是她引以自豪之处。

现在看来，疯狂了的倒是真弓，她越说越气愤。

“直江医师把你的事早就忘得一干二净了。”

“不，绝对不会。”

“你好像挺有把握？”

“明天，我还要跟他会面的。”

“你同他幽会，又去相亲吗？”

“相亲……”

三树子语塞了，但马上说：“我才不去相亲呢！”

“这么说你要把相亲放在一旁，让直江医师搂你睡觉，是不？”

“这种事用不着你来教训我！”

“用得着！”

“用不着！”

周围客人看见两个美女互相瞪起眼来，便停止了谈话。真弓觉察到了这种情况，立即语调柔和地说：

“我是你爸爸的情妇。”

“爸爸的情妇？”

真弓微微一笑，点了点头。

三树子无法相信，不，她不想相信。她甚至不知道后来在哪里、怎么同真弓分别的。当清醒过来时，她已独自走在从涩谷车站通向道玄坂的混杂人群中了。

正值机关、企业下班时间，人行道上行人拥挤，车站前学生们的喊声、近处商店的叫卖声、汽车的噪音混成一体，形成一种热腾腾的繁杂气氛。

她漫无目的地向前走着，只想这么茫然地走下去。希望快点穿出人群，躲开噪音，一个人待一会儿。然而，不论走到哪里，都是人群，总也逃不出去。

登上坡道，来到交叉路口，三树子总算找到了一辆出租汽车。

“您到哪里？”

车开动以后司机问。

“嗯……”

她不想回家，也不想去朋友家。她现在只想一个人待会儿。

“一直朝前开！”

“您这么说，我可不好办。”

“去横滨！”

刹那间她回答说。当然并不是有目的说出的。只因为横滨离得远，这期间可以一个人在车上待会儿。

她用两手按紧大衣衣襟，向窗边靠近身子。十二月的天空已经暗淡下来，霓虹灯争相斗艳。看了这一切，三树子才觉得她现在真是一个人了。

她真的是爸爸的情妇吗？

真弓那令人怜爱的圆脸立刻浮现在眼前。虽然算不上很美，但也许是招惹男人喜爱的脸。这张脸在三树子看来却无异于母夜叉的脸，恶魔的脸。

父亲怎能同这个女性搞上关系呢？她只说名叫真弓，是爸爸的情妇，没有说出更多的话。从什么时候起在什么地方互相认识的？现住在哪里？她一概没说。看她那身打扮准是个上夜班的女招待，爸爸也许在那里认识她的，倘若是这种程度的来往，倒也问题不大。

然而真弓的口气倒像是很有自信。她还说你若不信，不妨去问问！没有把握她敢说这话吗？再说，她连妈妈的名字和家里的电话号码都知道。

还知道爸爸那辆外国车的牌号和今天穿的什么颜色的西服。这么说，今天她同爸爸见过了，她对我什么都知道，而我对她却一无所知。仿佛在不知不觉中被她看穿了一切，心里好生害怕。

难道爸爸对我们隐瞒了什么？

尽管抱有怀疑，但也不能说绝无此事。正像在书上或电视上看到的那样，这种事是常有的。

然而，三树子仍然觉得奇怪。这女人既然是爸爸的情妇，和爸爸有某种关系，她就不可能去接近直江医师。真弓说她到过直江的公寓，并说两人都脱光了身子。在卧室里一男一女脱光身子时，肯定要发生关系。爸爸的情妇怎能这么做？而且又怎能把这事告诉他的女儿呢？

太奇怪啦……

但是，值得奇怪的事还不止这些。直江医师真的能够像真弓说的那样做吗？他裸着身体跪下，向女人乞求。那个冷漠的直江医师怎能做出这种事来？像他那样冷静，总是盯着地角的人怎能做出这种事来？她说的话全是假的！三树子突然想通了：

原来是她爱直江医师啊！

这一点在同真弓面对面地谈话时，三树子就意识到了。

谈着谈着，三树子便觉得自己是在同情敌谈话。所以，她俩的谈话变成了激烈争吵，致使周围的人转过头来看她们。这么简单的道理三树子为什么竟给忘了？原因是真弓提出来她是爸爸的情妇，使三树子的情绪受到了打击。这句话又是最后的一句，三树子听了便完全失去了理智，始料不及的打击把三树子的幼稚身心给搅乱了。

倘若她真是爸爸的情妇，同时又爱着直江医师呢……

三树子竖起大衣领子，径直朝前方看去。在前方的汽车洪流中，地铁工程施工的红色信号灯一亮一灭地闪烁着。

爸爸原来戴上了绿帽子。

戴绿帽子是指妻子与别人通奸。按这定义爸爸也算不上是乌龟。倘若爸爸爱真弓胜过于爱妈妈的话，在“爱”这方面他是乌龟，至少是因为他的情妇跟别人私通了。

私通的人究竟是谁呢?

三树子透过窗户仰望被霓虹灯染红了的夜空。但见上方覆盖着漆黑的苍穹，白天的烟雾仍旧迷漫着，既没有星星也没有月亮。

漆黑的天空无边无际，深不可测。在黑暗中，三树子回忆起了她的第一个男人直江的面孔。

“噢，过池尻了吗？”

“已经是三轩茶屋了。”

“请折回池尻，我想起了一件事，拜托你。”

“那么，您不去横滨了？”

“对不起，不去啦！”

“真糟糕，在这种地方不能掉头。”

司机抱怨地说，他把车向右侧靠拢去。三树子为自己的突然决定感到茫然。此话一出口，连她自己也惊奇为什么要说这种话。然而，想去直江那里的心情，从与真弓相会时便潜藏在心底了。更确切地说，是一周来一直在三树子心里躁动的心思。

同直江的约会是在明天，应当在明天早晨向直江的公寓挂电话确定具体时间。当她向司机说出的瞬间，自己感到惊奇的是：为什么约定明天相会，而今天竟忽然想起要去。头脑中的确想的是明天相会，而身体好像在想着另外一件事。也许她一旦把身体许给了直江，就同直江不可分离了。不过，她倒是没有想得那么多，至于身体上的事更是不曾考虑。

她去找这个私通爸爸情妇、同别的女人若无其事地搞关系的厚颜无耻男人相会，从什么角度去看都是不合情理的。但是，现在的三树子，只觉得必须马上同直江见面。

三树子到达池尻直江的公寓时，刚刚过了八点钟。在离开繁华街道稍远的夜空里，这幢白楼像神话中的城堡那样耸立着。三树子蹑手蹑脚穿过一楼正厅登上电梯直达五楼。

下了电梯，顺着右边的走廊走去，来到518号直江的门前。在按旁边的门铃之前，她所想的只是今天比约定日期提前了一天。

按了两遍之后，听见里面有人开门的声音，门开了。

直江穿着深蓝色大岛和服，抱着胳膊站在那里。

“出了什么事？”

“发生了一件必须与您相见的事。”

三树子苍白着脸仰望着直江。

“您忙吗？”

“不，并不忙……”

直江向室内扫了一眼。

“有客人吗？”

“不，没有。”

三树子等着直江让她进来，可直江关好了门，看看手表说：

“九点钟有客人来，到那时以前完全可以。”

“我马上就回去。”

三树子转过身脱下鞋摆齐，在门旁叠好大衣，走进内室。右边有张床，中央有暖炉，左边有书架，同她初次的夜晚没有任何变化。

三树子坐在暖炉旁深情地环视它们。

“你想说什么？”

直江很客气地说。照例往酒杯里倒了冷酒。

“老实说，今天我遇见了一个怪人，刚刚同她见面。”

三树子说着，把手伸向暖炉。

“也请给我一杯酒吧。”

“你不会喝酒吧？”

“我想喝。”

“等我去拿杯子来。”

“不，就用它喝吧。”

她把直江正在用着的酒杯拉过来，咕嘟咕嘟往下灌，透明的液体顺着三树子的细小喉咙流了下去。当她喝了三分之一杯时，拿开杯，喘了一口气。她立刻觉得身上好像被击中了无数枪弹，脑袋发热、发晕。

“我，想打听一件事，请您如实地告诉我。”

直江掏出烟卷，用打火机点着了火。

“今天我同真弓小姐见了面，您认识她吧？”

“认识。”

“我从她那里听到了许多事。”

三树子又喝了一口酒。她喝酒是为自己壮胆的。

“她说她来过您这里，这是真的吗？”

“……”

“她说在这里同您搞了很多事。”

“什么事……”

“您问问自己的心总会明白吧。”

酒劲上来了，三树子的身体像松了箍儿似的松散，而嘴巴却劲头十足地说开了。

“只你们两个人，单独待了很长时间。”

直江端坐不动朝窗外看，那干瘦的样子就像鹤一样伫立着。除了显露出他苍白的脸庞，他一言不发。他的冷漠高傲神态，更加勾引了三树子的心。

“我全说出来，你们两人都光着身子，您跪在她的脚下大叫说：请别走，永远留在我身边，而且……”

说到这里，三树子缄口不语了。她觉得自己说这种话太难为情了。她痛恨自己为什么要说这种话，但嘴上说的与心里想的截然相反。

“您真的做出那种事了吗？”

“……”

“不对吧，是谎话吧，是她编造的，对吧？”

“不是谎话。”

“啊？”

三树子大吃一惊，直江朝三树子身后的墙壁望去。

“正像她说的那样，一点不错。”

“到底是……”

三树子强忍心灵深处坍塌下去的感觉，瞪大眼直视直江。

“这么说您同她……”

“没发生关系。”

“不过……”

“有过那种举动，但我想没发生关系！”

“怎么还‘我想没发生关系’呢？”

“实在记不清楚了。”

“您太卑鄙了，有了那么多行动却说没发生关系。”

“当时，我神志不清。”

“那，是什么意思，我不相信那种事。”

“不信，就不信好啦。”

“您……”

三树子真想跳向直江，狠狠打他几记耳光。

“她是什么人，您知道吗？她是我爸爸的情妇！”

“知道。”

“那么，您知道这一切还同她……”

三树子伏在茶几上哭起来了。

“您是个恶魔、疯子、大坏蛋！你要下地狱的。”

直江一边看着埋头痛哭的三树子一边看表。已是八点三十分了。

“浑蛋哪，浑蛋，老天爷也不会饶恕你这种人的。”

直江站起来，上厕所去了。返回来时坐到三树子身边，一言不发，把她细小柔弱的身体拉了过来。

“别这样，我讨厌您这种恬不知耻的人！”

直江搂过三树子，而三树子却死命抓住暖炉边不放，竭力挣扎。可直江的嘴唇却落到她正在喘息的嘴唇上了。

“臭嘴！”

三树子狠狠咬紧嘴唇，扭动脑袋躲闪他。直江仿佛从在手臂里扭动的躯体中得到快感似的停了一段时间，然后他觑准机会捏住三树子端美的鼻子，等她憋闷得张开嘴时，便把自己的嘴唇贴了上去。

三树子从狂涛骇浪中清醒过来是在三十分钟之后。风波平息了，睡觉前的憎恶、悔恨也消退了，只剩下懒洋洋的身体里残留的舒畅和安闲。

当然，离快感尚有一大段距离，但确实是甜蜜蜜的。

三树子徐徐抬起头，看了看刚才抵在自己头上的直江的胸脯。直江的胸脯消瘦而坚硬，心口窝两旁排着肋骨，再往上就是他的喉头。三树子犹如在观赏着很久以前就熟悉的景物似的。

“一个、两个……”

三树子用眼跟踪肋骨，“三个、四个。”这些都是刚才紧搂她、压着她的骨头。

“五个、六个。”

当三树子数到第六个时门铃响了。三树子把脸抵在直江胸脯上，蜷缩了身体。她不敢大声出气，只把感觉集中在耳朵上。

停了一会儿门铃又响，这回是按两次停一停。三树子这时一丝不挂。刚才她虽然做了有限抵抗，但现在已是全裸，一副玻璃工艺品似的滑润躯体正在毛巾被中瑟瑟发抖。

门铃又响了，没有作罢的意思。

三树子悄悄地闪开脸，向上望了直江一眼。

“有人来啦。”

“就这么别动。”

“可……”

直江仿佛叫她不要作声，紧紧搂住了她。三树子好像要从不安中逃掉一样，又钻进他的怀里。

门铃又响了两次忽然不响了。

“难道走了？”

直江搂着三树子闭上了眼。

“……”

“是谁？”

直江不答，俯身向下从茶几上取过烟卷和烟灰缸，点着了烟。

“这人生气走了。”

三树子正说着时，电话铃响了。直江拿着烟卷歪着脖子沉思了一下。

“还是刚才那人。”

这铃声就像看透了屋里有两个人似的继续响下去。铃声响了十几次，仍没有停止的意思。

“哎，接吧。”

直江站起来朝洗碗池走去。三树子赤身露体裹着毛巾被坐在床上找内衣。

电话铃像疯了一样继续响下去。那铃声仿佛在执拗地倾诉着怨恨，三树子胆怯了。她真想大哭一场。

直江返回来，往柱子边上一站，就像等待他的这一举动一样，铃声戛然而止

“怎么回事？”

三树子回头一看，但见直江右手握着钳子，剪断了电话接头。

第十四章

两年前，律子夫人学会了打麻将。佑太郎在大学医院时便喜欢上了它，个人开医院后，常把同期同学叫到家里来搓几把。

近来，他常把在附近开医院的平山医师和在目黑区住的内村医师等约来玩，但他们都有一摊子住院病人，身不由己，所以每月玩上一次可说是千方百计挤时间了。特别是佑太郎担任着都议会议员和医师会理事两个职务，忙起来之后，玩的次数就更少了。

给律子夫人做麻将启蒙老师的是佑太郎。过了五十岁还向妻子教授麻将，别人都认为近于荒唐，但佑太郎却自有他的小算盘。

这是因为：夫人眼看着就要进入更年期，歇斯底里症状日见明显，让夫人转变情绪，学会一些游戏方法，这样就可以减少一些麻烦。

这样做既可以减轻同真弓厮混对不起夫人的精神压力，又可逃脱夜间对夫人应尽的义务。

起初，他估计夫人不一定要学打麻将。佑太郎温和地怂恿她说：你光看着别人玩多无聊啊，最好学一学一起玩。想不到夫人当真起来，于是，佑太郎就趁热打铁教了她。

既然有言在先，佑太郎就一马当先，觑准一两次机会认真传教技艺来。但他同妻子、女儿玩牌真是无聊之极，于是，中途就让儿子佑司教她们玩，这样，他便抽开身子了。

本打算让她学会了作为她的消遣手段，但是，夫人不知从何时起却真的狂热起来。随着跟护士长和事务长等人不断切磋比试，现在完全成为了一把好手。后来，她竟把平山医师的夫人也拉进了麻将圈。

这么一来，让她学会打麻将反倒成为一件坏事了。从前，说在哪里哪里玩麻将来着，于是可以泡在真弓公寓里不出来，但现在这招却失去了效用。不仅如此，最近连平山夫人也被勾引得狂热起来，双方夫妻打对阵的事也就频繁起来了。夫人们对双方男人的私生活都了如指掌，筹划打麻将时，佑太郎想随便捏造理由逃脱根本办不到。

佑太郎原来就喜欢打麻将，当然对打麻将本身没有什么不满，但若和妻子一起伙同平山夫妇一起打的话，就感到枯燥无味了。佑太郎喜欢那种若是打麻将就多下赌注，情绪紧张地玩个痛快的打法。跟这对夫妇做对手，简直像泡在温水里洗澡一样乏味。虽然也下赌注，但这通货膨胀式的麻将一千分才一百日元，一个晚上三四千日元来回波动，从妻子到丈夫，又从丈夫到妻子翻来倒去，除了消磨时间外，一点意思都没有。

这一点平山医师也有同感。但他现在外边没有女人，所以也就乐于玩这种家庭麻将了。

只有佑太郎一人，每逢想起真弓时便神魂恍惚，怏怏不乐。

不过，又不能过分形之于外，于是，就以夜间怠于房事而予以补偿，耐着性子陪他们玩。

那天晚上共打了三圈便结束了。赢输排列是：律子夫人第一，平山夫妇占了二位和三位，佑太郎居后。

虽然打这种麻将是无聊的，但干起来竟十分认真的佑太郎今天却输得最惨。白天跟真弓幽会竟以无所作为而告终，心中着实不乐。今天真不走运。

从六点开始到整十点结束，临回家前稍事休息时便进入闲谈阶段。女人们筹划打麻将除了感到麻将有趣以外，结束后的欢谈也是挺开心的。

“你们医院的护士怎样？”

谈话自然而然进入共同的话题——医院的事。

“能怎样？人手不够的地方全用见习人员补充。”

律子夫人刚喝了一杯啤酒，眼圈就见红了。

“我们那里现在只有三个人。”

“哎呀，原来不是四个人吗？”

“就是这个最使人头疼。两年前以见习护士身份到我们这儿来的那个叫矢野的姑娘，你还记得吧？”

“对对，挺白净挺好看的姑娘。”

“就是她，说想半工半读当护士。于是就让她上午半天在医院里干活，下午上医师会举办的准护士进修学校学习，后来您说怎的……”

“她跑啦？”

“可不是吗，过了两年通过了国家考试，好容易成了一个合格的护士，以为她以后会为我们安心工作了，没想到她说要回老家去。”

“什么理由呢？”

“说是母亲得了心脏病，无论从哪方面看那都是逃脱的借口。其实她母亲身体不好的事，以前也都知道，然而并未严重恶化。”

“让她上学之前，是不是要讲清毕业后要在本院工作几年的？”

“说是干两年，但只是口头上的约定啊。”

“那也要必须遵守约定啊。”

“我也这么想，也曾要求大夫强硬一点。”

平山夫人管自己丈夫叫大夫。“然而，他却不紧不慢地说：这姑娘的母亲病情恶化要回家，怎么能强迫人家留在这里？”

“我们那里也是。”

风向转到了男人们头上，佑太郎和平山医师只有不停地用啤酒干杯。

“去年也是，有一个人用同样手法跑掉了。”

“把她送到学校去学习，成为一个合格的护士后就跑掉了，气死我了。”

“近来这些年轻姑娘根本不顾什么恩情义理的，只要条件好，她就跳槽。”

“像你们那种大医院还好办，我们医院又小，啥都难办。”

“不管多么大的医院，私人医院都是一个样。国立、公立的大医院公然从外面抽拔护士。”

“护士不足真让人头疼。使用她们时，还得多方讨好，简直不知道谁是主人谁是佣人。”

“医师会没有什么对策吗？”

“当然正在考虑。”

佑太郎不耐烦地答了一句。这种事在医师会里不知讨论过多少次了。

“各区都设立了准护士进修学校，可愿去学习的人却很少。”

“真是的，为什么愿当护士的人这么少呢？”

“因为薪水低吧？”

“能是这样吗？我看未必低。”

“从工作内容的分量上计算是低点。”

“但您瞧，她们不是舒舒服服地游逛着吗？”

“在技术和工作责任的比例上显得低。”

“然而若再提高工资，医院就得倒闭了。”

“可不是，连现在这样都勉强维持着。”

律子夫人对医院经营并不是内行，但一拉起家常她便像饶舌妇那样唠叨个没完。

“这样下去，会越干越穷。”

“真是的！”

平山医师立刻赞同佑太郎的意见，随后，两位夫人也都称是。因为都是开私人医院的夫妻，在这方面他们深有同感。

“一日三餐加被褥，住院费才一千四百八十日元，像这样便宜的旅店您也找不到啊！”

“您说得真透彻。”

“本来嘛！我们与您那里不同，是个小企业，连我自己也要到医院里包药、计算账单、向患者讨好，真够呛。”

“哎呀！我也同您一样。”

“不过，我们这种小医院可比不上您那拥有七十多张床位的大医院。”

“不，太太，并不是因为医院规模大了就挣钱。”佑太郎点着一支雪茄烟说，“事到如今回头想一想，雇用五六个人时最为有利。医院扩大了工资就要相应增加，眼睛看不见的漏洞比比皆是。若是别的行业当然是资金越大越挣钱，可只有医院不是那么回事。”

“确实有这种情况。”平山医师插嘴说。

“医院大了，好像是挣钱了，其实，利润比率并没随之上升。”

“那，您说像我们这样就可以啦？”

“嗯，也可以这么说。”

“可是，医院小患者看不起，不来就诊，这一阵连做阑尾手术的都不来了。”

“我们也一样。”

“像二条街那位肉铺老板患了阑尾炎，大夫说：‘最好做切除手术。’他说：‘好吧。’我们为他准备了病房，铺上被褥，可左等也不来右等也不来，时间不早啦，以为出了什么事，便打电话去问，家里人说：‘正赶上一个亲戚住院，他到都立医院去了。’这全是一派托词，实际是嫌我们医院小，看不起我们，跑掉了。”

“是不是因为我的医术不高明啊？”

平山医师苦笑着说。

“我们总是到他那里去买肉，您瞧连他都这样。从那以后，我就绝对不去他那里买肉了。”

“这卖肉的也太绝情！”

两位妇女越是谈得高兴，男人们越是扫兴。

“比起都立医院的年轻医师来，还是您的医术高明啊。”

“光生气也没用，谁愿来谁就来好啦。”

“可以说，医疗费是绝对低廉的。我们那么大操大办地让他住院，阑尾切除手术费还不到一万日元。”

“那么便宜……”

“像您这种大医院的太太多让人羡慕，我多想不再计算账单，舒舒服服地过日子啊！”

“天哪！哪有这种事？医院扩大有扩大后的劳累和苦恼。”

“像这种放置不管就有生命危险的重症手术费，才刚刚抵得住两个人在饭店的一顿饭钱。”

“若是在银座的酒吧里，一个人连三十分钟都喝不上。”

“可不是嘛。”

“光做这种廉价的手术，您为什么还常去银座呢？”

“两件事哪能相提并论。”

被律子夫人捅到痛处，佑太郎神色难堪起来。

“你们是不是全靠手术前后的药品和注射赚点钱的？”

“是啊，全靠使药。”

平山医师说了句公道话。

“真是的，医生并不是药店老板。”

“你们听说安井的阑尾手术没有？”

仿佛要逃避女人们的唠叨，佑太郎悄声向平山医师说。

“安井？就是住在三田的那个？”

“前几天，医师会开完后，我同他去喝了两杯，他说：‘患者如果是被保险者本人，全按移动性盲肠手术收费。”

“按移动性盲肠做手术？”

“不过，保险者本人并非都是移动性盲肠啊？”

“所以呀，不管三七二十一，都那么处理。”

“唔，有道理。”

“反正那也不是了不起的手术，只把盲肠的一端拴住就行。对于那些不是移动性的便什么也不做，只当作做过了，去收手术费就行。万一以后变成了移动性盲肠，就说当时做了手术，可它又移动了。这么解释就行。反正是肚子里的事，谁能知道？！”

“不过，与阑尾手术同时做别的手术，不能分别向保险公司要钱哪？”

“当然，但在编制报表时，得另写一个日子。”

“他可太贪婪了。”

“不贪婪怎能弄到钱？”

“就说患者也有移动性盲肠炎，顺便给他做了就行。这是在切除盲肠后，五六分钟就能做完的手术，若患者是保险者本人，是不掏他自己腰包的。”

“安井从很早以前就这么干着？”

“听附近的医生说，已经有两三年了。”

“那么，保险公司审查方面没有提出异议？”

“不知是讥讽还是怎的，审查人员说：你们医院的盲肠患者差不多都是移动性盲肠并发症，啊？”

平山医师笑了。

“不过，只是给被保险者本人做，问题不大。”

“然而，我却不愿意干这种非法勾当。”

“正因为你有这种想法，所以你到什么时候都得是这种医院的院长。”

也许女人们从半路上听了他们的谈话，平山夫人插嘴说。

“外行人别乱插嘴！”

“他就是这么个人！”

平山夫人被丈夫训了一句，扫兴地对律子夫人说。

“这么低的医疗费，光靠认真守法地去干，永远也赚不了钱。”

“可不是，车站前的开田太太也这么发过牢骚。”

“可是，她们那里的候诊室听说总是门庭若市。”

“因为那里是眼科。眼科、耳鼻科若没有大量患者，那就维持不了啦。”

“能是那样？”

“听说有七成是洗眼的，用了消毒药水，费那么多事，医疗费才七十日元，即使有十个患者也不过七百日元。她说：早知如此，当初真不如学牙科专业啦。”

“不，最好是兽医。”

“兽医？”

听了佑太郎的话，律子夫人一震，回过头来问。

“对啦，兽医不受保险等限制。”

“收费自由。”

“再说患者都是富有者。”

“不是患者，是饲养者吧。”

四人同时笑了。

“万一发生误诊也跟人不一样，不必负多么严重的责任。”

“那么，从现在起改干兽医怎样？”

“你敢抓狗吗？”

“不敢。”

“我也不行，糟糕！”

四个人又笑了。

“总之，近来的医生不是医生，成了药店老板和会计啦！”

等大家笑完了，平山医师用慨叹不止的调子说。

“这样下去，医生变坏也在情理之中。”

“医术低劣，手术返工的医生，反而多得手术费，住院期拖长，医院多收住院费，何乐而不为。”

“昨天刚当上医生的年轻医师跟干了二十多年临床经验丰富的老医生挣一般多的手术费，真不合理。”

“但是，医生的等级也很难排列呀！”

“不过，教授和新当上医生的统统一个样可就有点……”

“教授也有大头针和锥子的区别呢。”

“是这样吗？”

“如果笼统地说年龄大了就是好医生也未必对，现实中就有开了二十多年医院而头脑仍很陈旧的人。”

“你马上就同他们一样啦。”

平山夫人瞪了丈夫一眼。

已到十点三十分了，可夫人们因为丈夫在身边，所以仍能沉住气。平山夫妇只有一个大学三年级的女儿，佑太郎夫妇有佑司和三树子两个孩子，都不用大人操心了。医院方面知道他们在这里，既然没来电话，就说明那边一切正常。

虽说是同知心朋友交往，有妻子在一起谈话时，佑太郎总觉得没趣，但跟真弓在一起时却没这种感觉。即使马上回到家里也不过就是睡觉罢了。今天不如让赢了钱的妻子多喝几杯啤酒，多闲聊几句。何必勉强让她回家？又不想跟她搞交欢！在这里充分满足她的饶舌欲望，回家后肯定倒头就能睡着。

佑太郎考虑这些心有余而力不足的事，也是因为他近来精力锐减了的缘故。从前，对妻子自不必说，一看见真弓那种活蹦乱跳的身子时，他的性欲便上来了，可最近连续两次“失败”以后，那个最关键的部分就不听使唤了。

当他想到连对真弓这样年轻的身体都无能为力时，突然觉得自己确实老了。

因糖尿病所产生的阳痿症，若非极度严重，是不会“失败”的，他经常这么劝慰自己。若是外行人，经医生这么诱导，就会见效的，但现在是自我暗示，尽管医学上说得通，但效果却不佳。

他如此这般思绪万千，认为这是心理上受了影响，根本不认为这是情绪上的问题。老实说，没有比给医生治病更难的了。

佑太郎在忧郁中沉思的时候，女人们的谈话也没间断。这时正热烈地交谈着女儿的婚事问题，她们一边叹息着没有合适对象，一边又做出对此事从不烦恼的样子。

“除了刚才说的移动性盲肠以外，我还听过一桩奇闻。”

平山医师仿佛觑准女人们的谈话间隙小声说。

“怎么？又是外科医生吗？”

“是耳鼻科。鼻炎啦，化脓啦，一般是在洗净后用塞罗卡因棉棒堵上，是吧？”

“不是用肾上腺素吗？”

“也用肾上腺素，也用塞罗卡因。”

“很久以前学过的，现在全忘了。”

“但是，与它起同一作用的还有普鲁卡因药水。它比塞罗卡因便宜得多。”

“普鲁卡因在我们医院里用做局部麻醉，价钱不到塞罗卡因的一半。”

“本来应当使用塞罗卡因，可有的医院竟用普鲁卡因代替了。”

“毫无疑问，是因为它便宜呀！”

“然而，普鲁卡因多少带点毒性，能上瘾，每天把它涂在鼻黏膜上，以后就得每天去涂，否则人就不安稳。”

“这么说化脓治好了，也得天天去涂这药水喽？”

“那可不是。仿佛医生在培养中毒患者。”

“患者总得到医院来，又赚钱，岂不是一举两得？”

“反正也不是大不了的中毒，论罪过也不大，但作为医生是不应该这样做的。”

“哪一行都有自己的窍门。”

平山医师给佑太郎倒上啤酒。

“听我说，老头子，下回三树子相亲的事若再不成功，以后可就难办啦。”

“嗯，嗯。”

由于是突然袭击，佑太郎回答得有气无力。

“你同三树子是不是好好谈过了？”

“我打算明天同她谈。”

“你真烦人，应尽早跟她谈，这样下去会错过时机的。”

“可是，三树子小姐对于这么好的人哪点不满意？”

“这孩子最近跟我什么也不说，没同府上的康子小姐说些什么吗？”

“谁知道？这一阵子我家姑娘也不把我放在眼里，太可恶啦。”

佑太郎听着两人的一问一答，忽然想起白天从真弓那里听到的话。三树子爱着直江——虽然他认为不可能，但也不能完全否定。现在自己同真弓的岁数就相差两轮多，不也结合了吗？想到此，佑太郎六神无主了。

“不过，像你们那样的大医院如果没人继承，简直太可惜啦！”

“如果佑司升入医学院也就没有这种问题了。可他说看到父亲从早到晚让患者追逼着，太苦恼了。虽说当医生这行当发不了大财，但也不会吃不上饭。”

“可不是嘛，我若是有个儿子，花上一千万日元也得把他送进医学院去。”

“喂，喂，别胡吹，咱家可没那么多钱。”

平山医师慌忙左右摇头说。

“借钱也得这么干。您瞧这么个小医院，从医院房屋到医疗设备少说也值四五千万日元呢。再说他一年比一年老，干不了医生时，这医院就毫无价值了。半旧的医疗器械不值几文钱，医院建筑除了用做医院以外派不上用场。用一千万日元让孩子去医学院读书，这种心情总该能理解吧？”

“我也一样，当我听佑司说他不上医学院读书时，立刻像泄了气的皮球。”

“多可惜呀，府上同我们不一样，那些设备足值几亿日元。”

“想要改成公寓住宅都困难，因为都是钢筋结构，不易改造。”

“三树子的对象是不是到你家入赘？”

“不不，一提这话，现在的年轻人都不肯这样。不过，这人是内科医生，过些时候他想继承医院时就让他继承。”

“老实说，开医院的人若没有从医学院毕业的儿子介入，简直撑不住劲。”

“第一代人拼命经营，顶多能把设备投资赚回本钱，这已是一大关了。”

“所以，我们也没必要把医院再往大扩了。”

“一点不错。扩大以后，又是医生，又是护士，光是找人一项也够你受的。”

“不过，像你们医院找到了直江医师那样的好医生多好哇。”

“嗯。若论医术那是没说的，不过……”

“还有什么说的……”

“不，有一点。”

“他是单身汉，能长期待下去的。”

“是的。好像还爱上了我们医院的护士。”

“别瞎说！”佑太郎制止律子夫人说，“好啦，我们该告辞了！”

“可不是，坐下来就不想走。”

碗柜上的座钟指着十一点。

“再多坐一会儿嘛，忙什么呀，我们又不马上睡觉。”

“明天还有事，别耽误正事，走吧。”佑太郎向妻子说完，便先站起身来。

从平山医院到佑太郎家，步行也就是十分钟的距离。两人来到家门前时，门灯亮着，正厅大门也没上锁。

往常一过十点，女仆就把所有的门全都锁上，只留后门开着。也许因为今天主人夫妇双双出门，所以特意留下的吧。

“我回来啦！”

进了正厅大门也没见有人来接。好像女仆已睡下，孩子们都各自待在二楼自己的房间里。

“多危险哪，大敞着门！”

律子夫人脱去大衣，锁好正门来到客厅时，佑司从二楼走下来。

“晚饭用过啦？”

“嗯。”

佑司打开冰箱取出啤酒，问：

“三树子没有跟你们在一起？”

“怎么啦？”

“到现在还没回来。”

“真的？”

律子夫人惊讶地回头看着佑太郎。

“她能上哪儿去呢？”

“那丫头近几天来好像尝到了夜游的甜头。”

佑太郎拿起啤酒瓶对着瓶口喝了起来。

“怎么会呢……”

“可是她时常夜深才回来，还在外面过夜。”

“那是在她同学家。”

嘴里虽然这么说，律子夫人也不安起来，她来到女仆富代的房间。

“富代呀，睡了吗？”

“是——啊！”朦朦胧胧的回答声从门里传来。

“啊，你不必起来，我问你知不知道三树子上哪去了？”

“先时来电话说今天不回来了。”

“上哪去了呢？”

“说是在一个同学家，让你们不用惦念她。”

“她没说在谁家？”

“我倒是问她了，她不说。”

律子夫人有种不祥的预感，她回到了在客厅的佑太郎身旁。

第十五章

十二月刚过了一半，医院里便洋溢着腊月的忙乱气氛。

住院患者中能勉强出院的，都想在年前出院。到了繁忙的腊月，待在医院里也觉得情绪不稳。当然，像老人和小孩等用不着忙的人，多数是在家过年，年后再回来住院。

然而，能够满足个人意愿出院的人，只是那些轻病患者。不管你个人多么想回家，只要病重，就别想回家过年。

412号的石仓由藏就是重病患者之一。

进行了以假当真的胃切除手术后，由藏的病情一时觉得好转，可最近一个时期病情确实恶化了。

病情恶化用确实……两字也许很可笑，但按作为医师的直江的预测说来，就是这么回事。

直江的确预测过由藏只能活到年底或到一月初，并告诉了他的家属。他的预测顶多差上半个月，那么，由藏的死期确实逼近了。

仅做了在皮肤上留个伤口的假手术后，直江对他的死期就更清楚了。

眼看就要到十二月二十日了。如果直江所预测的活到年底是正确的，那么，由藏的余生只有十天了。即使算进误差的十天，也只有二十天了。

最近，由藏不用说上厕所和洗脸，就连坐在床上也觉得困难了。护理人有时是他的老妻，有时是大儿媳，在更换睡衣时必须由护士协助。他瘦得皮包骨的躯体很轻很轻，已无力自己活动了。

原来曾是七十公斤左右重的健壮身体，在十二月初勉强能上厕所时已降到四十八公斤，现在也许在四十公斤以下了。本来黝黑的健康肤色渐渐发黄，并逐渐变黑，没有一点光泽。

他的肚子略微比肋骨突出的上半身大些，并不是因为有肉，而是因为腹中积水。癌不仅在胃里，还从肝脏扩散到腹膜，这无疑是并发了癌变腹膜炎。

查房时，直江叩诊他的大肚子，并把听诊器按上去听。当用指头敲打肚子时，肿胀起来的肚子发出明快的金属声。这就是所谓的鼓音，说明那里面贮存着大量的水。

叩诊之后，直江又把听诊器放到由藏腹上，当听诊器一接触到皮肤上时，就能微微听到腹水晃动的声音。声音只有这些，因为他除了吃流食以外不吃其他东西，所以从肠里传不出任何声响。

直江站立着听诊，轻轻地低下了头。从旁看去好像他在侧耳倾听什么，某一瞬间又像他在倾听悄悄走近的死神的脚步声。

听诊结束，直江缓缓从两耳摘下听诊器，把胶管部分折成三折后塞进衣兜里。这时，护士把患者的腹带结好，把睡衣掩好。

“好吧。”

直江打了一声招呼，由藏在床上轻轻点头。也不问“怎么样啊”“何时好啊”的话了。

关心病状，询问情况的人都是家属、友人等第三者，患者本人和为他治病的医师都知道“死”的不可避免性。这种事既不是医师向患者说出来的，也不是患者向医师问出来的。两者之间不必用什么语言连接，早就互相沟通了。

医师依靠理论和经验知道病情，患者从身体获得的实感中知道病况，两人间虽没谈过关于病的事，但两人都心知肚明。

现在，由藏已经明白了上次的手术毫无意义，但他并不向医师询问，也不责怪无意义的手术。因为很明显那不是应该说出口的事，而是应该留在两者心里的事，这样，才得以维持心灵上的平衡。

倘若真的去问清缘由，那就会立即感到莫名其妙的恐怖。知道了它，那就会连活下去的最后一点希望也会丧失。在“万一……”的蒙昧中，濒死的患者找出一条自慰之路，医师又在这种蒙昧中寻找拯救之途。

志村伦子因为由藏的事向护士长控诉是在离年末还有十二天的十二月十九日傍晚。

“那个老爷子最近有点怪。”

平时非常冷静的伦子那天一改常态，兴奋地说。病房休息室里除了护士长和伦子外，还有亚纪子等三个护士。

“什么事，这么慌里慌张的？”

“刚才，老爷子的病房铃响了，我就急忙奔去。在那里护理的老太太好像出去买东西了，只剩下老爷子一个人。”

伦子说着，别的护士也都停下手里活计听着。

“我问：‘什么事？’他指指下身说：‘尿尿……’”

“你给他拿着尿了吗？”

“是啊，我帮他放进尿瓶里，可一点也没尿出来。”

“是不是尿道堵塞啦？”

“我想不是这么回事。”

“那你说是怎么回事？”

护士长的小瘦脸盯紧伦子。

“他有尿时，可以尿出来。”

“那不是很好吗？”

“问题在于这几天他没有尿，也常按铃叫人。”

“也许因为病重了头脑不清晰，膀胱里尿多了也不知道。”

伦子两手扶在桌子上默默不语，后来小声说：

“那老爷子，老实说，他压根就不是要尿尿。”

“那是想干什么？”

“一说尿尿，我们就得去摸它……”

“摸？”

护士长反问，伦子慌忙把脸扭过去。看了这情景，护士长深深地点了点头。

“就是说，手要摸那玩意儿？”

“是的……”

“光是为这事叫你？”

“不光是这些，还恳求我给他做件怪事。”

“怪事？”

“他希望我拿着那玩意儿。”

“那怎么会呢？”

“不，这是真的。”

“不过，那老爷子什么也吃不下，靠输液活着啊。”

“起初，我也不明白到底是怎么回事。我仔细一问，他说：‘给我那样办！’”

“他也求过我。”

这时，在一旁的阿薰小声说。

“和志村小姐一样，我正要给他拿尿瓶，他抓住了我的手。”

“那满是皱纹的手？”

“我大吃一惊，想把手抽回来。可是他用足了力气，把我的手硬是拉到那里去。”

“后来怎样了？”

“当然，我拒绝了。”

“我也遇过同样的事，虽然不够明显，是把他那玩意儿往我手里塞。”

这回亚纪子也说话了。

“太不像话了。”

护士长似不相信，依次看了看伦子等三个人。

“老爷子那屋的铃一响，我就觉得可能又是那种事，真不想去。”

“明白啦！”

这是个罕见的问题。偶然萌发此念倒也情有可原，但在这里的三个护士都遇到过同样的事，岂不是件大事。既然三人都这么说，那就更不是捏造的了。

“这也太过分了。他把护士看成了什么人？决不能饶他！”

“因为听说他活不太久了，所以才没有声张。”

“不过，那也太过分了。”

话虽这么说，可这人确实是只能活半个月的绝症病人了。

“不管怎么说，像他那种身体的人还能抓住别人的手！一个男人，都快死啦，还能有性欲吗？”

“我想不会有……”

“男人真不可思议。”护士长叹了一口气，又说，“那时候，你们可以狠狠打他的手！”

“可他是那么真情恳求的呀！”

“浑蛋，简直是流氓。”

三位护士都不说话了。

“他总是一个人在病房里时才叫你们？”

“当然是一个人的时候啦。”

“那么，他也让他老妻和儿媳做这样的事？”

“我认为他不会向她们恳求这种事的。”

伦子说。

“如果说让他老妻这么做的话，他就不会向我们恳求了。”

“我认为因为我们年轻。”

亚纪子这么一说，三人一致点头称是。

“那老爷子从什么时候干起这种下流勾当的？”

“第一次让我做是在一个月以前。”

伦子答。

“我大概是在半个月以前。”

“我也是。”

亚纪子和阿薰先后说。

“真奇怪，在健壮时不干，临死时倒想起干这事！”

事实上也真像护士长说的那样。

“总之，这种事应当向我及时报告。不过，今天告诉了我也很好，我马上找院长商量。”

护士长这么说完，接着问：

“还没对直江大夫说吧？”

“对谁也没……”

这种事是难以从女护士口中向主治大夫说的。

“我明白啦，先由我同医师商量，以后不管他怎么恳求你们，都不要理睬他！”

护士长像发号施令一样说完，嘴里仍然喃喃自语：“真是岂有此理！”

护士长向直江转达这些话是在次日上午。

直江在查房之前先到了护士值班室，护士长抓紧时机把他拉到屋里的沙发上坐下来。

“有件重大的事要对您说。”

“什么事？”

直江坐到沙发上。护士们明白就是昨天谈的那件事，都一边干活一边侧耳倾听。

“石仓由藏向护士们要求过分的事。”

护士长马上把护士们说的事讲述出来。这时，护士长神采奕奕，比干重要工作时还有精神。大致讲完后，护士长郑重地把手放到了两膝上。

“这种事您认为是真的吗？”

“是真的吧。”

想不到直江竟轻易地相信了。

“可是那老爷子只能活上半个月或活不上半个月了。”

“所以，他才这样。”

“所以？”

“因为死期将近，才能干出这种事来。”

“临近死期的虚弱的身体还要求那种事，这不太可笑啦？”

“是可笑，但人大体都是如此。”

这样一来，单纯的护士长的头脑更加混乱。

“总之，这样下去，护士们太可怜啦。应当向患者本人或他的家属提出严重警告，您去说说吧！”

“护士们说她们不愿做？”

“这还用说吗？谁喜欢去做他所恳求的那种下流勾当。”

“这倒也是。”

“对于自己非常喜欢的人，也许可以。像他那么瘦弱干巴、临死前的老头儿……”说到此，护士长的脸发红了，“自己喜欢的人也不一定愿意做，这是性变态。”

“……”

“大夫，请严肃地训他一下，尽管是护士，但那种事是做不得的。”

“真的吗？”

“别开玩笑啦，大夫！”

护士长惊讶地望着直江，直江极其坦然。

“这种事不必那么大惊小怪。”

“那，您说该怎么办呢？”

“每个人按照她自己的办法去适当处理。”

“您这话的意思是……”

“其中也许有人认为可以摸它一下。”

“您要侮辱护士也请适可而止。”

“我没侮辱谁。”

“不谈了！”

护士长十分愤怒，从沙发上站起身来。

对于石仓由藏的异常要求，直江医师并不怎么反对，倒像是说应当予以接受，他的这种态度当天便在护士中间传开了。

“太不像话了，他把我们当成什么人了？”

“别觉得他是医师，他没权力命令我们做这种事。”

平时，对于护士长的意见未必都赞成的护士们，这回可都一齐发起直江的牢骚来。

“他是不是把我们当成按摩女啦？”

“按摩女是干什么的？”

宇野不懂其意，问道。

“你不知道吗？”

“不知道，是干什么的？”

“我解释不清。”今年二十三岁并有很多男朋友的阿绿苦笑着说，“总之，是给那里按摩的。”

“那不是洗澡堂吗？”

“表面上是那样，实际上却干些怪事。”阿绿说着，率先羞红了脸，“真讨厌……”

“那老爷子不至于把医院当成色情场所吧？”

“不要再说啦！”

受到护士长的劝阻，阿绿吐了一下长舌头。伦子听着护士们的谈论，但却装作没听见的样子。

矛头直指直江言论的话题开始了。当她们停止谈论时，伦子倒想为直江辩解一下。

“应当郑重向直江医师提出抗议。”

阿绿也不次于护士长而大发牢骚。伦子像劝慰护士们似的说：

“这件事都怨我先说出来，是我不好。也许确实应当按照医师所说的那样‘具体问题要具体处理’呢。”

“那么你的意思是你自己认为在必要时可以做这件事？”

护士长稍稍提高了嗓门说。

“我不认为可以，只是，如果他一心恳求的话……”

“不管他怎么恳求，具体问题要具体处理嘛。为他做这种事，正像阿绿小姐说的那样，岂不成了按摩女啦？”

“不过，像我们这些人不是为了金钱什么的，只是想去真正体贴患者、怜悯患者……”

“像他这样要求真是厚颜无耻，什么地方值得可怜？”

“可是，他再过几天就要死啦。”

“难道说要死的人不管提出什么无理要求都要接受吗？”

“那倒不一定是，不过……”

“这件事还是由你开头说起的，你说不愿意做这种事。”

“对不起！”

伦子低头致歉。她忽然觉察到不知从何时起竟说出跟直江一个调子的话来。

“算啦，算啦。归根结底这是个人问题，没法硬性统一。总之，希望你们不要干这种事，我也向石仓老人的家属说一说。”

护士长和别的护士们也仿佛觉察到了伦子同直江的关系，悄悄地窥视起伦子的表情来。伦子感到了同事们投来的视线，她想：直江医师能不能体谅到我现在的艰难处境呢？同时也想为自己的勇敢哭一场。

争吵后的第二天起，直江请假了。

第一天是将近中午时分，他打来电话说身体不舒服，请一天假。

“那位大夫呀，又喝多啦。”

“睡懒觉误了上班时间，怎么好意思来？”

直江的迟到，同事们都司空见惯了，但请假休息还没见过。护士们半开玩笑地谈论着，伦子则惴惴不安起来。

索性往他家打个电话，问一问病情？可她拿起电话筒又放下了。

这些日子，直江不大搭理伦子，在医院里虽然每天见面，但周围总有旁人，两个人单独交谈的机会几乎找不到，即使偶尔有个机会，直江也大都摆出素不相识的样子。

伦子光是等待直江打招呼通知她，充其量每周有一次，并且是突然在临下班时告诉她说：“今天怎么样？”

伦子每周去学两次插花，有时也应邀同朋友们去听音乐、打保龄球，遇有直江约会时，便回绝其他活动，到直江那里去。

伦子有时责怪他为什么不事先通知一下，可直江丝毫也不想改正，虽然让人气愤，但也只好辞却别的约会到直江身边去。

伦子被直江邀请去他家的日子总是在直江的房间弄得乱七八糟的时候——茶几上摆着喝了一半的酒杯，地上横躺着啤酒瓶，房间里到处落满了尘埃。爱好清洁的伦子立刻去洗杯刷碗，整理房间，有时还要用抹布擦拭地板。

风流事要在做完这些事以后进行。仿佛打扫卫生和房事带有连锁性反应似的。这些事，两个人都认为是应尽的义务。这么一来，伦子便是身兼二职的清扫妇与情人了，这种状态伦子已经习以为常。

以前，每周相会两次，近来变成一次，最近偶尔也会十天一次。伦子光是耐心等待直江的邀请，会不会是今天打声招呼呢？这种预感有时猜中，有时也猜不中。猜中时，当然很高兴；猜不中时，伦子近来也不苦恼了，因为她即使见不到直江，一个人待在房里时，也能像见到直江一样沉浸在深厚的情感之中。

等得不耐烦时，伦子也主动打招呼说："今天您径直回家吗？"直江好像嫌麻烦似的点点头，便径自走去。伦子明白这是他今天不想相会，至于直江有什么心事，她不得而知。

说来也是一件怪事。两个人重复了那么多次房事，肉体上知道得不少了，但直江的内心世界，伦子却一点也不知道。一般说，两人一旦结合了肉体，亲密程度就会顿时增加。唯有同直江结合这么久了，丝毫也看不出这种苗头。肉体是肉体，精神是精神，仿佛分别来往着。

不过，这只是直江给伦子的一种感觉。对伦子来说，她已经把肉体和精神全都交给直江了。偶尔，也有出院的患者或值班的年轻医师向她约会，伦子从不接受。与其接受直江以外的男性幽会，还不如同女友们在一起好呢。她自己也纳闷为什么对其他男性竟是如此兴味索然。

虽然如此，伦子也感到直江除自己以外还有别的女人。

偶尔有挂到医院要求直江去接的电话，那女子可能就是他的其他恋人。清扫他的房间时，曾拾到过女人的发卡；碗柜里的酒杯碗碟的摆放手法也不似男人所为。

然而，伦子对于这些事从来不吃醋。

伦子仅仅是直江的情人，她既不想跟直江订婚，也未曾提出过同居。她同直江发生了肉体关系，似乎是直江单方面强加于她的，其实，伦子本身也心甘情愿地让他夺取。按当时的条件两人并没有约定什么，而伦子也预料到直江在她以外一定有别的女人。甚至觉得倘若没有反而是件怪事。

伦子现在决心不去考虑自己以外的女人的事，本该不想的事硬要去想，只会增加烦恼，惹得心神不宁。只要爱着直江，伦子就感到满足了。

第二天直江又请假了。据挂号处的女办事员说，清晨她直接听直江打来电话说“再请一天假”。

直江连续请假两天还是第一次。

“身体情况怎么样？一个人是不是在生活上有困难？好好打听一下，或者去个人帮他一下。”

年关迫近，近来每天都到医院来的律子夫人来到护士值班室，命令护士长说。

“早些时候，我也非常担心，曾挂电话询问了一下，他说：‘只是偶感风寒，不必担心，再过一两天就会好的，不用惦念。’”

“不过，他是单身汉，吃饭、打扫卫生的事都由谁来干呢？”

“是呀。”

护士长点点头，但什么也不说。这时，以律子夫人为首的所有人的视线都自然集中到伦子身上了。

“志村小姐，你能去那里探望一下吗？”

“您说让我去……”

被律子夫人指名道姓，伦子把刚要打开的针剂瓶放下了。

“下午去一趟吧，就说是我说的，行吧？护士长。”

“可以，今天下午没有手术，志村小姐，愿意跑一趟吗？”护士长慌忙采取同一调子，“明白吗？好好看看他到底怎么了。”

律子夫人和护士长的好意倒是不难理解的。但是，在背地里残留着仿佛有种被她们看穿了的冷漠。然而，下午能利用工作时间到直江身边去也倒不错。是不是挂个电话？犹豫了好几次，后来一想，这是院长夫人的命令，名正言顺，理由最充分，又何必左思右想呢。伦子决定服从命令去走一趟。

直江医师连休两天，小桥医师自从上班到现在连吸支烟的工夫都没有了。

怎奈门诊的初诊患者和复诊患者一起来，忙得他没有一点空闲，十二点过后，还有十来个病人等着他。患者人数同平时相差不多，或许还少了一些，因为应由直江负责的那些初诊患者也归他诊察了，所以颇费时间。

如果是复诊患者，可以按上次处方很快处理完毕，然而初诊患者就不行了。难就难在化验结果一时凑不齐。虽然是第一天单干，但大都能定个病名，还须拟订个治疗方案。从前他在一旁观看，认为自己也能给初诊患者看病，可一旦这项责任压到身上时，可就不像从前旁观时那么轻松了。

伦子考虑到下午要去直江家，十二点钟便从护士值班室来到门诊室，坐在小桥身旁，让一直在那里工作的阿薰和高木亚纪子先去吃午饭。

小桥担心直江上班以后一定要详看他不在班时的诊疗结果，所以，对初诊患者特别谨慎。他年轻好胜，唯恐被直江查出误诊之类。

当他给一位六十岁的关节炎患者从膝关节抽出积水，注射完类固醇时，从二楼传来了匆忙下楼的脚步声。

由于过分嘈杂，他便抬起头来观看，但见诊察室门口站着见习护士川合友子。

“大夫，现在石仓老人他……”这时，友子吸了一口气说，“痰堵在喉咙里了。”

“不能呼吸了吗？”

“是的。”

“血压呢？”

“不清楚。”

“拿听诊器来……”

小桥命令伦子后，立刻从诊察室跑上楼去。那位治膝的患者露着膝盖，甩在那里没人管了。

当小桥和伦子跑到的时候，由藏仰着脖子翘起下巴，脸色苍白，张着嘴，喉咙微微颤抖，没有明显呼吸的迹象。

“拿抽气泵！”

伦子跑回值班室搬来携带型真空抽气泵。

“老大爷，老大爷！”

小桥一边叫，一边做人工呼吸。

这次的急症很明显是喉咙里堵上了痰。健康人当然能够把这点痰吐出来，可对这位衰竭的老人来说，已经没有这种力气了。

“抽气泵的电线插到电源上了吗？”

“插上了！”

一按开关，马达鸣叫起来，抽气管管头从由藏的鼻孔插了进去。

“啊！哇！”由藏突然像野兽一样叫了一声，随之后仰了一下，抽气管里倒流出了痰块似的脓液。

“按住他的身体！”

两个护士慌忙上前按住由藏的胳膊和腿。

护理他的大儿媳妇则瑟瑟抖动，从护士们的后面偷眼瞧着。

当人们看到他呼喊、吼叫时，真为他难受，但这毕竟是他活着的证据。

“吐！用力往外吐！”

小桥一边告诉他一边移动抽气管。两名护士为按住挣扎着的患者也用尽了全力。

经过了十几分钟之后，由藏才恢复了正常呼吸，安稳下来。

抽气泵的抽气瓶水面上漂浮着刚刚抽吸出来的黄褐色痰液。

“好险哪，再稍稍迟一点就没命啦！”

小桥说罢，儿媳只是默默地弯腰施礼。

“以后就把抽气泵常放到这个病房里吧。”

在受尽痛苦之后，由藏微弱地呼吸着，眼泪盈眶，鼻涕邋遢。

“不要紧吗？”

“这回总算救过来了，难保下次不再堵痰，别离开人。”

喘了一口气，由藏把右手从床边伸出来，想要说什么。

“什么事？”

“快……”

“慢慢说！”

“快……把我……杀了吧！”

小桥贴到老人耳边说：

“别说这种泄气话，要坚持下去！”

“这么……这么难受……”

他摇了摇头，像是在说：我实在受不了了。

“别这样，要有勇气，懂吗？”

由藏的胳膊像枯枝一样，小桥拍了拍，鼓励道。

“直江……直江医师呢？”

“今天他，因为感冒，请假啦！”

伦子用纱布把由藏的眼、口周围擦净，回答道。

“他很快就能来上班。”

“杀……杀了我吧。”

“大夫不是对你说过了？别胡思乱想。刚才多亏小桥医师救了你，现在你不也能说话了吗？”

“不行啦，没……没，救，啦。”

由藏就像用尽了所有精力，把那消瘦变小的脸面埋进了枕头。

由于这场风波，伦子到达直江公寓时已是下午两点多钟了。

屋门关得严严实实，走廊里没有人影，虽然来过这里数次，但伦子心里总觉得沉静不下来。

自从上次会面已经过了十多天，再说这也是在直江休息两天的时候第一次突然造访。

会不会有人在他的屋里呢？

伦子刚想按门铃，突然被这种不安给困扰了。

本来应该事先挂个电话的。

事到如今，她却后悔自己不该突然造访。虽然这次是被大家一致推选，并带着院长夫人的命令而来，心中也坚信会见到他，但也许他不在屋里。直江一个人等待着自己吧！伦子对此深信不疑，但这也许只是自己的一厢情愿吧！

总之……

伦子在门前踌躇不决，最后终于下定决心按了门铃。屋里传来了门铃响声，但没有人出来开门的动静。按了两次、三次，仍没有回音。

停了数分钟之后，伦子又按了一次。

把耳朵贴到门缝上细听，门铃确实在屋里响着。倘若醒着自不必说，即使睡着了，这么大的声音也会被吵醒的。

肯定有人在屋里。

伦子脑子里又产生了不安。倘若是一般来客，他不会不来开门，从他不来开门的情况来看，肯定是女客人。

伦子的想象专往坏的方面奔驰：

直江医师同一个女人……

他和一个陌生女人在里间的卧室里相互紧紧搂抱，大气也不敢出。每逢门铃响起，那个女人便把脸紧紧贴在直江怀里。直江搂紧她面向墙壁看着。两个人肯定都是赤身裸体。

两个人也许说着悄悄话：是谁呢？也许蹑手蹑脚走到门口，从窥视孔向走廊窥视一下。两个人在屋子里，听见门铃响时，伦子也曾干过同样的事。窥视孔从外边看似乎很小，但它是凸面镜，连门外的左右都一览无余。

现在，我也许正被他们窥视着。

伦子慌忙把身子从窥视孔正面撤到门旁去。

然而，窥视孔同平时一样毫无变化。门内静悄悄地绝无声响。

往前数第三个门开了。出来一名妇女。看样子是位太太，身着和服。看她锁门的样子，肯定是那房间的住户。等这妇人走过以后，伦子也离开了屋门返回电梯口，这时，那妇人已不见了。

电梯下降时，伦子考虑怎样向院长夫人和护士长报告此事。

准确的报告是：按了门铃，好像人不在。但是，这就成为直江谎称有病，实际是外出了。听者肯定会认为直江在偷懒耍滑。

这种话说不得。

刚才还做着恨怨的想象，而今却又袒护直江了。

下到一楼，乘坐另一部电梯下来的刚才那位妇女，已走在公寓前的大路上了。可能是微风吹拂，那妇女用手按着前衣襟。

伦子跟随在妇女身后慢慢走着。现在是下午两点半钟。午休刚过，做晚饭还为时过早，住宅区附近极其闲散。伦子走下缓坡道来到大街上。这里嘈杂纷乱，与直江的公寓相比是另一个世界。

从拐角向前走过两幢楼有一个咖啡馆，从透明的玻璃窗可以看见一台公用电话机。伦子走进去，坐到入口附近的座位上，要了一杯咖啡。

大街上虽然嘈杂喧闹，可店里却很清闲。伦子喝了一口冰水，来到柜台旁的公用电话机前。

拨了直江房间的号码，呼出音便响了起来。呼出音有各种各样的特点，直江房间的音响，就像蟋蟀翅膀的声音，有些沙哑，伦子非常熟悉这种声音。

反复挂了两次，仍然没有人接。为了慎重起见又挂了一次，结果相同。

伦子把退回来的十日元硬币拿在手里，返回到桌上摆着咖啡杯的座位上。

咖啡散发着柔和的香味。

难道是外出了？

如果是同女人在一起，来接电话当也无妨。不想见面的话就说不见也就算了，这不同于堵在屋门口，随便糊弄两句就能支吾过去。

或许买东西去了？

伦子喝了一口咖啡，也许是心情不一样，现在比站在屋门前平静多了。

过了二十分钟，快到三点钟时，伦子又走到柜台前拨了电话。

收款的女侍在收款单背后乱画着什么，一个女侍在柜台同调酒师谈着什么。

这回若是再不接就回去。

伦子一边对自己说着，一边等着铃声响。这次的铃音同上次一样又沙哑地响了起来。响了三次，当响到第四次时，铃声戛然而止。

“喂，喂！”

瞬间，伦子怀疑起自己的耳朵来。声音确实是个男人，但同直江的声音好像不一样。

“喂，喂！直江大夫的家吗？您是直江大夫？”

“是……”

“您是？”

从电话里传过来的声音，好像嘴里含着东西似的很不清晰，不像平时的直江那种伶俐口齿。

“我，是伦子。”

“啊……”

“听出来了吗？”

“嗯。”

回答倒是回答了，就是有气无力。

“您的声音变得我都听不出来啦……刚才您不在屋里？”

“……”

“挂了好几次电话，可您不来接，您没听见？”

“我睡着了。”

铃声响了那么久，能是真事吗？虽然认为不可能，但是，他的说话声同平时差得太多，或者有什么难言的隐情？

“您家里有客人吗？”

“没有……”

“我现在来到附近的咖啡馆了，能到您那去吗？”

“嗯。”

“院长夫人和护士长非常惦记您，她让我来看您，行吗？”

“嗯。”

“需要什么东西不？”

“不要。”

“酒和香烟呢？”

“有。”

“那么，我现在就去。”

伦子返回座位，拿起账单，向收银台走去。

伦子来到直江房间时，直江正躺在床上。穿着常穿的法兰绒睡衣，看样子像他说的那样是在睡觉。伦子仔细环视了周围，中央暖炉上照例放着半杯酒的酒杯、茶碗、文献复印本等，至于来客使用的酒杯、茶杯倒不曾有。右方写字台上杂乱地堆着书籍和杂志，这是他的老习惯。如果说有什么变化，那就是把烟灰缸放在床上，而烟头只有一个。洗碗池里堆着用过的盘子和酒杯，看来最近没有人来洗刷。

“您觉得怎样？”

伦子脱掉大衣，坐到床头上。

“只是偶感风寒。”

直江的声音的确不同往常，说话时有气无力的。

“测体温了吗？”

直江左右摇头。

“为什么？”

“我没体温计。”

“你真浑。”

突然，伦子产生了紧紧搂住直江的冲动。

按了那么多次门铃，打了那么多次电话，以为今天不会相见了。那时伦子的身心多么希望、等待直江的爱抚啊！这种冲动并不是现在才产生的，是从昨天，准确地说是从十天前便一直持续存在的欲望。等待期间，伦子的身体早已燃烧透了。

然而，现在就不仅仅是这些了。没有体温计，足足睡了两天的直江让人更加心疼啊。

“为什么……”

伦子不知说什么才好，她想说几句恨怨的话，想不顾一切地搂紧他。如果直江说一句话，打个招呼，伸出手来，她就会立即冲上去。以前有没有过女人与他同床共枕，这种猜疑和忧虑早已抛到九霄云外了。

“嗯？”

伦子倾斜上体，把脸贴近直江身上。

这时，伦子发现直江眼里有种异光。一瞬间，直江的眼睛好像放了光，而这光不似金属发出的锐光，而是季节更换时太阳所发出的极为松弛的钝光。

伦子从正面再一次注视直江。

玻璃门窗关得严严实实的房间里，透过通向阳台门窗的白色钩花窗帘，射进来柔和的腊月阳光。在这种光的照射下，直江的面容像瓷器一样苍白。脸蛋上的肉像被削去了似的凹下去，颧骨之下有片阴影，眼睛虽然睁着但却无神。

“您怎么啦？”

“嗯……”

直江的眼睛缓缓地捕捉到了伦子，浓重的茶色瞳仁中，映出了伦子的面容。

“吃了什么药吗？”

“……”

“药劲儿还在发挥着作用。”伦子缩回身体说，“最好您再休息一会儿。”

直江仿佛等待着这句话，闭上了眼。

伦子把毛毯上端拉了拉，给他盖好肩膀，然后离开床边，到洗碗池去了。

是真正的病休。

燃起的情热虽然没有得到满足，但那种直江可能跟别的女人鬼混的不吉利的预感已经消除，伦子心里畅快多了。

伦子脱掉西服上衣，只剩下一件罩衫，开始洗堆放在水池边不锈钢台上的成堆酒杯。洗完以后放回碗架。她对这里如同自家一样了如指掌。

洗完餐具，又来擦拭暖炉。直江脸朝上依然熟睡着。没有酣声，脸被枕头遮掩着显得很小。

真瘦啦！

伦子仿佛观赏珍品似的盯视了直江一会儿，然后把酒杯端到洗碗池。

洗完以后，伦子又小心翼翼地把厨房用笤帚扫了一遍，生怕发出声响。在伦子返回里间卧室的时候，直江翻了一下身，这回脸朝墙继续酣睡。

伦子把散乱在暖炉上的文献收拢放到写字台上，把床上的烟灰缸放回原处。

地板上铺着厚地毯，但到处是灰尘。如果不是直江睡着，她还想清扫一下这房间，现在只好等他睡醒以后再说了。伦子叠好报纸，捡起扔在床头的直江的内衣。不知是睡时脱掉扔的还是怎的，棉衬裤和衬衫卷成一个团丢在那里。

伦子拾起衣物，依次叠好，然后往床下摸了摸，看看有无遗漏。

这时，有个硬东西触到指尖上，发出小金属的碰撞声。

“到底是什么？”

伦子弯下身去，观察床下，黑暗的床底下有个发白光的东西，有一本厚书那么大。伦子又摸了一下，与刚才同一感觉，于是，便从床下拉了出来。

像书本的东西原来是个不锈钢注射器盒。

“难道他自己注射了？”

医生在自己家里备有注射器盒并不是稀罕事。伦子灵巧地打开盒子，掀开盒盖。

五毫升和三毫升的两支针管平放在里面，边上有两支用过了的针剂瓶。伦子拿起来一看，原来是一毫升的针剂瓶。

“奥比阿特。”

伦子读着针剂瓶上印着的外文，毫无疑问，这就是奥比阿特的针剂瓶。

伦子知道奥比阿特即使在麻药中，也属于特强盐酸生物碱。手术过后对于一般疼痛的患者也不使用这种烈性药。此药仅限于胆结石发作或癌细胞侵入神经产生剧痛等时使用。

伦子回头看了看床上的直江。苍白的脸像死人一样睡得正熟。

那一定是麻药的作用。

伦子想起了刚才进屋时所看到的直江的脸，那种焦点不定的迟钝眼神，无疑是注射麻药后所产生的症状。她曾为疼痛难忍的患者偶尔使用此药，随后也出现过这种样子。

可是直江医师为什么要……

如果是极其疼痛的病症倒也罢了，仅仅是因为感冒就注射麻药，这则大可不必啊。更何况注射了两支！连疼到极点的也才注射一支，一次用这么大的剂量，一般来说除非是长期注射已经中毒了的人。

难道他……

瞬间，伦子不敢再想下去了。一种不祥的想象掠过脑际。

麻药中毒……

伦子把拿在手里的注射盒放到地板上，悄悄朝直江看去。苍白的脸颊上生着短短的胡须，黑黝黝的。

这是绝对不可能的。伦子好像要排除这种念头似的把注射盒又塞回床底下。好像她害怕看这东西。不知道反而要好些。她看了不该看的东西，觉得心里不安。她仿佛做了一件无法挽回的错事。

伦子把叠好的报纸拿起悄悄站起来。突然，脚尖碰上了一件硬东西。

什么物件呢?

伦子站住低头一看，被子边上有一个发白光的东西。

她蹲下去拾了起来。

原来是只镶金边的耳环。因为金边朝上，所以闪闪发光。

到底还是有女人……

直江依然熟睡着。

屋里静悄悄，只有侧耳倾听，才能听到阳台外面远方的潮涌般的街道嘈杂声。也许连呼吸都被麻药所抑制，直江没有鼻息声。

伦子在直江身旁握着耳环，继续坐等着。

等了近一小时，在快到四点钟时直江醒来了。

睁开眼，直江惊奇地看着伦子，但马上又像缓过神来似的慢慢从床上坐起来。

"这回是真正醒过来了吧？"

"嗯。"

声音同平时一样低，但很清晰。

"哪里不舒服？"

"不。"

"刚才我来这里时的事还记得不？"

直江像似乎在追索自己的记忆，点了点头。

"院长夫人和护士长让我来看望您，我就来了。"

"……"

"怎么跟她们说呢？"

"就说不要紧。"

直江朝床边张望了一眼，伦子马上把香烟和烟灰缸放到直江膝前。

"您真感冒了吗？"

直江点着了香烟。

"是不是还有别的病？"

"……"

"像需要麻药那样的病……"

瞬间，直江的表情微微起了变化。

迄今为止，伦子每天都能看到直江的脸。或在白天下班时，或在夜间相逢时，也有一天遇上两次的时候。像这回整整隔了一天没见还是初次。两天不见想不到直江的面容变化这么大。

原本就苍白的脸色更加苍白了，眼窝塌陷下去，除了平时的冷漠表情外，不知哪里还飘荡着难以名状的恐怖。

“啊，近来您瘦了。”

伦子朝尚未完全醒来坐在床上的直江望去。

“不必担心。”

直江很不愉快地朝窗外望去。手指间夹着的烟卷的烟灰已经很长，眼看着就要掉下来，伦子把烟灰缸挪到烟卷下。

“这些是我请外科医师为您配的感冒药。”

伦子把印有东方医院字样的药袋放到床上。

“现在就吃吗？”

“不，不用。”

“除了感冒还有哪里不好，请告诉我。当然您自己是医生，也许知道是什么病。”

“……”

“啊？您哪里不好？”

“哪里都没问题。”

“这可不好。”

直江掐灭烟头，一言不发，抓住伦子左臂。

“不行，不行！”

但是，直江不管那些，想把她搂过来。

“今天不行，您身体不舒服，不是正在休息吗？”

伦子低下头想要挣脱，可直江抓住肩头不放，罩衫被拽得露出了肩头。

“别这样，今天我是奉院长夫人的命令而来，专为看望您的病情。”

“没关系！”

“一会儿必须回去啊。”

尽管抗拒着，可伦子的上身已经贴在直江的臂膀里了。

“已经四点了吧，得赶快回去报告情况，否则会被怀疑……”

“别怕！”

“那怎么行？”

凡是来自直江方面的性欲要求，伦子从来也没法摆脱掉。从前，伦子发低烧时，因来月经情绪不佳时，直江就用武力强迫，有时竟然把伦子的手脚捆上以达到自己的目的。不管对方说什么，只要他想干，就从不回头。为了性欲他不考虑对方情绪。一旦想做爱，他就会倾注全部精力。

“啊？放我回去……”

虽然反抗着，伦子还是被拖拉着拽到床上。罩衫前襟敞开，从背后透过衬裙可以看见乳罩的挂钩。

即使是相争，也表现出两人之间如举行仪式般的严肃和默契。

当直江的细长手指握住伦子的乳房时，仪式便进入了最后阶段。刚才所有的抵抗，好像都是为了燃起性欲之火的必要手续，伦子的雪白裸体主动向淫秽的行为靠拢了。

她虽然认为不可这么做，但是身不由己。她甚至怨恨直江能看穿她的心底，觉得很懊恼，但这只是暂时的。

随着直江的爱抚，伦子的身体渐渐敞开了。只有在直江的手指触摸她时，她的躯体才变得柔和顺从。

但是，直江那天比往日性急得多。平常总是用尽各种手段，让伦子拼命挣扎，借以取乐欣赏之后才进行性行为，可是那天却像删除一切繁杂手续，来了个短兵相接式的求欢。

当她感到直江的入侵时，便向趴在身上的直江耳边悄声说：

“哎，今天可危险哪！”

“……”

“真的……”

从低声的喘息中，伦子断断续续地告诉他。

危险时，伦子总是这么通知他一声。她是护士，所以很通晓生理状况。直江不愿意戴那种多余的东西，伦子也不喜欢。如果月经正常，危险期顶多是一周左右，这期间认真预防便可万无一失。所以，从开始到现在没有发生过一次失误。

然而在今天，直江对伦子所说的话置若罔闻。

“听我说……”

处于亢奋状态的伦子仍下意识地诉说。

“今天……”

“没关系。”

“但是……”

她的身体火一般地燃烧起来，再也没法停息。伦子闭上眼，披散着头发摇晃着，这个被男人压在身下一起一伏的躯体，怎会想到就是不久前穿着白大褂为患者诊脉的同一躯体呢?

随着喉咙里传出来的呻吟声，伦子早已心驰神往飘向遥远的宇宙去了。一瞬间，她看见了光芒四射的星座，不一会儿，她又飘向宽广而浑厚的太空里。

直江究竟怎样?自己发出了些什么样的淫声浪调?表现了哪些举动?统统在黑暗的彼方模糊不清了。

这种飘飘欲仙的时间终于接近了尾声。

“啊……”

直江离开她的身子时，伦子又一次轻喊了一声，这是她第一次清醒。但身体仍处于半睡眠状态。

等到她发觉直江在她身旁背向入睡了时，伦子才第二次清醒过来。

"听着……"

伦子全身充满了快感。她发觉自己确实从直江那里接受了什么，现在仍然停留在那里。

"不要紧吗？今天最危险哪！"

直江背朝她，一言不发。

"若是有了，那多可怕呀？"

房事之后，伦子不论说什么话都是甜蜜蜜的。

"若是怀孕了，堕胎多痛苦啊！是不？"

"嗯……"

"行吗？"

伦子从后面搂紧直江的背。他的背一点也不像刚刚搞过房事那样，冰凉冰凉的。

"不管发生什么事，我都要把孩子养大。"

直江慢慢翻过身来，端详着紧贴过来的伦子的脸。

"真会有危险吗？"

"谁跟你撒谎啊！"

直江仍然默默地看着伦子，不久，困劲儿又使他闭上了眼。

"我该走了。"

伦子起来以后，收拢起散乱在周围的内衣，到厨房去了。

"哎呀，不得了，都四点三十分了。"

她慌忙把内衣和外衣依次穿好，刚才的放荡心情也随之消失了。除了直江谁会知道她是从那种状态变来的？穿好了衣服，伦子回到床边。

"听我说，可要珍重身体。"

她的一绺鬈发在低头时垂落到脸前来。

"明天能上班吗？"

"也许……"

"说清楚些。"

"上班。"

"向院长夫人这么传达，可以吗？"

直江在枕头里点下头。

"晚饭怎么吃？"

"还不想吃。"

"那怎么行，你不能做吧，我给你做点什么拿来吧？"

"别，别。"

"你会饿的。"

"饿了就打电话让饭馆送来。"

"你老是这样，身体要垮的。"

伦子轻轻地擦掉直江额上的虚汗。

"喝咖啡吗？"

虽然她嘴里说没有时间了，可仍这么悠闲地问他。

"我想睡一下。"

伦子只得站起来，拿起沙发上的大衣说：

"今天，石仓老爷子差一点死了。"

将要睡去的直江睁开了眼。

"快晌午时，痰卡在喉咙里，不能呼吸了。"

"后来呢？"

"小桥医师赶紧跑过去，用抽气泵把痰抽出来，又做了人工呼吸，好容易救了过来。等他会说话时，立刻叫起您的名字来。"

"……"

"那老爷子挺喜欢您。"

"把枕头垫高了没有？"

"没有，还按一般高度。"

“那不行。给他换一架带齿轮升降架的床，让他上身坐起来。否则喉咙还得堵痰，告诉小桥。”

“这种事，我怎么好向他说？”

“没关系，告诉他。”

伦子拿着大衣又坐到沙发上。

“明天您上班后再换也不迟吧？”

“今天回去马上告诉他。”

“即使马上回去，也许小桥医师已经下班了。”

“那么，就对值班医师说：我这么说的。”

伦子答应着，手里摆弄着大衣扣子。

“今天，我为石仓老爷子的事难受极了。”

“又碰上了？”

“那件怪事……”

伦子踌躇了。说出这件事，只会使直江增加烦恼。但是，从另一角度讲却又有撒娇的成分。

“护士长说您太不近人情了，她把您的话告诉大家后，护士们都相当愤慨。”

直江默默地看着天花板。

“不过，我认为护士长向护士们说不要干那种事也有些过分。最好是具体情况具体对待，按照护士的理智去处理。”

“你不也是相当气愤吗？”

“当时，我也认为这事是肮脏的……”

事情已经发展到了这种地步，自己先提出来问题，一会儿又说怎么都行，伦子对自己的做法也感到不可思议。

“其实，我认为这件事根本用不着那么大张旗鼓地在早晨接班时吵吵嚷嚷。”

“你不一定反对吧？”

“我不是说反对或不反对的事。我觉得那老爷子眼看就要死去，不必那么严肃警告他。”

“你这么说啦？”

“是啊，后来大家都认为我这人太怪了。”

“护士长对患者说了？”

“护士长说她对其家属提出了警告。所以，我想他再也不会要求那种事了。”

“不，很难说，也许他还会央求的。”

“可是已经让家属严肃转告给他了。”

“那是无济于事的。”

“无济于事？”

“是啊，警告也没用。”

“那是为什么？”

仰望着天花板的直江的眼中，忽然浮现出一丝温柔。

“因为他要死啦。”

“死……”

“对于一个要死的人，警告有什么意义？”

伦子从沙发上看着直江沉静的侧脸。不知是什么原因，直江这时脸上现出无比温存的神情。这温情超越了平时的好恶，深深地印在伦子心里。她之所以遭直江冷漠而又不离不弃，也许就是因为直江有这种温情的缘故。

“如果你被他所求，你能为他做吗？”

“我倒不很想为他……”

“但也并不是绝对不想做，对吧？”

伦子伏下了脸。她感到直江的视线正朝着她。

“那，你就为他做一下吧！”

“我……”

“是的，就是你。”

伦子看看自己摆弄纽扣的手。这只手将要摸弄老头子的那玩意儿，让他愉快。为什么非让我做不可呢？这种事难道也是护士的工作吗？

“为什么？”

伦子认为她做不到。假如硬让她去做，她想象了一下做那事时自己的形象，真是毛骨悚然。

“您，让我去做……”

刚才，肉贴着肉，相亲相爱过的那个男人，还不到三十分钟就命令我去做这种勾当，这是对所爱的人该说的话吗？说老实话，他也许并不爱我。

真是个可怕的人。

伦子慢慢抬起头来，朝床头望去，直江露着后背，闭着眼睛。

房间里静得可怕。从白花边窗帘透过来的日头已是斜阳了。

伦子看了手表。五点差十分。她现在才真正回到现实中来，考虑起回到医院的事来。

“我要走啦。”

“是吗？”

直江躺在床上说。

“谢谢你！”

“什么……”

伦子走到门口时转过身来问。

“您刚才怎么说的？”

“不，没什么……”

直江向伦子说这种话还是第一次。他想干什么？伦子又一次看了看直江的脸，然后向外走去。

伦子在腊月的寒风中缓缓朝大街走去。低吟的朔风穿过胡同，周遭又恢复了宁静。高跟皮鞋在柏油路上咯噔咯噔的响声回荡在耳畔。直江住的这幢白楼在伦子背后耸立着，伦子回头看着它，又顺着坡道走下来。

体内感到极其充实。

我能为他生儿育女吗?

一个渺茫的期待在伦子心中扩散着。胎儿一点一点地、非常确切地成长起来——遐想的翅膀正在太空中翱翔。

我为他生出孩子，并为他而抚养。

孩子能不能像他那样高大，长着高鼻梁呢？能不能像个男子汉，有清醒的头脑呢？能不能沉默寡言，值得信赖呢？还有，还有……

抚育孩子，同他一起生活……

翱翔着的遐想在此停止了，消失了。这一瞬间一切想法都趋于崩溃。这是为什么？因为伦子认为直江可以作为情人，不可以成为共同生活的丈夫。

正如直江所说“明天上班”那样，次日他来到了医院。固然，他在十一点多接近晌午时才到。

三天不见他的面，所有护士的眼里都看出直江明显憔悴了。

外科门诊那里，已由小桥诊察着初诊患者。当他听说直江来了时，便停止了给初诊患者看病。

然而，直江迟迟不来门诊室。他在来门诊之前，总是先巡诊一下住院患者。

“大夫，初诊患者在等您看病。”

直江在石仓由藏病房时，门诊护士来找他。

“小桥君不正看着吗？”

“刚才是看着的，听说您来了他便退让了。”

“没有关系，请他接着看吧。”

护士无可奈何地点点头走了。

直江在由藏的细手腕上切脉。

“听说你好危险？”

“我的腿，一半……插进……棺材里了。”

由藏断断续续地挥着手回答。

“痰要卡喉咙时得早点说。”

“因为它突然……”

“今天不要紧吧？”

由藏在枕头里点点头。然后说：

“大夫，您可别再请假啦。”

每说一句话，他都要把静脉突起的满是皱纹的手在脸上挥动一下。

“知道啦。”

直江为他切脉、听诊、观舌头。因为长时间不用嘴来咀嚼食物，所以舌苔很厚。他的眼角膜浑浊，对光的反应迟钝。

虽然一时捡了一条命，但正像本人所说的那样，一只腿确实已经插进棺材里了。

“一会儿给你换一张更舒服的床。”

由藏用手在脸上合十拜谢。直江默默地走了出去。

“昨天我都说过了，为什么没给换床？”

直江来到走廊时，向跟在身后的伦子说。

“我倒是想说来的，但昨晚是小桥医师值夜班。”

“那不是更好吗？”

“但是……他从亚纪子那里听说了我们的事。”

“知道又怎么啦？这跟那是两码事。”

公和私是两码事这一点，对于女性的伦子很难予以理解。

“据小桥医师说，能让痰憋死的人是因为他的抵抗力太弱了，即使一时救活，但也寿命不长。”

“他说得对。不过那么死去，死法不对头。”

“死法？”

“对，死法。假如因痰憋死，会被认为是突发性死亡，给家属留下悔恨。你会下棋吗？”

“不会。”

伦子抬头看直江，似乎说：你突然问这干什么？

“象棋终盘时，即使实力相差很大，表面上给人的印象也好像只因为最后一步棋走错而告负。对死也要讲‘死法’。”

“您是说这跟石仓老爷子的情况也相同？”

“是啊，如同我们尽了全力抢救，可是他实在不行了那样。”

“不过，在死这一点上也是如此吗？”

“患者的死期问题不在于早一周或晚一周。关键是怎样使别人接受。”

“是让他本人接受吗？”

“不是，是让家属。”

“那么，本人呢？”

“任何形式的死，其本人都不会接受的。”

直江停下脚步向走廊尽头看去。一个患者躺在担架车上，也许要下楼检查，被推进电梯里。

“不管活到多大岁数，谁都不想死。”

“可是，像吉崎老太太那样，当她孙子死去的时候，她哭叫着想替他去死。”

“你相信这种台词吗？”

“可她不是这么喊着的吗？”

“一点不错，也就是这么喊喊而已。她明明知道当不了替身，所以才这么喊。”

伦子似乎窥探到了人间虚伪，感到心胸郁闷起来。

“这样一想，简直太可怕了。”

“是的，太可怕了。”

“您也……”

“什么？”

“不。”

一瞬间，伦子仿佛觉得直江不是这个世上的人似的。

“快去把床给他换成齿轮式床！”

直江说完，把两手插进白大褂的兜里，下楼到门诊室去了。

那天傍晚，花城纯子的经纪人给直江打来了电话。

经纪人首先客套一番后，便小声说：

“今天到您那里去诊察可以吗？”

“还谈什么可以不可以，出院后我不是告诉过要在一周内来一次吗？今天是几天啦？”

“真对不起，因为忙得不可开交。”

“那么，情况如何？”

“嗯，大体上像是没事了……”

“不检查本人，我也不知道好坏哟。”

“当然是这样，不过她正在制作室里。”

“那么，你的意思，什么时候来？”

“预定在六点以前搞完录像。”

“我今天不值夜班，不在医院里。”

“其实，今晚特别希望您陪伴一下。请委屈一下在医院里稍等一会儿行吗？”

“改日不行吗？”

“从明天起又要去关西，拜托拜托。”

“那好吧，我等，六点啊。”

“是的，最迟不超过六点三十分。”

经纪人又一次表示歉意。

下班时间已到，医师们回家以后，直江躺在医务部的沙发上正看着书，律子夫人来了。

夫人穿着茶色方格粗花呢套装，里面露出大红底配以苔绿色、粉红相间的罩衫，一副外出的打扮。

“您还没回去？”

“是的，一会儿有个患者来。”

直江把书本放到一旁坐了起来。

“您的病刚好就来上班，够辛苦的。”

“今天院长到哪去了？”

“下午到东京都教育委员会去了。”夫人拾起掉在地板上的报纸，说，“不到办公室来坐坐吗？那位患者什么时候到？”

“六点到。”

“那么，不是还有三十分钟吗？请吧。”

被催促了两次，直江站起来跟在律子夫人身后去了。办事员都已走光，办公室里空空荡荡地没有一个人。

“到会客室吧，那里松快些。”

律子夫人穿过办公室，领他到会客室。坐下以后，律子夫人返回邻室从冰箱里取来啤酒和奶酪。

“不，不必为我张罗啦。”

“哎呀，这算什么呢？少喝点提提精神。”

夫人不顾直江的客套打开瓶盖，朝两个杯子里倒满啤酒。她率先端起杯子，瞟了一眼直江，喝了一口。平时她也化妆，但今天可能是在灯光下的缘故，显得过于浓重。

“您感冒啦？”

“是的……”

“这几天瘟疫流行，请多加保重。”夫人又看了看直江，说，“您可见瘦了呀。”

“是吗？”

直江用左手摸了摸满是胡茬的两颊。

“我近来也很不舒服，这一带疼得厉害。”

夫人转回身，指了指背中央。

“前几天我曾问过您，假如是骨疡可就太可怕了。因此，我想是不是照张X光片，您以为如何？”

“您那不是骨疡。”

“哎哟，您不曾诊察怎么就知不是。”

“您这年纪是不会得骨疡的。”

“可是，有时拿重一点的东西或累一点就疼。”

“年纪一大，一般都是这样。”

“您总是这么说，太不热情啦。”

律子夫人有点使性子似的瞪了一眼。

“我可不是闹着玩，有机会能不能给我认真检查一下？”

“明天就请到门诊室来吧。”

“门诊室里有护士，多不好意思呀。”

“那，就在这里看吧。”

“在这里？”

夫人摊开两手，朝周围打量着，说：“在这里也不妥。”

“那么，我们一起到门诊室去吧。”

“那里也不妥。要是让别人知道了……”

“谁会知道？”

“如果有人来这里的话。”

“没关系。”

“您能认真地为我诊察？”

“当然可以。”

“那就请您看吧。”

夫人两手捂在涨红了的脸上，接着站起身拉上窗帘。

“光脱上身就可以吧？”

“只是后背痛吗？”

“大体上是。”

“那么，就光脱上身。”

拉上窗帘，黄昏的天空被遮到外面，室内变成了黑夜。

“求求您，闭上眼睛。”

“怎么的？”

直江喝一口啤酒，闭上了眼睛。

“绝对不许睁开哟！”

夫人朝直江脸上一扫，然后脱掉上身衣服，叠好放在沙发扶手上。

她稍稍理了理头发脱去罩衫，叠好之后喘了一口气，又解开衬裙肩带，说：

“乳罩也摘掉？”

“是的。”

直江闭着眼回答。夫人的手摸到乳罩的挂钩上，摘开以后，乳罩向左右分开掉到前面了。

“好冷啊！”

夫人说道。其实暖气正开着呢。

“我要睁眼啦？”

“马上就能检查完吗？”

直江睁开了眼。茶几对面，夫人两手捂着前胸蜷缩在那里。

她那溜肩下的脊背十分白皙，显出几分妖艳。

“请快点……”

直江站起来，来到夫人背后，夫人的手臂在胸前按着衬裙和乳罩微微发抖。

“请往前稍稍弯点腰。”

直江的右手触向一低下头就向后突出的夫人脊骨上。

“慢慢直起腰来……再来一次。”

夫人闭着眼，却能感觉出直江的细长手指正顺着背骨从上往下一节一节地按过。一种触电似的麻酥酥的感觉从左右胸传向下肢，向全身扩展。

“这次请往后仰。”

“这么的？”

“还要后仰些。”

直江的左手抓住夫人的肩膀，右手按向凹陷的脊背中央部位。

向后仰着的夫人的脸正好在直江的下巴底下。

“这回向右和向左。”

夫人的白净上体依照命令向左右弯曲。

“被按以后不感到疼吗？”

“不。”

夫人的声音小得勉强能听到。

“鞠躬时痛感没传到脚尖吧？”

“是的。”

“好啦。”

直江的手离开了夫人的后背。

上身裸露的夫人背后站着一个穿西服的男人。在他们前面有沙发，旁边茶几上摆着啤酒和奶酪，这景观也算得上太奇妙了。

“夫人，请转过身来！”

“向前？”

夫人光着背说。

“是的，向前。”

夫人手捂着前胸慢慢转过身。

“什么事？”

话刚一出口，直江的两臂便把夫人搂紧了。

“别这样，您要干什么？”

她的两只胳膊和前胸都被直江紧搂到一块儿，于是，夫人的嘴唇立刻被直江的嘴唇覆盖了。

“放开我，请放开我！”

夫人打算大声喊叫，但舌头只在嘴里打转，没能出声。她一边挣扎一边合上眼，微微摆动头，却张着嘴。直江趁此机会把唇贴上，紧紧搂住她，瞪眼看着她微有皱纹的眼角。

短暂的时间流逝了。

这时，夫人已积极地把自身投向直江的怀抱了。她松开握在手里的乳罩，乳罩掉到了两人脚下，夫人的两手已从直江的肩膀绕到后背去了。

丁零零，像虫子叫声般的电话铃响了。响了三次之后，直江放开夫人，说：

“失陪了！”

直江走到房间的一角，拿起电话。

“喂，喂！我是挂号室，直江医师不在那里吗？”

是值夜班护士的声音。

“现在花城纯子小姐到了。”

“知道啦，我就去。”

夫人站着一动不动，仍然用两臂捂着前胸和脸。

“患者来了，我走了。”

“再也……”

夫人从指缝间瞪眼瞧着直江从茶几上拿起湿毛巾，擦了一下嘴唇，紧了紧领带脖根部，甩下裸着上身的她扬长而去。

花城纯子在空无一人的候诊室边上站着。不知为什么，今天没人陪伴，是她一个人来的。

“大夫，您好，好久不见了。”

纯子摘掉墨镜上前问候。也许因为在昏暗处看的缘故，纯子出院时还略显微圆的两颊，现在更加尖瘦了，皮肤也显得灰暗。

“你一向可好？”

“是的，本想早到这里来，可总是抽不出时间，实在抱歉。”

两人朝妇产科的诊察室走去。

“好像还是那么忙啊？”

“感谢神灵保佑。”

“忙还得感谢神灵保佑吗？”

“可不是，我们这种工作要是不忙，可就糟啦。”

路过亮着灯的门诊诊疗室，走进妇产科诊疗室。打开墙上的开关，灯亮以后，诊疗器械和床都清晰地出现在眼前。

“好，这就看看吧。”

直江摘下挂在墙上的白大褂穿好，用灭菌水洗了手。

“那里有衣筐。”

纯子朝关着的门那里扫了一眼，然后脱下厚驼绒大衣。

值班护士还没来到，可能因为病房里有事，也可能不知道直江已经下楼来到了门诊室。

因为预先知道纯子今天要来，所以整套诊察器械都已消毒完毕。光是诊察一项，直江一个人就可操作。

纯子以习惯的动作登上诊察台，主动将脚搭上了脚台。一切就绪，直江就开始诊察。

夜间在一个密室里，一个女人敞开秘部，一个男人在细心查看，周围谁也没有。若在平时，真够称得上是个奇异光景，但白色窗帘和闪光的金属却对它衍变成了顺理成章的事。

“疼吗？”

“疼过两三次，像针扎一样，但很快就好了。”

“月经呢？”

“出院后第十天好像来了一次，但同以前不一样，极不明显。”

诊察完前部和肛门，直江把指套摘掉，离开诊察台。

“大夫……”纯子边从诊察台上下来边说，“今晚，您有空吗？”

“倒没有什么特别急的事。”

“那就请陪我一下。出院时，咱们不是说好，我要请您吃顿饭吗？”在遮帘后面，纯子一边穿上白花边裤衩一边说，“我只有今晚有时间，求求您。”

“那好吧。”

“我太高兴啦。”

直江洗完手脱了白大褂，把用过的器械放到了煮沸器里，然后翻开摆在桌上的病历卡，写上诊察结果。

“现在就能走吗？”

纯子穿好大衣，从遮帘后走了出来。穿上双排扣绣花大衣，她那细瘦的长脸被衣领遮得更窄小了。

“能走倒是能走，但我得到院部穿上大衣。”

“那么，我先上车等着您。”

直江应答着来到走廊，这时，护士川合友子跑了过来。

“天哪，已经诊察完了吗？”

“已经完了！”

“对不起，刚才被病房的患者叫了去……”

川合施礼道歉，并向身旁的花城纯子扫了一眼。直江并不理睬，上楼去了。

直江顺楼梯来到三楼院部门前时，律子夫人正站在门口。

“任性的人！”

“什么事？”

“丢下我不管就走啦。”

“有患者来了。”

“即使是患者来，也用不着那么风风火火地跑去嘛！”

也许因为接过吻变得大胆了，夫人轻轻抓过直江的手。

“嗯？诊察已经完了？”

“是完了，但我该回去啦。”

“你也太无情了。”

“无情？”

“就这么回家也太……”

夫人跟在直江身后走进医务部办公室。

“嗯？你到哪去？”

“回家。”

“真的？……是不是跟谁有约会？”

直江毫不理睬，穿好大衣。

“我要黏在你身后。”

“再见……”

“啊？下回什么时候相会。”

“不知道。”

“真讨厌！那怎么行，你得清楚说个日子，下周行不？”

“夜晚往我家打电话吧。”

“那就在周一，定下啦，你若是违约，我会强迫你的。”

“强迫……”

“是啊，我就发表冲击波似的告白。”

“你说什么？”

“公开宣布同您接吻了的事。”

直江再次看了一眼夫人，走出房间。

纯子领着直江去了六本木到乃木坂那条路上的“H”烤肉店。

吃烤肉并不是直江所希望的，因为纯子问他去不去那里，直江只是点头答应了而已。

烤肉店门面不大，却整洁舒适。若在旅馆的餐厅或是大点的饭馆，纯子会惹人注意，但在H就不太显眼，即使有人认出了她也没有盯住不放。

“您想喝点什么？”

“清酒。”

听了直江的回答，男侍觉得很奇怪。

“将冷酒倒在杯里就行。”

“吃烤肉，喝日本清酒对路吗？”

“没关系。”

“那么，我也喝清酒。”

男侍走后，纯子哧哧地笑了起来。

“在这种地方有喝日本清酒的吗？”

“不知道。”

“这里除了烤肉以外还有鲍鱼和虾，要点吗？”

“那就吃鲍鱼吧。”

饭桌前摆了一块铁板，厨师到这里来烤。两人把烤肉切开，并请厨师烤了鲍鱼。

“刚才去日本菜馆就好了。”

“不，有日本清酒在哪里都一样。”

纯子又笑了。

走出H店，顺着乃木坂坡道朝赤坂方向走下去，他们钻进了一幢大厦的地下酒吧。除了吧台之外，还有五个小包厢。酒吧虽小却铺着地毯，里面的装潢设备，一仿17世纪王朝样式。好像纯子也是这里的常客，酒保一眼就认出她来，马上跑来问好。两人坐在吧台的旁边。这店给人的感觉是深夜时生意才会兴盛，现在客人还未上来。

“我们两人都想喝日本清酒，这里有吗？”

“有的……”

这里的酒保似乎也感到奇怪。

纯子很有酒量。特别在今晚，也许日本酒味道好、对口味，她能大口大口地喝，跟直江的步调大体一致。今晚也许因为没有工作，可以宽松一下，所以喝了一小时左右便醉了。

“您看我的脸红吗？”

“有点。”

“别这样嘛，您还像个医生那样看着我，我在这里已经不是患者了。”

平时，纯子的皮肤没有活力，现在，眼眶周围泛起了红晕，非常艳丽。清秀的脸上好像逐渐恢复了她本来的妖艳劲儿。

“您喝多少也不醉吗？”

“不，醉的。”

“可您现在一点也没醉呀，酒都跑到哪儿去了呢？”

“好像被细菌吃掉了。”

“细菌？”纯子皱着眉望着直江说，“是真的？”

“好啦，不谈这些吧。”

“可是，在我住院时，常同智子谈论你，说你冷漠无情。”

智子是纯子的护理人。

“志村小姐真那么好？我全知道！”

“……”

“不过，我也挺好呀，怎么样？”

纯子带有挑逗性地挺起胸来给直江看。直江对这个小妖魔般的面孔回敬了一眼。

“你怎么还用那种冰冷的眼光看我呢？”

两个人互相对视了一阵子，纯子先输了。

“听我说，您现在想着什么？”

“……”

“想入非非了吧？我的那地方您全都知道了嘛，真不好办！”

纯子又把新倒进的酒咕嘟一口喝光。

“不过，当我一想到您用看我那地方的眼神看我的脸时，总觉得毛骨悚然。”

“这是什么意思？”

“本来就是如此，不是吗？当我想起我的一切被您这双眼睛全看过了时，就全豁出去了，爱怎的就怎的。对啦，就像被打了麻药睡过去时那样，飘飘忽忽舒服极啦！”

这时，直江把脸贴近她，低声说：

“你在用麻药吗？”

一瞬间，纯子像胆怯了似的往后撤身。

“为什么……”

“因为我是医生，当然知道。”

“不过，只是太累时，偶尔用一用。”

“我不是说这事的好与坏。我给你打一针？”

“您给我……”

“是的。”

“现在就。”

“当然，这就。”

“在哪里？”

“在我的公寓里。”

“为什么要给我打针？”

“因为我希望得到你。”

“真的……”

纯子应允着，身子像撒娇似的靠向了直江。

两人来到直江的住处时，已经是十点多钟了。也许因为一活动身体，酒劲上来了，纯子的脚步摇摇晃晃。

一走进房间，直江便把纯子抱起放到床上，让她仰卧并吻了她。纯子并没抵抗，好像理当如此似的接受了热吻。

直江终于松开了她。这时，纯子透了一口气，脱了大衣。

“嗯？你要给我打什么？”

“你已经很醉了。太强烈的不适宜。”

直江从写字台的抽屉里取出注射盒。

“可真不少啊！”

纯子身着鲜艳的花连衣裙躺在床上，偷看着直江手上的东西说。

“别让我感到疼啊。”

“稍微疼一点。”

“那我不干啦。”

“但是，舒服极了。”

直江把针尖向上，推出针管内的空气。

“嗯？你也打嘛。”

“待一会儿打。”

“你先打。”

“抬起胳膊来！”

纯子看着直江的脸，徐徐挽起袖子。

“不要紧吗？”

“放心吧！”

直江抓过纯子的白手腕，一下子把针头插了进去。

“哎呀，好疼……”不几秒，液体就被吸进了。

“这就能舒服吗？”

“当然。”

直江用同一针管把针剂瓶里的液体装进以后，向自己的左腕扎了进去。然后脱了衣服来到纯子身边。

“你这人也够坏的！”

纯子任凭直江给她解背上的扣子，说道。

“在医院里那么一副面孔，不知你想些什么？”

“衣钩怎么解不开？”

“不过，解开它是男人的义务。”

直江把她抱起来解开衣钩，将纯子的连衣裙、连裤袜统统拽掉了。

“在这跟志村小姐也幽会过吧？”

纯子光着下半身环视房间。直江不予搭理，进一步往下扒。

纯子偶尔也像抽风一样地反抗一下，但终于被全扒光了。

房间里只有暖气的低吟。

“我多么想让你睡一次啊！”

已经赤身露体的纯子停止抵抗，扑到了直江怀里。直江好像享受这种柔软的感触一样，把她紧紧搂在怀中。

“哎，好像起作用了。”

随着直江手指的动作，纯子娇小的身体慢慢扭动了。

“现在感到朦朦胧胧的了。”

纯子张开两臂，仿佛说：随你便，来吧！她仰卧在床上，全身像散了架似的，但性欲却是不断高涨。

好像觑准了时机，直江上床了。这时，纯子突然问道：

“我说大夫，您进入自己动过手术的地方是种什么心情？”

直江停止了动作，从上方盯视纯子。

“不觉得不正常吗？”

“并不……”

“我觉得很可笑。”

“是吗？”

“我说大夫，您为什么要干这种事呢？”

“没有值得说出的道理。”

“您太可怕啦！”

“……”

“好像不仅同我一个人玩。”

直江没理她，又进攻了，纯子加以迎合，闭上了眼睛。

“嗯？那地方不要紧吗？”

“……”

“再要那样可怎么办呢？”

“到那时，还由我来给你做手术。”

“你自己做吗？”

仿佛全身都在震颤，纯子的快感渐渐扩散开来。与其说那是现实的感触，倒不如说是一种连身体最深层都被暴露给这位男人所施暴的受虐感觉。

“不要紧吗？”

“不知道。”

“太可怕啦。”

纯子一边虚妄地呼喊，一边跌进无边无沿的旋涡之中。

第十六章

黎明，伦子被寒风的呼啸声所惊醒。她仍仰卧不动，缓缓环视周围。床左边的窗帘边端仍然昏暗。

打开枕边的台灯看表时，已经五点三十分了。若在夏天这时早就大亮了，可在十二月末的现在，太阳却还没出来。

寒风轻轻敲击着昏暗的窗户。枕头边放着一本昨晚临睡前看的书。那是本女作家写的关于爱情的书。本想用它催眠，可是越读越兴奋，反而不能入睡了。

她说爱情有种种形式，无私就是爱。

伦子一边读一边考虑起直江的事来。

近来，直江好像有点变了。如果问哪里变了，什么时候变的，自己又不能找到答案。若要勉强作答，那就是两颊凹陷，眼光锐利了。本来就是瘦长身体的他，消瘦以后就显得更高了。

然而，伦子真正感受到的不是形之于外的体态，而是从直江的溜肩与脊背上表现出来的凄凉感。直江从不言及孤寂，从不言及悲凉。然而，伦子却如此认为。

实际上，两人面对面时，直江仍然冷漠无情。不止冷漠无情，偶尔还表露出残酷无情来。上次奉院长夫人之命去探望他，竟被他强求了一次，昨天，突然又命令“来一趟！”去了之后又被他强夺了一次。帮他清扫完房间时，他却说“你走吧。”本来伦子想多待一会儿，但只好依照他的旨意离开了。

伦子对直江的变化无常的性格习以为常了。其他女性如何？

不得而知，但伦子总是顺从的。

伦子对这种情况并不怨恨。直江需要时，有求必应，认为碍事时便打发她回家，虽然对她简直像对任意摆弄的玩具一样，但她却百依百顺。不，说句老实话，伦子根本没考虑过直江的态度好与坏。一切都按照直江所说的去办，这便是伦子乐于此道的基点。

不过，她觉得直江一定为某事焦虑着。

直江从很久以前便给人以焦躁不安的感觉。有时他无端投来尖锐的眼光，有时在同他谈得起劲时，他突然拿起书来就看，有时抢先催问别人：你想说什么？当他皱眉、敲桌子、手指微微颤动时，就是他最焦虑的时候。

看到这情景，伦子就像只胆怯的小松鼠，却又想去探测直江的内心。经过一番努力，最后有时能猜中，有时也猜不中。猜错了时，直江并不呵斥，他或是背过脸去，或是说：“你走吧！”对此，伦子也习惯了。

然而，这种焦虑情绪近来日益严重。不仅能从面部表情看出来，而且从全身动作中也可察觉出来。伦子没有确切的依据说哪里怎么样了，但她的确就是这么感受的。就像常年在一处生活的妻子理解丈夫的心情那样。

究竟为什么呢？

昨天晚上，伦子放下书本以后，认真地考虑起来。

是因为医院里的事，还是因为自己本身的事，或许二者兼而有之，她都说不清。实际上，伦子同他虽有肉体关系，但对直江的内心世界却一无所知。如果可能，伦子当然很想知道。不过，即使问他，他也不会说出来。即使知道了又能怎样呢？伦子早已放弃了这种念头。当然，并不是自己主动放弃的。如果能够了解到，她还是希望知道的。像这样糊里糊涂随波逐流地混下去，不但令人担忧而且非常苦恼。

最近，伦子听到了直江同其他女性交往的传言。在医院里绝大多数人知道伦子同直江的关系，所以，伦子能听到的只是一般的、有分寸的一些片断。但有时，因为她是当事人，人们反而有意夸大其词。护士们中也有人在表面上假装对伦子隐瞒，实际上则故弄玄虚，有意让伦子苦恼而幸灾乐祸。

花城纯子来院诊察那夜，直江同纯子一起坐车外出了，这事次日就传进了伦子的耳朵里。有的人仿佛亲眼看到了似的说：他两人那天晚上就发生了关系！还有人说：他同花城纯子在住院时就很可疑，等等。

另外，也有人说，他同纯子出发前，曾跟院长夫人两人单独在会客室里；有人说，他同夫人以前就有过两人单独在一起的事，夫人对直江有好感，直江也并不完全拒绝；还有人说，直江有病那天，院长夫人硬是派伦子去探病，其实那是对伦子的恶意讥讽！

不仅如此，还有人说直江时常跟年轻女人逛街。那个女人好像是酒吧女侍，衣着华丽，把头发还染成了金黄色。

据办事员们说，院长女儿三树子也爱着直江，还说三树子透露出若是有直江医师那样的人她就准备结婚。于是，她们娘儿俩便对直江服服帖帖，直江也就巧妙地操纵着她们。

还有一些风传，说直江拥有众多女人。

伦子并非一一都信这些传言。尽管她认为这些均为无中生有，但心中也有种“或许……”之感。

她确实在直江房间里看到过女人遗落的耳环，在褥单上的发卡，也听过女人来的电话。传言虽不全真，但半数左右也许并非空穴来风。

伦子很苦恼。

她索性不想知道这种传言。但是，她也只能忍耐一时。当人们装腔作势谈论一些小道消息时，她又想听个究竟了。表面上她还装作同直江并无任何关系的样子，若无其事地去打听。女友们也装傻，悄悄地若无其事地把一些传言告诉她。

在虚假的亲切中，蕴藏着女人的妒忌。

昨晚寒风凛冽，快到三点钟伦子才睡着。伦子的房间只有一个小煤气炉，一旦断了火气，温度就立刻下降。

伦子的住室是在护士宿舍的三楼尽头。可取之处仅在于离医院近。木质结构的建筑，已损坏得相当严重了。据说在中目黑区建完了差额患者专门的豪华病房之后，才能将它改建为钢筋结构，但那是四五年后的事。那时，伦子还能待在这里吗？再过五年伦子就是快三十岁的人了。

这期间只要能同直江在一起就行，即使不能结婚，伦子也觉得满足。伦子并不奢望更高的幸福。

奇怪的是：直到如今，伦子也没想过同直江以夫妻的形式结合。毋宁说，结为夫妻之后，两人之间的关系会马上破裂。直江最讨厌的事是他去当平庸的丈夫，娶妻成家。这种想法本身固然不太正常，而伦子并不持异议。不知不觉中伦子竟被改造成为一个适应于直江的女人了。

为什么会变成这样子了呢？

伦子时常感觉自己变得不可思议了。自己究竟喜欢直江的什么地方？她无法回答。她只能回答：她不是针对哪一点，而是喜欢直江整个人。

直江的想法和行动有种看穿一切的准确性。猛一看既冷漠无情又自暴自弃，其实在他心灵深处，却有一种静静观察人生的温情。他既不像小桥那样幼稚的空想主义，也不像院长那样的利己主义，他是个对善对恶都能予以体谅的人。如果说他有不同寻常的地方，那就是稍稍有点孤僻感。

伦子一个人占据一套十六平方米的房间，其余则是两人一间。这一点她倒是很幸运的。住在宿舍里的正式护士另外仅有亚纪子，由于亚纪子同小桥两人的婚事已订，最近就要搬出宿舍。剩下的只是一些二十岁上下的准护士和见习护士了。其他年长的护士们或是结了婚或是有了情人，都租公寓住了。

伦子也曾一度想搬出宿舍。原因并不是她想过奢侈生活，而是可以自由地同直江会面，请他到自己家里，做些美味佳肴给他吃。护士宿舍的关门时间虽然不太严格，但深更半夜出出入入自己也觉得不好意思。虽然没有硬性规定，可伦子在这伙人中年龄最长，无形中已成为宿舍的负责人了。

两个月前，伦子曾向直江透露过“搬出宿舍另租房子”的意图。当时，并没希望直江给予资助，只是想探听一下直江的意见，以摸摸直江同她的亲昵程度。她的工薪虽不多，但租一间十二平方米的住房，还是能够做到的。

然而，直江只说：“决定下来，告诉我一声。”既不说好也不说坏。令人感觉他的意思是“你喜欢就行”。伦子等他回答，直江只字不提，于是，决定一半的搬出宿舍的打算也就告吹了。伦子从直感得知，直江并不希望伦子搬出宿舍另租公寓。其真意虽然无法知道，但伦子不愿做直江所不愿意的事。

与年轻护士们混在一起闷在宿舍里，总感到有些难为情，但不知何时起，伦子已习以为常了。

昨晚到底是几点钟睡着的，伦子没有准确的记忆。过两点时因为看过一次表还能记得，现在是五点三十分，也才睡了三个多钟头。即使如此，昏睡当中也曾听过风声，睡得不实。

以为快出太阳了，可窗户还很黑暗。

还有四天就是新年。提起新年来就使人激动，而伦子则认为再过四天今年就过去了，不禁又有些伤感。过了二十三岁之后又过了一个年头，她心中难免焦虑。与先时那种能与直江在一起就行的想法是一种彼此相互独立的存在。

直江现在干着什么呢?

伦子熄灭了床头的台灯。窗户隐约透出东方的亮光。看着窗际,伦子思虑起直江来。多想看到他啊,多想让直江搂一搂啊!

哪怕被他残酷虐待,被他折腾得头晕目眩也在所不惜。只要是直江让干的事什么都行。若是别的男人让她做她也许会作呕的事,但直江让她做就觉得可亲。

从什么时候起变成了这样子?伦子本人也对自己的变态感到惊惶失措,但同时也非常满足。

二十九日之前医院都正常上班。往后到新年的三天,共有五天假期。

今年新年,伦子决定在正月初一早晨出发,去探望住在新潟老家的母亲和兄嫂。这是有意同直江正月初一回札幌凑到一起的。

在札幌,好像直江的母亲同弟弟夫妇住在一起。他这个长子来到东京既不娶妻又不赡养母亲,真是太任性了。

不管怎么说,三十一日这天两个人又同时值夜班,对别人来说,除夕晚上,合家欢乐,共辞旧岁,谁也不愿意值班,可是,伦子却认为能同直江在一起就是幸福。

再说,从初一休息,可以晚些日子上班,即初七上班,到那时,火车也不再拥挤,这最好不过了。

一旦醒来,伦子再也睡不着了。可现在起床又为时太早。宿舍同医院只隔一条街,八点三十分上班,过七点起床也绰绰有余。

伦子慢慢扭过头,仰面躺着。

本来只在窗户一端透过来的白光,不知何时扩散到整个房间里来了。窗外,有玻璃瓶的轻轻碰撞声,远处有自行车的车闸响动,好像是送牛奶和送报的少年们开始工作了。

不知不觉伦子用右手摸了摸乳房。伦子的乳房不算大但很高挺紧实。

伦子从下方推着往上抚摸,她发现左边的比右边的乳房大了。

自从接受直江的爱抚以来，伦子的乳房逐渐长大，但并非两个一样大，而是左方稍大。虽然现在差异并不悬殊，如果进一步变化，也许在入浴时会被别人察觉到。

最近伦子觉得害羞起来，到宿舍澡堂或医院澡堂洗澡时，总找机会一个人去。

“听我说……”一个月前同直江幽会时，伦子小声恳求说，“别光摸这一边……那会偏坠的。”伦子闭上眼，不好意思承受直江的视线。

直江对比了一下，好像理解了似的从那以后有两三次爱抚了右方，但不知从何时起又专注于左方了。

是直江的癖好？还是自己多余的担心，伦子以后也就不再提起了。

现在，在手心里的乳房确实大小有别。

尽管有些害羞，既然是直江给她造成的，也就毫无办法了。

对于乳房的联想，自然也要联系起直江来。

直江肯定还在睡觉，自不待言，接着便联想起他的睡姿来。近来，伦子老是想象别的女人躺在他身边的情景。一想到这些，伦子便觉得头晕目眩、心中憋闷，拿在手里的活计也做不下去了。尽管她告诫自己不要去想那些无聊的事，可被这种想象所吸引而抑制不住。

窗外有送报少年跑过去的脚步声。

伦子好像要驱除幻想似的猛劲攥了一下乳房，在寒冷中跃身起床。

新的一天又开始了。

然而，这一天对于伦子来说并不会有多大变化。早晨，她跟着去查房，回到值班室时，再接受医嘱。当医师去门诊室以后，再根据医嘱配药、注射、采血化验。下午没有手术时就去查房，剩下的时间就叠纱布。

那天下午，412号病床的石仓由藏的铃声响起时，正值亚纪子和川合友子两人叠纱布。

“是石仓老人那里吧，我去一趟。”

伦子制止已经站起身来的友子，自己站了起来。这个病房，医生所负责的患者是固定的，但护士并没有特别分定。门诊护士除外，只要是负责病房的护士，空着手时，任何人都有义务去照料病人。因此，由藏并不专由伦子照料。然而，因为由藏的主治医师是直江，而且伦子在直江查房时准跟在后面，于是，由藏有事时，伦子去的时候自然要多。

来到病房时，由藏仰卧在床上，右手握着呼救铃的一端。

五分钟前，护理人到护士值班室来告知说要去买漂白布，三十分钟期间病房里没有人。

“什么事，老爷子？”

由藏一看到伦子的面庞就像放心了似的，他松开了呼救铃的一端，把手抬到脸上来。

“这……”

手一边抖动着一边徐徐向下指着下半身说。

“要尿尿？”

光是手势，伦子就能明白。尿瓶在床下用一块布片盖着。伦子把尿瓶拿在右手，用左手轻轻掀开由藏的毛毯。

“刚才不是尿过了吗？”

由藏左右摇晃着头。

由于长期卧床的缘故，由藏的裆间有种异味。这是汗味和尿味以及干巴了的死亡气味。

“那么，等一会儿！”

解开贴身汗衫前襟，把尿瓶塞进已失去营养的干瘪得像木乃伊样的两腿中间，位置确定后，伦子把由藏的那个装到尿瓶口里。

“好啦，可以尿啦，老爷子！”

停了一会儿，稀稀拉拉尿出了几滴，还没有五毫升。

“尿完啦？”

由藏点头。

“也没有多少啊，尿不多时要忍一点嘛！”

伦子说着，便想撤回尿瓶，就在这一瞬间，她的左手被抓住了。

伦子感觉到抓住她手腕的是只细瘦的干瘪的老人的手，可又不像是躺在身旁，裸露着下半身的由藏的手。

房间里只有两个人，由藏一伸手便可抓住她，但伦子有种奇妙的错觉。

“放开我！”

当她回身想把手撤回时，伦子才发现抓住她手的正是由藏的手。那是一只一敲即断的手，但却像爬山虎一样缠着她。

她欲抽回胳膊，可老人满是皱纹的手抓得更紧了，最后连他的上半身都拖带了起来。

“别这样，放开我！”

见了这只伸过来的“爬山虎”，伦子想起了爬虫类的皮肤。

“救人哪！”

她奋起全身之力把伸过来的手甩开，瞬间，由藏像棵被从根砍断了的枯树一样，扑通一声，头落到了枕头上。

由于力的反作用，伦子仰面朝后，一直退到病房门前。

“哎呀，天哪……”

伦子倚在门上，瞪眼看着由藏。由藏把小脑袋埋在枕头里，床边上耷拉着刚才抓伦子的手。再也看不出这就是刚才蛇一样的死死抓住她胳膊的手，它又细又苍白，就像一节枯枝摆在那里。

“不要紧吗？”

伦子悄悄喊了一声，由藏闭着眼，微微张着嘴。

“老爷子！”

用手搭在他肩上摇动了一下。于是，由藏的嘴上下轻轻动了动。确认他没事之后，伦子放下心来，把尿瓶从腿间拿了出来，为他盖好毛毯。

“不要紧吧？”

由藏什么也不回答。但肯定还活着。

伦子的后背上有股凉气，仿佛被蛇缠过一样的恶寒还留在身上。她打算尽早离开这里，便将由藏伸到外面来的胳膊塞到毛毯之下，想一走了之。

这时，伦子发现由藏的眼窝闪着亮光。他闭着眼怎会这样呢？

伦子再度观察他。

从闭紧的眼睑间渗出了白色水珠。是眼泪溢到外面，不多时集聚多了，又缓缓流向两颊。

“老爷子！”

在淡淡的冬日阳光映照下，由藏的颧骨显得特别高，使周围形成了一片阴影。

伦子觉得很奇怪。这是什么泪呢？是被斥责后的悲哀吗？是被挣脱胳膊的怨恨吗？是被甩到床上感到窝囊吗？伦子觉得自己做了一件坏事，做了一件不该做的事。本来，坏事的起因是由藏，但现在立场逆转了。

伦子拿起只有那么一点点，刚能盖过底的尿瓶。轻轻施了一礼，放轻脚步退出病房。

回到护士值班室时，护士长来了。她从架子上取出两三份病历。

也许因为护士长在场的缘故，亚纪子和友子两人的饶舌也暂停下来，只管叠纱布。

“什么事？”

“没什么……”

对于亚纪子的问话，伦子支吾搪塞过去，坐到了两人中间。中央的盆子里刚刚洗过的纱布堆得像山一样，她们要把它一枚一枚地展开拉平，然后叠成四方形放进消毒器里，以便再用。使用一次就把纱布扔掉，医院经营就会陷入困境。

伦子用手向上拢了一下头发，伸手去拿纱布时，亚纪子说：

“哎呀，你怎么啦？手背出了血！”

经她这么一说，伦子看了看自己的手。从手腕到手背上有条带状红色血痕。因为伦子的皮肤很白，手背上最易留下痕迹。

“被什么划着了吧？”

“嗯，稍稍……”

难道她们能看出那是指甲的划痕？伦子心慌了，但感到若把伸出去的手再缩回也是荒唐的。不得已，伦子换了另一只手拿纱布。

“不疼吗？”

“没事！”

三人仍旧默默无声地做着手中的活计。

他从哪儿来的那股劲儿呢？

伦子一边看着红色伤痕一边担心起倒下去的由藏。

“志村小姐！”

护士长叫。

“到！”

伦子拿着纱布抬起头来。

“你来一下！”

护士长拿着三四份病历走出值班室。究竟是什么事呢？伦子离开两人来到走廊里。

“有几句话要说，能到更衣室来一趟吗？”

更衣室在三楼杂品库的隔壁。室内摆着各人的衣柜，再往里摆着沙发和一面大立镜。天花板上扯着铁丝，上面挂着袜子、白大褂的腰带等小杂物。

护士长先走进去，弄清屋里再没有别人时，便关好了门。这是护士长说她个人秘密话时常用的手法。

“什么事？”

伦子慢吞吞地坐在护士长身旁。

“是关于注射的事。”护士长把夹在腋下的病历放在膝上，拿出一张表。那上面写着石仓由藏的名字。

“给石仓老人时常使用麻药吧？写的是：‘本人诉说：背部痛。给予奥匹斯丹制剂一A’，这倒可以。”护士长把病历拿出来让伦子也能看得到。

“这一周，昨天和三天前的周一，隔一天一次，那老爷子最近那么痛吗？”

“夜间常常喊痛。”

“夜间喊痛的事我倒听说过。不过，平常不用麻药，只用镇痛剂也能止痛。例如：前天是诺布伦镇痛剂，往前是维他命，没有使用过麻药。”

护士长一张一张地翻阅病历。

“可是，一到你的班就准打麻药。”

伦子大体上明白护士长想要说的话了。

“还有，这药方都是直江医师开的。”

“那么，您的意思是要怎么办呢？”

“并不是要怎么办，只是我认为用得过度。”

“这种事我管不着，请直接去问直江医师吧？”

“当然我要去问，不过，想事先向你了解一下。”

在病历上之所以由伦子来记载麻药使用情况，是因为直江和伦子在值班时总是编到一起的。而且，在白天注射麻药时，直江也固定让伦子去做。然而，一到夜间，不知为什么，直江总是说“我去打”，就自己去了。这对不十分愿意接触患者的直江，也算稀罕事。

大约两个月前，伦子察觉了这件事。第一次时，伦子慌忙起身说“我去”，可直江说“麻药本该由医生去打”，硬是走出值班室，伦子从后面跟了出去。直江说：“打针时不必每次都跟来！”硬是把伦子赶了回来。

伦子现在回想一下，认为直江从那时起是不是就时常使用麻药了？表面装作是给患者使用，也许把它的一部分留给了自己。

到直江住处时，曾看见麻药针剂瓶，伦子也想过：“会不会……”况且，说是感冒却打了麻药，岂不怪异。这样看来，那些药剂是直江趁那些机会从医院扣下来的。

“这些患者也是如此。”

护士长又拿起另一份病历，是一个五十二岁的再生不良性贫血患者。

“虽然没像石仓老人那么频繁使用，但也是直江医师开的处方。”对这个患者也是在伦子值班之夜，直江一个人去打针的。

“我问过小桥医师，他说这人比石仓老人痛得轻。”

这些话是出自小桥医师之口吗？如果是，那可就糟透了。因为护士长不像护士那样可以轻易蒙骗过去。伦子觉得直江已被步步紧逼，走向无形的罗网里了。

“直江医师是不是很喜欢打麻药？”

护士长盯着伦子问。

护士长究竟能知道多少呢？

伦子被护士长盯着，心里在想。如果说漏了，就会要直江的性命。

“是不是禁止用麻药？”

“上次来检查麻药使用情况时，主管部门说咱医院使用得过多，应当注意，所以，我一直很注意。”

最终是护士长发现了异常。伦子觉得必须尽早把这事告诉直江。

“我以为问一问你，可以了解出一些使用情况来。”

“很对不起……”

老实说，伦子知道直江使用麻药，但她也只是前几天奉院长夫人之命去探望直江时初次看到的。那时刚刚知道，也没法询问以前是否用过，是否经常使用等等。

直江对患者使用麻药比较频繁是从大约两个月前开始的。如果说他本人也使用，顶多是从那一阵子开始的。再说，同直江一起值班时，整晚也没发现他因犯瘾而痛苦，也没见他打过。即使他用上一点，也谈不上成瘾——伦子自我安慰道，但心里仍然不踏实。

“那么，现在已发生了什么问题？”

“照目前的情况看，没有更大的问题。不过最好尽量不用。第一，像那样虚弱的老爷子这么打麻药，无异于加速他的死亡。”

伦子也曾这么想过。从这点看来，护士长也许还没察觉直江打麻药的事。

“总之，希望你也能协助劝告他一下。”

“是。”

“还有，这件事我只是对你一个人说的，注意别对其他人说。”

“这我明白。”

护士长眼看伦子点头应允之后，才满意地走出更衣室。

四点钟，伦子从三楼的值班室来到门诊室。下午没有手术时，直江在门诊室或在院部。

因为下午患者不大来，所以直江和小桥两人都等在门诊室里没有必要。如果有必要诊察住院患者时，他俩便轮换到门诊室，而其他时间多是小桥待在门诊室。

伦子到院部看了看，直江不在那里。她想也许在门诊室，便走下楼来。

在医院里同直江两人单独交谈是非常困难的，但要借口谈患者的事就不那么显眼了。刚才，那个因震颤症住院的患者说腰痛得厉害，伦子立刻抓住这个好时机赶到门诊室。

一点不错，直江在门诊室里。一个人，小桥不在。直江把他的长腿架在患者看病时坐的圆椅子上看着书。在旁边陪伴他的是护士中西明子。她无事可做，脸朝窗户摆弄着头发。这时正是门诊室最清闲的时候。

“大夫……”

伦子走进来了，直江将目光从书本上抬起。

“403号的川崎先生说头痛得厉害。”

“是吗？”直江好像在想什么，眼珠朝上看了一下，问，“不发烧吧？”

“不发烧。”

“今天先给他六片奥派林，然后，让他去照腰部X光片，诊察需在材料齐全后才行，明天再诊断吧。”

“奥派林六片。”

伦子拿起直江旁边的处方笺，写上药名和数量。其实，她不当场记录也不至于忘记，只是想利用这个时间问一问今晚能不能相会？

中西护士好像已经觉察到伦子的心情，仍旧看着窗外，装作什么也不知道。伦子看准时机马上在处方笺背面写上——今晚能会面吗——几个字递到直江眼前，瞬间直江的视线落到纸片上，他一把抓过揉成团丢到痰盂里说：

“不行！”

直江的声音惹得朝窗外看的明子转过身来。

刹那间的机会失掉了。

伦子无奈，只好说：“好吧，我去送药。”立刻把话题转到患者身上，然后走出门诊室。

当她刚要推开门向外走时，律子夫人尖声笑着从外拉开门走了进来。

夫人看见伦子在这里，顿时一愣，但又立刻恢复笑容说：

“大夫，洗出来啦！”

律子夫人身后，X光技师泽田正捧着一个大搪瓷盘，水里漂着胶片。

“让您看我的骨头，多不好意思。”

夫人虽然这么说，但并没显现出她害羞的神色。泽田朝写字台的荧光板上把刚刚冲洗完了的夫人的腰部X光片胶片甩掉水贴好。

一直呆呆站着的中西和将要回转的伦子都像被它所吸引了似的围上了荧光板。

“怎么样？”

夫人的声音有些娇媚。她的手虽然没有触及胶片，可前额几乎碰到了凝视着荧光板的直江的脸上。

看了这些，伦子的头就发热了。如果情况允许，她真想把夫人撵出去。

从两个相连结的圆形构成的半圆中间，像积木一样堆积着五六个骨节。而每个骨节又像触角一样向左右延伸。这个半圆形便是骨盆，在那上面堆积着的便是腰椎，伦子有这些常识。

直江看完骨片的正面像后又看了侧面像。骨盆周围有一排钥匙形白色阴影。

“哎呀，这是什么呀？”

“您穿着紧身胸衣照的，那是按扣。”

“哎呀呀，到底现了原形！”

夫人不顾伦子在场，欢快地大笑。

“啊？大夫，怎么样啊？”

瞧她那个浪样儿！前天晚上肯定出了点什么事？伦子心里波涛起伏，但直江表情上毫无变化。

“哪里也没有病，是副漂亮的骨架。”

“是吗？那可太好啦。”

夫人像少女一样，在胸前拍着手并环视周围的人。

“若是骨病的话，那可怎么办呢？”

“这么漂亮的骨头没问题。”

直江说完，仍然目不转睛地盯着荧光板。伦子一边看着从荧光板里反射出来的直江的侧面像，一边回忆在直江房里看过的X光片。

第十七章

石仓由藏开始发高烧，是他像爬山虎一样纠缠伦子的次日。

由藏从前就有37.2℃或37.3℃的低烧，既不是喉咙发炎，又不是感冒，而是由于癌症晚期出现的恶液质的缘故。他的癌现在不仅在胃里，而且从肝脏到腹膜扩散到了全身。癌的扩散使整个身体的平衡遭到破坏，从而引起了高热。如果不能从根本上治愈癌症，那么高烧也不会消退。

尽管伦子懂得这一道理，但当高烧出现时她却慌张了。体温记录板上记录着昨夜是38.1℃，而今早六点钟的则是38.5℃了。

由藏的体温以前也曾超过38℃两三次。癌扩散时，必然会产生高热。现在就是如此。想到这儿，伦子担心起昨天的事来。

是不是因为我恶狠狠地甩开了他的手造成的？

那有什么办法呢？他说要尿尿，给他准备好了又尿不出来，却突然抓住了我的手。这种事太卑劣了。虽然身为护士，但也不至于非做那种事不可呀，拒绝他是理所当然的。他倒下去是因为他缠住我不放。我说：“不行！”可他却那么固执。这些都是事实，我敢向神灵起誓。

然而，伦子仍然安静不下来。

“石仓老爷子发着高烧。”

早晨查房前，伦子悄悄把温度板递给直江。

直江默默地看了看，问：“是从昨晚开始的？”然后站起身来。

由藏病房今早由大儿媳护理。

“有点高烧啊。”

“昨晚一整夜哼叫不止，后来请值班医师给打了两次针……”

直江一边听着大儿媳妇的述说，一边看由藏的眼睛和舌头，用听诊器听胸。由于高烧，由藏的脸通红，呼吸音中伴有水泡音，有肺炎症状。

“昨天，他干什么了吗？”

“没干什么，一直倒在床上没有动。”

大儿媳妇表情严肃地回答说。

“老爷子，难受吗？”直江凑到他耳根近前说，“要挺着点！”

由藏晃了晃烧红了的脸应答。

伦子觉得好像自己被谴责了似的，昨天的事除了她和由藏以外谁也不知道。由藏关于这些事什么也没说，实际上，对别人也说不出口。想到这儿，伦子觉得对不起这个忍受高烧煎熬的由藏。

“给他注射一支美其龙解热剂，然后吸氧气。”

直江命令完伦子，随后又向由藏说：

“一会儿你就会舒服的。”

正如直江说的那样，热度一时降了下来，由藏鼻孔里插着氧气管安稳地睡着了。然而，这只是权宜之计，到了傍晚又是老样子，再次超过了38℃。

下午四点，直江刚做完胃溃疡手术，在院部里还没来得及脱掉手术衣时，伦子来报告说由藏又发高烧。

“是吗？”直江仰面躺在沙发上，眼睛看着烟雾问，“呼吸怎样？”

“稍快。”

直江再点点头，自言自语地说：

“也许他要死啦。”

“老爷子到底好不了啦？”

“也就是这两三天的事。”

“可三天后是新年。”

直江收拢嘴唇，吐了一口烟说：

“再给他打一针美其龙解热剂。”

“这……”

“什么？”

“不，没什么……”

伦子想把昨天的事和盘托出，但目前还是没有那种勇气，只好低着头走出医务部。

在值班室往针管里装好了药液，伦子便到由藏的病房去了。

“给您打针啦。”护理人由儿媳换成了长子。“打在肩上吧。”伦子给他掀开毛毯，扒开睡衣肩口，将针头插进了肩部。也许他已经不怎么感到疼痛了，脸上没有任何表情。打完针以后，长子说：

“我想给家里打个电话，请替我暂时护理一下。”因为大夫告诉说：他的病情也许会发生骤变，所以，护理人一时也不能离开病房。

“我工作太忙，虽然很担心老人，但那边又离不开……”长子好像很抱歉似的做了一番辩解，匆忙跑出病房。

门关上后，他跑走的脚步声也渐渐消失，伦子才发现病房里只剩下她和由藏二人了。除了隔门能听到顺着走廊来往行人的走动声以外，房间里没有任何动静。只有脱出水面的氧气气泡声有规律地响着。

由藏的右鼻孔里插着氧气吸管，左臂上系着输液管，仿佛被两条管子捆住了似的仰面向上，闭着眼一动不动。

走廊里又传来人跑过去的脚步声。

伦子突然产生了一种想为由藏做点什么的冲动。它不是被谁所强制，也不是受到老人的要求，而是伦子心中油然迸发出来的愿望。

“老爷子！”

伦子呼叫时，由藏慢慢睁开了眼。这双已经泛白的眼里有一对茶色的瞳孔，那里面映照着伦子的面容。

伦子产生了一种幻觉，仿佛她从很早以前便跟由藏是“老相好”。

“我给你摸一下吧！”

伦子说道，但并没考虑她将要做的究竟是什么事。手和心已经分离，她的心随着手的动作而动。

掀开被单一端，伦子把她娇小的手徐徐伸向由藏的两腿间。被窝里散发出老人全身的热气和潮气。伦子的手开始摆弄起来。

刚触摸时，伦子为它的软弱而惊慌失措。这完全是个距离男子汉象征有十万八千里远的无限柔软的废物。

惊疑的神色扩展在由藏的眼里。

现在，伦子认为把它弄大是自己的任务。让它长大、凶猛是自己的唯一使命。她相信三个月来，护理由藏，关心由藏，都是为了今天的这次行动。

伦子的纤细手指握住了它，此时好像得到了勇气，手指也更加有劲儿了。

由藏把眼睁得老大盯着伦子。被凝视着的伦子的长条脸像被夕阳映照着一样泛起红晕。她轻咬嘴唇、微闭双眸的面容，仿佛忍受着什么。伦子是认真的，她一刻不停地延续着动作，倘若停下来，将会前功尽弃。

在这柔软和颓萎的物体之中，尚存有它微弱的生机。那不被人们所注意的力量凝成了中心，造就为一种坚硬物。

也许是段较长的时间，也许只是一瞬间，伦子的服务总算渐渐取得了成果。她的手里确有一个硬物。无疑，这正是由藏竭尽残余的所有力量所产生出来的。

“老爷子！”

已经跑起来的动作，再也无法停止。只有快跑、奔驰、不达目的誓不罢休。现在伦子和由藏已经拧成一股绳朝终点奋勇前进了。伦子此时已完全忘了自己全身汗水淋漓，以及手腕像断了一样的疲劳感。

“哦——”

数分钟后，由藏像野兽一样大吼一声，脑袋往后仰去。他的脸微微颤动，反复喘着粗气。好像珍惜这一瞬间的快感似的不断颤抖着喉结，吞没了语声。

霎时间，由藏下身的那个物体又急速消萎，恢复到了它原来的无限绵软和温柔。

由藏仍然继续他微弱的呼吸，平时，他因痛苦而呼吸急促，现在是种完事以后的安闲呼吸。

伦子轻轻从被单下抽出手来，在缺少阳光而发暗的病房里，伦子的手指放着光，滑腻腻的感觉留在手上。这些微量的物体，就是由藏从全身里压缩出来的所有精华。

伦子到水龙头前把手洗净，再从白衣兜中取出手帕把手擦干。

水是清凉的，伦子指关节的疲劳随着自来水冲洗殆尽。伦子看着用手帕擦干的自己的白手，细想了一下刚刚做过的动作——这种力量是从哪里来的？连伦子自己也难以理解。她把只有两三天余命的因高烧烧得软绵绵的废物，摆弄得硬邦邦的，而且满足了患者愿望。虽然只是一瞬间，但能做出这种事来连她自己也感到不可思议。

“老爷子！”

伦子悄悄靠近由藏，在他的脸前耳语说。由藏那烧红了的脸如今更加红润，反复喘着粗气。

“请原谅！”伦子觉得自己同由藏从很早以前便是“老相识”，做这种事是命中注定，也是无法改变的。做之前，曾感到那么羞臊，光是想一想都会不寒而栗，而现在则觉得是分内应做的、极其自然的事。

门外传来了脚步声，是穿着拖鞋跑来的，好像是长子的脚步声。伦子又看了一次由藏的脸庞。

由藏那带有眼眵的眼睑里流出了热泪。

“谢……谢……你。”

由藏喘着粗气断断续续地说。

从被单底下，由藏那只还听使唤的右手徐徐伸了过来。满是皱纹的瘦手画了一个大圈，然后缩回来在脸前停下了。虽是一只手，仍以合十致谢的手势，单掌竖到鼻子前。

“老爷子！”

伦子重新握住他的手时，门开了。长子返回来了。

“太对不起啦，挂了好几处电话，终于……”

长子施礼致谢，来到老人身旁。

“不客气……”

伦子又看了一眼由藏，然后把由藏露在外边的手放回被单里面，走出了病房。

当天傍晚六点多钟，由藏的体温超过了39℃，陷入呼吸困难状态。

那天晚上的值班医师是小桥，当他做完晚间巡诊以后便把长子叫来，告诉他老人并发了肺炎，已是病危状态，要连夜通知家属和亲戚们。伦子当夜并不值班，她主动找值班的川合调换了一下，值了夜班。

由藏失去知觉是在次日天刚亮的五点钟，给他注射了强心剂，输液，上午七点钟，忽然力尽气绝。

他最痛苦的时候是失去知觉前的二三十分钟，尔后，像从痛苦中挣脱出去了似的昏睡不醒，断气的瞬间也像在不知不觉中一样，安详而平静。

直江那天仍是过了十点钟才上班，他从护士长口中得知由藏已经去世了。

“尸体清洗后交给了家属，因为过新年火葬场也要休息，所以，今晚彻夜守灵，明天早上九点出殡。”

“是吗？”

直江毫无表情，只是点点头，然后在“石仓由藏”的病历“转归”栏里用红笔写上了“死亡”两字。

第十八章

从十二月三十一日清晨便稀稀落落地下起了雪，中午渐止，下午又开始转为雨夹雪了。

医院停诊，但因这里被指定为急救医院，所以傍晚之前来了五名患者。其中三人是感冒，一人因交通事故撞伤了腿，一人是头部震颤症。病情都不重，拿了药打了针以后就都回去了。

八点做晚间巡诊时，雨雪已停，月亮出来了。因为处于大陆冷高气压圈内，天空虽然晴朗，但是寒气反而更厉害了。

住院患者中的大多数人都暂时回家过年了，剩下的人不是无家可归便是病情严重。

医院现在只有常时三分之一的病人。晚间，院方给他们做了简单的拼盘和除夕荞麦面条。他们各自端着自己的套餐同对面屋或邻室的病友们凑到一块吃了起来。

九点钟，伦子到各病房去熄灯，发现患者们挤到一处睡着，有几个病房里根本没人。

两天前，石仓由藏住过的病房一直没有点灯。他近处的病房里虽然有人，但路过这间无人病房时，就连当护士的伦子也感到瘆得慌。

月光把床垫子照得白刷刷的。由藏死后，尸体搬走，撤掉被褥时，垫子上留有由藏腰部压下去的凹坑，以及如地图一样的汗迹和尿迹。

伦子从门缝中看见那张白床垫，不由得回想起了由藏临死前的面容。

她三步并作两步急忙走过去，过了走廊的拐角，跑下楼梯。从六楼依次熄灯，到三楼就全熄掉了。

伦子来到二楼时，朝走廊左端瞟了一眼。那边是医务部。

医务部点着灯，肯定是直江不去值班室而在那里待着。现在去值班室虽不合适，但去医务部却无问题。再说，今天一起值班的护士是那个反应迟钝的宇野薰，对她说熄灯后向医师报告患者情况也可糊弄过去。

伦子在院部门前犹豫片刻，然后狠了狠心敲了院部的门。

“请进！”

里面传来的声音果然是直江的。伦子走进去，背朝他关好门，然后转过身来。

“我刚去熄灯回来。”

“是吗？”

直江把看着的书放到沙发旁，从白大褂中掏出烟卷来。

“我给您泡杯茶吧？”

“不，不必啦。”

茶几上照例放着一升酒瓶和盛着半杯冷酒的酒杯。

“刚才从石仓老人的病房前走过来，好害怕噢！”

直江把烟卷点着火，吸了一口之后看着伦子说：

“不在这坐一会儿吗？”

“啊？”

伦子反问道。在医院里直江用这种语言对她说话还是第一次。

直江匆匆把散落在沙发上的报纸归拢好。伦子把茶几上的烟灰缸洗净、擦好，慢慢坐到直江旁边。

“喝酒吗？”

“我在上班。”

“无所谓，今天是除夕嘛！”

直江毫不在乎把自己刚才用过的酒杯递给伦子，并倒满了酒。

伦子轻轻沾唇以后又放回茶几上。

“明天您要去札幌？”

“嗯。”

“什么时候回来？”

“两三天就回来。”

“那么快就……”

伦子想：那样的话，是不是我也要早点从新潟回来呢？

“待多少天都是一回事。”

“札幌那里这时候雪积得老厚了吧？”

直江没有回答。伦子拿起刚沾唇的那个酒杯。她想象了一下在雪中行走的直江的身姿。

这时，直江像突然想起了什么似的低声自语道：

“咱们一同去北海道吧！”

“……”

“我说咱们一同去北海道吧！”

“真的吗？”伦子有点不信，看着直江问，“真的领我去吗？”

“北海道现在到处是雪。”

“我知道。”

不管雪下多大，也不管天气多冷，只要能跟直江在一起，上哪去都愿意。

“明天你不是回新潟去吗？”

“不回去也行。”

“你母亲等着你吧？”

“跟母亲什么时候都能见面。”

直江不声不响地把杯中酒喝干。跟母亲什么时候都能见面，是什么意思？难道说跟直江就见不着了吗？伦子说完之后，自己也觉得刚才的说法欠妥。

“那么，明天走？”

“明天吗？”

我可真是个急性子，也许是个变化无常的性格，心想假如失掉了这个机会，也许以后就没有时间同直江一起去北海道了。

“不过，您是回母亲那里去，对吧？”

“不，我住旅馆。”

“在札幌您不是有家吗？”

“看母亲用一天就够了。”

“我若去不会给您造成麻烦吧？”

“我去看望母亲时，你待在旅馆里就行。”

“好。”

不论是同直江旅行，还是去北海道都是第一次。由于意想不到的喜悦，伦子的脸上泛起了红晕。

“明天几点钟出发？”

“下午三点的航班，连你的座位我也在今晚一起用电话预约吧。”

“旅馆有空房吗？”

“正月嘛，市内总会找到的。”

“真带我去？”

伦子重复叮问了一次。

“真的。”

“我太高兴啦！”

伦子朝窗外的天空望去。幸福，确实马上就要来临。侧耳静听，它的脚步声正悄然传来。倘若不紧紧抓住它，它就会变成一时的梦而消失。现在那念头正在冒起，不，也许正在消除。

“你在想什么？”

“没想什么。”

伦子莞尔一笑，把脸偎依在直江肩上。

“在屋里虽然暖和，出门还是要穿厚大衣的。”

“要穿高筒靴？”

“短筒靴就可以了。”

伦子只有在东京穿的薄料大衣，短筒靴可在札幌买，旅行用手提包也是老式样的。外出用的冬季上衣和裙子想做也没做。新年期间虽说要回新潟探亲，但也没必要特别修饰打扮。不过，上北海道可就不行了。既然早有领我去的打算，何不早说，也好有个准备，这么急急忙忙地哪能来得及。

然而，伦子并没有因为这事太突然而埋怨。直江说的事总是这么突然，不到万不得已他不说。其实，也不是事先做好了计划忘说了的，而是临时想到才说出来的。在工作岗位上倒也罢了，对于伦子个人他也经常这样。不知不觉中伦子对此早已习以为常了。

她既不觉得惋惜也不觉得烦恼。

也许伦子就是这种听从男人任意摆布型的女人。

“白雪皑皑的札幌一定很美。”

伦子想象着白雪中的宁静街道。不论是楼房、道路、树木都被大雪覆盖着。顺着那样的街道同直江并肩而行，这个梦明天就要实现，伦子觉得自己无限幸福。

“好宁静啊！”直江把酒杯里的酒又喝光了说，“一点也不像除夕之夜。”

远处传来电视机播出的歌声。今天是除夕之夜，留在医院里的病人们可能正聚在一起观看电视节目。

“今年又结束了。”

“是啊，结束了。”

直江把“结束了”说得非常重。伦子被他的声音所震动，抬起了头。

直江的眼里微微浮着笑意，真是好久不曾看到直江这种温柔的笑脸了。

当笑着时离去，梦幻不会消失。伦子看着直江的面庞，站起身来说：

“我走啦。”

“嗯。”

“我去拿点水果来吗？”

“不，我马上去值班室，不必啦。”

“那么，晚安！”

看到直江颔首，伦子才关好院部的门。

元旦那天是个晴天丽日。医院前的大街上挤满了参拜神社、互拜新年的人们，十分喧闹。姑娘们几乎全是长袖和服。原来寂静的街道充满了新年气息。

医院在平时分昼夜两班，到了新年休假时则是二十四小时工作制，一天一个班。工作时间虽长，但患者少。二十四小时连续一班，以后可以充分补休，由于护士们希望这样，所以就这样定下了。

三十一日过后的一月一日交班时间是在上午九点钟。

元旦的值班大夫是小桥，护士是亚纪子和中西明子。

伦子向亚纪子等人交接完毕，正要换衣服回宿舍而来到衣柜前面时，小桥从走廊里慌慌张张跑来说：

“直江医师在哪儿？”

“我想是在值班室里，今早还没见到他。”

“是吗？不知他现在起来没有？”

“他每天起得晚，也许还睡着。”

“直江医师从今天起休息，到七日才来上班，对吧？”

“是的。”

“那可糟啦。”

“出了什么事。”

“我有三天没上班了，今天来到一看，接到了这么个通知。”

小桥把年初年末休假的一半放在年前休了。

“说对上野先生的输血从明年起不予报销了。”

“上野先生的？”

小桥点了点头，打开手中的信函。

上野幸吉因再生不良性贫血住院已经两个月了。一天夜里他在涩谷附近病倒，被当作急救患者送到医院来，由值班的小桥诊断，让他住了院。尚未来得及判明身份，就暂时把他送进了每日差额一千日元的三等病房。然而，等到后来弄清是医疗救济户患者时，院长埋怨说：为什么把这种患者送进那么高价的病房里？小桥说：因为病重只得如此，于是两人之间发生了争执。

开始时，其临床表现为高烧和贫血，病名弄不清。一周以后，根据直江医师的化验和分析才查明是再生不良性贫血。对于这种疾病最为有效的治疗方法只有输血。上野在今天仍以每天输血四百毫升维持着。这样只能拖长病期，不是根本性治疗方法，无法避免一天天衰弱下去的趋势。尽管如此，只要维持输血，病情就不会急速恶化。

上野由一位同龄老伴千代夫人护理着，但她也患风湿性关节炎，正在接受治疗。

“从明年起不予报销是什么意思？”

“过了年，从今天起。”

“哎呀，今天早晨的定量已经输完了。”

“今后，医疗救济不再予以报销了，让其自费。”

“自费？他们……”

上野夫妇两人都没工作，即使愿意工作也干不动。其收入也只是每月从区政府领到的生活补贴两万多日元。用这钱是支付不起每一百毫升八百日元的血液费的。这样下去，一天四百毫升就得三千二百日元，一个月的输血费就要超过九万日元。

“他们怎么能付起这么多钱哪？”

“就是把他家卖了也没有钱啊。”

小桥愤愤地拍着信函说。

“可是，区政府为什么下这份通知呢？”

“我也弄不清。”

“是不是搞错了？”

“没有搞错。这么郑重其事地用公函通知哪能错。”

小桥递过来的信件确实是公文，上面明确写着从新年起停止报销。

“也许因为医疗救济预算没钱啦？”

“尽管说没有预算了，可他若是停止了输血，就得死啊。”

“是的，就等于强迫他死。”

“那可怎么办呢？”

“不明白官老爷的意图。”

“再问一次看看嘛。”

“我倒是想问，可现在是新年啊。”

“噢，他们休息。”

伦子这才想起今天是元旦。

“只好等到四日了。”

“那么，这段时间怎么办呢？”

“我出钱，即使我自己拿钱，也给他输血！”

小桥挺起胸脯说。伦子认为小桥医师年轻单纯，但也觉得有些不安。

“还是同直江医师商量以后再说吧。”

“倒是应当这么办，不过……”

小桥想让伦子去把他叫醒。

“打个电话就行，也许他已经起来了。”

伦子轻施一礼，逃似的朝楼梯那面跑去。

接到小桥的电话，直江来到值班室时已是十点钟了。也就是在接到电话后的十分钟。因为下了夜班，他也未着白大褂，只在毛衣外面套了件西服，头发乱蓬蓬的。他轻轻打着哈欠，脸色晦暗，睡眼惺忪。昨晚十点稍过他便回值班室去了，为什么还是这么一副睡不醒的面容？也许是深夜没睡着的缘故吧。

“新年好！”

小桥、亚纪子、中西等人互致新年问候。直江仿佛这才意识到今天是元旦似的，也向大家问了好。对于直江来说，也许新年毫无意义。

“您正睡着，把您吵醒，实在抱歉。”

“哪里，反正我也该起来啦。”

“听说今天您要回北海道去？”

“是的。”

直江轻轻伸了个懒腰，从西服兜里掏出烟卷来。

“是这么回事：关于上野先生的病，今天早晨一上班看到了这封公函。”

小桥又把给伦子看过的信函拿了出来。直江手里夹着烟卷翻看起公函来。他的细长手指在朝阳照射下像透明体一样苍白。

直江从头到尾念完，反过来一看没有字，便把它又装进信封里。

“这公函太不近人情了。这就等于命令他死！”小桥又把公函拿回来说，“真不知官老爷们是怎么打算的，竟能说出这种话来，莫名其妙！”

“对这个患者最近有官方的人来调查过吗？”

“没有。”

"……"

"谁也没来吧？"小桥好像再确认一下似的转身问身后的亚纪子。

"没有人来。"

亚纪子回答。

"医疗救济的申请书发出去了吧？"

"是的，我们每月都照例填写。"

"那些信函中有没有关于治疗效果询问的函件？"

"函件吗？"

"电话也算。"

小桥盯着亚纪子思索起来，忽然像想起来似的冒出一句：

"这么说来，倒有一次打电话来问过。"

"怎么问的？"

"'这个患者用输血能治好吗？'"

"那么你是如何回答的？"

"我当然回答说：'不能治好，只是临时有效，并不是根治的办法。'"

"像这种话在你的报告中写上了没有？"

"在一个月前的治疗效果报告中，区政府让写详细点，我就把同样的话也写上交了。"

直江弹掉烟灰，轻轻点头。

"这就是了，就是因为这个。"

"因为这个？"

"正是你这么写了的缘故。"

"但是，我是按照医学的正确情况报告的。他的病给予输血只能维持一时，最终仍是无济于事。这并没有错误。"

"你没有错，但官员们也没错。"

“那是怎么回事？”

小桥把两手拄在写字台上探身向前询问。

“不见效果的治疗不准长期持续，这是医疗救济的根本原则。特别对高价的治疗更不允许。”

“岂有此理！他们这样做，那人会死的。假如停止了输血，那人会在一周以内死去。”

“是会死的。”

“那样就可以吗？”

“固然不好，但在道理上就是这么回事。”

“虽然这么说，可我在医学角度上一点也……”

“我知道你没错。但是，随意承认没有效果的治疗，就会使某些医生滥用职权干些违法勾当，增加预算。政府方面的规定也有其在理的一面。”

“现在怎么办才好呢？”

同平时一样，小桥一兴奋脸色就呈灰白色，嘴角颤抖。亚纪子担心地盯着他。

“写谎话就好啦。”

“写谎话？”

“是啊，就说输血非常有效。”

“写这种谎话真是轻而易举。现在就去订正也可以？”

“不，已经迟了。”

“为什么？”

“已经写了一次那样的报告了。再说你写的报告是正确的。”

“到底应该怎么做呀？”

“现已没有办法。”

也许因为渴了，直江站起来到水龙头接了一杯冷水，喝了下去。小桥紧攥两拳，放在桌子上，一声不吭。

“明白啦。上野先生的输血费由我来负担。”

“别干这种事！”

“我干，这是我的责任。”

亚纪子从身后拉扯一下小桥的白大褂，像是在说：要沉住气。

“不这么做，我的心情无法平静。”

“你这么做之后，他的生命也只能延长一两个月，顶多能减轻你的一点精神负担罢了。”

“行，那就行！”

“别耍小孩子脾气！”

突然，直江低沉地喊了一声。小桥一怔，抬头看了眼直江，然后又低下了头。亚纪子和中西两人停下手中活计，不知如何是好，盯望着这两人。

直江拿过上野幸吉的病历，慢慢地翻阅，从前到后一张一张地看完，说：“护理人老太太已经知道老公没治了。给他做输液吧，从今天起每天用百分之五葡萄糖五百毫升加上三支阿多那。”

“加上阿多那干什么？”

阿多那是红色溶液止血剂，在手术以后，一般用于输液，对上野的病毫无用处。

“把它掺到葡萄糖液中，让它发红。”

“但是，这么做……”

“看着像血。”

直江掐灭烟卷。

“那么……”

小桥欲言又止，看看直江。直江交叉两臂朝窗外看着。

“您是说表面上给他以输血的印象？”

“对。”

“这么做，那不就是欺骗吗？当医生的允许这么做吗？”

“现在已不是允许不允许的问题了，而是别无他法。”

“可是……”

阳光照射着的直江的侧脸，在小桥眼里简直像个睡醒了的冷血动物。

“一旦停止了输血他就会死的。”

这种事即使小桥不说，直江也十分明白。可是，小桥不说出来心里就不能平静。

“您是说死了也没关系吗？”

“即使按目前这么输血下去，两三个月以后也得死。”

“但是，我认为没有必要弄虚作假加速他的死亡。”

“弄虚作假？”直江转过身来说，“这叫弄虚作假？”

“难道不是吗？”

被直江瞪了一眼，小桥霎时间感到胆怯了。

“活的时间长短并不是重要问题。问题在于是否能让他们接受这种死法。”

“硬把加了止血剂的红色葡萄糖液说成是输血，他怎么能心安理得呢？”

“因为你已经知道这件事了，所以不安心。可是患者本人、家属都不知道这件事。”

“即使这样，也太……”

“我们已尽了最大努力给他做了治疗，但毫无办法。只要我们对得起患者，不感到内疚也就算了。”

直江说，活的时间长短不如死的形式重要。并说，五十二岁的人得了绝症，多活上两三个月或现在死去，都不是问题的关键。重要的是医务人员尽了全力抢救，没有奏效，他终于死了，但我们心里丝毫没留下悔恨。

小桥现在明白了直江的用意。可他觉得这仅是一家之言。所以，他不认同这种观点。但是，作为一个医生，他的心情无法释然。

“医生要为拯救患者而尽力，而且，在拯救不了时，哪怕为他延长一天生命也好，不是吗？”

“从理论方面讲，这一点都不错。然而，世间的一切事并不都按理论付诸行动。”

这些道理小桥全懂，但他就是想不通。

“既然是医生，就应该遵守人道主义……”

“人道主义？”

直江把架着的两腿调换了一下位置，微微一笑。

“你知道什么是人道主义？”

“当然知道，任何人的生命都重要，都要用博爱的精神去拯救……”

“你这做法不成为怜悯了吗？”

“不是。不论任何生命只要他能活就得让他活下去。”

“让他活下去？”直江又微微笑了，说，“毫无缘由地让他活下去就是人道主义吗？”

“当然，也有特殊情况吧，不过，原则上是这样。”

“你没学会应用。”

“啊？”

“只在大学医院里当医生，头脑成了木头疙瘩，完全不会具体应用。”

“能这么严重？”

小桥作为从大学医院派出到这医院来研修的人，对这话不能无动于衷。

“光记住医学书上的内容还不是医生。哲学、伦理、《医师法》都要学习，否则不行。”

关于医疗救济方面的事，没有读过《医师法》的小桥，被问得张口结舌。

“还得学会杀人的方法。”

“杀人……”

“是啊，当实在没有办法时，让患者和家属们想通，让他死去。”

“医学上没有教给让人死的课程。”

“若是设置这种课程，本该由我去当教授的。”

直江用他煞白的手抚在枯瘪的脸上。

“不过，那么做不是成为刽子手了吗？”

“不错，医生本来就是刽子手。任何人都避免不了死，只是让人想通之后死，帮助他去死，医生这一职业就是如此。”

“那么，被医生拯救了的人们该做如何解释呢？我们现在不是正在拯救着吗？”

“拯救？”直江看着小桥说，“我们并没有拯救任何人。得救的人们是因为他们有得救的能力，医生只是调动了他们的生命力。”

“然而，何必非当刽子手不可呢？”

“不，医生有时必须当刽子手。”

“……”

“医生的对象不是理论上的‘病’，而是患者这么个‘人’。”

直江站起身来说。

“我该回家啦。”

“上野先生的事还是……”

“因为你是他的主治医师，我不便再说更多的话。你可按自己的想法去做，怎么都行。”

“就按您的意见去做，对他本人和护理的老太太该怎么说呀？”

“反正一两天以后病情要恶化的。到那时就说我们拼命抢救他，但是，这次怕是不行了。”

“红色液体怎么……”

“同以前一样，早晚两次就可以。病情恶化以后增到三四次，药量也要加大。这样做，不论患者，不论护理他的老太太都会深信：我们确实竭尽全力抢救他了。”

“假若停止输血，他还能维持几天？”

“也就是五六天吧。”

“五号那天您能回来吧？”

“差不多……”

“往札幌可以通电话吗？”

“我打算住在G旅馆，这是札幌的一家大旅馆，问一下电话局马上就能知道。”

“明白啦。”小桥答应之后立刻说，“请您尽量早点回来。”

“嗯。”

直江应允道。走到值班室出口时，他转过身来，突然依依不舍地向小桥、亚纪子、还有中西等人依次看了一眼，然后转身朝走廊走去。

第十九章

元旦的机场果然人少。平时忙乱不堪、嘈杂拥挤的候机大厅，竟是空空荡荡特别安闲。

若在从前，元旦的火车会因探亲归乡的旅客拥挤得不可开交。

可是最近，一直工作到除夕三十一日的人也减少了，出远门的人也在年末及早地回老家，所以现在并不那么混乱。

虽然如此，探亲模样的人仍然不少。尽管没有达到拥挤程度，但元旦这天仍川流不息。

全是玻璃幕墙的机场候机厅入口两旁，装饰起了门松，柜台旁一个梳着日本发型穿着长袖和服的服务小姐接待着客人。柜台里边和小卖店都装点着象征新年的年糕和橘子。

户外阳光明朗，但寒风凛冽。下车的旅客多数穿着和服。

伦子站在国内线班机检票口的右面，从透明的大玻璃窗朝外面望着。

飞机起飞时间是下午三点十分。同直江约定于三十分钟以前在大厅见面。大厅中央墙上的挂钟指着两点四十分。

约定的时间到了，还不见直江出现。会不会因为他一个人在收拾行李耽误了时间？中午曾打电话问他用不用帮忙，直江说不来也行。既然他这么说了，自己也就不便死皮赖脸不招自去。但是，伦子后悔不该一个人来机场，应该去公寓，同直江一起来，那样才令人放心。

到四十五分了。机场规定乘机手续必须在起飞前二十分钟办完，伦子把自己的表跟墙上的钟对了一下，一分也不差。

到了五十分时，伦子有点坐立不安起来，便朝入口处走去。

高速公路今天也不拥挤。即使从涩谷出发，若提前一小时出来，时间也是够用的。

候机厅正播放着十五时十分飞往札幌的航班正在办理登机手续的通知。伦子又回头看了一下墙上的钟，已过了五十分。她又朝入口处望去。

这时，一辆崭新的出租车停到门前，从车里下来一个穿黑灰色大衣的男人。

是直江。

一点不错。

像品味终于实现了的喜悦一样，伦子等待着直江付车费、走下车、推开回转门、走进大厅。直江进来之后就环视四周，面向柜台走去。伦子从他的后方跳过来说：

“来得太迟啦！”

“啊，你都早来啦。”

直江从上到下打量了一下穿着深蓝色大衣和提着白色手提包的伦子。

“我还担心你会赶不上了呢。”

“临出门时，来了电话。”

两人来到札幌线专柜办了乘机手续，靠窗边已经没有两号挨坐的席位，于是，直江要了一个中间的和靠通道边上的两个挨号座。

登机通道上的引导小姐也穿着和服，非常醒目。初次乘飞机的伦子总觉得那些人在注视她，心情格外紧张。直江也许因为乘过多次飞机已经习惯了，根本不在意他们，竖起衣领大步流星地走进机舱。

起飞时间比原定时间迟了十分钟。伦子好奇而又有点不好意思地从中间座探身朝窗外看去。靠窗的人是个将近六十岁的老先生，为了让她看得方便，有意向后撤了一下身子。

起飞以后，东京的街道就在脚下展开了。不一会儿，飞机向一侧大倾斜，机首朝北飞去。“禁止吸烟”的信号灯灭了。空中小姐告知：“请解开安全带宽松一下。”刚刚在眼下展开的东京市容，早被甩到后面，代之以大片耕地和矮小的山丘。道路也罢，箱盒一般的拥挤房屋也罢，伦子对这一切都感到新奇。

直江吸完烟，把头倚到高靠背上。

“小桥大夫早晨找过你。”

“嗯……”

“什么事？”

“没什么。”

直江不耐烦地答道，闭上了眼。

飞机已经改为水平飞行了，只有平静的引擎声在舱内鸣响。

播音员说：“左面是猪苗代湖。”伦子又朝窗外望去。山间有一个覆盆样的圆形湖。所有的原野、山冈、湖泊都在元旦的阳光照射之下。

移向西方的太阳，从飞机的后尾斜照机窗。平稳单调的引擎声催人入睡。直江好像睡着了。左边靠窗的人也闭着眼睛。三人之中只有伦子没睡。

空中小姐又告诉说：一会儿右手就会看见松岛湾，从伦子这面只能看到陆地。山峦逐渐变得陡峭起来，而且，前方的山峦闪着白光。那是积雪。

继续向北。

伦子瞟了眼旁边的直江。他那紧闭的眼睛下有一条端正的鼻梁。苍白冷峻，宛如刚才看过的山峦，透出一种凄凉感。

突然，伦子陷入一种幻觉之中，她正同直江一起向北逃窜。往那个谁也来不了的北方，一同消失在白雪之中。这种幻想使她对直江更加温柔更加热爱了。

不久，在雪山边际看见了轻津的海面。大海在斜阳中呈现出一片暗蓝。半岛边缘的雪山可能是恐山吧，伦子想起了在照片中看过的灵来山。

又过了十多分钟，广播员告知十分钟后飞机将在千岁机场着陆，这时飞机向右回旋，开始下降。穿过云海，那蔚蓝的大海就在眼下，再往前就靠近白浪翻滚的海岸线了。飞过大海后，大雪覆盖着的针叶树林带展现在眼前。

这就是北海道。直江睁着眼好像在一直望着窗户。

“快到了！”

直江也往窗下看。有一条贯穿白色原野的黑色道路。树木和道路都是直线型的。来到轻津时，晴朗的天空便开始阴暗下来，等到越过海峡后，浓云扩展，冬日被遮住了。

“似乎很冷啊。”

飞机又下降了，每下降一段，白色原野就靠近一段。道路、民宅更清晰了。向左回旋，等机首回到原位后便进入着陆态势。雪中的飞机跑道临近了，当飞机达到树林高度时，有个轻轻的冲击。顿时，因制动器产生的风压冲击飞机襟翼，飞机终于在停机坪上停下了。

“走吧！”

直江先站起来，把放在座席上方行李架里的大衣拿下来，又把伦子的也拿下来递给她。

“最好把大衣领子竖起来。”

“哎。”

走到舷梯上时，一阵寒风吹打在伦子的脸上。机场大厦位于原野之中。电子显示屏板上映出：气温-5℃，风速三米。

“太滑，小心点。”

“好。”

前面的人都缩着脖子，缓缓走出舱口。下了舷梯之后，伦子为了避风，缩小身子跟在直江身后。

两人来到札幌G旅馆时，已经五点多钟了。旅馆夹在站前街和北海道道政府中间，外观和内里都是素雅的茶色，是座沉稳的建筑物。

“一个双人房间可以吗？”

“可以。”

住宿卡上直江写上了自己的名字，在旁边填上了伦子的名字。

房间在六楼，隔着满是积雪的大街，可以看见对面的楼房。因为是正月，各大厦里面很少有灯光，汽车的车灯照耀着路两旁的雪墙。

“那是白杨树吗？”

伦子指着窗外的大厦左面的树林问。

“是的。”

杨树仿佛把黑暗的天空纵向切开似的冲天伸展。

“你累了吧？”

“不累。”

伦子昨晚值班后，为了准备旅行，几乎一昼夜没曾合眼。但是，也许因为同直江在一起，也许因为到陌生的土地上来旅行而兴奋，倒不觉得怎么疲劳。

“洗完澡之后，我们去吃饭。”

“您不到母亲那里去，行吗？”

“停一会儿，去了就来。”

伦子接过直江的大衣，连同自己的大衣都挂在衣架上之后，走进盥洗室往浴池放热水。注满了水，伦子从盥洗室走出来时，直江正在看配送房间的晚报。

“请您先洗。”

“嗯。”

直江放下报纸，脱掉裤子，脱去衬衫时说：

“你不洗吗？”

"我……"

"一块儿洗。"

"可是……"

"怕什么！"

伦子跟在直江身后走进盥洗室。

两人洗完澡，到旅馆四楼的日本式餐厅乡土风味部吃饭时，已是七点多了。

可能因为是新年之夜，大厅和餐厅里都很清闲。为数不多的客人几乎都是合家团圆来过新年的，一男一女的客人极少。无论是街道还是旅馆到处都悄然无声。

用蟹、虾、鲍鱼等做出的北海道菜，对伦子来说，一切都是珍奇而又新鲜的。她被直江相劝喝了两杯兑水威士忌。带着微微醉意，两人一同回到了房间。

"您不回家能行吗？"

伦子一边拉上窗帘一边说。

"去是要去的，不过……"

直江仰面躺在靠门口那张床上，突然像想起了什么坐了起来。

"你能给我打一针吗？"

直江离开床，从行李架上的提包中取出注射盒。

"打针？"

"就是它。"

从注射盒中拿出来的是支白色小针剂瓶。

"这是……"

"是的，是麻药。"

直江摘掉领带，挽起衬衫袖子。

"为什么要用这个？"

"你不是已经知道了吗？"

"……"

"现在感到痛。"

"啊？"

"疼得厉害。"

拿着针剂瓶的伦子俯视着坐在床上的直江。

"你哪里有病？"

"哎。"

"哪里？"

"别担心，快点，给我打吧！"

直江把一只有注射斑点的瘦骨嶙峋的胳膊伸了过来。

入夜以后，直江无限热情，无限淫亵。他要求伦子采取各种姿势。他欣赏一会儿以后，自己也随波逐流了。对于这些简直没法说出口的羞人姿态，伦子臊得全身通红。她一边忍耐着这种羞涩，一边被直江的行为所诱引。不，从中途开始，莫如说伦子自己主动冲向欲海了。

也许是由于出门旅行所得到的解放感，也许是由于在雪夜里进行交欢的甜美心潮所使然，伦子纤细而白皙的身体在无休止地哭泣。那已经不是这一个伦子，而是另一个伦子在纵横驰骋。

直江也相同。他强逼伦子做出羞耻的姿势，然后埋进脸去。直江的表情毫无白天在医院里所见的孤高和冷静。他只管抖落黑暗，向淫海突进。

一连串的折磨、虐待、猛攻、陷落、高潮，竟分不清谁是加虐者，谁是被虐者，所有行为都是利己的、相爱的，凭着这种无法捉摸的喜悦，登上高坡，直到顶峰。

头发蓬乱的伦子额上沁出汗珠来，在床头灯的照射下，光点闪闪。屋里没有一点响动，除了空调机的低鸣外，一切都静止了。两条裸体像停止了鳍动的深海鱼一样潜声屏息着。

不知过了多少分钟，伦子倏然从身体的虚无中醒来。

由于类似狂暴的房事和麻药的作用，直江仍像断了气一样酣睡着。

伦子从直江腋下轻轻抽出手来，穿上旅馆睡衣。

十一点钟。虽然还不能称为深夜，但旅馆里静得可怕，伦子站在窗边，掀开窗帘。

雪花在夜空中飘舞。从什么时候起开始下的呢？吃晚饭回房间时天还晴着，这么说就是两人开始情事时下的了。

伦子用右食指擦了擦玻璃。一种清爽感觉渗入进来，对于刚刚燃烧过的躯体来说真是一种别样的惬意。

从夜空中飘落的雪花在街灯的照射下纷扬乱舞，没被照射着的则直接落入黑暗之中。新年之夜万籁俱寂。偶尔有辆汽车开到旅馆门前，一会儿又出现在左前方的雪道上，渐渐离去。

这夜，直江最终还是没有回家。问他不回家是否可以时，他首要忙于打针，接着就是房事。

伦子认为这对母亲太不孝敬了。但这念头只是一瞬间的闪念，接着便陷入自身的头晕目眩的欢愉中。

又一辆汽车驶过去了。也许是因为在雪上跑的缘故，没有发出噪音。从楼上往下看仿佛在观赏一个没有声音的世界。

没有风，雪也不大。仿佛一个夜行男人，缓缓的，蹑手蹑脚的。

尽管如此，倘若继续降下去，到明早，也许积雪会堆得相当厚。

看够了夜间街道在雪中沉睡着的景致后，伦子拉合了窗帘，又一次浸泡在浴缸里。

翌日清晨，伦子起床时，枕边时钟已过了七点。

直江仍然熟睡。屋里虽然只有沙发前面台灯的微弱亮光，但伦子还是睡不着。她每天早晨七点要起来准备上班，这一习惯在旅行外出时也改变不了。

伦子怕惊动直江，悄悄地从被窝里爬出来，透过窗帘缝朝外窥探。对面的大厦被朝阳照得通红，而它下面则是一片银色世界。

昨晚只看到一片黑影的北海道政府，其院内的白杨树和小松树的三角形防寒围席上也落满了雪。

新雪达二三十厘米厚。

在人们安睡的时候，扫雪车就把道上的雪扫净了。路面很宽，车辆急驰而过。早起外出的人们吐着白色的热气快步走过。连交通信号灯也落满了雪。

伦子观赏着街道雪景，毫不厌倦。

那天直江十点钟才起来。那时药效已经过去，脸色苍白，眼眶灰暗。

“今天，你不回家去可不行喽。”

十一点他们在房间里用早餐时，伦子说。

“嗯……”

直江一边看报纸一边答应着。他是不是真去，伦子仍持怀疑态度。吃完早饭，洗完澡，直江说他回家去看看，这才穿上衣服。

“今晚你不在家里住，行吗？”

“我回来。”

“好容易新年回家来一次，最好在家住一宿，老母亲也正等着您。”

“……”

“不必管我的事，今天是初二，商店也都开始营业了，我会消磨掉时间的。”

“天黑以前我回这里来。”

“真是个怪人！”

他是个说一不二的人，伦子也就不再相劝了。

正如他所说的要在傍晚之前回来一样，直江五点稍过就回旅馆来了。伦子在街上买了手套、短筒靴后也刚刚回来。

“母亲好吗？”

“嗯。”

“她说让你在家住了没有？”

“过几天去住。”

“好像我在这拖着你，多不好啊！”

直江默默地脱下西服。

“明天，咱们到支笏湖去一趟吗？”

“支笏湖？”

“坐车去一个半小时就到，那是个非常幽静的、具有北国特色的湖泊。”

“可是，现在是冬季呀！冬天，湖面都冻上了，上面覆盖着雪，什么也看不见，对吗？”

“不，那里不冻。”

“在那里住宿吗？”

“记得那里有个大旅馆。”

“去倒是可以去……”

尽管这么做有点对不起直江的母亲，但伦子很希望看那被树林环绕着的冬天的湖泊。

那天，仿佛等待夜晚来到一样，雪花又开始飘落下来。也许是天气转暖的缘故，雪花像撕开的棉花一样大朵大朵的。

伦子同直江踏着雪道来到街上。

“下雪天反而是暖和的。”

正像直江说的那样，身着在东京穿的衣服加上大衣就能顶得住。

商店开市，白天到处洋溢着繁华景象，一到夜晚，各店都早早关门，灯光稀疏了。素称欢乐街的薄野，也只有几家快餐馆稀稀落落地开着门，只有些年轻人出出入入而已。其余，则是立着门松的、贴着恭贺新年红纸的关了门的店铺。大街还没有恢复常时的喧闹。两人在没有歇业的寿司店吃了晚饭。那里客人也少，三个厨师悠闲地看着电视。

吃完饭走到街上时，雪下得更大了。

“我们走着回去好吗？”

“到旅馆得走十分钟啊。”

“没有问题。”

伦子仰着脸，让雪落到脸上。无数雪片撞到脸颊上，贴在那里化成水滴流下去。她的前后左右都有雪花落下。即使前面四五米处走着的人，也只能看到一个黑色轮廓。

走过南一条街来到大道上时，商店的灯几乎全熄灭了，只有汽车亮着前灯在雪中驶过。放下百叶窗的大厦和街道两旁的大树，偶尔在雪中陡然挺出它的高大身躯。

伦子悄悄靠近直江，把右手插进直江的大衣兜里。现在，直江和伦子所占的空间被雪花包围着。除了他们以外，所有的街道、山冈，以及昨天降落的荒凉的飞机场，一切的一切都被白雪覆盖了。

“雪下得这么大，明天还能去看那湖吗？”

“没问题。”

直江紧紧握住衣兜里的伦子的手。

“是吗？”

伦子现在把一切都交给直江了。

漫天飞雪中只有一处灯光辉明，远远望去，仿佛只有那里存有生机。走近一看，那就是旅馆的入口。两人在回转门前啪嗒啪嗒抖掉了身上的浮雪，走进门去。在乘电梯的一段时间里，浮雪早已化为水珠了。

“累了吧？”

“不累。”

“到酒吧去吗？”

“嗯。”

伦子点头应允。她暗忖：不去酒吧不也挺好吗？大雪之夜能同直江两人在一间屋里已够满足了。

直江看出了伦子并不怎么愿意去喝酒，于是仰卧在床上说：

“我们睡吧。”

听见直江唤她，伦子这才想起白天想跟直江说的话来。不过，也只是一闪念，等到钻进直江的臂里被搂紧时，什么都忘了。

次日，二人在十一点钟走出了房间。在四楼的餐厅吃完午饭，到百货商店走走，下午两点过后，叫了一辆出租车。

昨夜的降雪使道路两旁的雪墙更高了。新雪反射着太阳光十分刺眼。

汽车驶过千岁，直奔支笏湖。这条路和昨晚在梦中看过的一样笔直，被没有尽头的雪墙围拢着。伦子对此大为吃惊。道路两侧光秃秃的落叶松树林深处，有一片翠绿的针叶树林。所有植物都已枯落变成一片白色，唯独这里呈现出绿色，伦子颇觉不可思议。

旅馆位于可以俯视湖畔的小山丘上。从屋子里可以透过光秃的小橡树、枫树和白桦树看到支笏湖。

女仆拿来白桦树皮和木柴，点着了炉子。炉膛内立刻呼呼地燃起火焰来。

“太阳就要下山了。”

“能走到湖畔吗？”

直江问道。

“从右面的山坡可以下去。”

女仆一边回答一边拿着大钳子把木柴添进去。

顺着刚能走过一辆车那么宽的雪路往下去，向左拐便是湖畔。

从旅馆窗户所看到的蔚蓝色的平静湖面，走到近前时却发现荡漾着冷飕飕的细浪。

这是一处破火山口湖，四面被山峦环绕。它那银装素裹的陡峭山体上，长着星星点点的绿色针叶树丛。

“那座是樽前山，这边的是风不死岳。”

直江顶着寒风指点着。左面是在冬空里喷着薄烟的樽前山，其对面便是露出锋利岩肌的风不死岳。正面的山峰离湖稍远，太阳斜挂在山峰上空，染得一片通红。

二人站着的地方距山坡下那个日本式小旅馆二十米远，在通往码头的雪中小路尽端。白天，不知是谁曾来过码头，脚印到这里便断了。

“没有人迹啊。”

只有他们二人迎着冬天湖面刮过来的寒风观赏着湖面。

在没有声音，没有活动物体的无限寂静中，只有寒风吹打着脸颊。

“太过宁静了。”

伦子忽然好像听到了声音。其实，她根本无法弄清那是一种什么声音，或许那就是寂静中的声音。

“这湖非常深，兴起波涛来令人生畏。”

“大概很凉。”

“以前这里有几个人丧生，但尸体从没漂上来过。”

“为什么呢？”

“因为火山爆发以后沉入湖底时，树木也随着沉了下去。”

“这么说，湖底下长有很多树。”

“尸体一旦沉入湖底，就被那些枝条挂住再也不能漂上来。”

“一具也……”

“是的。”

伦子朝眼前的蓝黑色湖面望去。

眼下的湖水轻轻荡漾着，那里映照着岸边的雪檜。在这片寂静的湖面底下，原来藏着那么多可怕的面孔。在这片寂静中，不知有多少尸体隐藏在里面。

“太可怕啦！”

伦子的视线从湖面移开，把脸贴向直江怀里，如果再看下去，好像就要发生不祥的事件似的。

“我们回去吧！”

直江应允了，但他的眼睛仍然看着湖面。

突然，身后发生了一阵骚乱。回头看时，足有数百只，不，有数不清的乌鸦成群结队从身后的树林里飞出来，向风不死岳的方向飞去。当黑色群体逐渐变小，变成点，消失在斜阳照射着的红色雪山时，两人这才对视一下，顺着雪道踏回原路了。

洗完澡，吃完晚饭时，外面完全黑了。打开窗帘往楼下看，但见庭院里到处是雪，泛着白光，再往前便一片黑暗，看不到湖了。

“你怎么啦，不再喝了？”

“脸红了吧？”

伦子用两手摸了摸脸，然后给直江空杯子里倒满酒。

“明天你回去吗？”

“是的。”

“明天我也回家去。”

“是啊……”

他们并未约定一直待在北海道。这回只是听从直江的劝诱跟着来过了两天。她也知道直江必须回家。

“我明天回去。”

“明天是四号，离上班还有三天时间。你先回去，好好休息一下。”

“好的。”

“难得的新年休假，领你到这种地方来，十分抱歉！”

“哪里，我特别开心。”

“不会忘吗？”

“当然不会。”

直江目不转睛地盯着伦子。不知为什么，他的眼神里充满着无限温情。伦子觉得在哪里见过，但又不能清楚回想起来。

“您什么时候回去？”

“可能要迟一两天。”

“因为我来打扰了你，待我走后，同母亲好好亲热一下吧。”

直江一连干了两杯，然后一边斟酒一边说：

“没有什么留给我的话吗？”

“我？”

“嗯。”

“瞧你……”

伦子想：两三天以后又要见面，还留什么话？太滑稽了。

“如果有，最好都说出来。”

被他一催促，伦子想起了昨晚想说而被打断了的话。

“有一件事我想说给你听。”

“什么事？”

伦子重新坐好，眼光低垂。

“我……那个没来。”

“那个？”

“……”

“怀孕了？”

伦子点点头。直江死盯着酒杯，随后慢慢地喝干了酒。

“我堕胎也可以。”

没听到直江的意见之前，伦子先说了。光是怀孕就满足了，至于更多的事，伦子从一开始就没希望过。

“不想生下吗？”

“那……”

伦子欲言又罢。

“我跟谁都不想结婚，当然也不想同你结婚。但是，如果你愿意生下孩子，我一定尽我能尽的义务。”

“这么说，可以生下孩子啦。”

“我也这么盼望着。”

“这话可当真？”

伦子微微颤动着身体闭上了眼。她并不悲伤，可却流下了眼泪。

“你怎么啦？”

直江来到伦子身旁，拥抱着她颤动着的后背。

“为什么要哭呢？”

“因为高兴。”

直江用细长的手指为伦子一根一根地梳理头发。过了一会儿，伦子仰起泪流满面的脸说：

“另外，还有一个恳求。”

“什么？”

“请你别再注射麻药了。护士长和院长先生好像都已察觉了。”

“噢，这件事吗？”

直江脸上浮现出了微笑。

“再也不用了。”

“真的……”

“当然。”

直江笑着，朝黑暗的窗外望去。

第二十章

新年三天，佑太郎老老实实地待在了家里。当然，所谓老实是因为医师会的伙伴们、东京都议会的有关人员、还有医院的职员等先后到佑太郎家来拜年，每次都要喝酒、聊天，所以，这同一个人老实在家里待着可不完全一样。总之，这三天免不了去参拜明治神宫，去都议会和医师会的当权者家里拜年，之外一直在家里度过。

过了年，佑太郎第一次自由外出是在第四天的下午。晌午刚过，便对律子夫人说到医院瞧瞧，便出了家门。

医院从四日起恢复正常门诊。但是，上班来的人只是年前休了假的那部分人，只有全员的一半，而全员都来上班要到七日。

佑太郎来到医院，得知新年暂时出院的人都如数返回医院来了，便慌慌张张跑出医院。

“您回家吗？”

司机问话时，佑太郎一本正经地假装想了想，然后说：

“给我开到那地方去。”

“是。”

现在他俩之间已经默契了。目的地当然是惠比寿的真弓公寓。

从山手大街向南，到驹泽路口交叉点向左拐，到惠比寿立交桥之前向右转，登上坡道便是真弓的公寓。

“你辛苦啦。”

佑太郎照例一边下车一边拿出一千日元递给司机野村。

早知如此，不如坐出租车来，比这便宜得多，但这钱的另一作用是给司机免向律子夫人打小报告的堵嘴钱。

“那就在五点钟再来一趟吧。”

佑太郎看了看表，约定了会合时间。

这一阵子，即三树子反抗相亲以来，佑太郎同真弓的关系已经变得极其危险了。

真弓的银座酒吧间五日恢复营业，但客人和女招待要在七日以后才会陆续上班。真弓从年底到年初，回到立川母亲身边，三日中午才返回惠比寿。母亲那里偶尔去一次倒也不坏，但过了两三天后便觉得沉闷和无聊了。

“我可想你啦，爸爸。”

佑太郎刚一进屋，真弓便一下子跳到怀里来了。

“真的吗？”

“干吗不是呢，你把我抛下了十多天，快脱吧！”

佑太郎一边惊讶地看着积极的真弓，一边乐不可支地脱掉衣服。

从年末到年初有了十多天的空白，真弓的身体简直像着了火，而佑太郎也不例外。真弓离开母亲身边返回这个自由的天地里，有种解放感，而佑太郎也有好不容易才躲开律子夫人监视的刺激。

尽管近来佑太郎在这方面不大如意，但由于精力集中，事情进行得很顺利。一小时后，两个人像被海浪冲到沙滩上的海藻一样，贴在床上不动了。

不过，还是年轻女性真弓率先恢复过来。她坐起来，穿上棉睡衣，喝了一杯冷水，然后返回佑太郎身边。

“爸爸，爸爸，起来呀！”

正在打着呼噜、睡得正酣的佑太郎，立刻停止了鼾声，闭着眼答应着。

“光睡觉多没意思呀！”

她捏他鼻子，连推带晃，弄得佑太郎再也无法入睡，只好起来。元旦以来的晴好天气一直持续到今天，下午的阳台上阳光灿烂。

“对啦，我有一件事必须问你。”

佑太郎在沙发上盘起腿来，点上一支香烟。

“你跟我女儿三树子见过面啦？”

“啊，是那件事。”

“恐怕不是单纯的‘那件事’吧？你究竟为什么要见她？”

“三树子小姐没告诉你？”

真弓满不在乎地把茶几上的巧克力抛进嘴里。

“这同爸爸没有关系。”

“我女儿同你见面，能说跟我没有关系吗？前几天，我刚一听说就把我吓了一跳。”

“在律子夫人面前也露馅了？”

“不，只是我同女儿两个人的时候，总算没出大事，但也让我虚惊一场啊。”

“那么，她都告诉你什么啦？”

真弓显得十分开心，翘起她的小下巴。佑太郎叼上烟卷，让真弓给点上火。然后说：

“一说相亲她就逃避，总不愿结婚。大年三十我把她叫到我房间来，想问个究竟。可她默默地一言不发。”

“这叫沉默权！”

“我训斥她说：‘你都这么大年纪啦，打算怎么的？’突然，她反过嘴来问：‘那么，您同真弓小姐的交往是怎么回事呢？’”

“痛快！”

“别开玩笑啦！吓了我一跳，连两句话都没说出来。这下子，我还能追问她什么呢？”

真弓赤着脚，吧嗒吧嗒地踏着地板，乐不可支。

“你说说，你到底为什么要去见她？”

“因为直江医师的事呗。”

“什么……”

佑太郎把盘在沙发上的腿放了下来。

“直江医师又怎么啦？”

“你要实在不知道，我就告诉你。三树子小姐爱上了直江医师。”

“三树子她……”

“你太迟钝啦！前些日子我不是警告过你，他们两人可疑吗？”

“不过，直江医师比三树子年纪大上一轮多。”

“年龄差不是问题，我们就喜欢那种年龄的男人！”

“你也一样？”

“也许……”

真弓抢过佑太郎手里的香烟，吸了一口，喷出一股烟雾。

“好啦，这事先不提。那你怎么知道三树子爱上直江医师了呢？”

“她亲口对我说的。”

“可是，三树子并不认识你呀？”

“怪事吧？她认识我。”

“她到这里来过？”

“哪里，她并没到这里来过，你想听吗？”

“怎么都行，快点说吧。”

“那么，答应给我买那个啦？”

“什么？”

“我需要一件丝绸连衣裙。”

“知道啦，你倒说呀！”

佑太郎有点自暴自弃地又点了一支烟，猛吸了两口。真弓顽皮地盯住佑太郎说：

“有一天，我看见直江医师跟三树子小姐在一起漫步，真是天生的一对儿：好像一对恋人。”

“……”

“于是，我凭直感就猜到了她准是你的女儿。可是，她完全不像你，却像律子夫人，也许更漂亮些。以前，我就听我弟弟说过，所以她的大致模样还是心中有底的。后来，我有心搞恶作剧，便给直江医师挂了个电话问：‘和您一同走的是不是院长的小姐？’你说怎样，他如实坦白了。”

真弓为了不使自己陷入不利处境，捏造出了很多假话。

“照那情况看，也许早就出入于直江医师的公寓喽！”

“真的？”

“这可不是谎话。听我弟弟说，在护士们中间也有这样的传言。”

“可是，直江医师已与志村伦子……”

“直江医师即使有两个恋人也毫不足奇呀，连你还有呢。”

“少说废话！”佑太郎急忙制止道，“你说的话，无法使人相信。”

“不想相信就别信。你可知道，直江医师是个拈花惹草的老手，听说跟住院的花城纯子也挺暧昧。”

“怎么会？”

“这是真的。也难怪说你反应迟钝。”

这些事对于佑太郎都是第一次听说。

“总之，三树子小姐爱上了直江医师，即使找别的人来相亲，她也不能答应，这是必然的。”

“这话当真？”

“三树子小姐亲口说的，当然没错。”

“算啦，假若那是事实，两人进展到什么程度啦？”

“嗯，是啊，也许还没达到怀孕的程度吧。”

“喂，别惹我生气！”

佑太郎天生一对小眼睛，如今瞪到再也不能更大了。

“三树子小姐有几晚夜不归宿，说不定那时就……”

“在直江医师那里住的？”

“或许。”

“三树子亲口说的？”

“她倒没这么说，我是凭女人的直感这么认为的。”

看到佑太郎惊慌的神情，真弓越发得意起来。

“我看那神态可不是一般关系。”

“少放屁！”

“不信就拉倒。”

虽然自己不愿相信这些话，可看到真弓那自信的架势和不依不饶的神气劲儿，佑太郎仍然平静不下来。

“你们这些人的话不可信。”

佑太郎叉着两臂，陷于沉思之中。真弓烧开了水，冲好了咖啡，忽然说道：

“不过，如果那个叫什么伦子的护士是直江医师的恋人的话，还得有场风波呢。”

“这些事我从来没听夫人说过一句。”

佑太郎呻吟似的说道。

“当父母的怎能知道儿女们的真正心情呢？”

“知道也好不知道也好，她本人若是不说你怎能知道？”

“依我看不说的原因是：你们家里也许有种难以启齿的气氛。”

“爱他就是爱他，直截了当地说出来嘛！”

“你说得轻巧，一旦说出真情，害怕你会骂她。”

“哪有的事，直江医师是位难得的好医生。”

“真的吗？”真弓缩了一下脖子，说，“既然如此，那就让三树子小姐跟他结合不就得了？虽然有志村小姐在中间，只要你出面，总会得以解决的。”

“事情哪能那么简单。”

“可是，你的宝贝女儿差不多要想死他啦。”

“这我得回家直接问问她本人才行。”

“你可别说这是我告诉的呀。你若说出来，三树子小姐会把我恨死的。”

“我才不相信三树子会干出这种蠢事来呢。”

“你也是个糊涂父亲。算啦，假若三树子没那个心愿的话，我替她结婚去。”

“你……跟谁？”

“当然是直江医师啦。”

“浑蛋！”

说完之后，佑太郎假装目瞪口呆的样子，然后笑了。

“可是，你是我的情妇这点他是知道的，所以，他决不会要你。”

“天哪，那算个啥，他明明知道还同我眉来眼去呢。”

“开玩笑也要有个分寸嘛！”

“哎呀，你不信？那个医生啊，只要是女人，谁都行！”

佑太郎又笑起来。

“说不定，对你的夫人也感兴趣呢。”

“夫人？”

“就是你的夫人，律子夫人。”

“你，住口！”

这一回佑太郎可真动怒了。他的脸憋得通红，眼睛直瞪着真弓。

然而，真弓却毫不在乎。

“天哪！我好心好意帮助你了解一些事，犯得上动这么大肝火吗？直江医师长得这么帅，夫人对他抱有好感又有什么奇怪？”

真弓只往自己的咖啡杯里放了白糖，用小勺搅和着。佑太郎虽然动了怒，但仔细一捉摸，这阵子夫人一提起直江医师便立刻热情起来，两眼放光，喋喋不休，难道……

“总而言之，那个医生和别人不一样。”喝完了咖啡，真弓点起一支烟，说，“还给自己的骨头照相。”

“给骨头？”

“哎呀，这个你也不知道？听说每月总要给自己的骨头照两三次相。”

“照了相，作何用场呢？”

“听说是为了研究。谁知道他给自己骨头照相究竟为了什么呀！”

这对佑太郎来说又是一个新情况。

“这事你又是从哪儿听说的？”

“是我弟弟说的。”

如果这是真弓那个在医院当X光技师的弟弟说的，佑太郎也就不得不相信了。

“头一次听说。”

“你不认为那医生可疑？他不但诱惑女人，而且还打什么怪药。”

“怪药？”

佑太郎咕噜了一句之后，立刻想起了半月前护士长的报告，说直江医师使用麻药超限。

“你亲眼见过他使用怪药来着？”

“不，见倒是没见过。不过，好些天以前我请他给我看脚，到医院去时，他的眼睛蒙蒙眬眬的，实在可疑。”

说到这里，真弓也把事实改成对自己有利的话，但大概情节没有改变。

“大白天就……”

“可不是，我去的时候不正是白天吗？”

护士长怀疑直江医师为自己注射麻药，也曾来报告过。这么说，直江也许真的注射着麻药。倘若这是实情，那就触犯了法律，可不能置若罔闻。

“听说那位医生是辞去了大学职务，可怎么来到你们医院呢？”

“不是‘怎么来到你们医院’的事。”

“可是，他都是大学的讲师了吧，我认为他可以去更大更好的医院工作呀！”

关于这件事，佑太郎多多少少曾抱有疑虑。特别是现在听了真弓的小报告，越发放不下心了。

“你好好地调查一下吧！”

“然而，他在大学里是位出类拔萃的老师，这是不容置疑的事实。”

“我说的不是那事，是他辞去的理由。”

“他是由医师会理事饭塚先生介绍来的。”

“那就向饭塚先生问问嘛！”

“只要工作干得利落，与他辞去大学的理由没有关系。他确实是个好医生。”

尽管嘴里说得蛮有把握，但佑太郎暗忖：也许真的要按照真弓的意见去同直江谈一谈了。

第二十一章

正月初七是周一。伦子回到了离别好几天的医院。从新年早晨值完班算起，整整过了一个星期。

提前休假的和年后休假的职工今天都到齐了。在早晨全院工作人员的团拜会上，院长致新年问候。内容还是老一套，希望在新的一年里全体人员齐心协力，搞好工作，不要有松懈情绪等。

听了他的讲话，伦子毫无感触。只是最后几句说的不要有松懈情绪等话，觉得是暗指直江说的。

尽管规定在七日全员出勤，但直江没来上班。

由于长时间的休假，患者从一早便拥了上来。待院长讲完话，医务人员各就各位时，门诊室里已经有十来名患者等在那里了。

“直江医师怎么啦？”

护士长来到值班室问道。她并没有特定问谁。但伦子觉得好像问她。

“门诊室有很多人，而小桥医师又从病房里走不脱，糟透了。”

正如护士长说的那样，小桥昨晚值夜班，一直守候在上野幸吉那里。刚才院长致辞时他也来不及听完，便被护士叫回了病房。

小桥按照直江的意见，从第三天早晨开始停止了给上野输血，代之以葡萄糖和阿多那混合而成的红色液体。

当然，这种做法只是蒙骗患者，对病症毫无效果。这天夜里，正如预想的那样，幸吉发起烧来，四日、五日两天烧得更加厉害，从六日起常温保持在38℃。他的皮肤开始发黄，这是没有补充输入红血球而出现了黄疸症的缘故。

从六日晚间起他的体温上升到39℃。因发烧他满脸通红，呼吸也微弱了。直江说过，停止输血四五天他就会死去。上野之死已经近在今明两天了。

“是不是往直江医师的住处挂个电话？”

在伦子听来，这话仿佛又是对她说的。

离开札幌时，直江告诉伦子说他也许晚到一两天。从这句话去推断，估计在七八两日来上班。

关于休假的事，伦子以为直江会自己来电话说明，从现在的情况看来，好像谁也不知道。

是不是因为我跟了去，耽误了他三天？

伦子觉得直江没来上班仿佛与她有直接关系。

护士长走出值班室一会儿，但立刻又返回来对伦子说：

“直江医师休假期间听说是回北海道啦？”

“是的，我听说过。”

“刚才往他住的公寓挂了电话，好像他不在。”

“是不是还没从北海道回来？”

“不过，从今天起就应该上班，他不是不知道啊！”

伦子四日回来以后，五日、六日两天连续给直江住处打了电话。今早也给他挂了一次，以为他回来了，但仍没人。所以，现在不在住处她也并不惊讶，只是十分挂念。

“是不是他打算乘今天早班飞机回来，从羽田机场直接来医院？”

“若是请假，他早就该来电话联系了。也许你说得对。”

“若不快点来，这里可就难办了。”

已经过了十点，门诊室打来电话催促说：“直江大夫还没来吗？”小桥这时仍然忙于病房巡诊，再说上野那里也离不开人。

一阵急促的脚步声，川合护士跑来，取走氧气瓶就出去了。

“上野先生出了什么事？”

“现在发起抖来。”

“那可就危险啦。”

护士长抱着双臂只管看表，伦子站在一旁，仿佛自己受到责难似的大气不敢出，只是悄悄地清洗着使用过的针管。

那天，小桥下楼来到门诊室时，已是十点三十分了。因为等得太久，有些人大发雷霆地走了，但仍有三十来名患者等在那里。

小桥一声不响地给患者看了病。对于直江不来，他也不抱怨，只是默默地工作着。但他这种默默的工作，正表现出他的愤怒。

在病房里一直担心着直江的伦子，中午十二点来到挂号室的公用电话机前，又给直江的住处挂了电话，听到的只是丁零零的呼叫音，仍没有人接。

是不是又注射了麻药，睡过了头。

想起去年年末的事，伦子深感不安。在支笏湖直江已明确答应今后不再注射麻药。那天夜里的事虽然像一场梦，但那是千真万确的事，用不着怀疑。

新年伊始直江就不上班，而且连个电话也不打来，院长似乎已经知道了。下午，院长来到值班室一边叨咕着：“糟透啦！”一边找护士长谈什么去了。护士长坐在沙发上沉思片刻，然后从病历架按字母排列翻阅起病历来。

上野幸吉的病情进一步恶化是在那天的正午过后。清晨微微有点抖动，尔后好了一会儿。午后随着发烧又开始了较强的抖动，接着只是靠鼻翼扇动呼吸。在知觉方面，有人呼叫他时，他能隐约地回答一声，但认不出眼前的人了。

初次护理在自己的责任范围内要死的人，小桥感到十分紧张，再加上对假装治疗促成患者及早死亡，这种精神负担更促使他情绪激动。

从右臂给他输入红色葡萄糖液，吸氧气，注射镇静剂，该做的事一样不落地都做了，从病房到值班室，医护人员来往如穿梭。

下午三点，伦子又下楼来到门诊室，往直江的公寓挂了电话。

停了一会儿，以为有人来接，结果还是只有单调的呼叫音。

“还是没有回来呀！”

放下电话，刚要上楼梯时，伦子突然一阵恶心，差一点吐了出来。她按住胸口想咽回去，但却控制不住。不得已，伦子只好用手捂住嘴跑进入口左面的女厕所。

刚进厕所，立刻觉得胃像翻了个个儿似的呕吐起来。都是晌午吃的东西。伦子把手抵在胸的下部，强忍上身刀绞似的疼痛。

全都吐出来后，伦子用水冲掉，东倒西歪地抬起头来照照镜子。也许是呕吐所致，两个眼角都流出了眼泪。

近日来，没曾感到肚子不好。晌午吃的东西又没有不易消化的。突然恶心，完全吐出后，竟像没事一样安安稳稳的，从前可从没经历过这样的呕吐。

是不是妊娠反应呢？

也许是心理作用，伦子看着自己憔悴了的脸，又想起直江来。

她乘电梯来到三楼，若无其事地返回值班室时，小桥正把听诊器挂在脖子上同护士长交谈着。

“照那情况看来，也许傍晚，也许夜里。”

“今晚的值班护士是谁？”

护士长扭头看墙上贴着的值班表。

“是志村小姐和川合小姐。”

“真倒霉！”

见习护士川合沮丧地说。

“直江医师还没回来？”

小桥问护士长。

“一小时前往他住处挂了电话，还是不在。”

“对啦，是札幌的G旅馆。”

小桥拿着听诊器，望着窗外。

“若是他在旅馆里，我想给他打个电话。”

“有什么事？”

“我想跟他商量一下，给上野先生可否使用类固醇？”

“向电话局问一问如何？”

听他们谈到G旅馆时，伦子心里涌上一股怀念之情。五天前，伦子同直江两个人在那里住过。那时她隔着窗帘观赏窗外的雪，也让直江搂过。虽然只是五天前的事，但在今天已是相当遥远的往事了。

好像问清了电话号码，护士长用办公室的电话直接要“札幌”。北国之城立刻挂通了。虽然是件合乎情理的事，但伦子却觉得不可思议。

“喂，喂！您是札幌G旅馆吗？”

护士长问话了。伦子一边叠纱布一边侧耳静听。

“直江，对对，东京的直江庸介，他没住在那里吗？”

护士长手拿听筒朝入口方向看着。小桥站在她旁边。也许直江的声音马上就会传过来。如果他还在那里，待一会儿我也悄悄挂一次，伦子暗想着。这时，护士长说：

“是吗？”

伦子的心咯噔一跳。

“是是，我听明白啦，谢谢您啦！”

放下电话，护士长转向小桥。

“听说三天前就退了房间。”

“那可怪啦！”

“听说那里是他老家，是不是回家了？”

"知道他家的电话号码吗？"

"不知电话是以谁的名义注册的？先打听一下再说吧。"

"但是，也许已经不在札幌了。"

"现在也许在飞机上。"

"那好吧，我再想想办法吧。"

"明天准能来到。"

"明天就来不及啦。"

小桥噘着嘴，又走出了值班室。

上野幸吉失去知觉，转为病危，是在那天下午五点稍过一些的时候。小桥已经发现他不行了，就同那天的当班、内科医师河原调换了一下。

上野的胳膊上输着红液，但那不过是毫无效果的水而已。

小桥在昨天就告诉了老太太，说如果有家属和亲戚的话，都要通知他们来一下，但是在这病危时，仍然和往常一样，患者身旁只有老太太一人。

伦子从五点钟起就一直护理在病房里。六点十分前，他轻轻张开了口，突然停止了呼吸，头一耷拉便闭上了眼。三天来，到断气为止，他遭受了高烧和发抖的折磨，痛苦极了，但到临死时，却像闯过暴风雨一样非常平静。

本以为老太太会抱住尸体号啕痛哭，然而她也许早已经过直江解释而有了思想准备，或许死已成为现实而一时手足无措，她只是握紧那不听使唤的拳头，呆然伫立。

擦拭完尸体，装入临时棺材里，然后联系了区政府的值班人员，这时已是晚上七点多钟了。本来应当把尸体运回自家，可老太太没有家，无处可去。结果只好今晚先在医院里过夜，明天由区政府来人送往火葬场。

从下午起就没吃饭的小桥，等上野幸吉死了才到院部去吃饭，伦子和川合两人换着班到食堂去吃了饭。

今晚的菜谱是酱汤、烤鰤鱼、酸黄瓜。伦子没有食欲，只把酸黄瓜吃了，然后跑到离医院一百米远的水果店去，买来橘子在值班室里吃。怀孕改变了她对某种食物的嗜好，伦子为此而感到害羞，但年轻的川合却没注意到她的这些变化。

饭后，小桥回到了值班室。

“总算完事了。”

坐到沙发上的小桥，流露出被老人折腾后的疲劳神色。

“我唯恐假输血露出破绽让老太太发觉，整天战战兢兢的。”

患者死了，可以松口气了，这种想法虽然不恭，但对护理过“死”的医生和护士来说，却有共同的实感。

“这下子您算连续‘送走’了石仓和上野两位老人啦。”

“送走”指的是医治无效，归于死亡。

“我算告饶了。”

“因为您常常‘送走’人，所以，我再也不想跟您一起值班了。”

“‘送走’人的不是你吗？”

小桥正在回敬川合的玩笑话，伦子忽然发现门后有人。

“哪位？”

走近一看，原来是上野幸吉之妻千代。

“出了什么事？”

“我有点事……”

“是找医生吗？”

老太太微微点头。

“找我有事？”

小桥站起来，走到门口。老太太看见他慌忙躬身施礼。立刻拿出来一个袋子和包装纸包着的细长盒子。

“这是什么？”

“给您添了不少麻烦。”

老太太想把拿来的东西递过来。

“老太太，您要干什么？”小桥伸手慌忙把盒子推回去，说，“我没能救活老爷子，您这么办，让我太为难啦。”

“可是，您给他输了那么多血，已经尽了最大努力。”

“您说得不对，老太太。”

“老头子是个穷人，你们为他做了很多事。我很高兴，应该好好谢谢你们。”

老太太向小桥和伦子频频施礼，并亲自走进值班室，把拿来的东西放到入口附近的桌子上。

“您这么做可不行，我们也没有收下的理由。”

小桥差不多是央求了，可老太太全然不顾，在门边施完礼以后，说：

“谢谢了！”

小桥和伦子目不转睛地看着她弓着背的身影消逝在走廊尽头，然后回到桌前。

“这个老太太特意买了东西来致谢的。”

纸袋里是柿子和橘子，包装纸里的小盒是两千日元一瓶的威士忌。她的意思是水果给护士们，酒给小桥。

“太不忍心了。”小桥看着威士忌，沉思着自言自语道，“老实说我们什么也没为她做……”

“这些东西对于老太太来说，也是一笔不小的开销呢。”

“真是的，我们不该收下。”

“不过，这是她诚心诚意送来的，推辞不如从命啊。”

伦子想，现在若是直江在这里，他会乐意接受的。

“也许那么做是对的。”

点着烟卷后，小桥小声嘟囔着。

九点钟，伦子想去熄灯而站起身来。也许气温降低了，窗外的夜空中，星星格外清晰。

电话铃响了，站着的伦子顺手拿起电话。

“喂，喂！您是东京的东方医院吗？”

电话里是位上了年纪的妇女声。

“是的。”

“这里是札幌，我姓直江。”

“啊，啊。”

“我是直江庸介的姐姐。”

“哦。”

从意想不到的地方打来电话，伦子感到浑身紧张。

“您有事吗？”

“是这么回事，直江昨天去世啦。”

“什么？”

“直江不在了。”

“不在了？”

听了伦子的话，小桥和川合都转过头来。

“怎么回事？”

“是自杀。”

“……”

“是在支笏湖自杀的……”

瞬间，伦子扔下听筒两手掩面，然后，就像电影慢镜头那样徐徐地瘫倒在了桌旁的地板上。只有从桌上滑落下去的话筒在电话线的端头飘摇晃荡。

第二十二章

伦子醒来时，正仰面躺在值班室的沙发上，前胸到脚被一条毛毯盖着。

“你醒过来啦？”

眼前有一张女人的脸。这张脸渐渐地形成一个确切的轮廓，不一会儿，就清晰可辨了。

“护士长……”

“醒过来啦。”

护士长伸过手，抚摸伦子的头发。在这种感触中，伦子才回忆起了失神前片刻的事。

“直江医师呢……”

护士长低下头。周围显现出一同值班的川合，还有从宿舍慌忙跑来的亚纪子和阿薰的脸庞。她们都从上方像由一个窟窿眼窥视一样看着伦子。

“是，是的，我们就去，您费心啦。”

传来了打电话的声音。虽然被人墙挡着看不见人，但听得出那是小桥医师的声音。这时，伦子缓缓地爬起来。

“不要紧吗？最好再多躺一会儿！”

伦子不顾护士长的劝阻，挣扎着坐了起来。值班室的样子同昏倒前毫无变化。中央的桌子上放着柿子和橘子，旁边有威士忌的盒子。那是刚才上野幸吉的老妻送来的。再远些的正面墙边有药品柜，旁边挂着听诊器。那底下有敞着盖的煮沸器，跟她昏倒以前毫无二致。

“怎么样？头不晕啦？”

伦子轻轻地点点头，然后问道：

“直江医师死啦？”

在伦子的直勾勾的盯视下，护士长只用眼神答复她。

“为什么……”

“她说请你到池尻的直江医师的公寓去一下。”

“谁……”

“直江医师的姐姐，让你。”

“让我？”

伦子抬起头来看着护士长的脸。她的脸没擦脂粉，眼窝及脸庞上长着雀斑。

“从管房人那里借来钥匙，让你到他的房间去。”

“到房间里做什么？”

“好像有封直江医师给你的信。”

“给我的？”

“是啊，说是公寓的房间里有直江医师给你写的遗书。必须由你最先进屋去看才行。”

伦子不知何意，只是茫然地凝望着护士长。

“喂，喂！您是T大外科吗？我这里是东方医院。刚才从札幌来了电话，直江医师去世了。”

小桥医师对着电话继续说下去。虽说这是夜里打来的不祥信息的电话，他的声音却奇怪地叮叮回响着，“嗯，是的，在札幌附近的一个叫支笏湖的湖里。是自杀。”

“啊，啊！”

伦子又闭上了眼睛。

直江的躯体在那湛蓝的透骨冰凉的湖水里徐徐下沉。像表演哑剧一样优美、沉静。他顺着透明的湖水两手乱抓、头向后仰，默默下沉，后来被湖底的树枝挂住，消失在深深的湖底。

伦子仿佛觉得她在什么地方见过这情景。在什么地方呢，是怎样一种情形，却说不清楚。但她觉得确实见过。也许是在现实中见到的东西变成了梦，相反，也许是在梦中见到的东西变成了现实。

“是的，是在今天傍晚从他留给家里的遗书和遗物中才得知他去世了……嗯，是的。”

被白雪围绕着的湖水，吞没了一尊肉体，这已是千真万确的。

先是湖心有一处小小的涟漪，然后逐渐扩散，不久，在岸边完全消失。现在那湖面肯定是死一般的寂静。

“不要紧吗？”

要紧还是不要紧，伦子不知道。她只有一个念头，就是不能再躺下去了。

“刚才我已经给管房人挂了电话，院长和夫人也要到这里来。等他们来了，我们就一起去公寓。”

伦子点头应允，用手拢了拢头发。她想快点到直江房间里去。到了那里，也许直江还在。现在是在做噩梦，也许一会儿梦就做完。

她心里明白这是个梦，是个可怕的梦。虽然可怕，可马上就要醒来，用不着担心。

她认为现在也同刚才一样，都是噩梦的继续。

伦子被大家簇拥着到达池尻的直江公寓，已是晚上十点钟了。管房人两手插在睡衣兜里走了出来。

“他真的去世了吗？”

也许由于寒冷，管房人微微颤抖着把钥匙交给了伦子，并惊恐地依次环视院长夫妇、护士长和亚纪子等人。

乘电梯到了五楼，向右拐，从尽端数第三个左边的房间便是直江的房间。

门上镶有“直江”的白色名牌。

不知为什么，伦子在门口按了一下电铃。这屋里原来住的人已经死了。尽管知道这是无人的居室，但伦子仍然站在那里。稍等一会儿，直江会出来的。他会像往常一样，穿着和服，一只手插在腰带里，开开门说，是你呀，然后点头让进。伦子像被追赶的一只小松鼠，一侧身钻了进去，慌忙关上门，又从里面上锁。

门外可以听到室内的门铃响声。直江也许还没起来，也许注射了麻药不愿意起来，也许从窥视孔朝走廊里望着。

“没人在屋里！”

护士长提醒了一句，伦子这才拿出钥匙来。

直到今天傍晚，她都盼望得到一把这个房间的钥匙。有了这把钥匙，她就可以在自己愿意的时候来会直江。即使直江不在房里，她也可以清扫房间，做饭做菜等他回来。或者藏起来，等直江回来吓唬他一下。

然而，直江直到最后也没交给她钥匙。也许这是因为伦子自己没提出要钥匙。不过，即使这么说了，直江也肯定不会交出来。现在，他死了，伦子才得到了这把钥匙。也许只有死后直江才肯把自己敞开给别人看。

进门以后，发现门帘隔开了入口与厨房。跟在伦子身后的五位男女鱼贯而入。尽管知道屋里没人，却都蹑手蹑脚放轻脚步。

门帘前面有厨房，中央的餐桌和椅子都摆得很整齐。临走时，他也许喝了一杯冷酒，洗碗池的不锈钢台上仍然放着一个裹着纸的一升酒瓶和一只空酒杯。若在平时，她会立刻给他收拾起来。

伦子控制着这种冲动，向里屋走去。

有一间带拉门的房间。拉门一扇敞着。再往前是个十六平方米的卧室。进屋以后，右面有张床。面向右面阳台的角落里有张写字台。房间中央摆着暖炉，有炉台。床上整齐地铺着床单，只在放枕头的地方稍微鼓起一些。

“没有任何人。”

事到如今，伦子仍把理所当然的事实当作不可思议的怪事。

“瞧，那不是遗书吗？”

护士长指着暖炉上一个白色信封说。

信皮上用毛笔写着“志村伦子小姐”。伦子凝视它一会儿，然后像要触摸什么可怕的东西一样拿起了信封。

信封里装着白色卷纸，上面也是用毛笔书写的。

志村伦子小姐：

这次去札幌旅行之后，再也不能同你相见了。目的地虽然还没明确定下来，但我也许就在支笏湖死去。

选择了这个湖倒也没有特殊理由，只是想在北国不为人知地死去。也因为一旦沉进这个湖里，尸体就不会再漂上来。最好让我腐烂了的尸体被湖底的树枝挂住，永远消失掉。

你也许已经觉察了，我得了病。我的每一块骨头正被癌细胞侵蚀着。正确的病名叫多发性骨髓瘤。我自己从两年前就已经知道患上了这种病。

这种病靠现在的医学无法医治，即不治之症。虽然也有两三种治疗方法，但只能一时抑制病势发展，不能根治。最具有讽刺性的，是我自己关于此病还向学会写过数例报告和研究论文。我的余命尚有三个月。现在，癌已扩散到右大腿上，所以从下月起就不能走路了。

扩散到脊椎是八个月前。脊椎内因有脊椎神经，所以，有时从背到脚受到剧痛侵袭。我之所以总喝酒、注射麻药，都是出于这个原因。

我之所以辞掉大学医院，是因为以这个病身不能尽全讲师之职，倒不如让位于后起之秀。还有，我把病历放在大学里，可以一次性领取麻药，这比在大学工作更为方便。

事理如上，故我并没有像你所担心的那样盗用或滥用麻药。只是偶尔大学没能及时送来麻药时，就先把东方医院患者使用的数量写在病历上，临时借用一下。

我给医院全体人员平添了麻烦，特别给你留下了巨大悲哀。

然而，你的温情我是充分知道的。也许你会责怪我，既然知道得病了，为什么也不告知一声？我也无法分辩，因为我背后常有死神追赶。

最奇怪的是当我临近死亡之际，对于人和人们所做的一切事，都像剥去外膜一样看得一清二楚。从前那种不甘落后、奇妙的正义感、形而上学的观点等，都觉得无聊起来。在这种面纱里的人的善恶都令我爱怜,令我留恋。我在工作中惹小桥君反感,不外乎也基于这些原因。小桥君不计较我的这种执拗，对此我深表歉意。

什么时候死，心知肚明的死，作为医生，我比谁都清楚。这是既无须回避，也无须安慰的死。死对于我来说既非虚无亦非零点。何况，既不能成佛也不能留下灵魂。我只不过是没有杂物的放在掌上的一把灰，一口气就可让它无影无踪。仅此而已。

几个月来，我肆无忌惮地冒犯了女性。这并不是什么嗜好，也不是喜欢与厌恶。只是想忘我地沉湎于女色,投入女人的怀抱中。坦诚讲,只有同女人在一起和麻药奏效时，我才能忘掉死。只有那时才是我的真正面目，除此以外全是虚伪的。

我现在希望同我发生过关系的女性们都能保存我的种子，为我怀孕。我希望尽可能多的我的子女留在这个世上。

说来奇怪，随着我的死期临近，我的这一愿望也就更加强烈了。

说不定，我之所以这么厚颜无耻地盼望这种事，也许因为死期一到，我将会干净利落地一无所有。

在这里我给你写了最后一封信，首先想请你饶恕我给了你过多的悲伤；第二，在许多女性中也许只有你能在我死后，为我生育孩子。倘若你有此意，在我写字台右面的抽屉里有一本存折。虽然为数不多，也有五六百万日元。需要时，尽管使用。即使不想为我生下孩子，那笔钱款你也可以支配。

另外一件事，壁橱里右侧有三个纸箱子，里边有我骨骼的X光片以及病情记载的备忘录。我想它将是一份关于骨髓瘤发展过程的最详细的客观记录。请把它交给T大第二外科的泉田副教授。只有他才是从两年前就知道我的病并往我这里送麻药的人。

我现在将去羽田同你相会，我这么给一个在一小时后还要一同乘飞机的人写这些事未免太唐突了。不过，你一直很顺从地被我欺骗着，所以这次仍然希望你受骗，当我最后的情侣。

直江庸介

伦子茫然地坐在床上。院长和律子夫人接过信念了起来，身后，护士长和亚纪子等人也凑过来窥看。

现在，伦子也不想抢回信来隐瞒下去了。信里，直江和自己的秘密已经写得清清楚楚。念完信，他们会大吃一惊，也许要以异样眼光看待伦子。

总之，直江自杀的原因迟早要向院长和护士长报告的，即使隐瞒一时，人们也能从直江故乡得知真相。根据院长等人对麻药的怀疑，也有必要让他们看看这封信。

关于直江同伦子的关系，已经是人所共知的事。所以，这次丧事也是以伦子为中心进行着的。至于其中提到的怀孕的事，去札幌的事，以前没人知道，凡属这些个人私事即使以前一直隐瞒，现在也不会受到他人的指责。怀孕的事，是迟早要同护士长等人商量的，当然，只要向护士长说了，就不可避免地会让院长夫妻知道。现在没必要笨拙地躲藏和逃避。弄不好，反而会使人们对直江之死产生误解，伦子也会被人乱猜疑。

不，老实说，现在的伦子没有想到那么多。当她思虑这些事之前，就已经不怨天尤人了。在直江死了的今天，自己将变成什么样子，怎样被人评论，全都无所谓。那都是小事一桩。往后，她都不会再有什么变化的。

跟直江交往时，伦子一切都听从于直江。直江说东是东，说西是西。并且从未有过怀疑和不安，所有事情都令人十分开心。今天，伦子的情绪也同先前一样，直江虽然去世了，她觉得应像他活着时候一样才行。也许伦子在同直江的交往中，性格感染上了直江的虚无主义。

伦子这样思考着，同时又觉得必须做点什么。应该想的事堆积如山，可头脑偏偏什么也思考不成。

思量到最后，伦子打算去清洗刚才进屋时看到的洗碗池里放着的脏杯子。到这房间来时，洗碗、打扫卫生的时候心情最平静。这些事，也可能是同直江相处时养成的一种习惯。

“壁橱在那儿吧？”

念完遗书后院长问。伦子点点头，徐徐地打开了壁橱右门。

正像遗书写的那样，右面摆着三个整齐的纸箱子。

“让我看看吧。”

院长向伦子说着，拉出一只纸箱。

封皮上写着“10月～12月X—P”，院长从一个纸袋中取出X光片，对着荧光灯查看起来。

几张脸同时从院长身后观看。

“原来是这样……”

院长点了点头。

“他说的骨癌在哪里？”

律子夫人问。

“在这稍稍靠边的地方有个黑色圆点，那就是。”

照片是锁骨处，伦子也看出来了。在靠肩头的一个点上，正像院长所说，有一个黑色圆点。在那溜光水滑的波形锁骨中，只有那地方像恶魔巢穴似的发黑。

“好可怜哪……”

律子夫人用手帕擦眼，背过脸去。

“他该多疼啊……”

听着夫人的低声细语，伦子拖着沉重的脚步走向洗碗池，开始清洗酒杯。这倒不是有人命令她，而是同直江相处过程中自然形成的习惯。

从那天夜里起，伦子睡倒了。

然而，说是睡觉，其实仅是躺在床上闭着眼睛而已，头脑并未完全入睡。至于半夜刮起的寒风，拂晓走过去的送奶人、送报人，从混凝土楼梯跑上跑下的脚步声她全知道。

躺着只是一种形式，实际上若说是醒着也不尽然。

从直江的公寓回来，请亚纪子替她值了夜班，由护士长和阿薰两人扶着她上了床。护士长一味劝解和安慰，阿薰在旁边好像挨了训斥似的端坐着。到此为止的事她还清楚记得，再往后，什么时候睡着的可就记不清了。若说有记忆，也只是星星点点片断性的，前前后后连贯不上。

主要是因为大脑的一部分醒着，一部分入睡。伦子的身体被分解成数段，表面上好像是睡着了。

在这种状态中，早晨好像有人按了一下门铃，伦子记得非常鲜明，甚至觉得自己还答应了一声“这就来喽”。

但结果她没有起来开门，而觉得费事又入睡了，按门铃的人也站了一会儿走掉了，她的房间又恢复了寂静。

怎么会是这种样子？身体又不特别疲劳，哪里也不疼痛难受！

只是毫无端由地发懒，好像被抽掉了一根大骨头，整个身体软绵绵、飘忽忽地无依无靠。无论是身体还是心灵都萎靡不振，连自己都感到气愤，真想尽情大喝一声振作一下，可就是这么简单的动作都不易做到。

有人叫便答应一声，放任不管，然后她又入睡。这种所谓假眠状态持续了一整天，直到傍晚时分。

傍晚四点钟，伦子被真的叫醒了。睁眼一看，眼前坐着护士长。

“醒啦？不要紧了吧？”

护士长把脸伸到伦子的正上方，仔细观察还没完全清醒、睡眼惺忪地看着天花板的伦子。

“清晨，我来看过你一次，因为你答应了，所以我就放心地走了。”

到底还是听见了门铃声，也答应了。片断的记忆是确实存在的。听到伦子答应的人认为她醒着，其实，她只是在无意识中应答的。

“直江医师的姐姐来看望你啦！”

“直江医师的姐姐……”

“昨晚，同你在电话里通话的那位。”

伦子的头脑不再被动了，从这时起，自己主动开始活动了。

“在哪里？”

“马上从医院到这里来。”

“那，我必须起来。”

“不必，如果你觉得不舒服，就躺着好了。”

“我起来。”

“那么，我就领她来。”

不知为什么，护士长在发生这类事件时往来奔波，远远比平时显得有生气。

护士长走后，伦子挣扎着坐起来，环顾一下四周。从门帘底下照进来的阳光来判断，太阳已经西倾了。

昨晚伦子从直江的公寓回到宿舍后，便和衣躺下，也没换穿睡衣。伦子慌忙换上毛衣和裙子，叠好被子。当她拿着发刷对着镜子梳头时，护士长又来敲门了。

“我带她来啦！”

还没来得及化妆，为什么这么快就领来了，伦子心里正埋怨护士长太性急时，门开了，并有人说：“打扰了！”伦子刚想说“等一等”时，来人已到门口，躲也躲不过去，所以只好梳拢一下头发，不及化妆便出门迎客了。

虽然直江已经死了，可伦子仍然觉得像将要做直江的新娘而受人品评一样格外紧张。

“打扰您了。”

护士长身后站着一个穿和服的妇女。

“我就是直江的姐姐。”

“我叫志村伦子。”

伦子一面施礼一面像观赏怀念物一样凝视这位妇女。

这位妇女看起来刚过四十，很像直江，长脸，瘦长身材，齐整地穿着合身的豆沙色小条纹和服。

“直江蒙您特别照顾……”

“哪里……”

“出事以前，关于您的事，我们一无所知……”

一瞬间，妇人低下眼皮，那脸竟同直江惊人地相似。

“本来应该由家母前来致谢的，由于事情太突然，身体承受不住，这才由我代她……”

现在，伦子已经没话可说。只管面对面看着这位妇女，伦子的心平静极了。

“我想您肯定有很多悔恨，事已至此，只有请您原谅了。”

“我没有什么悔恨的。”

“听了您的话，我想庸介也会高兴的。”

伦子依然看着她。好像想起了什么，她脸上浮现出痛苦的表情。她的面部侧影又使伦子想起直江的面容。

“直江医师真的在支笏湖自杀了吗？”

“前天傍晚，湖上只有一只游艇漂着，艇里有直江的大衣和遗书。”

“有人看见那只游艇里坐着直江大夫吗？”

“没有。”

妇人轻轻地向左右摇了一下细脖颈。

“那么，还不能说人已死……”

“五日，庸介到支笏湖去过的事是千真万确的。那里的K旅馆的经理先生也在当天傍晚亲眼看见直江踏着雪路走到湖畔。”

那是一条又窄又陡的小路。路的尽头便是望不到边的蓝黑色湖面，左右两边长满了白桦和山毛榉，落光叶子的树在斜阳中向雪面抛出它细长的影子。

“游艇上有大衣和遗书，还有香烟和火柴。”

“他来到湖里还能抽烟卷吗？”

“谁知道呢？”妇人又一次歪了一下她美丽的脖颈。在寂静的湖面上，直江一面吸着烟，一面想什么呢？病的事？工作的事？或者，我的事？想到这里伦子不敢再往下想了。

“给家里的遗书里，对于您的事，真是千叮咛万嘱咐，要我们好好待您。看来，您的事是他最难割舍的。”

“我？”

这使伦子很难相信。直江在平素可完全不是那样。每当伦子向他靠近时，他总是冷冰冰地不愿理睬。伦子既不认为自己被重视，也不认为自己被爱着。她只不过是一名兴起时的伙伴，随时可陪伴他的人。当然，在他与伦子相处时，伦子没曾听见直江说三道四。伦子也从来没说过怨言，所以不管对方怎么对待她，她都没有理由发牢骚。

“他一定很想长久活下去。”

“他在遗书里这样写着吗？”

“没写这些。不过，正因为一句没写才……一定……”

妇人从手提包里拿出手帕，捂住了眼睛。

伦子想起了直江偶尔也意外地表露一些温情的眼神。这种眼神不知在何时、何地才会出现。只是在不知不觉、毫不介意的生活中突然用这种眼神凝望过她。也许，伦子只为看到他这种瞬间即逝的眼神而追随直江的吧。

“姐姐和母亲都不知道直江大夫的这些事吗？”

“真抱歉，我们一无所知。”

“那么，他得病的事也不知道啦？”

“他对谁都一字不提。”

伦子回想了一下直江一个人喝酒时的侧脸。他那张脸令人捉摸不透，谁也不知道他在想些什么。

“不过，我可是觉察到了他总有一天会以这种形式消失的。”

“消失？”

“是啊，他这人怎么说好呢，他单薄，不合群……”

“从小就这样吗？”

“这倒记不清了。不过，总觉得在我们姐弟当中，只有他跟我们总是脱群，就像独自走一条离我们老远老远的路一样。”

“太可怕啦。”

伦子突然感到有股杀气像一柄利剑穿透她的后背一样。但是，她在这种恐怖中仍然想见到直江，哪怕粉身碎骨也心甘情愿。

“他的葬礼什么时候举行？”

一直沉默着的护士长问。

“家里简单的葬礼昨天就算完了。因为没有遗骨，只需得到公认就妥。待我收拾好公寓里边的东西，回到札幌再说。”

“定下来时，请给我们个信儿，尽管人不能到，花圈和唁电总是要送的。”

“谢谢！伦子小姐能去参加吗？”

“我？”

“如果您能去，旅费和其他花销都由我们来负担。”

“这……”

“在北国，光是我们为他举办，庸介会觉得寂寞的。”

“不过……”

“怎么？”

“不。”伦子看着发暗的窗户说，“我，还是不能去。”

“是吗？”

“本来我很想去，但是，害怕去。”

“害怕？”

“是的，一个人去。”

“可是，那里有我们。”

“我……没有自信。”

现在去北海道将会怎样呢？伦子没有自信。从札幌到支笏湖去，直江就在那个雪之湖里。到那去就能跟他见面，但对于伦子来说，她既无限喜悦又无限恐惧。

直江姐姐走了以后，翘首以待的黑夜接踵而至。从昨夜起就没吃任何东西的肚子，一点也不觉得饿。

从窗户隔着大道可以望见医院的灯光。好像是吃过晚饭了，患者们穿着睡袍或睡衣，端着用过的餐具送往“运餐车”去。不知发生了什么可笑的事，五天前动过阑尾手术的患者用右手捂着下腹大笑着。

直江虽然去世了，可是相同的黄昏依旧到来，相同的黑夜照旧反复，伦子感到匪夷所思。

伦子淡淡地擦了点口红，把头发束到脑后，穿上大衣外出了。寒风低吟着呼啸而过。

她漫无目的地走着。出了宿舍顺着山手大街向南来到玉川街。

从那向右拐，就可走到位于池尻的直江的公寓，向左拐就是涩谷。

伦子并没特别想什么，只是不顾一切地朝人群里钻。身体比头脑自由得多。待她发现自己时，已向右拐朝池尻方向走去了。

无数车辆拥挤在路上，简直像爬行。伦子不想乘车。现在这个时间，只想消耗体力，走一走，只要有点事干，就觉得安心。

警笛在鸣叫，灯光交错，人来人往，伦子并不觉得嘈杂和目眩。那些讨厌拥挤而快步超越自己的人，真是不可思议。直江死后，伦子的用于感受的精神之弦也许有一根断了。

走到直江公寓时已是七点三十分了，离开医院已经过了三十分钟。黑暗中浮现出了那白墙公寓。从远处看它，它像一座舍利塔，从近处看它像一个点着灯的玩具。

伦子穿过一楼正厅，来乘电梯。进门时，她三步并作两步走，乘上电梯后才安下心来。那种感觉同直江活着时一样。到了五楼走下电梯向右拐去，从尽端数第三个门，昨天也来过。

按了一下门铃，没人应声。再按一下，依然没人来。直江姐姐说来收拾东西，晚间可能不睡在这里。尽管知道既然直江已经死去，屋里空无一人，但伦子还要按门铃。仍然没人来开门。

伦子好像清醒过来，她又回到了电梯口。从家出来时，明明知道直江不在了。知道不在仍要走到这里，只是确认一下他不在。昨晚是同大伙儿一起来的，今天则是一个人来。一个人来，直江仍旧没出来开门。弄清这些，就能明晓现实了。

伦子又开始在寒风中漫步了。她心灰意冷，仍是漫无目的地走着。她两眼看着远远的前方，没有任何目标。只要不看眼前就行。

走向玉川街，光波再次向她袭来。然而，伦子看见的不是一束束灯光，而是一团灯光。总之，她要走，虽无目的也要不停地走。只要走，她就会从寂寞中逃脱出来。

她又来到山手大街，不顾一切地穿过交叉路口，到达了道玄坂。那里有“凤凰咖啡馆”，她曾同直江在这里相会过多次。伦子推开玻璃门，走向右面靠里的第二排座位坐下。这是她同直江相会时常坐的座位。女侍走过来，她要了咖啡。现在是八点十分。进来七八个人，他们是一伙的，店内立刻热闹起来。四下里年轻的情侣居多，偶尔也走进一个男人来。每逢门响，伦子便抬头观望一下，但直江没来。

过了五十分钟，伦子拿起账单站起来，直江仍然没来。咖啡馆里他也不来了。来与不来都不要紧，能理解他不会来就好。

天空被夜晚的灯光烧得通红。伦子仍把两手插进大衣口袋里，向前弯着身子迈步前进。她的脚走累了。虽然穿着轻便鞋，可从没走过这么长的路。这时，伦子心中又萌发出“或许他……”的念头，便顺着小胡同走向医院。

尽管走得并不匆忙，但也只用了二十分钟便来到医院。

医院的正门已经关闭，病房都已熄灯，只有三楼的护士值班室灯火通明。灯光下，不知是谁，穿着白衣，背向这边。伦子停住了脚步，转到医院后门，顺着只有职员们知道的专用便门走进医院。

一楼的门诊室、候诊室、药房、还有X光室、手术室一片漆黑，万籁俱寂。只有伦子的脚步声震颤着周围的空气。她从后门穿过厨房旁边，走过X光室，来到了手术室。入口是磨光玻璃门，从走廊窗外射进来的月光正照在门上面。

伦子在门前停留了片刻，望了望走廊尽端，然后打开了玻璃门。只有“嘎啦嘎啦”的声响，却没有人出来。也许值班护士们在三楼看着电视吧。

白瓷砖地的中央有个手术台。伦子靠近右面的墙，打开了电灯。

霎时间，手术台上的无影灯亮了。

无影灯正下方的手术台被照得如同白昼。伦子站在灯光下，倚着手术台愣愣地呆立不动。虽然暖气已经停止了，但因走了这么长路，她没感到寒冷。

手术时，伦子总是在这无影灯下等待直江。站在灯光下，不论直江、伦子、患者都没有黑影。他们都是本来就没有影子的人。

直江来到这里时，她总是给他戴口罩，穿手术衣，戴胶皮手套。

直江一会儿就会来这里的。

直江看着伦子点头示意。然后，他立刻说：“手术刀！”啪的一下递过去，伦子和直江便心心相通了。这种瞬间肯定还会来到。过了黑夜，太阳升起，清晨来到时，他还会来的。周围一切都未改变，岂有单单直江不来的道理？伦子坚信会这样，于是，她便在那盏圆圆的无影灯照射下像化石一样静静地伫立着，等待着直江。